Fantasy

Herausgegeben von Wolfgang Jeschke

Von Lawrence Watt-Evans erschienen in der Reihe
HEYNE SCIENCE FICTION & FANTASY:

Der Zyklus ›Die Herren von Dûs‹

Der Blick des Basilisken · 06/4416
Die sieben Altäre von Dûsarra · 06/4417
Das Schwert des Bheleu · 06/4418
Das Buch von der Stille · 06/4419

Lawrence Watt-Evans

Das Schwert des Bheleu

Dritter Roman des Zyklus
›Die Herren von Dûs‹

Fantasy

Deutsche Erstausgabe

WILHELM HEYNE VERLAG
MÜNCHEN

HEYNE SCIENCE FICTION & FANTASY
Band 06/4418

Titel der amerikanischen Originalausgabe
THE SWORD OF BHELEU
Deutsche Übersetzung von Joachim Pente
Das Umschlagbild schuf Boris Vallejo
Die Karte auf Seite 6/7
zeichnete Christine Göbel

Redaktion: Friedel Wahren

Printed in Germany 1988
Umschlaggestaltung: Atelier Ingrid Schütz, München
Satz: Schaber, Wels
Druck und Bindung: Elsnerdruck, Berlin

ISBN 3-453-00998-3

Kapitel 1

Galt, der Meisterhändler-Übermann, wand sich unbehaglich in seinem Panzer, was zur Folge hatte, daß das kalte Regenwasser ihm den Nacken hinunterlief und unter sein Kettenhemd rann; es durchtränkte sein gestepptes Unterhemd und tröpfelte langsam an seinem dichtbehaarten Rücken hinunter, kalt und feucht und unangenehm. Er unterdrückte ein Knurren. Das Jucken und Zwicken des Panzers waren schon so unangenehm genug. Kopfschüttelnd fragte er sich, wie Krieger es aushielten, ein solches Ding ständig zu tragen. Es war sicher, daß er sich trotz des dicken Stepphemdes diverse Kratzer und blaue Flecken von den metallenen Kettengliedern geholt hatte, und ganz gleich, wie er sich auch räkelte und wand, dieses widerliche Jucken wollte einfach nicht aufhören. Er vermutete, daß seine Haut allergisch gegen das Pikee des Unterhemdes war.

Diesen verdammten Kettenpanzer tragen zu müssen, war schon schlimm genug; aber daß es jetzt auch noch in Strömen regnete, ausgerechnet während er Wache schob, ließ ihn ernsthaft mit dem Gedanken spielen, dieses ganze blödsinnige Unternehmen abzublasen. Und überhaupt – wieso mußte ausgerechnet er, der Führer dieses Unternehmens, Wache stehen?

Seine Sachen zusammenpacken und nach Hause gehen wäre zweifellos das vernünftigste, sagte er sich; leider sah Kyrith das jedoch anders. Sie hatte auf dieser lächerlichen Belagerung bestanden, und das bedeutete, daß er hier festhing. Der Stadtrat würde es ihm niemals verzeihen, wenn er sie hier im Stich ließ und ihr das alleinige Kommando aufhalste.

In Wahrheit, das war ihm klar, verhielt es sich so, daß sie im Grunde genausogut ohne seinen Schutz auskam;

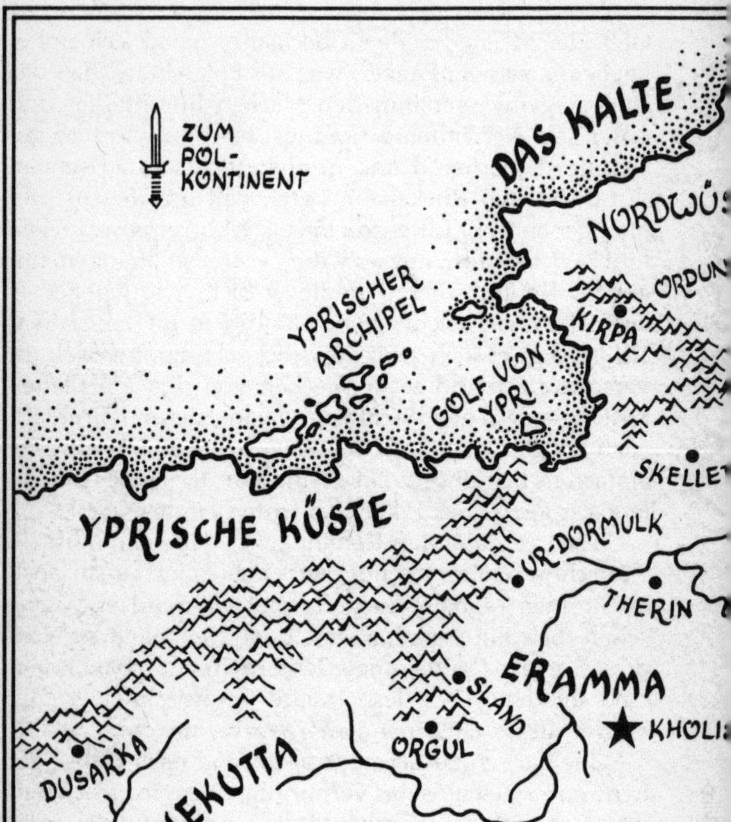
ZUM
PÖL-
KONTINENT
DAS KALTE
NORDWÜS
ORDUN
YPRISCHER
ARCHIPEL
KIRPA
GOLF VON
YPRI
SKELLET
YPRISCHE KÜSTE
UR-DORMULK
THERIN
ERAMMA
SLAND
KHOLI
ORGUL
DUSARKA
NEKUTTA

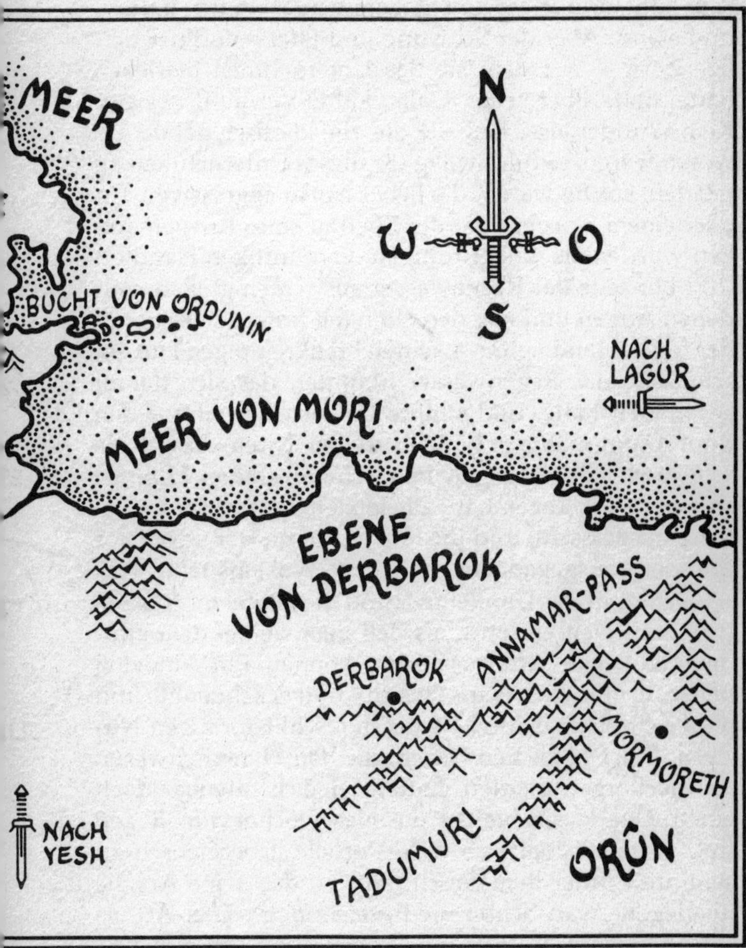
MEER
N
W
O
S
BUCHT VON ORDUNIN
NACH
LAGUR
MEER VON MORI
EBENE
VON DERBAROK
ANNAMAR-PASS
DERBAROK
MORMORETH
NACH
YESH
TADUMURI
ORÛN

zwar war er nominell der Anführer des Unternehmens, aber de facto war es Kyrith, die die Zügel in der Hand hielt. Sie war es gewesen, die mit Feuer und Flamme auf diese Belagerung gedrängt hatte, während er dem Ganzen kühl und reserviert gegenübergestanden hatte – und stand. Aber der Schwung und Eifer – und der heilige Zorn –, mit dem sie das Unternehmen betrieben hatte, hatte über seine, Galts, kühle Vernunft obsiegt. Kein Wunder also, daß alle die, die idiotisch genug gewesen waren, sich freiwillig für dieses Unternehmen zu melden, solche waren, die lieber einem aggressiven Tor oder einem Krieger oder der Ehefrau eines Kriegers folgen würden als einem ruhigen, vernünftigen Händler.

Er blinzelte das Regenwasser aus seinen großen, goldenen Augen und zog den Umhang fester um sich; mit der freien Hand nahm er seinen breitkrempigen Hut ab, schüttelte das Regenwasser hinunter, das sich darauf gesammelt hatte, und stülpte ihn sich wieder auf den Kopf. Dann spähte er hinüber zu den Zelten, die sich als schwarze Höcker gegen den schwarzgrauen Himmel abhoben. Der Regen hatte die letzten Spuren der Lagerfeuer ausgelöscht, und die letzte Laterne war schon vor Stunden ausgegangen. Die alte Wüstenstraße verschwamm in der Dunkelheit, und die Hügel im Norden waren zu weit entfernt, als daß man sie bei dem strömenden Regen hätte ausmachen können. Ein Windstoß peitschte ihm Wasser ins Gesicht, und er schnaubte und blies sich die Feuchtigkeit aus den schlitzförmigen Nüstern. Diese häßlichen Nasen, die den Menschenwesen als Riechorgan dienten, hatten letztlich offenbar doch einen Zweck; sie hielten die Nasenlöcher von Regen frei. Trotzdem hatte es viele Vorteile, Übermensch zu sein, und unter dem Strich fand er, daß seine Art die überlegene war. Schon die Bezeichnung seiner Art als solche brachte das ja zum Ausdruck. Er sah sich um, während er durch den Regen und die Dunkelheit spähte.

Zu seiner Rechten stand das Kriegstier, das man ihm zugewiesen hatte; seine Flanke war kaum mehr als einen Schritt von ihm entfernt. Es hielt die Augen geschlossen, ob wegen des Regens oder weil es schlief, vermochte er nicht zu bestimmen. Sein glänzendes schwarzes Fell verschwamm mit dem schwarzgrauen Nachthimmel und der dunklen Ebene, so daß es fast wie ein Phantom wirkte, erkennbar nur als schemenhafter Umriß. Seine dreieckigen Ohren hatte es flach angelegt, was die Schemenhaftigkeit seiner glatten geschmeidigen Gestalt noch unterstrich; sein pantherartiger Schwanz peitschte lautlos hin und her. Galt wußte, daß die meisten Katzen Wasser scheuten – nur sehr wenige Übermenschen hielten sich Haustiere, aber er hatte welche an Bord der Handelsschiffe aus Lagur gesehen – und er fragte sich, ob das Kriegstier sich genauso elend fühlte, wie seine Katzenvorfahren sich gefühlt hätten, wenn man sie dazu gezwungen hätte, stundenlang im strömenden Regen zu stehen. Er kannte sich nicht sonderlich gut mit Kriegstieren aus und vermochte aus seinem Gesicht und seinem Verhalten nicht herauszulesen, wie es sich fühlte; es erschien ihm so ruhig und teilnahmslos wie immer, abgesehen von dem nervösen Peitschen des Schwanzes.

Zu seiner Linken dehnte sich flaches Land; einige Schritte von ihm entfernt zeichnete sich dunkel die Silhouette eines Bauernhauses gegen den Nachthimmel ab. Irgendwo dahinter, nicht mehr zu erkennen in der Dunkelheit, hielt ein weiterer Übermann Wache, mit einem Kriegstier an der Seite.

Vor ihm, vielleicht hundert Schritte entfernt, standen die verfallene Mauer der Stadt Skelleth und die beiden Turmruinen, die das Nordtor markierten. Ein trüber flackernder Lichtschein, der von dort kam, zeigte ihm, daß irgendein unglückseliges Menschenwesen sein unangenehmes Los, nämlich nächtliche Wache zu halten, mit ihm teilte; mit dem Unterschied, daß dieser, wer immer es war, wenigstens den Trost eines Feuers und den Schutz des einen noch halbwegs intakten Turmgemäuers genoß.

Besonders um das Feuer beneidete Galt den Mann. Selbst wenn er genug trockenen Brennstoff gehabt hätte, hätte er es nicht gewagt, eines anzuzünden; das hätte gegen alle Taktik und Vernunft verstoßen, besonders bei einer personell so dünn besetzten Belagerung. Die Truppen des Feindes konnten anhand solcher Feuer sehen, wo die Wachtposten aufgestellt waren, und Späher durch den Ring der Belagerer hinaus- sowie Nahrungsmittel hereinschmuggeln.

Das Feuer flackerte seltsam, und Galt richtete für einen kurzen Moment seine Aufmerksamkeit darauf, kam dann aber zu dem Schluß, daß es nichts Wichtiges zu bedeuten hatte. Vermutlich hatte der Posten sich kurz die Beine vertreten und war dabei vor dem Feuer vorbeigegangen, was dieses seltsame Flackern bewirkt hatte.

Doch im selben Moment flackerte das Licht wieder; gleichzeitig schien es heller zu werden. Galt blinzelte sich erneut das Regenwasser aus den Augen und spähte genauer hin.

Es war in der Tat heller geworden; er erkannte jetzt, daß es zwei Feuer waren und daß sich eines davon bewegte. Das Wachfeuer flackerte immer noch an derselben Stelle wie vorher; für die wachsende Helligkeit war dieses zweite neue Licht – was immer es sein mochte – verantwortlich. Er spähte und lauschte mit hellwachen Sinnen.

Das neue kleinere Licht näherte sich langsm. Galt wand sich nervös, wobei ihm erneut ein Rinnsal kalten Regenwassers den Nacken hinunterlief, und seine rechte Hand fuhr zum Schwertgriff. Das Licht bewegte sich jetzt eindeutig in seine Richtung. Obwohl es durch das Prasseln des Regens schwer auszumachen war, glaubte er, das schmatzende Geräusch von Stiefeln zu hören, die durch Matsch stapften. Er tätschelte den Hals des Kriegstiers, dann faßte er wieder nach dem Schwertgriff und lockerte vorsichtshalber die Klinge in der Scheide. Die Augen des Kriegstiers öffneten sich; ein geisterhaftes blaßgrünes Licht glomm in ihnen auf, als der näher kommende schwache Fackelschein auf sie fiel; der Schwanz hörte urplötzlich auf zu peitschen. Galt trat einen Schritt vor.

Er hatte vergessen, daß sein Panzer ihm zusätzliches Gewicht verlieh und daß er mehrere Minuten, ohne sich von der Stelle zu rühren, im Matsch gestanden hatte; so gab es, als sein Stiefel sich vom Boden löste, ein lautes glucksendes Geräusch, obwohl die Bewegung kaum mehr Anstrengung erforderte, als dies normalerweise der Fall gewesen wäre.

Das Licht bewegte sich plötzlich nicht mehr; es war immer noch gut ein Dutzend Schritte von ihm entfernt. Einen Moment lang herrschte bis auf das stetige Prasseln des Regens vollkommene Stille, und dann rief eine Stimme leise: »Übermann?«

Galt gab keine Antwort, sondern tätschelte den Hals des Kriegstieres auf eine bestimmte Weise, die bedeutete: ›Entferne dich und umkreise uns!‹ Die Bestie glitt lautlos in die Dunkelheit. Galt nahm sich eine Sekunde Zeit, um sich zu wundern, wie ein so gewaltiges Tier sich so lautlos bei dem Regen und dem Matsch bewegen konnte.

»Übermann? Bitte, wenn du da bist, gib dich zu erkennen! Ich komme in Frieden. Ich möchte mit deinem Führer sprechen.« Die Stimme war kaum mehr als ein Flüstern, aber Galt hatte keine Schwierigkeiten, die Worte zu verstehen. In dem beruhigenden Bewußtsein, daß das Kriegstier sie umkreiste und ein einziger knapper Befehl genügte, es auf den Eindringling zu hetzen, entschied sich Galt für das Risiko einer Antwort.

»Wer bist du?« fragte er.

Es folgte ein kurzes Schweigen; das Licht setzte sich

wieder in Bewegung, und schlurfende, schmatzende Schritte waren zu hören. Galt konnte jetzt sehen, daß das Licht von einer Laterne kam, die von einem Menschenwesen gehalten wurde; genauere Einzelheiten konnte er indes nicht ausmachen.

»Mein Name ist Saram. Ich war früher Leutnant in der Garde des Barons. Ich möchte mit eurem Führer sprechen.«

»Saram?« Galt war überrascht; er hatte den Mann seinerzeit anläßlich der Handelsexpedition kennengelernt, mit der diese ganze dumme Geschichte ihren Anfang genommen hatte. Garth, der Führer jener Expedition, hatte damals ein längeres Gespräch mit Saram geführt. Da Garths Verschwinden mehr oder weniger der Grund für diese Belagerung war, konnte ein Gespräch mit dem Mann durchaus nützlich sein.

»Wo bist du?« fragte der Mann.

»Das tut nichts zur Sache. Halt die Laterne hoch, damit ich dein Gesicht sehen kann.«

Der Mann gehorchte; obwohl er immer noch zu weit weg war, als daß Galt mit Bestimmtheit hätte sagen können, ob es Saram war, glaubte er doch in dem Gesicht das des Ex-Gardisten zu erkennen.

»Was willst du?« fragte Galt.

»Ich will mit dem Führer eurer Expedition sprechen.«

»Worüber?«

»Über Garth.«

»Dann sag, was du zu sagen hast, mir. Ich werde dann entscheiden, ob es wert ist, unseren Führern zu Ohren gebracht zu werden.«

»Aber ... wer bist du? Ich kann nicht einmal sicher sein, ob du überhaupt ein Übermann bist. Komm hervor, damit ich dich sehe!«

Galt überlegte. Der Mann war lediglich ein Menschenwesen; zudem war er allein. So unerprobt er im Kampf war, mit einem einzigen Menschen würde er gewiß fertigwerden – zumal das Kriegstier irgendwo in der Nähe lauerte, bereit, ihm auf den leisesten Befehl hin beizuspringen.

»Wie du wünschest.« Er trat vorsichtig vor und blieb am äußeren Rand des Lichtkegels, den die Laterne warf, stehen. Seine linke Hand, mit der er den Umhang geschlossen hielt, glitt herunter an den Griff seines Dolches; sein Schwert hielt er gezückt in der Rechten. »Sprich!« befahl er.

Saram zögerte. »Wer bist du? Du kommst mir bekannt vor.«

»Ich wußte nicht, daß Menschenwesen Übermänner voneinander unterscheiden können.«

»Vielleicht irre ich mich auch.«

Es konnte nichts schaden, wenn er seine Identität preisgab. »Nein, du irrst dich nicht; wir sind uns schon einmal begegnet. Ich bin Galt.«

»O ja, natürlich – der Händler.«

»Der Meisterhändler.« Einen Moment lang herrschte Schweigen, als die beiden einander musterten; dann sagte Galt: »Sprich. Was hast du bezüglich Garth zu sagen?«

»Ich weiß, wo er ist.«

»Weißt du, wann er zurückkommen wird?«

»Nein. Aber was tut das zur Sache? Er ist jedenfalls nicht in Skelleth; das kann ich beschwören.«

Galt lächelte kühl. »Ich befürchte, es wird mehr bedürfen denn des Wortes eines einzelnen Menschenwesens, unsere Führer davon zu überzeugen. Wenn er nicht in Skelleth ist, wo ist er dann? In der Tat, Saram, ich weiß genauso wie du, daß der Baron ihn aus der Stadt verbannt hat; schließlich war ich dabei zugegen. Leider jedoch gibt es einige, die dazu neigen, jene ganze Szene als ein Täuschungsmanöver zu betrachten, als ein Schauspiel, das inszeniert wurde, um mich zu überzeugen, daß Garth nicht in Skelleth war, während der Baron gerissene Pläne für seine Gefangennahme ersann.«

Saram schnaubte; das Geräusch war kaum hörbar bei dem Prasseln des Regens. »Das ist absurd.«

»Dir mag es vielleicht so vorkommen. Für Übermänner und Überfrauen jedoch, die nichts vom Wesen der Menschen wissen, scheint es vollkommen plausibel. Falschheit und Tücke der Menschenwesen sind bei meinem Volk sprichwörtlich.«

»Aber wenn ich sage, wohin Garth gegangen ist?«

»Das könnte ebensogut eine Lüge sein. Ich kann indes eine gewisse Neugierde nicht verhehlen; wohin *ist* er denn gegangen? Mir sagte er bloß, er wäre vor Beginn des neuen Jahres zurück.«

»Ich hatte gehofft, eine gewisse Friedenszusicherung zu bekommen, bevor ich weitere Enthüllungen mache.«

»Ich befürchte, daß wir es dann vergessen müssen. Schade. Ich würde es sehr gern wissen.«

Saram überlegte einen Moment lang, dann blickte er auf, schaute in Galts unmenschliches Übermann-Gesicht und sagte: »Er ist nach Dûsarra gegangen, im Auftrag des Vergessenen Königs dortselbst eine Mission zu erfüllen.«

Galt antwortete nicht sofort; diese knappe Information warf so viele Fragen auf einmal auf, daß er es vorzog, sie erst einmal vorab in seinem Geist zu ordnen, bevor er irgendeine Frage stellte.

Als er lange genug nachgedacht hatte, fragte er: »Wer ist der Vergessene König?«

»Ein alter Mann, der in einer Taverne in Skelleth lebte; mehr ist schwer über ihn zu sagen. Er behauptet, auch sein Königreich sei dem Vergessen anheimgefallen, und er lebe schon seit Jahrhunderten hier in Skelleth. Es gibt guten Grund zu der Vermutung, daß er ein Zauberer ist.«

»Wieso sollte Garth Botendienste für ihn ausführen?«

Saram zuckte die Achseln, wodurch er die Laterne in eine Schaukelbewegung versetzte und ihr Lichtkegel hin und her tanzte. »Garth ist vielleicht ein wenig leichtgläubig. Offenbar hat ihm irgendein Orakel gesagt, der alte Mann könne ihm bestimmte Wünsche erfüllen, und er glaubt es. Ich glaube, der Lohn für seine Dienste soll Unsterblichkeit sein.«

»Ein Orakel, sagst du?«

»Ich meine, er hätte so etwas erwähnt.«

»Die Weisen Frauen von Ordunin vielleicht?«

»Ich weiß nicht, aber es könnte sehr gut sein.«

Allmählich klang die Sache glaubwürdig. Garth war einer der wenigen Privilegierten, mit denen die Weisen Frauen überhaupt sprachen, und er hatte sich schon mehrmals Rat bei ihnen geholt. Niemand hatte den Weisen Frauen je nachsagen können, daß sie sich irrten oder gar logen; es war jedoch bekannt, daß sie ein perverses Vergnügen daran hatten, die Ratsuchenden irrezuführen. Bestimmt hatte Garth irgendeine bewußt vage gehaltene Antwort der Weisen Frauen falsch gedeutet und sich auf der Grundlage dieser Fehldeutung an diesen mysteriösen alten Mann verfügt.

»Kannst du mir auch sagen, warum dieser sogenannte König Garth nach Dûsarra geschickt hat?«

»Ich bin mir nicht sicher. Er plant irgendeinen komplizierten Zauber, aber wie es scheint, fehlen ihm einige der nötigen Ingredienzen, und ich glaube, daß Garth ein paar von ihnen dort beschaffen sollte.«

»Wo und was ist Dûsarra?«

»Ich glaube, es ist eine Stadt tief im Westen, in Nekutta.«

»Wie weit von hier?«

»Das weiß ich nicht.«

Galt überlegte. »Könnte es sein, daß die Stadt so weit von hier entfernt ist, daß er noch gar nicht zurückgekehrt sein kann? Seit er verschwand, ist etwa ein Monat vergangen.«

»Das könnte gut möglich sein. Die Welt ist sehr groß.«

»Das können wir Übermenschen natürlich nicht wissen. Wir haben in den letzten drei Jahrhunderten wenig Gelegenheit gehabt, sie zu besichtigen.«

Saram ignorierte den beißenden Spott, der in Galts Bemerkung lag. »Ich habe auch noch nicht viel von ihr gesehen, aber ich habe gehört, daß das Land sich über Hunderte von Meilen nach Süden und Westen erstreckt.«

»Du glaubst also, daß Garth sich in diesem Dûsarra herumtreibt und zu gegebener Zeit zurückkehrt?«

»Wenn er nicht den Tod findet, ja.«

»Warum hast du mir das erzählt? Warum bist du hierhergekommen, allein, mitten in der Nacht, im strömenden Regen, um uns zu erzählen, daß unser verschwundener Kamerad sich auf irgendeinen waghalsigen Botengang für einen verrückten alten Mann begeben hat?«

»Aber es ist die Wahrheit!« Saram schien echt bestürzt.

»Schon möglich, aber warum hast du es mir erzählt?«

»Damit die Belagerung ein Ende findet.«

»Du glaubst, diese Information werde das Ende der Belagerung herbeiführen?«

»Aber warum nicht? Ihr seid gekommen, Garth zu befreien; Garth ist aber nicht hier.«

»Es wäre angenehmer für uns alle, wenn die Dinge so einfach wären. Aber leider sind sie das nicht. Garth ist nicht der *Grund* für unser Hiersein, als vielmehr der *Vorwand.* Wir sind hier auf das Geheiß seiner Frau Kyrith – die – zugestandenermaßen – gekommen ist, ihren Gemahl zu befreien. Aber glaubst du wirklich, Ordunin würde sechzig Krieger und ein Dutzend der besten und wertvollsten Kriegstiere in Marsch setzen, bloß um einer einsamen Überfrau einen Gefallen zu tun, die sich weigert zu glauben, daß Garth lieber auf Abenteuer loszieht, als zu ihr nach Hause zu kommen? Ich war dabei, als der Baron Garth ins Exil verbannte, und ich glaube nicht, daß er spaßte. Zudem kenne ich Garth ziemlich gut, und ich kann ihm sehr gut nachfühlen, daß er in der Situation wenig Neigung spürte, brav und demütig nach Hause zu Weib und Kindern zurückzukehren. Ich weiß, daß es ihm, impulsiv, wie er ist, durchaus zuzutrauen ist, daß er sich tatsächlich auf diese Mission, von der du sprichst, begeben hat, und dennoch stehe ich hier bei strömendem Regen in einem zwickenden und drückenden Kettenpanzer und schlage mir die Nacht damit um die Ohren, daß ich das Nordtor eures stinkenden Kaffs beobachte.

Nein, ich will ganz offen zu dir sein. Garths Verschwinden war nur ein Vorwand. Diese Expedition war als Demonstration der Stärke gedacht. Unsere Absicht war es, geradewegs auf den Marktplatz zu reiten, uns vor dem Baron aufzubauen und über unsere Existenzbedingungen neu zu verhandeln. Seit drei Jahrhunderten fristen die Übermenschen ein karges und bitteres Leben in einem unfruchtbaren Ödland, weil eure Vorfahren unsere in den Rassenkriegen besiegten und uns in den unfruchtbaren Norden trieben. Wir glaubten, diese Niederlage sei endgültig und unumstößlich. Unsere Sagen lehrten uns, daß Skelleth als uneinnehmbare Festung an der Grenze wache, gerüstet, jedweden Versuch unsererseits im Keim zu ersticken, nämlich unsere Bekanntschaft mit dem Rest der Welt zu erneuern. Euer Volk galt als unser unversöhnlicher Todfeind. Um einen Zusammenstoß mit euch zu vermeiden, segelten wir durch die riesige Weite der Mori-See und trieben Handel mit den Schmugglern von Lagur, um unser Volk mit dem Lebensnotwendigsten zu versorgen; wir zahlten jeden Preis, den sie verlangten, weil wir keine andere Wahl hatten und weil wir es nicht besser wußten.

Dann kam Garth auf einer Reise, die er auf eigenen Wunsch und auf eigenes Risiko unternommen hatte, nach Süden und entdeckte, daß Skelleth eine erbärmliche, von zwei Dritteln der Bevölkerung verlassene Ruinenstadt war, die hart am Rande des Hungertodes schwebte und deren Bevölkerung schlimmere Not litt als unsere eigene. Er kehrte mit mir und zwei anderen hierher zurück, um Handelsbeziehungen zu errichten. Gemäß unserer langen Tradition, uns den Forderungen der Menschenwesen zu beugen, gestatteten wir eurem Baron, uns die Bedingungen dieser Handelsbeziehungen zu diktieren, einschließlich Garths Verbannung und eines entwürdigenden Treueeides.

Das jedoch ist nicht gerecht. Wir vier sahen, wie tief Skelleth gesunken war. Es gibt keinen Grund mehr, warum wir uns ducken sollten. Ein solches Verhalten ist für uns nicht mehr angemessen. Deshalb werden wir es auch nicht mehr tun. Die Zeit ist gekommen, daß die Übermenschen der Nordwüste sich wieder geltend machen.«

»Ihr habt also beschlossen, die Rassenkriege wieder aufflammen zu lassen?« Der Sarkasmus, der in Sarams Stimme mitschwang, war nicht zu überhören.

Galt zog es vor, ihn zu überhören. »Nein. Wir haben nicht den Wunsch, Massenselbstmord zu begehen, weder langsam durch Verhungern, noch schnell durch einen verheerenden Krieg. Wir hatten geplant, auf den Marktplatz zu reiten und eurem Baron entgegenzutreten; wir würden ihm unsere Forderungen präsentieren, und er hätte keine andere Wahl, als ihnen in vollem Umfang zuzustimmen. Natürlich könnte er Garth nicht herbeizaubern. Diese seine Unfähigkeit würde uns erlauben, eine Position der moralischen Überlegenheit einzunehmen und edelmütig auf die sofortige Bestrafung zu verzichten, die uns in einem solchen Fall zustände; und von dieser Position aus würden wir die Bedingungen diktieren: den Widerruf von Garths Verbannung, die Beseitigung aller Zölle und Handelsschranken und den freien und ungehinderten Durchgang durch sein Herrschaftsgebiet.«

»Eine hübsche Theorie.«

»Ja, das ist sie. Und sie hätte auch funktioniert, wenn

euer Baron seinen Teil dazu beigetragen und uns gestern morgen auf dem Marktplatz empfangen hätte. Er ist kein Dummkopf; er hätte besser eingelenkt, als einen Krieg zu riskieren, den er nicht gewinnen kann.«

Saram zögerte einen Moment lang, ehe er erwiderte: »Der Baron ist in seinem Tun unberechenbar. Schließlich ist er irre. Du hast ihn bisher nur in einem seiner lichten Momente gesehen. Seine Verrücktheit ist es, die euren ganzen Plan zunichte gemacht hat.«

»Tatsächlich?«

»Natürlich!«

»Euer Hauptmann schwor bei allen Göttern, daß der Baron krank darniederläge und sich nicht bewegen, geschweige denn sprechen könnte. Das brachte uns in eine sehr peinliche Situation; uns blieb keine andere Wahl, als die Stadt zu verlassen und mit der Belagerung zu beginnen. Hat euer Hauptmann gelogen?«

»Nein, er hat die Wahrheit gesagt, aber diese Situation wiederholt sich regelmäßig. Alle vierzehn Tage wird der Baron von seinem Wahn überwältigt, und er fällt in eine so tiefe Depression, daß er weder sprechen noch stehen, noch eigenhändig Nahrung zu sich nehmen kann. Und eine solche Attacke suchte ihn heim, als die Nachricht kam, daß sich eure Truppe Skelleth näherte.«

Galt brauchte einen Moment, um diese Neuigkeit zu verdauen. »Und wie lange dauert gewöhnlich ein solcher Anfall?«

»Das vermag niemand zu sagen. Es ist unterschiedlich. Dieser Anfall scheint einer von der schlimmeren Sorte zu sein; es kann noch Tage dauern.«

Schweigen kehrte ein; nur das Prasseln des Regens war zu hören, während beide Männer ihre Lage abwägten. Saram brach als erster das Schweigen.

»Dann werdet ihr also bleiben, bis der Baron sich erholt hat und sich euren Forderungen stellt?«

»Ja. Was mich betrifft, so war ich versucht, die ganze

Sache abzublasen und es zu einem späteren Zeitpunkt noch einmal zu versuchen, aber Kyrith wollte davon nichts wissen. Sie ist felsenfest davon überzeugt, daß ihr Mann sich irgendwo innerhalb eurer Mauern befindet, und sie hat nicht die Absicht, ohne ihn wieder abzuziehen. Die meisten Krieger sind übereifrige junge Hitzköpfe, die keine Lust hatten, ihre Chance auf Ruhm und Ehre so leicht fahrenzulassen, und sie deshalb in ihrer starren Haltung bestärkten. Dies ist das erste Mal seit über dreihundert Jahren, daß die Krieger von Ordunin in der Offensive sind, und dieses Gefühl gefällt ihnen.«

»Ich bin ...« Saram hielt inne, so als überdächte er das, was er sagen wollte, noch einmal, dann fuhr er fort: »Ich bin überrascht, daß ihr uns lediglich belagert. Wieso nehmt ihr Skelleth nicht einfach im Sturm?«

Galt schnaubte. »Und lassen den Rassenkrieg erneut aufflammen? Ich verstehe nicht viel von der Politik der Menschenwesen; aber während ich bezweifle, daß der Hohe König in Kholis sich in Verhandlungen über Handelsbeziehungen einmischen würde (auf welche Weise diese auch geführt werden mögen), kann ich mir kaum vorstellen, daß er der militärischen Einnahme einer seiner Baronien tatenlos zusähe.«

»Es sieht also ganz so aus, als seien wir in eine Sackgasse geraten.«

»Aber nur kurzzeitig; früher oder später wird euer Baron sich ja wieder erholen. Es dürfte nicht allzuschwer sein, dann zu einer Einigung zu kommen.«

»Ich hoffe, du behältst recht.«

»Inzwischen muß ich natürlich hier im Regen stehen und Wacht halten. Für dich freilich gibt es keinen Grund, auch hier herumzustehen. Geh nach Hause und trockne dich! Ich weiß deine Friedensbemühungen wohl zu schätzen, aber im Moment gibt es wenig, was du tun kannst.«

»Es sieht ganz so aus. Leb wohl denn, Galt, und ich

wünsche dir Glück.« Er wandte sich um und stapfte zur Torruine zurück. Der Übermann sah, wie das Licht der Laterne sich entfernte und schließlich wieder mit dem flackernden Licht des Wachfeuers verschmolz.

Kapitel 2

Der Regen hörte kurz nach dem Morgengrauen auf. Garth stieg auf sein Kriegstier – das den Namen Koros trug (nach dem arkheinischen Kriegsgott) –, um die letzte Etappe seiner langen Reise von der schwarzen Dûsarra zurück nach Skelleth in Angriff zu nehmen. Die Wolken hingen tief am Himmel, verdeckten die Sonne und machten den Tag grau und düster; der Pfad war ein einziger schmutzigbrauner Morast. Garths Proviant und Kleider und die Kleider seiner Gefangenen waren völlig durchnäßt worden, als er vor dem Regenguß, der am Abend zuvor heruntergegangen war, kein Obdach gefunden hatte, und die Kleidung war immer noch unangenehm klamm. Sogar Koros' Fell war feucht, und die Gefangene, ein dûsarranisches Mädchen namens Frima, klagte über den Geruch, der dem Fell des Kriegstiers entströmte.

Garth selbst störte dieser Geruch nicht sonderlich, wenngleich er seine Gegenwart nicht leugnen konnte. Er überhörte indes Frimas Monolog; im Verlauf der vergangenen zwei Wochen, die sie fast ausschließlich im Sattel verbracht hatten, hatte er sich an Frimas Hang zum Klagen und Nörgeln gewöhnt.

Als sie ihr erstes Thema – den Geruch von Koros' nassem Fell – erschöpfend abgehandelt hatte, ging sie zu den nächsten über: ihren eigenen triefendnassen Kleidern, der Unschicklichkeit ihres Aufzuges für eine anständige und ehrbare Person, wie sie es sei; der Länge der Reise und überhaupt allem, was ihr an der Welt mißfiel, und an dem Platz, den sie in ihr einnehme.

Der Übermann mochte ihr keinen Vorwurf machen. Auch er fühlte sich alles andere als behaglich; das Regenwasser hatte sein Stepphemd durchnäßt, das er unter dem Kettenpanzer trug, und der Panzer verhinderte, daß die Feuchtigkeit verdunstete. Sein eigenes Fell war genauso naß wie das des Kriegstieres, wenn auch nicht so übelriechend.

Selbst Koros machte einen gereizten Eindruck, und er war normalerweise durch nichts aus der Ruhe zu bringen, solange er regelmäßig sein Fressen bekam und nicht angegriffen wurde. Der Matsch der Straße klebte an seinen großen, mit weichen Tatzen gepolsterten Pranken und behinderte ihn ein wenig in seinem gewohnten lautlosen, geschmeidigen Gang, so daß seine Schritte von einem leisen platschenden Geräusch begleitet wurden.

Frima sang immer noch ihr Klagelied, als Garth zum ersten Mal Skelleth erblickte, eine niedrige Linie aus durchhängenden Dächern und unregelmäßig gezackten Wällen und Mauern am Horizont.

Er zeigte es ihr, und schlagartig verstummte ihr Genörgel. »Du meinst, wir sind endlich da?«

»Fast.«

»Ich kann gar keine Türme oder Kuppeln ausmachen.«

»Es gibt auch keine.«

»Es gibt keine?«

»Nein.«

Garth hatte seinen anfänglichen Ärger über die Unart des Mädchens, Fragen mehrmals zu wiederholen, schon lange überwunden und sich angewöhnt, jede Frage zu beantworten, egal wie oft sie sie auch wiederholte. Sie waren seit mehr als vierzehn Tagen zusammen, und er hatte sich an ihre Fragen und ständigen Klagen gewöhnt. Schließlich war sie bloß ein Menschenwesen; er konnte nicht zuviel von ihr erwarten.

»Was haben sie denn dann für Tempel?« fragte sie verwundert.

»Soweit ich weiß, gibt es keine Tempel in Skelleth«, erwiderte er.

»Es gibt keine Tempel?«

»Nein.«

»Wirklich?«

»Wirklich.«

»Heißt das, sie sind allesamt Atheisten?«

»Nein. Zumindest glaube ich das nicht.«

»Bist du Atheist?«

»Früher war ich einer; jetzt bin ich mir da nicht mehr so sicher.«

»Und warum nicht?«

»Weil ich in Dûsarra Dinge gesehen und gefühlt habe, die mich davon überzeugt haben, daß zumindest einige von euren sieben Göttern existieren – obwohl ich nicht sicher bin, ob sie wirklich Götter sind und nicht bloß irgendwelche Zauberwesen.«

»Sie sind nicht *meine* sieben Götter; ich verehre nur Tema.«

Garth gab sich nicht die Mühe, darauf zu antworten. Statt dessen studierte er sorgfältig den Horizont. Skelleth sah aus diesem Blickwinkel anders aus; er hatte sich der Stadt noch nie aus dieser Richtung genähert. Und auch als er zu dieser Expedition aufgebrochen war, hatte er den Weg durch das Westtor genommen und hatte dann einen Bogen nach Süden geschlagen, bis er auf die Straße gestoßen war, auf der er jetzt ritt.

Er überlegte, ob es nicht ratsam war, durch ein anderes Tor in die Stadt zu reiten. Immerhin war er immer noch ein Verbannter laut Befehl des Barons von Skelleth. Er war gewiß gut beraten, wenn er Vorsicht walten ließ, bis sich eine günstige Gelegenheit ergab, seine Rechnung mit dem Baron zu begleichen.

Aber nein! Das war nicht das, was er wollte; er würde geradewegs in die Stadt reiten und dem Baron die Stirn bieten! Er hatte sich seinerzeit dem Bannspruch nur gefügt, um das geplante Handelsabkommen nicht in Gefahr zu bringen, aber seine Reise nach Dûsarra hatte sich in vielerlei Hinsicht als sehr lehrreich erwiesen;

Abgesehen davon, daß er einiges über die Götter erfahren hatte, die die Menschenwesen verehrten, hatte er die Überzeugung gewonnen, daß Skelleth keineswegs die einzig mögliche Überland-Handelsroute zwischen der Nordwüste und den reichen Ländern des Südens war. Es mußte möglich sein, Skelleth zu umgehen und direkt mit den Städten des Südens zu handeln; er glaubte nicht, daß der alte Haß zwischen Menschen und Übermenschen noch stark genug war, um zu verhindern, daß der Handel aufblühte, wenn die Menschen im Süden erst einmal das Gold sahen, das die Übermenschen in der Nordwüste schürften. Überdies hatte er erfahren, daß die Nordwüste nicht die einzige Übermenschenkolonie war, die überlebt hatte; Dûsarra trieb Handel mit Übermenschen, die an der Yprischen Küste lebten, und obwohl er von diesem Übermenschenvolk nicht mehr wußte, als daß es existierte, sah er keinen Grund, warum sein eigenes Volk nicht auch mit ihnen Handel treiben sollte.

Angesichts dieser neuen Perspektiven hatte er nicht die Absicht, sich weiter von dem geisteskranken Baron einer verdreckten und verkommenen kleinen Grenzstadt herumstoßen zu lassen.

Nein, er würde sich nicht mehr vor dem Baron von Skelleth ducken; er würde direkt in die Stadt hineinreiten, geradewegs auf den Marktplatz. Und wenn der Baron protestierte, würde er ihn auslachen. Oder noch besser: ihn töten! Er würde das große Schwert nehmen, das er aus Dûsarra mitgebracht hatte, den Baron in Stücke hacken und sein Blut über den dreckigen Marktplatz seines armseligen Kaffs verspritzen ...

»Der Edelstein fängt wieder an zu glühen.« Frimas Stimme riß ihn aus seinen blutrünstigen Schwelgereien.

Garth schaute hinunter auf das Heft des riesigen zweihändigen Breitschwerts, das er an der Flanke seines Kriegstiers festgeschnallt hatte. Tatsächlich! Das große rote Juwel, das den Knauf der Waffe zierte, glomm so hell, daß nicht das trübe Licht der Morgensonne die Ursache sein konnte.

Wieder einmal versuchte das Ding, ihn in seinen Bann zu ziehen! Das Schwert war es, das ihm diese blutrünstigen Phantasien eingeflüstert hatte. Er verbrannte die Gedanken an Blut und Vernichtung sofort aus seinem Geist und konzentrierte sich statt dessen auf sein Wissen, daß das Schwert, das er dem brennenden Altar des Gottes der Zerstörung Bheleus entrissen hatte, erneut seine Persönlichkeit beeinflussen wollte. Es hatte dies während der Reise von Dûsarra nach Skelleth mehrere Male versucht, aber bisher war es Garth jedesmal gelungen, seinem unheilvollen Einfluß zu widerstehen. Er war mehrere Male nur um Haaresbreite daran vorbeigekommen, Frima zu töten, und es hatte ihn wahrhaft übermenschliche Selbstbeherrschung gekostet, seine Mordgier bei drei Bauern, zwei Gastwirten, einem Trunkenbold, vier Wanderern und einem Schmied im Zaum zu halten. Die Tatsache, daß sowohl Frima als auch Koros Ruhe und kühles Blut bewahrt hatten, war ihm dabei eine große Hilfe gewesen, und das Glühen des roten Steines diente ihm als Warnsignal, das es ihm ermöglichte, sich gegen diesen unheilvollen Tötungsdrang zu stemmen, bevor er unwiderstehlich wurde.

Er sehnte den Augenblick herbei, wenn er das Ding endlich los würde. Zusammen mit dem Rest seiner Beute, einschließlich Frima, mußte er es dem Vergessenen König übergeben. Jedem anderen hätte er das Schwert nur mit größtem Widerstreben ausgehändigt; er wußte, wie gefährlich es sein konnte. Der Vergessene König jedoch war ein schwacher alter Mann und zudem ein Zauberer, der gewiß gegen solcherlei magische Kräfte gefeit war.

Andererseits war er aber auch der verschwundene Hohepriester des Gottes-Dessen-Namen-Man-Nicht-Ausspricht, des Gottes des Todes, wie ihm der Wächter des Tempels jenes Gottes in Dûsarra offenbart hatte. Und es war eine furchtbare Waffe, schön und tödlich, ein Schwert, auf das ein Krieger in der Tat stolz sein konnte! Mit einem solchen Schwert konnte er jeden Feind niederstrecken ...

Das rote Glühen fiel ihm ins Auge, und sofort kämpfte er den Blutrausch wieder nieder. Er würde mit dem Vergessenen König über verschiedene Dinge sprechen müssen, bevor er ihm das Schwert übergab – oder auch die anderen Beutestücke; daß keines von ihnen irgendeinen spürbaren schädlichen Einfluß auf ihn ausgeübt hatte, mußte nicht unbedingt bedeuten, daß sie keine magische Kraft besaßen; aber so oder so würde er sich das Ding vom Halse schaffen. Er konnte nicht sein Leben damit verbringen, gegen seine Zauberkraft anzukämpfen.

Das Kriegstier stieß ein leises Knurren aus, einen Laut, den er nicht deuten konnte; es war nicht das Knurren, das ›Gefahr voraus‹ bedeutete, aber auch nicht das Knurren von Mißfallen. Er wandte den Blick von dem Stein und schaute nach vorn, aber die Kopfhaltung Koros' gab auch nicht mehr Aufschluß als das Knurren.

»Bist du in Ordnung?« fragte Frima.

»Ich denke schon«, antwortete er. »Es hat mich noch nicht richtig in seine Gewalt bekommen.«

»Das ist gut so. Ich glaube, da hinten auf dem Weg ist jemand.«

Garth spähte in die Ferne; das Mädchen hatte recht. Deshalb also hatte Koros geknurrt. Eine berittene Gestalt befand sich genau in der Mitte der Straße, vielleicht hundert Schritt vor dem verfallenen Tor Skelleths.

Hatte der Baron auch auf dieser Straße Wachtposten aufgestellt? Seinerzeit war nur das Nordtor bewacht gewesen. Die Gestalt war ziemlich groß für einen Menschen. Garth versuchte das Reittier zu identifizieren; es schien weder ein Ochse noch ein Yacker, noch ein Pferd zu sein. Überhaupt hatte er noch nie einen der Soldaten des Barons auf einem Reittier gesehen.

Wieder knurrte Koros, und diesmal antwortete ihm ein mächtiges Brüllen. Das Tier war ebenfalls ein Kriegstier, was bedeutete, daß sein Reiter mit größter Sicherheit ein Übermann war.

Was, fragte sich Garth verdutzt, machte ein Übermann auf der Straße von Skelleth nach Südwesten? Noch dazu auf einem Kriegstier? Da geschah etwas sehr Merkwürdiges.

Koros gab ein pfeifendes Winseln von sich, den Laut, mit dem er Enttäuschung ausdrückte. »Vorwärts!« flüsterte Garth ihm zu.

Das Kriegstier ließ ein gewaltiges Brüllen los, um die Begrüßung seines Artgenossen zu erwidern, und beschleunigte den Schritt.

Frima rutschte hinter ihm im Sattel hin und her. Er drehte sich um und sah, daß sie sich die Ohren zuhielt. Er hätte das besser auch getan: Ihm klingelten die Ohren von Koros' freudigem Begrüßungsbrüllen.

Das andere Kriegstier hatte sich jetzt in Bewegung gesetzt und kam ihnen entgegen. Als Garth schätzte, daß der andere Reiter in Rufweite war, rief er: »Ho da vorn! Wer bist du?«

Die Antwort war leise, aber gut verständlich. »Ich bin Thord von Ordunin! Wer bist du?«

»Ich bin Garth, ebenfalls von Ordunin!« Er holte Luft, um dem anderen eine weitere Frage entgegenzurufen, besann sich aber eines Besseren; die paar Minuten konnte er auch noch warten. Warum sich also die Lunge aus dem Hals schreien?

Wenig später standen sich die zwei Übermänner gegenüber; die Kriegstiere beschnüffelten und beschnurrten einander im Begrüßungsritual ihrer Art. Koros war bei weitem größer als sein Artgenosse; er war glatt und geschmeidig von der Nase bis zum Schwanz, jeder Zoll seines Fells war von glänzendem Schwarz, während das andere Kriegstier ein wenig struppig um den Hals herum war und am Bauch eine gelbbraune Fleckenzeichnung hatte. Zudem war vom linken Fangzahn ein Stück abgebrochen. Beide Tiere hatten große goldene Augen.

Thord überragte Garth um einen Zoll und mochte vielleicht zwanzig Pfund schwerer sein als sein Landsmann; sein schwarzes Haar war direkt unter den Ohren abgeschnitten, während Garth das Haar schulterlang trug. Ansonsten sahen beide ganz ähnlich aus. Beide hatten das nasenlose, hohlwangige, lippenlose Gesicht des typischen Übermannes und die lederartige braune Haut, die vom Nacken abwärts von einem schütteren Haarfall bedeckt war. Beide hatten die gleichen unheilvoll rot lodernden Augen. Thord trug volle Rüstung: Kettenhemd, Brustharnisch, Helm, Handschuhe, Beinschienen und metallgepanzerte Stiefel. Garth trug einen breitkrempigen Händlerhut, einen arg mitgenommenen Kettenpanzer, weiche Lederbeinkleider und zerfetzte, ausgetretene Stiefel. Thord trug ein Schwert und einen Dolch an seinem Gürtel und hatte eine Streitaxt über den Rücken geschnallt. Garths einzige Waffe waren ein Dolch in einem seiner Stiefel und das riesige Zweihandschwert, das im Geschirr seines Kriegstiers hing.

Thord war allein; Garth hatte Frima hinter sich auf dem Rücken des Kriegstieres sitzen. Das dûsarranische Mädchen, das sein zwanzigstes Lebensjahr noch nicht vollendet hatte, hatte schwarzes lockiges Haar und braune Augen; seine Haut war um eine Schattierung dunkler als die der blaßhäutigen Bewohner von Skelleth, jedoch heller als die der Übermänner. Sie war barfüßig und lediglich mit einem bestickten Hemd bekleidet, welches ihr bis zu den Knien gereicht hätte, wenn sie es nicht der Bequemlichkeit halber – um besser auf Koros' breitem Rücken sitzen zu können – bis zu den Hüften gerafft getragen hätte, eine nicht gerade schickliche Kleidung für ein weibliches Menschenwesen, wie sie Garth wiederholt geklagt hatte. Obwohl sie voll ausgewachsen war, besonders ihre Brüste, und nicht gerade schlank zu nennen war, wog sie mit Sicherheit nicht einmal halb soviel wie Thord oder Garth.

Thord sprach als erster: »So bist du es also wirklich, Garth! Wo warst du?«

»Ich habe in einer persönlichen Angelegenheit Nekutta bereist. Was treibst du hier im Menschenland, noch dazu auf einem Kriegstier?«

»Wir belagern Skelleth; ich bin beauftragt, diese Straße zu bewachen.« Ein Anflug von Stolz schwang in seiner Stimme mit.

»Ihr belagert Skelleth?« Garth ließ seinen Blick über die leere Ebene schweifen, die sich in alle vier Himmelsrichtungen dehnte und nur im Norden unterbrochen wurde, dort wo Skelleth lag. Von einer Armee oder Belagerungsmaschinen war keine Spur zu entdecken; ja, nicht einmal ein zweiter Wachtposten war auszumachen.

»O ja. Wir sind zu wenige, um die ganze Stadt zu umzingeln; also haben wir Wachtposten in einem Ring entlang der Stadtmauer aufgestellt, die Befehl haben, sofort Hilfe von den anderen herbeizurufen, falls es nötig sein sollte. Die Menschen sind so schwach, daß sie bisher noch keinen Ausbruch versucht haben.«

Garth unterdrückte ein spöttisches Lächeln; er hatte nicht die Absicht, einen Artgenossen zu beleidigen, aber die absurde Unzulänglichkeit einer solchen ›Belagerung‹ war ihm sofort klar. Wenn die Menschenwesen noch nicht ausgebrochen waren, so lag das sicher nicht an ihrer Schwäche, sondern entweder daran, daß sie noch nicht dazu gekommen waren (wahrscheinlich infolge mangelnder Organisation), oder daran, daß sie es ganz einfach nicht für nötig befanden. Mehr noch als die Frage, warum sein Volk es plötzlich für richtig gehalten hatte, militärische Schritte gegen Skelleth zu unternehmen, interessierte ihn die Frage, welcher Idiot sich eine dermaßen hanebüchene Strategie ausgedacht haben mochte. »Wer hat diesen Plan ausgeheckt?« fragte er.

Thord lächelte. »Dein Weib Kyrith.«

»Was? Kyrith?« Jegliche Spottlust war mit einem Schlag verflogen.

»Ja. Sie und Galt, der Meisterhändler, sind unsere Befehlshaber, ernannt vom Stadtrat.«

Garth war so vor den Kopf geschlagen, daß er für einen Moment sprachlos war. Als er sich wieder gefaßt hatte, fragte er: »Was geht hier vor? Erklär mir das!«

Thord war verblüfft über Garths barschen und grimmigen Ton, aber er antwortete: »Kyrith war in Sorge um deine Sicherheit, Garth. Sie glaubte, der Baron von Skelleth hätte dich entführt und eingekerkert, als du nicht mit den anderen von eurer Handelsmission zurückkehrtest. Galt erzählte ihr, du seist ausgewiesen worden und allein mit unbekanntem Ziel weggeritten, weil du es nicht übers Herz gebracht hättest, in Schande nach Ordunin zurückzukehren, aber sie glaubte ihm nicht. Sie ersuchte den Stadtrat um die Erlaubnis, eine Abteilung Freiwilliger aufzustellen, nach Skelleth zu marschieren und deine Freilassung von diesem Baron zu fordern. Der Rat stimmte ihrer Einlassung zu; obwohl er den Worten Galts glaubte; der Gedanke, der dahinter steckte, war, daß der Baron von Skelleth und die anderen Menschenwesen durch eine solche Aktion vielleicht so eingeschüchtert würden, daß sie uns in Zukunft besser behandeln würden. Gleichwohl bestand der Rat darauf, daß Galt am Kommando teilhabe, da Kyrith nichts von Skelleth und vom Charakter und Verhalten der Menschenwesen wisse und sich in ihrem Zorn vielleicht zu unbedachtem Handeln hinreißen ließe.«

Garth unterbrach ihn. »Sie hätten gut daran getan, ihr einen Befehlshaber zur Seite zu stellen, der sich in militärischen Dingen auskennt. Diese sogenannte Belagerung wird kaum die Verbindung zwischen Skelleth und dem übrigen Eramma abgeschnitten haben, und wir können nur hoffen, daß es in der Stadt bis jetzt niemand für nötig befunden hat, Verstärkung aus dem Süden herbeizurufen.«

Jetzt war es an Thord, sprachlos zu sein. »Verstärkung?« fragte er ungläubig.

»Ja, Verstärkung! So verfallen und verrottet es auch sein mag, Skelleth ist immer noch ein Vorposten des Königreichs Eramma, jener Nation, die die unsere im letzten Rassenkrieg besiegte. Sie könnten wahrscheinlich zehntausend Mann innerhalb einer Woche hierherbringen und uns die Haut bei lebendigem Leibe über die Ohren ziehen.« Er hatte keine exakte Vorstellung, wie viele Männer der Hohe König von Eramma aufbieten konnte und wie lange er brauchte, um mit ihnen nach Skelleth zu marschieren; seine Zahlen waren reine Mutmaßungen. Er zweifelte jedoch nicht im geringsten daran, daß die Erammaner keine Mühe hätten, eine Streitmacht von Übermännern zu vernichten, die nicht einmal stark genug war, um ein halb verfallenes Nest wie Skelleth anständig zu belagern.

»Oh.« Thords Miene blieb ausdruckslos, aber seine Verwirrung wurde in seinem betretenen Schweigen deutlich. Garth hörte, wie Frima ein Kichern unterdrückte. Er hoffte, daß Thord es nicht gemerkt hatte. Er wäre zweifellos tödlich beleidigt gewesen, wenn er erlebt hätte, daß ein Menschenwesen ihn auslachte. Garth war selbst ein wenig verärgert über die Respektlosigkeit des Mädchens; was ihn jedoch viel mehr erzürnte, war die Dummheit Thords und seiner Kameraden, sich freiwillig für ein so törichtes und gefährliches Unternehmen zu melden.

»Fahr fort! Du hast mir gerade erklärt, was den Stadtrat dazu bewog, seine Einwilligung für dieses Abenteuer zu geben.«

»O ja, richtig! Nun, Kyrith hatte keine Schwierigkeiten, sechzig Freiwillige zu finden, und der Rat bewilligte ihr ein Dutzend Kriegstiere. Wir marschierten nach Skelleth und kamen gestern morgen an, aber der Baron weigerte sich, uns zu empfangen; einer seiner Gardisten sagte uns, er läge krank darnieder. Galt schlug daraufhin vor, wir sollten irgendwo im Norden, in den Hügeln, unser Lager aufschlagen und warten, aber Kyrith wollte das nicht; sie befürchtete wohl, der Baron könnte uns heimlich entschlüpfen. Es gab eine Abstimmung: Kyrith gewann, und so begannen wir gestern nachmittag mit der Belagerung.«

Erleichtert atmete Garth auf; das war eine zu kurze Zeit, als daß die Nachricht schon andere Städte Erammas erreicht haben konnte. Möglicherweise hatten die Einwohner Skelleths noch nicht einmal bemerkt, daß sie unter Belagerung standen; noch war es nicht zu spät, die Angelegenheit friedlich zu regeln.

»In Ordnung«, sagte er, »du hast deine Pflicht getan, aber ich löse dich jetzt ab. Du reitest zurück und richtest meiner Frau aus, sie soll diese lächerliche Belagerung sofort abblasen. Ich bin gesund und wohlauf, und ich komme zu ihr, sobald ich ein kleines privates Geschäft in der Stadt erledigt habe. Wo ist ihr Lager?«

»Das Hauptlager ist an der Wüstenstraße im Norden der Stadt, aber ich kann meinen Posten noch nicht verlassen.«

»Unsinn! Du reitest zu ihr und sagst ihr, daß ich hier bin.« Garth hatte keine Lust, lange herumzudiskutieren; wenn er Thord weiter hier auf der Hauptdurchgangsstraße Wache stehen ließ, dann griff der Dummkopf womöglich noch eine Karawane oder einen unschuldigen Wanderer an, der zufällig des Weges kam.

»Verzeiht, Herr, aber ich habe meine Befehle.«

»Vergiß deine Befehle! Wer immer sie dir erteilt hat, ich stehe in einem höheren Rang als er, und ich widerrufe seine Befehle hiermit. Diese Belagerung wird sofort eingestellt; als Mitglied des Stadtrates, Prinz von Ordunin und einer der Edlen und Führer der Übermenschen der Nordwüste übernehme ich ab sofort den Oberbefehl. Und nun geh und richte Kyrith das aus und sag ihr, sie solle auf mich warten und keinerlei Feindseligkeiten gegen die Menschenwesen unternehmen, bis ich eintreffe. Habe ich mich klar ausgedrückt?« Ohne daß er es wollte, bewegte sich seine Hand hinunter zum Griff des großen Breitschwerts; der Edelstein im Knauf erglomm blutrot.

Thord zögerte noch einen Moment lang; es fiel ihm schwer zu entscheiden, ob Garth tatsächlich die Befugnis hatte, einen vom Quorum des Stadtrats ernannten Befehlshaber zu überstimmen. Garth war hier, und er war wütend; der Stadtrat war fern. Das gab den Ausschlag. »Wie du wünschst«, sagte er und wendete sein Kriegstier nach Norden.

Garth schaute ihm nach; erneut kochte blanke Wut in ihm auf: Wie konnten Übermänner so dumm sein, ein solch heilloses Manöver zu planen und auch noch in die Tat umzusetzen! Noch dazu sein eigenes Hauptweib! Eine Belagerung war eine heikle und manchmal gefährliche Operation, keine fröhliche Lustpartie. Es geschähe dem hirnlosen Haufen recht, wenn zufällig jemand vorbeikam und sie von hinten angriff. Es wäre nur recht und billig, wenn der ganze verdammte Idiotenhaufen abgeschlachtet würde! Am liebsten wäre er persönlich hingegangen und hätte sie gelehrt, wie man Krieg führt – mit dem blanken Schwert als Zeigestock!

»Garth?« Frimas Stimme zitterte ein wenig.

Das Menschenwesen wagte es, seinen Gedankenflug zu stören – diese unverschämte Kreatur! Seine Stimme klang fast schnarrend, als er fragte: »Was willst du?«

»Der Stein glüht wieder.« Sie zeigte mit dem Finger darauf.

Er glühte in der Tat – und bereits bedrohlich hell. Er schaute ihn an und sagte sich, daß der Zorn, den er spürte, nicht sein eigener war. Es gab keinen Grund, wütend auf das Mädchen zu sein, das sich so verhalten hatte, wie es es für richtig erachtete. Und es gab keinen Grund, wütend auf Kyrith und ihre Freiwilligen zu sein – jedenfalls nicht so wütend, daß es gerechtfertigt gewesen wäre, mit gezücktem Schwert gegen sie vorzugehens. Sie hatten schließlich in bester Absicht gehandelt.

Er brauchte mehrere Minuten, um sich wieder einigermaßen zur Ruhe zu zwingen. Als er das geschafft hatte, war sein erster Gedanke, daß er sich das Schwert wirklich so schnell wie möglich vom Halse schaffen mußte.

Nun, das gehörte zu dem kleinen Privatgeschäft, das er hier in Skelleth erledigen wollte; er würde die Beute, die er aus Dûsarra mitgebracht hatte, entweder dem Vergessenen König aushändigen, oder er würde sie irgendwo verschwinden lassen, wo sie künftighin niemanden in Gefahr bringen würde.

Mit diesem Gedanken im Kopf setzte er Koros in Bewegung und lenkte ihn in Richtung Südwesttor.

Das Tor war unbewacht; hätten die Stadtleute gewußt, daß sie belagert wurden, so hätte mit ziemlicher Sicherheit dort ein Wachtposten gestanden, sagte er sich. Die Tatsache, daß keiner dort stand, ließ also darauf schließen, daß sie es noch nicht gemerkt hatten. Das war nur gut; bedeutete es doch, daß noch keine Kriegshandlungen stattgefunden hatten.

Was ihm merkwürdig vorkam: Das einzige Tor, das der Baron als bewachungswürdig erachtete, war das Nordtor. Sicher, die anderen vier lagen alle nach nominell freundlich gesinntem Territorium hin, und aus keiner Richtung drohte wirkliche Gefahr – außer vielleicht aus dem Norden, von Garths Volk. Wachdienst am Nordtor war eine Strafe, die der Baron gern gegen solche Gardisten verhängte, die aus irgendeinem Grund sein Mißfallen erregt hatten; das hatte ihm Saram vor Monaten einmal verraten. Die anderen Tore waren zum Strafdienst weniger geeignet, da sie besser gegen den kalten Wind geschützt lagen und überdies eine gewisse

Ablenkung von der Eintönigkeit boten, lief doch durch sie wenigstens hin und wieder ein wenig Verkehr.

Was immer auch der Grund sein mochte, der sich dahinter verbarg, er war froh, daß der Baron nur das Nordtor bewachen ließ. So konnte er die Stadt ungesehen betreten.

Das vor ihm liegende Tor war im Grunde kaum mehr als eine Lücke in der Stadtmauer; die Straße wand sich durch den Schutt längst verfallener Türme. Von dem eigentlichen Tor, das dort einst gestanden hatte, war nicht die geringste Spur mehr zu sehen. Koros hatte keine Mühe, hindurchzugelangen. Der Weg durch das Westtor war teilweise durch Schutthaufen blockiert, was bei diesem jedoch nicht der Fall war; er war freigeräumt worden für die Karawanen, die Skelleths einzigen wirklichen Kontakt mit der Zivilisation darstellten.

Im Innern der Stadtmauer fand Garth sich von Trümmern und Ruinen umgeben. Die Stadt war einst recht groß und ansehnlich gewesen: vor dreihundert Jahren, zu Zeiten der Rassenkriege, als sie das Hauptbollwerk der Menschheit gegen die Übermenschen gewesen war; doch mit dem Ende der Kämpfe war auch der Zustrom von Nachschub und Menschen aus dem Süden versiegt. Skelleth war mehr und mehr verfallen und auf seinen Stadtkern zusammengeschrumpft, und heute war es fast eine tote Stadt. Das Dorf, zu dem es heruntergekommen war, bestand nur noch aus wenigen intakten Häusern, die sich um den Marktplatz und das Haus des Barons drängten, die Häuser um den Stadtkern herum standen leer und verfallen.

Sein Ziel war der *Gasthof des Königs,* die Taverne, in der der Vergessene König lebte. Sie stand in einer engen schmutzigen Gasse hinter dem Haus des Barons, gleich neben dem Zentrum der Stadt, so daß er kaum hoffen konnte, unentdeckt hinein zu gelangen. Also sah er keinen Sinn darin, es überhaupt erst zu versuchen; zwischen den Ruinen herumzuschleichen, würde ihn nur Zeit kosten, und er wollte so schnell wie möglich zu Kyriths Lager gelangen, ehe sie womöglich weiteren Unfug ausheckte.

Deshalb ritt er geradeaus weiter, ohne die Passanten und Hausbesitzer zu beachten, die ihm mit offenen Mäulern hinterherstarrten.

Es war sehr wahrscheinlich, daß sein plötzliches Auftauchen dem Baron gemeldet werden würde, was mit Sicherheit eine heikle Situation heraufbeschwören würde; schließlich hatte der Baron ihn aus der Stadt verbannt und ihm verboten, Skelleth ohne seine ausdrückliche Genehmigung zu betreten. Er würde nicht umhinkommen, ein paar Gardisten zu töten, um dem Baron klarzumachen, daß er kam und ging, wann es ihm beliebte, mit oder ohne Genehmigung.

Es würde gewiß Spaß machen, ein paar Gardisten zu töten; er würde das große Schwert mit beiden Händen packen und sie in Stücke hacken, und dann würde er ...

Er riß sich zusammen und äugte hinunter auf den glühenden Rubin, bevor Frima Zeit hatte, etwas zu sagen.

Es würde *keinen* Spaß machen, jemanden zu töten. Die Menschenwesen hatten genauso ein Recht auf Leben wie er. Wenn es zu einem Zusammenstoß mit den Soldaten des Barons kommen sollte, dann konnte er nur hoffen, daß es ihm wie schon einmal gelang, sie so einzuschüchtern, daß sie es nicht wagten, ihn anzugreifen. Er würde niemanden töten, wenn er es irgendwie vermeiden konnte.

Er wollte niemandem Schmerz oder Leid zufügen, sagte er zu sich selbst.

Er mußte es sich immer und immer wieder sagen, als er durch die Straßen ritt und die Leute erschrocken vor ihm aus dem Weg stoben, sobald sie ihn gewahrten. Er mußte alle Kraft zusammennehmen, um der Versuchung zu widerstehen, Koros vorwärtszutreiben und sie niederzureiten wie eine Herde Ziegen, das große Schwert aus dem Geschirr des Kriegstiers zu reißen und sie niederzumähen wie Grashalme.

Als er endlich am *Gasthof des Königs* ankam, war es soweit, daß er wie ein Schwachsinniger laut vor sich hin stammelte: »Ich darf ihnen nichts antun, ich darf niemanden töten.«

Kapitel 3

Weit entfernt im Westen, in der Stadt Dûsarra, in einem Raum, der ganz in Schwarz und Dunkelrot ausgeschlagen war und der lediglich von einer einzigen riesigen Kerze erhellt wurde, hielt ein untersetzter, fast kahlköpfiger Mann in einer weiten schwarzen Robe eine Kugel aus Kristall und starrte hinein. Das ständige Starren in die Kugel ermüdete ihn und schien ihn altern zu lassen, aber es war eines seiner größten Vergnügen. Seine Fähigkeiten wuchsen durch die Übung, und er hatte in der letzten Zeit viel geübt.

Er hatte jedoch nicht so viel geübt, wie er es sich gewünscht hätte; er hatte jetzt andere Pflichten und Aufgaben – viele und verantwortungsvolle. Vor einem Monat hatte er Aufgaben ausführen müssen, die seine Zeit, in die Kugel zu spähen, stark eingeschränkt hatten, aber immer wenn seine besonderen Fähigkeiten nicht gebraucht wurden, hatte er seine Zeit ganz für sich verwenden können. Jetzt aber unterlag er keinen Einschränkungen mehr, niemand konnte ihm mehr sagen, was er zu tun und zu lassen hatte; aber einher gekommen mit dieser Freiheit war auch die Verantwortung für sämtliche Angelegenheiten seiner Sekte. Er, Haggat, war der neue Hohepriester des Aghad, des Gottes der Furcht und des Hasses, und seine Aufgabe war es, den Kult gesund und rührig zu halten. Das konnte er nicht, indem er ständig nur in sein Glas starrte; er mußte über Dispute zu Gericht sitzen, den Kurs des Kults festlegen und alle Informationen sieben und auswerten, die auf magischem und normalem Wege gesammelt wurden.

Er hatte viele Pflichten weitergegeben, so viele, wie er glaubte weitergeben zu können, ohne daß seine Autorität geschwächt wurde; dennoch mußte er feststellen, daß immer noch ein großer Teil seiner Zeit mit Verwaltungsarbeit vertan wurde. Groß waren daher immer seine Freude und Erleichterung, wenn er sich seiner großen und ersten Liebe widmen konnte, dem Spähen und Spionieren.

Leider wurde jetzt seine Zeit schon wieder knapp; er mußte sich wieder der Pflicht widmen, einen Kandidaten für das Nachtopfer auszuwählen, eine Aufgabe, die er nicht länger hinausschieben konnte, wenn das Opfer rechtzeitig bereitstehen sollte.

Das paßte ihm überhaupt nicht, beobachtete er doch gerade sein Lieblingsobjekt, den Übermann, der ihn zum Hohepriester gemacht hatte, indem er seinen Vorgänger getötet hatte. Es hatte ihn in der jüngsten Zeit von Tag zu Tag mehr Mühe gekostet, das Bild Garths in seine Kugel einzufangen, und Haggat war sicher, daß das nicht ausschließlich auf die wachsende Entfernung zurückzuführen war. Irgend etwas störte den Empfang, irgendeine magische Kraft von großer Stärke und Wirksamkeit. Vermutlich war das Schwert Bheleus die Ursache.

Der Übermann tat im Moment nichts, was für Haggat von großem Interesse gewesen wäre; er war offenbar soeben in Skelleth eingetroffen und ritt jetzt durch die Straßen. In diesem Augenblick hielt er vor einer kleinen Taverne an. Er schien etwas vor sich hin zu murmeln; aber das Glas übermittelte nur Bilder, keinen Ton, und das Bild war zu verschwommen, als daß Haggat dem Übermann die Worte von den Lippen hätte ablesen können.

Haggat hatte wichtigere Dinge zu tun, als seine Zeit damit zu verbringen, dem Übermann bei der Einnahme seines Mittagsmahls zuzuschauen, zu welchem Zwecke er zweifellos die Taverne aufgesucht hatte. Das Bild verblaßte, und er mußte jetzt gehen und das Opfer auswählen. Er ließ die Kugel sinken, und das Bild verschwand vollständig.

Er würde jedoch zurückkommen, sobald die Zeit es erlaubte. Garth hatte den Aghad-Kult beleidigt und herausgefordert, und Haggats Pflicht war es, dafür Sorge zu tragen, daß der Übermann dafür angemessen bestraft wurde.

Der Kult des Aghad war sehr erfahren in solchen Dingen.

»Wo sind wir?« fragte Frima.

»Dies«, antwortete Garth, »ist der *Gasthof des Königs,* wo der Vergessene König zu finden ist.«

»Ist er der Besitzer? Kommt daher der Name des Gasthofs?«

»Das weiß ich nicht; es spielt auch keine Rolle.«

»Willst du mich wirklich ihm übergeben?« Ihre Stimme klang wehmütig; Garth vermochte das Gefühl, das darin lag, nicht präzise zu deuten: Wehmut war ein Gefühl, das den Übermenschen mehr oder weniger fremd war; gleichwohl war ihm klar, daß sie nicht erfreut darüber war.

»Ja, das will ich; aus keinem anderen Grund habe ich dich vom Altar Sais gerettet und nach Skelleth gebracht. Ich habe keine andere Verwendung für dich. Es kann sehr gut sein, daß der Vergessene König ebensowenig etwas mit dir anzufangen weiß wie ich; in dem Fall wirst du wahrscheinlich frei sein und gehen können, wohin du willst.«

»Oh.« In dieser einzigen Silbe schwangen viele gemischte Gefühle; Garth bemerkte keines von ihnen, und sogar Frima selbst war sich über ihre Gefühle in diesem Moment nicht voll im klaren. Da waren Besorgnis und Angst angesichts eines ungewissen Loses, das sie erwartete, da waren gespannte Vorfreude und Erwartung, würde sie doch zum ersten Male in ihrem Leben einem leibhaftigen Zauberer begegnen; da waren Hoffnung, daß sie vielleicht bald wieder frei sein würde, und Bedauern darüber, daß ihr Zusammensein mit

Garth nun offensichtlich zu Ende ging – kurz, ein Durcheinander verwirrender Gemütsbewegungen.

Sie befanden sich in der Gasse hinter dem Haus des Barons, umgeben von Dreck und Gestank. Ein paar Schritte vor ihnen zur Linken war die offene Tür einer Taverne, und gleich dahinter war ihr breites Fenster mit den violett angelaufenen uralten Butzenscheiben zu sehen. Der Tag war immer noch jung, der Himmel grau und bewölkt, so daß die Gasse voller Schatten war und die Laternen, die im Innern des Gasthofs brannten, die Tür und das Fenster zu einladenden Lichtvierecken machten.

Niemand hatte gewagt, den lautlosen geschmeidigen Marsch des Kriegstiers durch die Stadt zu behindern, aber eine große Zahl von Einwohnern hatte es vorbeifliegen sehen, und es war gut möglich, daß einige von ihnen den Übermann wiedererkannt hatten, der auf ihm ritt. Vermutlich war die Kunde von Garths Auftauchen schon zum Baron vorgedrungen; er durfte keine Zeit verlieren. Er hoffte, seine Unterredung mit dem alten Mann beenden und wieder verschwinden zu können, bevor der Baron Zeit hatte, seine Gardisten gegen ihn in Marsch zu setzen.

Zwar war gleich hinter dem Gasthof ein Stall, aber er verzichtete darauf, Koros dort unterzustellen; für die kurze Frist, die er für das Gespräch mit dem Vergessenen König veranschlagte, konnte das Kriegstier auf der Gasse warten. Er saß ab und lud die Beutestücke ab, die er im Auftrage des Vergessenen Königs aus Dûsarra mitgebracht hatte.

Die meisten davon steckten in einem großen Sack, den er sich über die Schulter warf. Frima war ebenfalls ein Teil seiner Beute; er hob sie vom Rücken des Kriegstiers und befahl ihr, sie zu begleiten und während seiner Unterredung mit dem Vergessenen König zu schweigen. Und schließlich war da noch das verhexte Schwert; er war unschlüssig, ob er es direkt mitnehmen sollte, wußte er doch nur zu gut, daß es, selbst wenn er es nicht berührte, immer noch imstande war, einen beträchtlichen Einfluß auf seine Gefühle und Handlungen auszuüben. Jedoch schien sich keine andere Lösung anzubieten; also zog er es schließlich aus dem Geschirr des Kriegstieres, wobei er aber zur Vorsicht nur eine Hand benutzte und vorher das Heft mit einem Lappen umwickelte, damit seine Hand nur ja nicht in direkten Kontakt mit dem Metall oder dem schwarzen Überzug des Griffes kam.

Auf Garths Geheiß ging Frima voraus, als sie in das helle saubere Innere der Taverne traten; so konnte sie nicht weglaufen. Garth trug den Sack in der linken Hand und das Schwert in der rechten; hätte sie nur die geringste verdächtige Bewegung gemacht, so hätte er beides schnell fallenlassen und sie festhalten können.

Die Schankstube stand in angenehmem Kontrast zu der ekelerregenden, stinkenden Gasse; sie war genau so, wie Garth sie in Erinnerung hatte, warm und sauber und behaglich. Die Wände waren mit dunklem Holz getäfelt, und das Licht spendeten Öllampen auf den Tischen und Deckenbalken sowie ein riesiger Kamin, der einen großen Teil der rechten Wandfläche einnahm. Krüge und Gefäße aus Glas und Zinn funkelten blitzsauber auf ihren Regalen. Die Wand zur Linken war ausgefüllt mit großen Bier- und Weinfässern, an denen Zapfhähne aus blank gewienertem Messing blitzten. Hinten führte eine hölzerne Treppe zum Obergeschoß. Zur Rechten war der Fußboden mit Schieferplatten ausgelegt, dahinter gähnte der gewaltige steinerne Kamin.

Der Fußboden aus Eichenbohlen war zu einer skurrilen Berg- und Tallandschaft ausgetreten, die zeigte, daß das Mobiliar seit Urzeiten nicht mehr umgestellt worden war. Flache Täler zogen sich zwischen den Tischen hindurch und um sie herum, ausgetreten von den schlurfenden Schritten von Generationen von Gästen;

schmale Rillen markierten die Stellen, an denen die Stühle unzählige von Malen beim Aufstehen und Hinsetzen hin und her gerückt worden waren. Die Tische selbst thronten auf kleinen Hügeln; dies waren die einzigen Stellen, an denen der Fußboden noch seine ursprüngliche Höhe aufwies.

Ein halbes Dutzend Menschenwesen verteilte sich in der Schankstube: der stämmige Wirt, ein Mann mittleren Alters, der ein Tablett mit frisch gefüllten Bierkrügen auf den Händen trug; zwei schlampig aussehende Dörfler in schmutzigen Arbeitskitteln, die gerade nach ihrem Bier gerufen hatten, als das Mädchen und der Übermann eintraten und die sofort verstummten, als sie des seltsamen Duos ansichtig wurden; ein Gardist in Kettenhemd und Lederhelm, der sich mit einem schwarzhaarigen Mann mit sorgfältig gestutztem Bart unterhielt; in dem letzteren erkannte Garth Saram, einen ehemaligen Leutnant im Dienste des Barons, der sowohl ihm, Garth, als auch dem Vergessenen König dann und wann gefällig gewesen war.

Und schließlich war da der Verlassene König selbst. Ein alter Mann, in zerfetzte gelbe Lumpen gehüllt, der an einem kleinen Tisch in der Ecke hinter dem Treppenaufgang saß. Er mochte nach menschlichen Maßstäben einst groß gewesen sein, doch jetzt war er alt, gebeugt und verwittert. Sein Gesicht war fast völlig unter einer Kapuze verborgen, so daß das einzige, was zu sehen war, die Spitze seiner knochigen Nase und der strähnige weiße Bart waren, der von seinem Kinn herabhing.

Garth zeigte ihn Frima; sie starrte verdutzt. »*Das* ist der König, dem du mich ausliefern willst?«

»Ja«, erwiderte Garth. Er unterdrückte den Ärger, der ob der überraschten Reaktion des Mädchens in ihm hochstieg; er war sich voll und ganz des Schwertes bewußt, das er in der rechten Hand hielt, und auch des schwach glimmenden roten Steins in seinem Knauf.

Der Wirt und die anderen vier schauten schweigend

zu, als das ungleiche Paar sich seinen Weg zum Ecktisch bahnte. Der Wirt blieb wie angewurzelt stehen und wagte sich nicht vom Fleck zu rühren, offenbar aus Angst, er könne ihnen zufällig in den Weg kommen; erst als sie vorbei waren, teilte er eiligst die bestellten Biere aus, bevor seine Gäste womöglich auf die Idee kamen, aufzustehen und die Taverne zu verlassen, ohne ihre Zeche zu bezahlen.

Die zwei Zivilisten tuschelten leise miteinander. Der Gardist sagte, gar nicht erst um Heimlichkeit bemüht, laut zu Saram: »Ich glaube, ich gehe jetzt besser und melde es dem Hauptmann.«

»Tu das«, erwiderte Saram. »Ich bleibe hier und schaue, was passiert.« Sein Blick folgte Frima durch die Schankstube.

Der Soldat nickte, erhob sich von seinem Stuhl und ging hinaus, just als Garth gegenüber von der gelb gekleideten Gestalt Platz nahm. Frima ließ sich nervös am nächststehenden leeren Tisch nieder; der alte Mann hatte irgend etwas an sich, was sie störte und verunsicherte. Sie stellte fest, daß sie, selbst wenn sie ihn direkt anschaute, nicht seine Augen sehen konnte, sondern nur etwas Vages, Dunkles. Sein Gesicht war runzlig und verwelkt, die Haut spannte sich über den Wangenknochen, und ganz gleich, wie sie ihre Stellung und ihre Blickrichtung veränderte, sie konnte weder Stirn noch Augen hinter den dunklen Schatten seiner tief ins Gesicht hängenden Kapuze erkennen. Sie mußten, schloß sie, tief in ihre Höhlen zurückgesunken sein; denn blind war er allem Anschein nach nicht. Hinter dem Schatten mußte sich mehr verbergen als leere Augenhöhlen.

Garth nahm keine Notiz von den Schatten; er hatte den alten Mann schon früher gesehen, sein Aussehen war daher nichts Neues mehr für ihn. Er war nicht sicher, warum die Augen des Königs nicht zu sehen waren und wie dieser Trick funktionierte, aber der Anblick war ihm mittlerweile schon fast vertraut. Er wußte, daß der alte Mann zu sehen vermochte, und manchmal konnte man auch ein kurzes Aufblitzen sehen, wie als ob sich Licht in einem Auge widerspiegelte; es handelte sich also mit ziemlicher Sicherheit um irgendeinen magischen Trick.

»Ich habe dir gebracht, was ich auf sechs der Altäre Dûsarras vorgefunden habe«, begann er ohne Umschweife.

Der Alte veränderte ganz leicht seine Sitzhaltung und legte seine mumienartige hagere Hand auf den Tisch. »Zeig es mir!« bat er.

Seine Stimme war ein heiseres trockenes Krächzen. Frima erschauderte. Die Stimme klang nach Alter und unmittelbar bevorstehendem Tod. Sie erinnerte sie an die Geschichten, die sie von P'hul gehört hatte, der Göttin des Verfalls. Es hieß, wo immer die Göttin wandele, werde der Boden zu Staub, würden die Pflanzen zu Pulver zerfallen, die Quellen und Brunnen versiegen, die Bäume vertrocknen und absterben; die Stimme des Vergessenen Königs hätte trefflich zu einer solchen Gottheit gepaßt.

Garth stellte den Sack, den er noch immer in der Hand hielt, neben sich auf den Boden und packte den Griff des Schwertes mit beiden Händen. »Zuerst«, sagte er, »gibt es da noch gewisse Dinge zu klären.«

»Was für Dinge?«

Die Stimme war immer noch die gleiche; irgendwie hatte Frima geglaubt, sie würde sich verändern, die Kehle des alten Mannes würde ein wenig feuchter werden.

»Ich will wissen, warum du diese Dinge haben willst. Ich will wissen, warum du dich geweigert hast, mir zu sagen, was du damit vorhast. Ich verlange, daß du mir erklärst, wer und was du bist und was du in dieser heruntergekommenen Taverne in einer stinkenden, halb verlassenen Grenzstadt tust.«

»Warum?«

Garth gab einen unartikulierten Laut der Überraschung und Enttäuschung von sich. »Warum?« rief er. »Du fragst, warum? Ich habe meine Gründe, alter Mann. Wenn du diese Dinge haben willst, derentwegen du mich nach Dûsarra geschickt hast, dann wirst du mir antworten müssen.«

Die in Gelb gehüllten Schultern hoben sich kaum merklich und sanken wieder herunter.

»Glaube nicht, du könntest es mit einem Achselzukken abtun! Ich will wissen, was du im Schilde führst.« Garth hob das Schwert, und Frima sah, daß der rote Edelstein hell leuchtete, in einem feurigen blutroten Licht.

Der Greis hob die Hand vom Tisch und beschrieb eine Geste mit seinem langen knochigen Zeigefinger; sofort erlosch das rote Glimmen. Der rote Stein war mit einem Schlag schwarz geworden und ähnelte jetzt mehr einem Obsidian denn einem Rubin.

Garth und Frima starrten in stummer Verblüffung auf den Stein. Der Übermann hatte sich halb von seinem Stuhl erhoben; jetzt sank er langsam wieder zurück. Einen Moment lang herrschte Totenstille.

Garth hatte das Gefühl, als hätte sich plötzlich ein Nebel in seinem Geist aufgelöst. Er fühlte sich seltsam leer, so als wäre einen Moment zuvor sein Schädel noch mit Watte vollgestopft gewesen, die plötzlich verschwand und ein dunkles Loch zurückließ. Sein Blick erschien ihm übernatürlich klar und rein, als wäre er irgendwie von einem Schleier aus Blut und rotem Licht befreit worden. Der Zorn, den er noch Sekunden vorher empfunden hatte, war wie weggeblasen, und mit ihm die Gereiztheit und Verwirrung, die in den vergangenen zwei Wochen jeden seiner Gedanken getrübt zu haben schien.

Das vielleicht Merkwürdigste von allem war, daß er, obwohl er sich immer noch unter denselben Leuten befand wie vorher, sich plötzlich allein fühlte, zum ersten

Mal, seit er das rotglühende Schwert in dem halbzerstörten Tempel gesehen hatte.

Er wußte mit absoluter Klarheit und Gewißheit, daß er wieder er selbst war – ganz und ausschließlich er selbst –, während er ein paar Minuten vorher noch etwas anderes gewesen war. Er fühlte sich rein, und es war ein sehr gutes Gefühl.

Er fragte sich, wie lange dieses Gefühl anhalten werde. Das Schwert war ein Verbindungsglied mit dem Gott Bheleu; wer oder was der Vergessene König auch immer sein mochte, konnte er der Macht eines Gottes trotzen? War es wirklich der Gott der Zerstörung, der Garth beeinflußt hatte? Wenn ja, wie lange würde es dauern, bis er seine Autorität wiederherstellte? Garth äugte besorgt auf den Knauf des Schwertes.

Der Stein blieb schwarz. Ein wenig beruhigt, sagte Garth: »Ich will wissen, wie du solche Dinge vollbringen kannst. Für mein Aufbrausen bitte ich um Entschuldigung; wie du offensichtlich bemerkt hast, übt das Schwert einen Einfluß auf mich aus, und es hat mich einige Male dazu gebracht, mich unvernünftig zu verhalten. Gleichwohl ist es nicht das Schwert, sondern mein eigener Wille, der mich darauf beharren läßt, daß du mir eine Erklärung abgibst, bevor ich dir die Dinge übergebe, die ich gestohlen habe. Wer und was bist du? Was hoffst du mit diesen Dingen zu erreichen?«

»Du bist besorgt und beunruhigt«, sagte der alte Mann, »weil man dir gesagt hat, daß ich der Hohepriester des Gottes-Dessen-Namen-Man-Nicht-Ausspricht bin und du nicht einem helfen willst, der dem Tode dient.«

»Du streitest es also nicht ab?«

Der Vergessene König antwortete nicht.

»Du verstehst also, warum ich zögere. Ich weiß, daß zumindest einer dieser Gegenstände magische Kraft hat – ich hätte sogar gesagt, sehr große magische Kraft, hätte ich nicht soeben mit eigenen Augen gesehen, wie du mit ihm umgesprungen bist. Ich vermute, daß einige von den anderen ebenfalls magisch sind, wenn auch vielleicht auf weniger augenfällige Weise. Ich weiß, daß du mich auf diese Reise schicktest, weil du dir davon erhofftest, an Gegenstände zu gelangen, die notwendig sind für irgendeine geheimnisvolle Großtat, die du zu vollbringen hoffst, aber du hast dich beharrlich geweigert, mir irgend etwas von der Natur dieser Großtat zu verraten. Überrascht dich da meine Befürchtung, als ich erfuhr, wer du bist, daß es sich in der Tat um böse Zwecke handelt, für die du diese Gegenstände benötigst? Die Aufgaben, die du mir gestellt hast, waren nicht dazu angetan, meine Zweifel auszuräumen: Du batest mich, dir den Basilisken von Mormoreth zu bringen, die tödlichste Kreatur, der ich je begegnet bin, ob in Wirklichkeit oder Legende, und die Altäre der Dunklen Götter zu plündern. All dies scheint darauf hinzudeuten, daß du irgendeine wahrhaft grausige Tat im Dienste deines Gottes planst, eine Tat, der Natur deines Gottes entsprechend, die nur auf den Tod unzähliger Menschen und Übermenschen hinauslaufen kann.«

Der alte Mann saß schweigend da; offenbar dachte er über das eben Gesagte nach. Währenddessen wurde Frima für einen Moment abgelenkt: Saram war aufgestanden, durch den Raum gekommen und stand jetzt neben ihr.

»Erlaubst du, daß ich mich zu dir setze?« fragte er leise, auf einen der Stühle an ihrem Tisch deutend.

»Ja«, erwiderte sie, ohne nachzudenken; dann fügte sie hinzu: »Garth könnte jedoch etwas dagegen haben.«

»Oh, das glaube ich nicht«, flüsterte Saram. »Die beiden sind vielzusehr in ihr Gespräch vertieft, um auf uns zu achten.« Er nahm auf dem Stuhl gegenüber dem Mädchen Platz, und sie schauten und lauschten gemeinsam, als der Vergessene König antwortete.

»Mir liegt nichts daran, irgendeinem Gott zu dienen.

Das einzige, wonach ich trachte, ist es, endlich zu sterben.«

Nach einer kurzen Pause des Überlegens antwortete Garth: »Das hatte ich vermutet. Ich konnte keine andere Verwendung für einen Basilisken sehen, als die zu töten. Als du schworst, du wolltest niemandem anderen etwas zuleide tun, folgerte ich, du wolltest ihn haben, um dich selbst von ihm töten zu lassen. Später jedoch bekam ich Zweifel an meinen Schlußfolgerungen, denn du sagtest, das, wonach du strebtest, sei von einschneidender Bedeutung für die übrige Welt, und der Tod eines einzigen alten Mannes konnte doch wohl kaum ein solch welterschütterndes Ereignis sein. Also dachte ich mir, daß du mich vielleicht belügst, daß es dir tatsächlich nur darum geht zu sterben und daß alle deine anderen Behauptungen lediglich den Zweck hatten, mich zu verlocken, dir zu helfen. Aber die Weisen Frauen von Ordunin sagten mir, wenn ich dir diente, werde mein Name bis zum Ende aller Zeiten lebendig bleiben, was einer solchen Hypothese wiederum widersprach.

»Nun, du sagst, du trachtetest lediglich nach deinem eigenen Tod; wie kann der Tod eines alten Mannes solche ungeheure Tragweite haben? Wie kann meine Beihilfe dazu mir ewigen Ruhm einbringen? Ich begreife das nicht. Des weiteren sagst du, dir liege nichts an den Göttern, obwohl der Beschreibung des duŝarranischen Tempelwächters nach nicht der geringste Zweifel besteht, daß *du* der Hohepriester des Letzten Gottes bist, des Gottes des Todes.«

»Ich *war* es«, sagte der Vergessene König.

»Du *warst* es? Hast du dem Dienste des Todesgottes entsagt?«

Der alte Mann gab keine Antwort.

Garth saß eine Zeitlang schweigend da, dann sagte er langsam: »Ich glaube, ich verstehe allmählich. Der Dûsarraner sagte, es liege in der Natur deines Dienstes am Gott des Todes, daß du, du selbst, nicht sterben könntest. Du habest jedoch den Wunsch zu sterben; du lebest, so sagte er, seit mehr als vier Zeitaltern, und nun seiest du müde und des Lebens überdrüssig. Doch du kannst nicht sterben, solange du dem Gott-Dessen-Namen-Man-Nicht-Ausspricht dienst. Du hast daher deinem Dienst entsagt – oder es versucht. Doch du starbst nicht, als du dem Blick des Basilisken begegnetest; deine Unsterblichkeit dauert noch immer fort. Der Tod hat dich nicht empfangen, der Gott hat deinen Abfall nicht akzeptiert.«

Der alte Mann nickte kaum merklich.

»Dann hast du also die Absicht, die Götter dazu zu zwingen, deinen Abfall anzuerkennen, auf daß du endlich sterben kannst? Beabsichtigst du, die Götter selbst anzurufen?«

Der Vergessene König antwortete nicht.

»Das muß es sein; du willst den Gott-Dessen-Namen-Man-Nicht-Ausspricht in unsere Welt bringen, damit du deinen Pakt mit ihm beenden kannst. Ein solches Zauberkunststück wäre fürwahr eine Großtat, die ewigen Ruhmes würdig wäre, ein Meisterstück, welches in der Geschichte einzig dastünde.«

Die in Gelb gehüllte Gestalt veränderte ein wenig ihre Sitzhaltung. »Nicht ›einzigartig‹, Garth! Ich habe das gleiche schon einmal vollbracht, als ich den Pakt schloß.«

»Nun wird mir auch klar, wieso du mir Unsterblichkeit versprechen konntest; du wolltest mich den Göttern als Ersatz anbieten. Eine solche Art von ewigem Leben wäre gleichwohl nicht nach meinem Geschmack.«

Der König zuckte die Achseln.

»Dieses Zauberkunststück – wie soll es bewerkstelligt werden?«

»Ich habe nicht gesagt, daß ich irgend etwas dergleichen beabsichtige«, versetzte der alte Mann.

»Auch, wenn du es weiter vorziehst, den Geheimniskrämer zu spielen, was sonst solltest du beabsichtigen? Du streitest es doch nicht ab, oder?«

Wieder hoben und senkten sich die gebeugten Schultern des Greises.

Garth lehnte sich zurück und dachte nach. Der Stuhl ächzte und knarrte unter seinem Gewicht. Der vergessene König wollte seine Vermutung nicht bestätigen, aber seine Theorie ergab einen logischen Sinn; sie brachte alle bekannten Fakten in einen vernünftigen, logischen Zusammenhang, und auch die früheren Behauptungen des Vergessenen Königs fügten sich sauber in sie hinein. Warum gab er es dann nicht zu? Der einzige plausible Grund dafür konnte nur sein, daß sein Plan mögliche Folgen nach sich zog, von denen er glaubte, daß sie Garth mißfielen und ihn von weiteren Hilfeleistungen abhalten könnten. Solche Folgen mußten zudem ziemlich leicht zu entdecken sein; wenn sie nur im geringsten geheim und dunkel waren, durfte es ein leichtes sein, Garth daran zu hindern, von ihnen zu erfahren.

Er dachte über die Sache nach. Den Gott-Dessen-Namen-Man-Nicht-Ausspricht in das Reich der Sterblichen zu holen – was würde das für Konsequenzen haben? Der Gott forderte manchmal Menschenopfer; konnte es das sein? Das konnte es sehr wohl. Darüber hinaus würde der Akt der Anrufung des Gottes nicht ohne das laute Aussprechen seines Namens – wie immer er lautete – zu bewerkstelligen sein; und das bedeutete den sicheren Tod. Offenbar jedoch nicht den des Vergessenen Königs, aber wie stand es um die, die um ihn herum waren? Was würde mit ihm, Garth, geschehen? Wie würde sich die Anwesenheit des personifizierten Todes auf seine unmittelbare und weitere räumliche Umgebung auswirken?

Er hatte keine Möglichkeit zu erfahren, was geschehen würde. Wahrscheinlich wußte es niemand außer dem Vergessenen König selbst.

»Was wird mit denen geschehen, die um dich sind, wenn dein Zauber erfolgreich ist, welchen du zu dem Zwecke durchzuführen gedenkst, endlich zu sterben?«

Erneut zuckte der Greis die Achseln.

»Willst du damit sagen, daß du es selbst nicht weißt, oder ist es dir schlicht einerlei?«

»Ich weiß es nicht genau.«

Garth überlegte, bevor er sorgfältig seine nächste Frage formulierte.

»Hast du Grund zu der Annahme, daß der Zaubertrick, der dir den ersehnten Tod bringen soll, auch den Tod anderer bewirken wird?«

Nach einer Pause des Schweigens antwortete der König: »Ja.«

»Wie vieler anderer?«

»Das weiß ich nicht.«

»Einer? Einige? Viele?«

»Viele.«

Das war es also; deshalb also hatte sich der alte Mann so sehr gesträubt zu sagen, was er wollte. Hinzu kam, daß es in der Tat der Grund war, der Garth davon abhalten würde, ihm weiter zu Diensten zu sein, und der ihn auch davon abhalten würde, ihm die Beute auszuhändigen, die er aus Dûsarra mitgebracht hatte.

Zumindest nahm Garth sich vor, ihm die Beute nicht zu übergeben. Er überlegte einen Moment lang und fragte dann: »Wäre es vielleicht möglich, daß es irgendeinen anderen Weg gibt, deinen Tod herbeizuführen, einen Weg, bei dem keine anderen zu Schaden kommen?«

»Eine solche Möglichkeit ist mir nicht bekannt; seit Jahrhunderten habe ich erfolglos einen solchen Weg gesucht. Der Basilisk war so ziemlich meine letzte Hoffnung, meinen Tod auf einem solchen Wege herbeizuführen.«

So ziemlich seine letzte Hoffnung, dachte Garth – nicht seine endgültig letzte. Es bestand also noch eine

Chance. Er würde dem Vergessenen König keinesfalls bei seinem Plan behilflich sein, den Gott-Dessen-Namen-Man-Nicht-Ausspricht auf die Welt herabzuholen, aber er war durchaus bereit, ihn auf andere Weise in seinem Bestreben zu unterstützen. Er würde zwar wahrscheinlich keinen ewigen Ruhm erlangen, indem er dem alten Mann zu sterben half, aber es war etwas, das zu tun sich lohnte. Er würde nicht helfen, die Götter vom Himmel herabzuholen, aber er würde einem Unsterblichen das ersehnte Ende machen und damit zugleich den Hohepriester des Todes töten. Das war eine Tat, die durchaus bemerkenswert und bedeutsam war. Er hatte nicht das Gefühl, daß er dem Vergessenen König irgend etwas schuldig war, aber es gab keinen Grund, warum er nicht Mitleid für ihn empfinden sollte.

Unter diesen Umständen wünschte er nicht, sich den alten Zauberer-Priester zum Feind zu machen. Andererseits war ihm aber auch nicht wohl bei dem Gedanken, ihm die Beute aus Dûsarra zu übergeben. Er saß unschlüssig da und rang mit sich, was er als nächstes tun sollte.

»Du sagtest, du hättest mir Dinge mitgebracht; laß sie mich sehen!« Die krächzende Grabesstimme des Alten riß ihn aus seinem Grübeln.

»Vergib mir, o König, aber ich bin nicht gewillt, dir zu geben, was ich mitgebracht habe, denn ich will mich nicht mitschuldig machen am Tode so vieler anderer.«

»Ich habe dich nur gebeten, sie mir zu zeigen.«

Eine solche Bitte vermochte er unter den gegebenen Umständen kaum abzuschlagen. Vielleicht konnte ihm der alte Hexer sagen, was es mit einigen der Gegenstände auf sich hatte, welche Art von Magie ihnen innewohnte.

»Da ist zuerst einmal dieses Schwert. Ich zog es aus einem brennenden Altar in einem verfallenen Tempel, der offenbar Bheleu geweiht war, dem Gott der Zerstörung. Es scheint große magische Kraft zu besitzen –

oder zumindest eine gewisse Kraft.« Er erinnerte sich an die scheinbare Leichtigkeit, mit der der Vergessene König den blutrot glühenden Stein zum Erlöschen gebracht hatte.

»Es ist das Schwert Bheleus, das echte Zeichen des Gottes«, bestätigte der Vergessene König.

Garth war verblüfft; der alte Mann gab nur selten unaufgefordert solche Informationen. Er blickte in die schattenverhüllten Augen und glaubte ein kurzes Aufblitzen wahrzunehmen. Zeigte der Alte tatsächlich Anzeichen von Erregung?

Jetzt selbst interessiert, langte der Übermann hinunter und hob den Sack auf den Tisch. Dann faßte er mit der Hand hinein.

Der erste Gegenstand, den er hervorholte, war in Tuch eingewickelt. »Dies ist der Stein vom Altar der Tema, der Göttin der Nacht«, erklärte er. »Ich habe ihn in Tuch eingehüllt, weil er hypnotische Eigenschaften besitzt, die einen, wenn man nicht aufpaßt, in Bann schlagen können.« Er legte das kopfgroße Bündel auf den Tisch neben das Schwert.

Am Nebentisch fuhr Frima zusammen und sog scharf die Luft ein.

»Was ist?« flüsterte Saram.

»Er hat Tema beraubt! Das ist Gotteslästerung!«

»Ja?«

»Natürlich.«

Saram, der schon den Mund für eine weitere Frage geöffnet hatte, hielt inne, als er sah, daß Garth einen zweiten Stein aus dem Sack zog. Dieser war unverhüllt und von schwarzem Glanz, offenbar ein facettierter und polierter Obsidianklumpen.

»Dieser Stein«, erklärte der Übermann, »stammt vom Altar des Gottes der Dunkelheit und der Blinden; sein Name fällt mir im Augenblick nicht ein.« Wieder tauchte er die Hand in den Sack; diesmal kam sie mit einem kleinen Beutel hervor.

»Der Altar der P'hul war leer, bis auf eine dicke Staubschicht, die darauf lag; ich habe dir etwas von dem Staub mitgebracht.« Er warf den Beutel neben die zwei Steine und zog sodann einen weiteren Beutel aus dem Sack; dieser war weit größer als der Beutel mit dem Staub und augenscheinlich erheblich schwerer. Er öffnete ihn und schüttete einen Berg Münzen auf die Tischplatte. Sie waren allesamt aus Gold und mit einer krümeligen dunkelbraunen Substanz umkrustet.

»Dies fand ich auf dem Altar des Aghad; die Flecken sind getrocknetes Blut.« Ein bitterer Klang trat in seine Stimme, als er hinzufügte: »Mindestens zwei Menschen starben, während ich den Aghad-Tempel besuchte, aus keinem anderen Grund als dem, die Aghaditen zu ergötzen.«

»Aber du hast ihren Hohenpriester getötet«, warf Frima vom Nebentisch ein.

Er wandte sich um, an ihre Anwesenheit erinnert. »Ich hätte liebend gern den ganzen Kult ausgelöscht, wie ich es mit dem Kult Bheleus tat. Komm her, Mädchen!« Er winkte sie zu sich.

Zögernd stand Frima von ihrem Stuhl auf und trat an den Tisch des Vergessenen Königs. Garth legte ihr eine Hand auf die Schulter. »Dies«, sagte er, an den Alten gewandt, »fand ich auf dem Altar der Sai, der Göttin des Schmerzes. Für den Fall jedoch, daß sie nicht das ist, was du wolltest, nahm ich auch noch das mit, was – wie die Priester mir sagten – die Anbeter des Schmerzes normalerweise auf ihrem Altar aufbewahren.« Er schüttelte den fast leeren Sack über dem Tisch aus, und heraus fielen eine Peitsche und ein schmaler Dolch.

»Sonst fand sich nichts?« fragte der König.

»Leider habe ich nicht daran gedacht, auch die Stricke mitzunehmen, mit denen sie ihr Opfer auf den Altar gefesselt hatten.«

»Die meinte ich nicht. Nun, was du da mitgebracht hast, ist zum größten Teil wertloser Tand, Garth. Die

Steine sind die echten Stücke, aber ihre Kraft ist größtenteils schon vor langer Zeit verpufft. Das Schwert – nun, es ist wertvoll. Der Rest ist nichts, bloßer Müll. Die Peitsche ist eine – noch dazu schlechte – Imitation; das wahre Insigne Sais ist mit Silber beschlagen. Das Insigne Aghads ist ein goldener Dolch. P'huls Zeichen ist ein Ring, der im Besitz eines Rates von Zauberern ist.«

»Das sind die Dinge, die ich auf den Altären fand«, sagte Garth. Er war erstaunt über die plötzliche Redseligkeit des Königs.

»Und was war auf dem siebenten Altar?«

Garth zögerte einen Moment, ehe er antwortete: »Vom Altar des Todes habe ich nichts genommen.«

»Warum nicht?«

»Ich traute dir nicht; ich hatte Angst vor dem, was du womöglich damit anstellen würdest, sollte es sich als ein für den Tod ebenso mächtiges Werkzeug erweisen wie das Schwert für die Zerstörung.«

»Aber das Buch war doch dort, nicht wahr?«

Verdutzt starrte Garth den Vergessenen König an. »Was für ein Buch?«

»Es gab kein Buch?«

»Nein.«

»Was war dann auf dem Altar?«

Garth sah keinen Grund, nicht die Wahrheit zu sagen. »Ein hornbewehrter Schädel, der von einem mir unbekanntes Wesen stammte.«

Für einen Moment kehrte Schweigen ein. Dann fragte der König: »Hast du ihn mitgenommen?«

»Nein, ich habe ihn dort gelassen. Er war auf dem Altar befestigt, und ich hielt es für besser, ihn nicht loszubrechen.«

»Natürlich war er am Altar befestigt, du Tor! Er ist ein Bestandteil des Altars. Und sonst war nichts da?«

Es war das erste Mal, daß der Alte in Garths Gegenwart die Stimme gehoben hatte; es war kein angenehmes Erlebnis. Obwohl noch immer weit davon entfernt, laut zu sein, schien der Klang ihn regelrecht zu durchschneiden.

»Nein, sonst war nichts da. Die Altarplatte war leer. Ach ja, da war noch Schleim auf ihr, von dem Ungeheuer ...«

»Was soll ich mit Schleim? Ich brauche dieses Buch!«

»Es gab kein Buch, da bin ich ganz sicher.«

»Dann fort mit dir! Behalt deinen Kram und laß mich in Frieden; ich muß nachdenken.« Mit diesen Worten stand der alte Mann auf, raffte sich die Lumpen noch fester um den Körper, schlurfte um den Tisch herum und stieg die Treppe hinauf.

Garth schaute ihm vor Verblüffung mit offenem Mund nach; plötzlich fiel ihm ein Lichtschimmer ins Auge, und als er den Blick auf die Quelle dieses Lichts wandte, sah er, daß der Stein im Knauf des Schwertes des Bheleu wieder rot geworden war und in einem unbeständigen pulsierenden Licht glomm. Bestürzung und Entsetzen packten ihn, als er sich erneut von den vertrauten, alles erstickenden roten Nebelschwaden aus Zorn und Verwirrung umhüllt fühlte; das Entsetzen wich mit dem Verschwinden der geistigen Klarheit, derer er bedurft hätte, damit ihm der Verlust klar wurde.

Kapitel 4

Saram war der erste, der das Schweigen brach, das nach dem jähen Abgang des Königs eingetreten war. »Worum ging es denn eigentlich?« wollte er wissen.

»Ich weiß es nicht«, erwiderte Garth. Seine Gedanken deuchten ihn eine zähe, trübe Masse, durchsetzt mit dem Gefühl schwelender Wut.

»Was wird jetzt aus mir?« fragte Frima.

Der Übermann starrte noch immer auf die Treppe, die der Alte gerade hinaufgestiegen war; als er die Stimme des Mädchens hörte, wandte er sich langsam zu ihm um.

»Es scheint ganz so«, sagte er, »als ob du jetzt frei wärest. Ich sagte dir ja bereits, daß ich keine Verwendung für dich habe; ich habe dich bloß hierhergebracht, weil der alte Mann mich beauftragte, alles mitzubringen, was ich auf den Altären fände, und du warst nun einmal auf dem Altar der Sai. Ich hatte gedacht, indem ich seinen Auftrag wortwörtlich nähme, würde ich ihn davon überzeugen, daß es besser sei, wenn er in Zukunft weniger geheimniskrämerisch sein würde. Offensichtlich hat das nicht viel gefruchtet – aber das ist nicht dein Problem. Ich habe dich für ihn mitgebracht, und er hat dich nicht haben wollen; somit habe ich keine Verwendung mehr für dich. Es steht dir frei zu gehen, wohin es dir beliebt.«

»Wirst du mich also dann zurück nach Dûsarra bringen?«

»Das hatte ich eigentlich nicht vor.«

»Oh, das mußt du aber! Ich kann nicht allein zurück; es ist gefährlich, und außerdem kenne ich den Weg nicht.«

»Willst du wirklich zurück? Als wir fortgingen, wütete eine Seuche in der Stadt.«

»Oh!« Ihre Begeisterung schien schlagartig gedämpft. »Das stimmt; der Weiße Tod ging auf dem Marktplatz um, und die Stadt ging in Flammen auf. Vielleicht gehe ich besser doch nicht zurück. Aber was soll ich jetzt tun?«

»Das ist deine Sache.« Garth erhob sich. »Ich habe mich um meine eigenen Angelegenheiten zu kümmern, und ich will hier weg sein, bevor der Baron mir seine Soldaten auf den Hals hetzt – wenn er das nicht schon getan hat.«

»Du kannst mich nicht einfach allein in einer fremden Stadt lassen!«

Garth zögerte. »Ich kann dich aber auch schlecht in ein Heerlager mitnehmen. Wie soll ich den Übermännern die Anwesenheit eines Menschenwesens erklären? Außerdem kann ich mich nicht ewig um dich kümmern. Hier in Skelleth bist du wenigstens unter deinesgleichen.«

Saram meldete sich zu Wort. »Ich könnte mich wohl eine Zeitlang um sie kümmern.«

Der Übermann schaute ihn verdutzt an. »Das ist nicht nötig; du hast nichts mit ihr zu tun und bist daher auch nicht dazu verpflichtet, dich ihrer anzunehmen.«

»Aber es macht mir nichts aus.«

Garth schaute von Saram auf Frima und wieder zurück auf Saram. War ihm hier etwas entgangen? Hatte der einstige Gardist irgendein Interesse an dem Mädchen bekommen? Er hatte bemerkt, daß die beiden miteinander gesprochen hatten, wenngleich er nicht gehört hatte, worüber.

Welcher Natur mochte das Interesse Sarams an dem Mädchen sein? Er wußte, daß er sich mit den Menschenwesen nicht sehr gut auskannte, und er fragte sich, was für eine Art von Zuneigung sich so schnell entwickelt haben konnte. Nein, wahrscheinlicher war, daß Saram schlicht neugierig auf die Dûsarranerin war oder daß er Garth ganz einfach einen Gefallen erweisen wollte – zweifellos in der Erwartung, diesen später vergolten zu bekommen. Daran war nichts Unbilliges; ohnehin hatte Garth das Gefühl, daß er Saram etwas schuldig war, hatte sich der Ex-Gardist doch schon in der Vergangenheit mehrfach hilfreich gezeigt.

»Nun gut; wie du möchtest. Vielleicht kannst du ihr als erstes etwas geeignetere Kleidung beschaffen; sie jammert schon die ganze Zeit über die Sachen, die ich ihr gegeben habe, und außerdem hätte ich ganz gern mein Hemd zurück.«

»Keine Angst, ich werde mich gut um sie kümmern.« Garth fand, daß das Lächeln des Gardisten irgendwie seltsam war, aber er ging darüber hinweg.

Das Schwert und die anderen Beutestücke lagen noch immer auf dem Tisch verstreut; obwohl er sich möglichst schnell auf den Weg machen wollte, um Kyrith und Galt aus der Patsche zu helfen, in die sie sich da offensichtlich hineinmanövriert hatten, blieb er noch da, um sie einzusammeln. Schließlich ging es nicht an, magische Gegenstände in einer Taverne herumliegen zu lassen, wo jeder zufällig vorbeikommende Zecher sie einstecken und mitnehmen konnte. Aus persönlicher Erfahrung wußte er, daß der weiße Stein und das Schwert gefährlich waren, und bei dem schwarzen Stein war das auch nicht auszuschließen. Den Rest hatte der Vergessene König als wertlosen Plunder abgetan, aber Gold war Gold und zum Fortwerfen zu schade, und die Peitsche und der Dolch waren durchaus ordentliche und gebrauchstüchtige Waffen. Den Beutel mit dem Staub wollte er zuerst liegenlassen, doch in einer Anwandlung von Reinlichkeit und Ordnungsliebe nahm er ihn schließlich doch und warf ihn zu den übrigen Sachen in den Sack.

Das Schwert paßte natürlich nicht in den Sack; er behielt es in der Rechten, während er mit der Linken den Sack aufhob und ihn über die Schulter schwang. Der rote Stein glomm schwach.

Mit einem abschließenden Blick vergewisserte er sich, daß er auch nichts zurückgelassen hatte, außer natürlich Frima. Die Gardisten des Barons konnten jeden Moment zur Tür hereinplatzen. Er wandte sich um und ging hinaus.

Saram und Frima schauten ihm nach. Als er außer Sicht war, wandte sich der Ex-Gardist zu seiner neuen Gefährtin um und unterzog sie einer ausgiebigen Musterung. Dann sagte er: »Setz dich, Mädchen, und erzähl mir von dir!«

Frima sah das offensichtliche Wohlgefallen in Sarams Miene und bemerkte, daß sein Haar und sein Bart so dunkel waren wie die eines typischen Dûsarraners und daß sie ein energisches, anziehendes, ausdrucksstarkes Gesicht umrahmten. Mit einem schüchternen Lächeln setzte sie sich auf einen Stuhl und sagte: »Ich heiße Frima. Was möchtest du wissen?«

Draußen, vor dem *Gasthof des Königs,* steckte Garth das Schwert Bheleus zurück an seinen Platz im Geschirr des Kriegstiers, dann saß er auf. Koros blieb still stehen, scheinbar unberührt, bis der Befehl zum Losgehen kam; sofort verfiel er in seinen gewohnten geschmeidigen Gang.

Wenn der Baron seine Soldaten losgeschickt hatte, so waren sie jedenfalls noch nicht angekommen; Kriegstier und Übermann stießen auf keinen Widerstand, als sie sich durch die gewundenen Straßen ihren Weg nach Norden bahnten. Der Matsch war ein wenig getrocknet, aber der Untergrund war immer noch weich, und die weich gepolsterten großen Tatzen des Kriegstiers bewegten sich mit katzengleicher Lautlosigkeit vorwärts, nicht länger behindert durch festklumpenden Matsch.

Während er dahinritt, dachte Garth über das seltsame Verhalten des Vergessenen Königs nach. Was hatte der alte Mann an Gegenständen erwartet? Er hatte von einem Buch gesprochen; was für ein Buch meinte er? Im Tempel des Todes jedenfalls war kein Buch gewesen.

Der Tempel hatte aus einer Höhle in der Wand des Vulkans bestanden, der über den schwarzen Mauern Dûsarras aufragte, aus einer künstlich ausgeweiteten Höhle mit kunstvoll verzierten Wänden. Der Altar hatte so ausgesehen, als wäre er aus einem Stalagmiten herausgehauen worden; er war groß und schmal, mit einer abgeschrägten Oberfläche, und erinnerte eher an ein Chor- oder Lesepult, mit dem Unterschied, daß dort, wo bei einem Lesepult eine Kerze oder Lampe gestanden hätte, dieser unheimliche hornbewehrte Schädel befestigt war. Bis auf diesen war der Altar vollkommen leer gewesen. Von einem Buch jedenfalls war nichts zu sehen gewesen. Und Garth erinnerte sich an keine Stelle in der Höhle, an der jemand ein Buch hätte aufbewahren können, ohne das Risiko einzugehen, daß es von dem scheußlichen Ungeheuer gefressen worden wäre, das in den Tiefen und Schächten hinter und unter der Altarhöhle gehaust hatte.

Allerdings hatte der Altar – das mußte er zugeben – genau die richtige Form, um ein Buch zu halten. Hatte der tattrige alte Priester, der den Tempel hütete, das Buch vielleicht weggenommen und irgendwo außerhalb der Höhle versteckt?

Andererseits, warum sollte der Tempelwärter so etwas tun? Um es vor dem Ungeheuer zu schützen – vielleicht? Das mochte durchaus des Rätsels Lösung sein. Er würde den Vergessenen König auf diese Möglichkeit hinweisen, falls er je noch einmal Lust haben sollte, wieder in die Dienste des alten Mannes zu treten.

Was machte dieses Buch so kostbar?

Das freilich war ziemlich leicht zu erraten, wenn er daran dachte, was der König gesagt hatte. Das Buch mußte notwendig sein für die Durchführung des Zaubertricks. Vielleicht war es ein Buch mit Zaubersprüchen, in welchem die notwendigen Instruktionen und Formeln aufgeführt waren; vielleicht verfügte auch das Buch selbst über magische Kräfte.

Wie auch immer – es war jetzt nicht mehr wichtig. Es zählte nur, daß er den Auftrag ausgeführt und sein Wort gehalten hatte und daß der König nicht in der Lage war, seinen todbringenden Zauber zu vollbringen. Damit war sein Handel mit dem König beendet. Er hatte seine Pflicht erfüllt und konnte jetzt frei über die erbeuteten Gegenstände aus Dûsarra verfügen; und er hatte jetzt freie Hand, seine Rechnung mit dem frechen Baron von Skelleth, diesem Emporkömmling, zu begleichen, sobald sich die Gelegenheit dazu bot. Als erstes aber galt es jetzt, dem Unfug, den Kyrith und Galt da angerichtet hatten, ein Ende zu setzen. Sobald er dies und die Sache mit dem Baron geregelt hatte, hatte er endlich wieder Zeit für sich; dann konnte er sich ausruhen und entspannen und sich in aller Muße überlegen, was er mit dem Zauberschwert und dem Altarstein anfangen sollte.

Er näherte sich jetzt dem Nordtor; wie nicht anders erwartet, saß ein Wachtposten in dem halbverfallenen Wachturm neben der Straße. Er rechnete jedoch mit keinen Schwierigkeiten von seiten des Mannes; seine Aufgabe war es, Feinde am Betreten der Stadt zu hindern, und nicht, sie am Verlassen der Stadt zu hindern.

Hinter dem Tor dehnte sich offenes Gelände, und vielleicht zweihundert Schritt weiter, am Rande der Wüstenstraße, befand sich das Lager, zu dem er wollte. Er konnte Kriegstiere sehen, die ruhig in einer Gruppe am Rande des Lagers standen, und Übermänner, die sich zwischen den Zelten bewegten – ziemlich ungeordnet und ziellos, wie ihm schien. Er hoffte nur, daß sie nicht so zügellos waren, wie sie aussahen. Wie konnte der Stadtrat so töricht gewesen sein, sie ohne einen fähigen und erfahrenen Krieger als Führer loszuschicken?

Der Wachtposten hatte ihn jetzt bemerkt, aufgeschreckt durch das Klirren seines Panzers und Koros' Geschirr; die Tritte von Koros' weichen Tatzen waren völlig geräuschlos. Der Mann stand auf und zückte sein Kurzschwert; sogar Garth, unvertraut mit menschlichem Mienenspiel, wie er war, konnte die Verwirrung und Nervosität im Gesicht des jungen Mannes lesen.

»Halt!« schrie der Wachtposten.

Es war noch zu früh für eine scharfe Reaktion; Garth flüsterte seinem Kriegstier etwas zu, und Koros blieb ein paar Fuß vor dem Soldaten stehen.

Der Mann war offensichtlich unsicher, wie er sich verhalten sollte; also übernahm Garth die Initiative. »Ich glaube, du begehst einen Fehler, indem du mich anhältst. Ich verlasse die Stadt friedlich. Du bist hier, um vor herannahenden Feinden zu warnen; ich aber nahe nicht heran, sondern entferne mich.«

Der Soldat war noch immer sichtlich unschlüssig.

Als keine Antwort von ihm kam, fuhr Garth fort: »Außerdem wärest du wohl kaum in der Lage, mich aufzuhalten. Du bist ein einzelner Mensch und unberitten, während ich ein Übermann auf einem Kriegstier bin und eine große Anzahl meiner Artgenossen in Rufweite habe.« Er deutete auf das Lager. »Ich empfehle dir, mich durchzulassen, bevor ich ungeduldig werde.«

Die Logik dieses Arguments war unwiderlegbar. Der Wächter steckte sein Schwert zurück in die Scheide und winkte Garth durch. »Du … du kannst passieren.«

»Vielen Dank«, erwiderte Garth höflich. Er tätschelte ganz leicht den Hals seines Kriegstiers, und Koros setzte sich geschmeidig in Bewegung. Garth machte sich nicht die Mühe, sich noch einmal umzublicken.

Der Wächter hinter ihm rang mit sich, sah er sich doch mit einer schwierigen Entscheidung konfrontiert: Sollte er seinen Posten verlassen, um seinen Vorgesetzten diesen Vorfall zu melden, oder sollte er warten, bis seine Ablösung kam?

Seine Ablösung war bei Sonnenaufgang des nächsten Tages fällig, und jetzt war gerade erst früher Nachmittag. In einer so langen Zeitspanne konnte viel passieren. Wenn er auf seinem Posten blieb, hatte der Übermann Zeit genug, sich irgendeinen schrecklichen Plan auszudenken. Und hier, auf seinem Posten, war er nicht von großem Nutzen; er konnte lediglich im Falle eines Angriffs vorauseilen und die Garde warnen, denn von einem einzelnen Mensch war kaum zu erwarten, daß er einen Übermann, auch einen einzelnen, länger als ein paar Minuten aufhalten konnte. Für diesen Zweck durften die beiden Späher, die Hauptmann Herrenmer in einem Versteck zu beiden Seiten des Turms postiert hatte, vollauf genügen; das Tor war nur deshalb weiter offen bewacht worden, um die Übermänner im Ungewissen darüber zu lassen, ob die Leute von Skelleth überhaupt schon etwas unternommen hatten.

Natürlich, wenn er seinen Posten verließ, würden die Übermänner das sehen und wissen, *daß* etwas unternommen worden war.

Schließlich fiel ihm eine dritte Lösung ein, eine höchst zufriedenstellende zudem: Er würde seinen Posten für kurze Zeit verlassen, so als wollte er irgendwo hinter dem Schutt der zerbröckelnden Stadtmauer einem natürlichen Bedürfnis nachkommen, und mit einem der dort postierten Späher Kontakt aufnehmen. Sobald er den anderen Mann über das informiert hätte, was vorgefallen war, würde er zum Tor zurückkehren und seinen Posten wieder einnehmen.

Inzwischen würde der Späher im Schutze der Ruinen in die Stadt zurückeilen und Alarm schlagen.

Kapitel 5

Das Lager befand sich in genau dem heillosen Durcheinander, wie Garth befürchtet hatte. Er hatte bereits die Hälfte der Strecke zwischen Stadtmauer und Lager zurückgelegt, ehe sein Herannahen überhaupt bemerkt wurde, und niemand gab sich die Mühe, ihn aufzuhalten oder sich ihm in den Weg zu stellen, bis er die freie Fläche vor den Zelten erreichte, obwohl er in seinem äußeren Erscheinungsbild, mit seinem zerbeulten Panzer und seinem tief in die Stirn hängenden Händlerhut und mit seinem vollbepackten Kriegstier zu den sauberen, ordentlich gekämmten und gekleideten anderen Übermännern in einem kaum augenfälligeren Kontrast hätte stehen können.

Von Galt oder Thord war keine Spur zu sehen, aber mehrere andere Übermänner standen, saßen oder schlenderten herum, und vor einem der Zelte stand Kyrith, die gerade den Worten eines jungen Kriegers lauschte, den Garth nicht kannte. Die beiden fuhren herum, als jemand schließlich aufgeregt, das Erscheinen des Neuankömmlings meldete.

Der junge Übermann öffnete den Mund, um eine Erklärung zu verlangen, aber Kyrith hielt ihn mit einer beschwichtigenden Handbewegung zurük. Sie kritzelte etwas auf die Wachstafel, die sie bei sich trug. Der junge Krieger warf einen kurzen Blick auf das Geschriebene, dann wandte er den Blick wieder auf den Neuankömmling.

»Du bist Garth?« fragte er.

»Ja, ich bin Garth, Prinz von Ordunin. Und wer bist du?«

Der Soldat blinzelte mit roten Augen und antwortete: »Ich bin Thant, Sohn von Sart und Shenit.«

»Ich habe noch nie von dir gehört. Hilfst du hier bei der Leitung mit?«

»Ja.«

»Sind die Posten inzwischen zurückbeordert worden, wie ich es Thord aufgetragen habe?«

»Nun, äh, nein, noch nicht. Du mußt verstehen, wir waren nicht sicher ...«

»Spar dir deine Erklärungen! Wenn du dich nützlich machen willst, Thant, Sohn von Sart und Shenit, dann nimm die Beine in die Hand und renn um das Dorf herum und hol alle Wachtposten zurück, die ihr Toren aufgestellt habt. Ich setze dieser sinnlosen Belagerung ein Ende, bevor sie den Zorn der ganzen Menschheit auf uns lädt.«

Thant blinzelte erneut und schaute dann fragend Kyrith an. Sie nickte. Als er noch immer zögerte, donnerte Garth: »Wird's bald!«

Er trollte sich von dannen. Garth rief ihm hinterher: »Und wenn du mit den Wachtposten zurück bist, brechen wir sofort das Lager ab! Ich will, daß wir noch vor Sonnenuntergang von hier fort sind!«

Als der Krieger fort war, schwang sich Garth aus dem Sattel und ging auf Kyrith zu. Sie kam ihm auf halbem Wege entgegen, und sie begrüßten sich mit einer kurzen Umarmung. In dieser Berührung lag keine Leidenschaft, und sie küßten sich auch nicht; für Übermänner und Überfrauen war die Ehe ein Bund der Vernunft, der auf Kameradschaft und gegenseitigem Verständnis gründete; Sexualität war eine unwillkürliche Notdurft, die ausgelöst wurde, wenn eine Überfrau in Hitze war. Ihre Münder waren so gut wie lippenlos und zum Küssen kaum geeignet. Wäre Kyrith in Hitze gewesen, dann wäre Garths Begrüßung nicht so flüchtig ausgefallen.

Als sie sich aus ihrer Umarmung lösten, fragte Garth: »Wo sind Myrith und Lurith und die Kinder?«

Kyrith deutete nach Norden. Um sicherzugehen, daß

er ihre Geste nicht mißdeutete, fragte Garth nach: »Du hast sie daheim gelassen, damit sie auf das Haus aufpassen?«

Sie nickte.

»Gut. Aber warum bist *du* hergekommen? Zu welchem Zweck hast du dieses hirnlose Unternehmen inszeniert? Hat Galt dir denn nicht gesagt, daß ich bis zum Ende des Jahres zurück sein würde?«

Sie griff nach ihrer Schreibtafel. Garth hielt ihre Hand fest. »Schon gut. Wir reden später darüber.« Die Verständigung mit Kyrith war mühselig und beschwerlich, seit sie jenen Unfall gehabt hatte, bei dem ihr Eissplitter in die Kehle gedrungen waren und ihre Stimmbänder zerstört hatten. Er wußte, daß sie es genauso lästig fand wie er und daß sie es haßte, wenn er aus Zorn oder Ungeduld eine Unterhaltung kurzerhand unterband; normalerweise wäre er taktvoller gewesen und hätte ihr die Gelegenheit gegeben, ihre Antwort aufzuschreiben, aber die Zeit drängte, und er wollte keine unnötigen Verzögerungen. Es war gut möglich und sogar wahrscheinlich, daß die Bewohner von Skelleth durch seinen Ritt durch die Stadt bereits aufgescheucht waren. Um sein schroffes Verhalten wenigstens ein bißchen wiedergutzumachen, fügte er hinzu: »Wir müssen die Sache hier möglichst schnell in Ordnung bringen. Thord sagte mir, Galt sei dein Mit-Befehlshaber. Wo steckt er?«

Sie zeigte auf eines der Zelte und machte eine Geste, die ›Schlafen‹ bedeutete.

»Er schläft? Es ist Nachmittag!«

Sie kritzelte etwas auf ihre Tafel und zeigte ihm die Worte: »Nachtwache.«

»Ich muß unbedingt mit ihm reden.«

Kyrith bedeutete ihm zu warten und machte sich auf den Weg zu dem Zelt. Garth wartete und sah sich um. Dem Lager schien es an jeglicher Organisation zu fehlen. Die Kriegstiere standen alle auf einer Seite, in einem Seilpferch, der sie keine fünf Sekunden aufgehalten hätte, wenn sie den Entschluß gefaßt hätten, auszubüchsen; außerdem schien niemand auf die Idee gekommen zu sein, Nahrungsvorräte für sie bereitzustellen, jedenfalls waren weit und breit keine zu sehen, und ein Kriegstier, das Hunger hatte, verwandelte sich in eine reißende Bestie, die keinen Unterschied zwischen Freund und Feind machte. Hatten die Übermänner sie sich etwa selbst ihre Nahrung jagen lassen? Das ging bei einem, zweien oder vielleicht auch noch bei dreien, aber in dem Pferch waren ein halbes Dutzend und bestimmt noch einmal so viele draußen bei den Posten. Ein Dutzend Kriegstiere, das in demselben Revier jagte, konnte es in wenigen Tagen leerjagen, und danach bestand die Gefahr, daß sie sich im Kampf um das verbliebene Wild gegenseitig zerfleischten. Hinzu kam, daß Kriegstiere in bezug auf ihr Fressen nicht sehr wählerisch waren, solange es nur groß genug und frisch war; und da würden ihnen Menschenwesen genauso recht sein wie jedes andere Wild, was den Beziehungen zwischen den Menschen und den Übermenschen sicherlich kaum förderlich wäre.

Er konnte nur schwer abschätzen, wie hungrig die Kriegstiere in dem Seilpferch waren, aber sie sahen jedenfalls nicht so aus, als hätten sie in den letzten ein oder zwei Tagen zu fressen bekommen; das erleichterte ihn ein wenig, denn es bedeutete, daß sie zuletzt irgendwo weiter im Norden gejagt haben mußten, wo Menschenwesen selten waren. Falls sich die Kriegstiere an ihnen gütlich getan hatten, so waren es jedenfalls keine, die man in Skelleth vermissen würde. Andererseits bedeutete das aber auch, daß sie bald wieder Hunger bekommen würden.

Die Zelte waren offenbar völlig planlos aufgestellt worden, scheinbar ganz nach Lust und Laune ihrer Besitzer; die meisten standen um ein großes quadratisches herum, das, wie Garth vermutete, als Befehlsstand diente. Einige waren nicht einmal richtig im Erdboden verankert; die Pflöcke steckten lose im Erdreich oder lagen einfach auf dem Boden.

Auch gab es keine Hinweise auf die Existenz eines zentralen Vorratslagers: Anscheinend bewahrte jeder seinen eigenen Nahrungs- und Wasservorrat in seinem Zelt auf, neben seinen Waffen und seinem Panzer.

Kurz, das Lager präsentierte sich in einem Zustand, der die Summe aller schlechten Verhaltensweisen und Charakterzüge der Übermänner beispielhaft in sich vereinigte und widerspiegelte. Garth wußte aus seinem Studium der Geschichte der Rassenkriege, daß die Menschenwesen den Konflikt nicht nur deshalb zu ihren Gunsten entschieden hatten, weil sie den Übermenschen zahlenmäßig im Verhältnis von fünf zu eins überlegen waren, sondern vor allem und in erster Linie dank ihrer überlegenen Organisation. Die Menschen waren von ihrer Natur her sozial veranlagte Lebewesen, Herdentiere gewissermaßen, und obwohl sie zu Unvorsichtigkeit, Schlampigkeit und Dummheit neigten, waren sie in der Lage, in der Gruppe gut zu funktionieren. Ein einziger fähiger Führer konnte tausend Menschenwesen zu einer schlagkräftigen, gut aufeinander abgestimmten Truppe organisieren.

Übermenschen hingegen waren weniger gesellige Lebewesen. Sie neigten von ihrem ganzen Wesen her zum Individualismus. Wenn sie unter Druck gerieten, stellten sie unweigerlich ihr eigenes Wohl über alles andere, einschließlich des Überlebens der eigenen Art. Sie haßten es, Befehle entgegenzunehmen, und tatsächlich befolgten sie sie auch nur dann – und auch das nur widerstrebend –, wenn sie ausführlich begründet wurden. Blinder Gehorsam war ihnen fremd. Eine Streitmacht von Übermännern funktionierte nicht als eingespielte Kampfeinheit, sondern als eine Ansammlung von einzelnen Kriegern, von denen jeder einzelne, für sich betrachtet, zwar mit ungeheurem Einsatz und todesverachtendem Mut kämpfte, die aber jeden Sinn für Loyalität gegenüber dem Kameraden vermissen ließen und dazu neigten, sich bei der erstbesten Gelegenheit in Einzelaktionen zu verstricken und in Soloabenteuer zu stürzen.

Das wenige an kooperativem Handeln, das die Übermänner sich angeeignet hatten, war ihnen durch die Erfahrung bitterer Niederlagen aufgezwungen worden, und seine Formen hatten sie übernommen von den Menschenwesen, die sie so sehr verachteten. Die Ehe war eine Erfindung der Menschen, die die Übermenschen übernommen hatten, weil sie die Zuordnung familiärer Verantwortlichkeiten und die Regelung der Erbfolge vereinfachte. Das Zusammenleben in Stadtsiedlungen erleichterte den Handel und das Regieren und Verwalten; und dennoch hatten die Übermenschen nur eine einzige Stadt in der gesamten Nordwüste, und die dehnte sich, bei einer Bevölkerung von weniger als fünftausend, über mehrere Quadratmeilen Küsten- und Hügelland; die Häuser standen nicht aneinandergereiht an Straßen, sondern lagen planlos über die Landschaft verstreut.

Unter diesen Umständen nahm es auch nicht wunder, daß niemand wußte, wie groß die Bevölkerung von Ordunin oder der Nordwüste eigentlich genau war; aufgrund des ausgeprägten Individualismus der Übermenschen und ihrer mangelnden Bereitschaft zur Kooperation mit allem, was auch nur entfernt nach Verwaltung und Bürokratie roch, waren die wiederholten Versuche des Stadtrats, eine Volkszählung durchzuführen, jedesmal kläglich gescheitert. Die Zähler, die nur unter größtem Druck seitens des Stadtrats zur Durchführung dieser unliebsamen Aufgabe hatten gedungen werden können (teilweise hatte man sogar auf Kerkerinsassen zurückgreifen müssen, unter dem Versprechen, ihnen für ihre Mitwirkung die Strafe zu erlassen), hatten die Wachstafeln, die ihnen zwecks Sammlung der Daten ausgehändigt worden waren, zum größten Teil ins Meer geworfen oder zum Formen von Talglichtern zweckentfremdet; und die wenigen von ihnen, die es gewagt hatten, an die Türen der Bewohner zu klopfen, waren unter Drohungen davongejagt worden mit dem Hinweis, es sei eine Schande für einen Übermann, sich für solch feiges und hinterhältiges Aushorchen seiner Mitbürger herzugeben. Andere Übermänner hatten die Tafeln zwar entgegengenommen, sie dann aber mit völlig irreführenden Angaben vollgekritzelt; manche hatten sogar üble Beschimpfungen gegen den Stadtrat von Ordunin in das Wachs geritzt oder Bilder darauf gemalt und sie so der Auswertung entzogen.

Dieses Lager nun schien geradezu exemplarisch für das Verhalten, das die Übermänner an den Tag legten, wenn kein starker Führer und keine organisatorische Autorität sie zur Ordnung zwangen. Garth wußte aus seinen eigenen Erfahrungen im Kampf gegen die Piraten, die gelegentlich in Ordunin einfielen, daß es durchaus möglich war, Übermänner zu einer geballten, schlagkräftigen Kampfeinheit zusammenzuschmieden – wenn auch nur unter außerordentlichen Schwierigkeiten. Wo ein Menschen-Offizier im Notfall hundert Soldaten befehligen konnte, vermochte ein Übermann-Offizier allerhöchstens zehn unter seinem Befehl zusammenzuhalten; am besten jedoch war eine Stärke von nicht mehr als drei. Dies wiederum bedeutete, daß auf drei Offiziere mindestens ein Befehlshaber kommen mußte.

Und hier standen sechzig Übermänner unter dem Kommando von nur zwei – noch dazu völlig unerfahrenen – Befehlshabern, und das offenbar unter dem Fehlen jeglicher Zwischenränge.

Wäre die Expedition richtig organisiert worden, dann hätte es einen Troß gegeben, einschließlich einer Herde Ziegen als Nahrungsvorrat für die Kriegstiere und eines wohlbestückten Vorratswagens mit Waffen und Ersatzpanzern. Es hätte drei Hauptleute gegeben, jeder mit zwei Leutnants, von denen jeder zwei Sergeanten unter sich gehabt hätte, die wiederum je zwei oder drei Soldaten befehligt hätten. Die Zelte wären nach einem bestimmten Plan aufgestellt und die Kriegstiere in einem Kreis rings um das Lager aufgestellt worden, um als vorderste Verteidigungslinie zu dienen.

Kyrith und Galt kamen aus dem Zelt, und er schob seine Gedanken beiseite. Galt blinzelte, als er ins Tageslicht trat; der Himmel begann endlich aufzuklaren. »Sei gegrüßt, Garth«, sagte er.

»Sei gegrüßt, Galt. Was tust du hier? Wozu soll diese sogenannte Belagerung gut sein?«

»Ich kann nichts dafür, Garth; die Belagerung war Kyriths Idee, und ich wurde überstimmt.«

»Und wieso bist du hier?«

»Wir sind gekommen, um mit dem Baron von Skelleth zu sprechen. Kyrith wollte nicht glauben, daß du allein und aus freien Stücken weggeritten bist; sie glaubte, daß der Baron dich irgendwo in Skelleth gefangenhielt oder dich getötet hätte, und da stellte sie diese Truppe Freiwilliger auf, um herbeizumarschieren und dich zu suchen. Der Stadtrat schickte mich mit. Wir hatten ursprünglich vor, ins Dorf zu reiten, den Baron zur Rede zu stellen, ihm unsere Forderungen zu präsentieren und die Angelegenheit an Ort und Stelle zu regeln, am besten unter gnädiger Annahme seiner Kapitulation.«

»Und dafür benötigtet ihr sechzig bewaffnete Übermänner?«

»Wie wir beide wissen, Garth, hat der Baron von Skelleth großes Interesse an allem, was mit Militär zu tun hat. Dein Verschwinden lieferte uns einen willkommenen Vorwand für eine Demonstration militärischer Macht, die, so glaubten wir, eher dazu angetan wäre, ihn zu überzeugen, als schlichte Verhandlungen.«

Galts ruhige, glatte Art ärgerte Garth. »Und es hat nicht geklappt?« fauchte er bissig.

»Es hätte geklappt, wenn der Baron uns empfangen hätte. Leider jedoch wurde uns mit dem Ausdruck ehrlichen Bedauerns mitgeteilt, daß er krank darniederläge und uns nicht empfangen könne. Wir wollten die Entscheidung nicht an Ort und Stelle erzwingen, aber Kyrith wollte auch nicht tatenlos wieder abziehen; deshalb die Belagerung.«

»Der Baron weigerte sich, euch zu empfangen, und da habt ihr einfach die Stadt verlassen?«

»Wir haben die Belagerung begonnen.«

»Belagerung! Du nennst diese Farce eine Belagerung?«

Galt zuckte die Achseln, was Garths Ärger noch steigerte.

»Du glaubst den Worten der Menschenwesen, daß der Baron krank wäre? Du bestandest nicht darauf, ihn zu sehen?«

»Nein. Der Hauptmann der Garde schwor bei einem halben Dutzend Göttern, von denen ich noch nie gehört habe, und bei diversen Teilen seiner Anatomie, daß der Baron krank das Bett hütete. Gestern abend sprach ich mit dem Mann, der Saram heißt, den du kennst und dem du meines Wissens nach traust, und er sagte mir, die Krankheit des Barons sei echt – eine Folgeerscheinung seines Wahns.«

»Ist denn nicht einem von euch in den Sinn gekommen, daß es weit wirksamer gewesen wäre, auf dem Marktplatz zu kampieren, wo man euch nicht so leicht hätte ignorieren oder abweisen können, statt eine Belagerung zu inszenieren, deren Aussichtslosigkeit klar abzusehen war? Überdies hätte eine einzige Botschaft gereicht, an eurem jämmerlichen Belagerungsring vorbei nach draußen geschmuggelt, den Zorn des gesamten Königreichs Eramma über euch und die Nordwüste zu bringen, da eine Belagerung eindeutig und unbestreitbar ein kriegerischer Akt ist. Wenn ihr hingegen friedlich auf dem Marktplatz kampiert hättet, dann hättet ihr den Status ehrlicher Bittsteller genossen, die gegen keinerlei Gesetz verstoßen.«

Galt zögerte einen Moment lang mit der Antwort. »Ein solch dreistes Auftreten ist mir in der Tat nicht in den Sinn gekommen.«

»Dreist? Wenn hier einer dreist ist, dann ist es der Baron von Skelleth! Er erkeckt sich, Übermännern Bedingungen zu diktieren, als wären wir irgendwelche hergelaufenen Bauern! Er erdreistet sich, eure Abordnung zu empfangen! Es ist höchste Zeit, daß wir ihm deutlich machen, daß er so nicht mit uns umspringen kann. Ich schlage vor, wir marschieren zurück in die Stadt; wenn er immer noch nicht mit uns sprechen will, dann kampieren wir eben so lange auf dem Marktplatz, bis er uns empfängt.«

»Ich bin nicht sicher, ob das so klug wäre. Ich war nicht einverstanden mit der Belagerung, aber ich glaube, daß dein Plan auf dieselben Schwierigkeiten stößt. Wir dürfen den Baron nicht zu sehr unter Druck setzen; wir brauchen den Handel mit Skelleth.«

»Nein, wir brauchen ihn nicht. Wir können Handel treiben, wo es uns beliebt, Galt. Die Rassenkriege sind vorbei, was immer wir auch in unserer Isolation in der Nordwüste geglaubt haben mögen und was immer uns auch der Baron von Skelleth weisgemacht haben mag. Ich komme gerade aus einer Stadt namens Dûsarra, wo Übermänner ein alltäglicher Anblick sind. Die Menschenwesen haben ihre Furcht und ihren Haß vergessen; bedenke, wie kurz ihre Lebensspanne ist! Für sie sind drei Jahrhunderte ein Dutzend Generationen, fast fünf Lebensalter.«

»Wie können Übermänner außerhalb der Nordwüste ein alltäglicher Anblick sein?«

»Ah, das ist die beste Nachricht von allen: Es gibt Übermänner, die an der Yprischen Küste leben! Wir sind nicht die einzigen Überlebenden der Rassenkriege.«

»An der Yprischen Küste? In dem unfruchtbaren Ödland?«

»Ist die Nordwüste denn besser?«

Galt antwortete nicht. Statt dessen fragte er: »Bist du sicher, daß wir auch anderswo Handel treiben können?«

»Zumindest mit den Ypriern und mit Dûsarra. Ich glaube, wir können wahrscheinlich hinziehen, wohin wir wollen, ohne mit Schwierigkeiten oder Behinderungen rechnen zu müssen; die Menschenwesen interessieren sich mehr für Gold als für alte Feindschaften.«

»Dennoch würde jeder Landhandelsweg durch das Hoheitsgebiet des Barons von Skelleth führen müssen; es erstreckt sich vom Yprischen Golf bis zur Mori-See.«

»Na und? Glaubst du vielleicht, die dreißig Gardisten des Barons können die gesamte Grenzlinie überwachen?«

»Trotzdem wäre es vorzuziehen, die Erlaubnis des Barons einzuholen.«

»Ja, vorzuziehen vielleicht, aber es ist nicht notwendig, und es wäre ebenfalls angezeigt, allen deutlich zu machen, daß man Übermänner nicht mit der Geringschätzigkeit behandeln kann, die der Baron von Skelleth uns gegenüber an den Tag gelegt hat.«

Während Galt diese neuen Nachrichten verdaute, kritzelte Kyrith etwas auf ihre Tafel und reichte sie Garth. Die Worte lauteten: ›Welche Geringschätzigkeit? Warum kehren wir nicht heim?‹

Er gab ihr die Tafel zurück. »Nein, Kyrith, ich kann noch nicht nach Hause zurückkehren. Ich kann so lange nicht nach Ordunin zurück, wie mich der Baron nicht von meinem Schwur entbindet.«

Sie machte eine fragende Geste.

Garth sagte: »Was willst du mich fragen?«

Sie kritzelte wieder auf ihre Tafel. ›Was für ein Schwur?‹

»Hat Galt es dir denn nicht gesagt? Er war dabei. Ich schwor dem Baron von Skelleth einen Eid, als ich ihn das letzte Mal sah. Damit alle gesetzlichen Hindernisse für den Handel zwischen Skelleth und der Nordwüste beseitigt würden und um den Krieg zwischen uns und Eramma auch förmlich zu beenden, sollte ich in meiner Eigenschaft als Prinz von Ordunin mich unterwerfen und ihm den Lehnseid leisten und damit Ordunin und sein Territorium – das heißt, die gesamte Osthälfte der Nordwüste – zu einem Bestandteil des Baronats von Skelleth machen. Er nannte dies eine billige und vernünftige Sache, aber wir wußten beide, daß es ihm hierbei nur darum ging, mich zu demütigen, so wie ich ihn einmal zuvor gedemütigt hatte. Er bestand darauf, daß ich schwor, diesen Vorschlag dem Stadtrat zu unterbreiten, so bald ich wieder nach Ordunin zurückgekehrt wäre. Ich war unbewaffnet, in friedlicher Handelsmission, und schwor den Eid, den er verlangte. Ich habe jedoch nicht vor, dem Stadtrat ein solch schändliches Ansinnen zu unterbreiten. Deshalb kann ich, will ich meinen Schwur nicht brechen, nicht nach Ordunin zurückkehren, solange der Baron mich nicht von meinem Schwur entbindet. Dies ist einer der Gründe, warum wir ihm entgegentreten müssen, ganz abgesehen von den Handelskonzessionen und meiner Verbannung aus Skelleth; er muß mich von meinem Eid entbinden. Und er *wird* mich entbinden. Wenn nicht, werde ich ihn töten.«

Garths Stimme war während dieser Rede immer leiser geworden, fast tonlos, bei Übermännern ein untrügliches Anzeichen für wachsenden Zorn. Sowohl Galt als auch Kyrith entging dies nicht, und Kyrith legte eine Hand auf den Arm ihres Gatten, um ihn zu beruhigen.

Galt bemerkte die Geste, und er bemerkte noch etwas anderes: Koros stand hinter seinem Herrn, und in seinem Geschirr steckte waagrecht, längsseits seiner rechten Flanke, ein riesiges, gut sechs Fuß langes Zweihandbreitschwert. Im Knauf dieser Waffe prangte ein großer roter Edelstein, und dieser Stein glomm in einem unheimlichen blutroten Licht.

»Garth«, sagte er, »ein interessantes Schwert, das du da mitgebracht hast. Woher hast du es?«

Garth wandte den Blick auf das Schwert und erstarrte, als er das karmesinrote Licht glimmen sah. Er hatte sich in eine mörderische Wut hineingesteigert, sich vorgestellt, wie er es einem zitternden, winselnden Baron von Skelleth in den Leib stoßen würde; Visionen von Blut und Feuer waren ihm durch den Kopf geschossen. Jetzt mußte er alle Kraft zusammennehmen, diese Mordgelüste niederzukämpfen.

Einen Moment lang bedauerte er es, daß er Frima in Sarams Obhut zurückgelassen hatte; wäre sie zugegen gewesen, hätte sie ihn wahrscheinlich früher gewarnt.

Als er das Gefühl hatte, daß er sich wieder einigermaßen in der Gewalt hatte, sagte er: »Ich habe es in Dûsarra gefunden, in einem halb zerstörten Tempel. Es scheint eine gewisse Zauberkraft zu besitzen.« Es fiel ihm eigenartig schwer, darüber zu sprechen, und deshalb erklärte er auch nicht, welcher Natur die Macht war, die es über ihn ausübte, und erwähnte auch nicht Bheleu oder irgendwelche anderen Gottheiten.

»Es ist magisch? Ist das der Grund für das seltsame Glühen?« Galt war fasziniert; er hatte von Magie gehört, aber noch nie welche aus erster Hand gesehen. Er schaute sich das Schwert näher an. Das Glühen schien etwas schwächer geworden zu sein, aber es war noch immer deutlich sichtbar.

»Ja.«

Galt ging um die beiden herum, um sich den Edelstein aus nächster Nähe ansehen zu können.

»Nicht berühren!« brüllte Garth.

Erschrocken fuhr Galt zurück. »Das hatte ich doch gar nicht vor.«

Garth ärgerte sich über sich selbst; es hatte keine

Notwendigkeit bestanden, Galt so anzublaffen. Er war aus unerklärlichen Gründen äußerst empfindlich in allem, was mit dem Schwert zu tun hatte; er ermahnte sich, sich in Zukunft besser im Griff zu haben. Und vor allem mußte er das Schwert endlich loswerden, und zwar rasch; sein Einfluß auf seine Gefühle schien immer stärker zu werden (als ob es nicht vorher schon gefährlich genug gewesen wäre). Es ging nicht an, daß er sich in einen Blutrausch steigerte, während er mit dem Baron verhandelte.

Andererseits wäre es schade um das prächtige Schwert; es war eine wunderschöne, herrliche Waffe, die ihren Eindruck auf den Baron gewiß nicht verfehlen würde, wenn er sie während der Verhandlungen bei sich trug. Er würde sie mitnehmen, entschied er spontan, und sich sorgfältig unter Kontrolle halten. Schließlich konnte er sie ja schlecht unbeaufsichtigt herumliegen lassen, und einem dieser idiotischen Freiwilligen wollte er sie auf keinen Fall anvertrauen. Sobald die Sache mit dem Baron erledigt war, würde er sich Gedanken darüber machen, wie er das Schwert am besten loswerden konnte.

Er hatte den Blick vom Schwert abgewandt, als er diese Entscheidung traf, und sah deshalb auch nicht, daß der Stein wieder hell aufloderte. Galt bemerkte es zwar, maß ihm aber keine Bedeutung bei und sagte deshalb nichts. Seine Aufmerksamkeit wurde von dem Schwert abgelenkt, als Garth verkündete: »Ich will, daß die ganze Kompanie in einer Stunde das Lager abgebrochen hat und abmarschbereit ist, damit wir auf dem Marktplatz sind, bevor die Dunkelheit hereinbricht.« Galt wandte sich ab, um beim Abbau der Zelte mitzuhelfen, und achtete nicht weiter auf das große Schwert oder den leuchtenden Edelstein.

Er hatte jedoch das seltsame Gefühl, als werde er beobachtet.

Garth lebte mit diesem Gefühl nun schon seit mehr

als zwei Wochen und nahm es daher kaum noch bewußt wahr, aber auch er spürte eine leichte Beunruhigung. Er schien eine seltsame Mischung aus Belustigung und Triumph zu fühlen, ohne eines dieser beiden Gefühle tatsächlich selbst zu empfinden.

Kapitel 6

Herrenmer, der Hauptmann der Garde, hatte keine Zeit verschwendet; nachdem ihm der Späher gemeldet hatte, daß ein Übermann offen zum Nordtor hinaus in Richtung des Lagers an der Wüstenstraße geritten wäre, hatte er innerhalb von fünf Minuten seine fünf Leutnants zusammengetrommelt und ihnen befohlen, sofort jeden verfügbaren Mann antreten zu lassen. Er wußte nicht genau, was eigentlich los war, aber er wollte nicht das geringste Risiko eingehen. Er war sicher, daß es sich bei dem besagten Übermann um Garth handelte. Schon zu früherer Stunde hatte Shallen ihm berichtet, daß der selbsternannte Prinz von Ordunin im Gasthof des Königs aufgetaucht sei, und kein anderer Übermann war mehr innerhalb der Stadtmauern gesehen worden, seit die Kompanie am Morgen des Vortags abgezogen war.

Als Herrenmer das erfahren hatte, hatte er sofort jemanden losgeschickt, um zu erkunden, ob der Baron wieder handlungsfähig war. Die Nachricht, die der Bote zurückgebracht hatte, war jedoch nicht sehr ermutigend gewesen: Der Baron war zwar schon aufgestanden, aber er hatte noch nicht wieder alle Sinne beisammen.

Herrenmer hatte nicht gewagt, auf eigene Faust irgend etwas gegen Garth zu unternehmen; die Behauptung des Übermannes, er sei von adeligem Stande, ließ ihn vor voreiligen Aktionen zurückschrecken, da er die möglichen Folgen nicht abzusehen vermochte. Deshalb hatte er es vorgezogen, schlicht abzuwarten.

Mit Garths Rückkehr zu seinen Leuten hatte die Sache jedoch eine unerwartete Wendung genommen: Nun, da ihr Führer wieder zugegen war, konnte man nur schwer abschätzen, was die Übermänner unternehmen würden; klar war nur, *daß* sie etwas unternehmen würden. Garths Abwesenheit war einer der Punkte gewesen, die in seiner Unterredung mit den Anführern der Übermänner am Vortag zur Sprache gekommen waren.

Möglich, daß sie nun, da ihr Führer zurückgekehrt war, zufrieden waren und friedlich wieder abzogen – aber das glaubte Herrenmer nicht. Er hielt es für wahrscheinlicher, daß sie in die Stadt zurückmarschierten und neuen Ärger bereiteten.

Er wollte dafür sorgen, daß das nicht so einfach sein würde.

Sobald seine Leutnants ausgeschwärmt waren, um alle verfügbaren Männer zusammenzutrommeln, gab er den zur Verfügung stehenden Männern Anweisung, sofort mit Armbrüsten bewaffnet im Schutze der Ruinen zur Nordmauer vorzurücken und sich dort außer Sichtweite der Übermänner zu verschanzen. Diesmal würden sie nicht so frei und ungehindert in die Stadt einmarschieren können.

Als die ersten Meldungen eintrafen, daß die Posten, die die Übermänner rings um die Stadt aufgestellt hatten, abgezogen worden waren, fühlte Herrenmer sich mehr denn je in seiner Vermutung bestätigt, daß die Übermänner irgend etwas im Schilde führten. Es bestand noch immer die Möglichkeit, daß sie schlicht abzogen und nach Hause zurückkehrten, aber er würde seine Pflicht verletzen, wenn er sich auf diese Vermutung verließ und nichts unternahm.

Sobald die Gruppe von zwanzig Gardisten sich auf den Weg nach Norden gemacht hatte, gab er Anweisung, daß der Rest der Garde im Dorf bleiben und als zweite Verteidigungslinie dienen sollte, falls die Übermänner seiner ersten Verteidigungslinie zum Trotz doch einmarschieren sollten. Alsdann begab er sich selbst zum Nordtor.

Er war noch nicht dort angekommen, als die Übermänner nach Süden aufbrachen.

Als Garth den versammelten Freiwilligen seine Absichten verkündet hatte, war keinerlei Widerspruch gekommen; alle Anwesenden schienen es als selbstverständlich hinzunehmen, daß er das Kommando an sich genommen hatte und daß er das Recht dazu hatte. Viele der Krieger waren sogar in Jubelrufe ausgebrochen, als er gesagt hatte, sie würden dem Baron schon zeigen, daß die Übermänner sich nicht länger herumstoßen ließen. Sie waren augenscheinlich froh, daß endlich etwas passierte, ganz gleich, was es war. Hauptsache, dieses untätige Herumsitzen und nervtötende Wacheschieben hatten endlich ein Ende!

Das Abbrechen des Lagers war schnell und mit erstaunlicher Disziplin vonstatten gegangen; währenddessen hatte jemand für Garth eine über der Schulter zu tragende Breitschwertscheide aufgetrieben, so daß er das Schwert des Bheleu jetzt bei sich auf dem Rücken tragen konnte und es nicht mehr unerreichbar im Geschirr seines Kriegstiers zu verstauen brauchte.

Als alles zusammengepackt war und auf dem Rücken der Kriegstiere und Übermänner Platz gefunden hatte (Garth bedauerte einmal mehr, daß keiner daran gedacht hatte, einen Troßwagen mitzunehmen; schon ein paar Karren oder Yacker wären eine große Hilfe gewesen), ließ Garth die Truppe in einer Formation Aufstellung nehmen, die wenigstens einigermaßen einer militärischen Marschkolonne ähnelte. Er selbst ritt vorneweg, flankiert von Kyrith zu seiner Rechten und Galt zu seiner Linken, beide ebenfalls auf Kriegstieren sitzend. Dahinter kam eine zweite Reihe, bestehend aus fünf Kriegstieren, auf denen die Übermänner saßen, die nach Garths Erachten die stärksten und fähigsten waren. Dahinter folgte die Hauptmasse der Truppe, gegliedert in zehn Reihen zu je fünf Kriegern, und die Nachhut bildeten die restlichen fünf Kriegstiere mit je einem Reiter.

Er hätte sie gern im Gleichschritt marschieren lassen,

vielleicht sogar zu einem der zackigen Marschlieder, die ihm sein Urgroßvater einst beigebracht hatte, aber er kam zu dem Schluß, daß dies mehr Zeit und Mühe kosten würde, als es letztendlich wert war. Wenn er Zeit gehabt hätte, dachte er, hätte er auch gern eine ordentliche militärische Organisation eingedrillt, mit einer Befehlsstruktur, die im Ernstfall auch funktioniert hätte, anstelle der jetzigen lockeren Gliederung. Er hoffte indes, daß eine solche durchorganisierte Struktur nicht vonnöten sein würde. Wenn sie Glück hatten, würden sie lediglich stramm dastehen und einen furchteinflößenden Eindruck machen müssen; und das konnten sie fürwahr.

Als er mit der Aufstellung zufrieden war, nahm er seinen Platz an der Spitze ein und gab das Signal zum Abmarsch.

Die Bewegung war zu Anfang ein wenig stockend und ungleichmäßig, so daß hier eine Reihe auf der Stelle treten mußte, um den Vorderleuten nicht in die Fersen zu treten, dort eine Reihe in Laufschritt verfallen mußte, um Anschluß zu halten; aber nach erstaunlich kurzer Zeit hatten die meisten den Bogen heraus, und als sich die Kolonne dem Nordtor bis auf fünfzig Schritt genähert hatte, war es den meisten gelungen, sich mehr oder weniger in Reihe und Glied zu fügen.

Garth sah, wie der Wachtposten am Nordtor reißaus nahm, als er ihrer ansichtig wurde. Er lächelte; es vermittelte ihm ein gutes Gefühl, wenn er sah, daß er jemandem soviel Furcht einflößte. Natürlich tat der Wachtposten nur seine Pflicht, indem er ins Dorf rannte und Alarm schlug: daß er auf seinem Posten blieb und versuchte, eine Truppe von mehr als sechzig Übermännern aufzuhalten, konnte man wohl kaum von ihm verlangen. Trotzdem, es machte Spaß, ihn laufen zu sehen.

Garth warf einen Blick über die Schulter nach hinten; auch die anderen Übermänner lächelten.

Dann hörte er das Schnappen einer Bogensehne; instinktiv duckte er sich. Ein Armbrustbolzen pfiff ihm über den Kopf hinweg.

Vom Verstand her wußte er, daß er sich hinwerfen und seinen Leuten den Befehl geben mußte, dasselbe zu tun, und daß er erst einmal die Situation einschätzen mußte, bevor er auf den Überfall reagierte; doch eine Woge blinder Wut brandete in ihm auf und fegte jegliche nüchterne Logik in ihm hinweg. Sein Arm fuhr hoch und packte das Heft des großen Schwertes und zog es aus der Scheide.

»Menschenabschaum!« donnerte er. »Ihr wagt es, mir zu trotzen?« Das Schwert fuhr aus der Scheide und kreiste über seinem Kopf.

Die tiefstehende Sonne verschwand in diesem Moment hinter einer Wolke, und das Leuchten des Edelsteines war sichtbar für Freund wie für Feind.

»Ich bin Bheleu, der Bringer von Vernichtung und Tod!« schrie Garth. »Wer wagt es, sich mir in den Weg zu stellen?«

Erneut erscholl in kurzer Aufeinanderfolge das dumpfe Schnappen zweier Armbrustsehnen, und zwei weitere Bolzen kamen ihm entgegengeflogen; er wirbelte das Schwert herum und traf beide mitten im Flug; Funken stoben auf, als ihre Spitzen auf den Stahl der mächtigen Klinge schlugen. Die Bolzen flogen zur Seite, ohne Schaden anzurichten; einer ließ eine dünne Rauchfahne in seiner Bahn zurück.

Während das Schwert herumwirbelte, leuchtete das Schwert erst silbern, dann weiß, so als wäre die seltsame Glut des Steines jetzt auch auf die Klinge übergesprungen. Garth stieß ein irres Lachen aus. »Flieht, Menschenwesen! Flieht vor dem Zorn eines Gottes!«

Wolken hatten sich mit unvorstellbarer Geschwindigkeit am Himmel zusammengeballt, und ein fernes Donnergrollen antwortete ihm.

Keine weiteren Bolzen flogen. Die Gardisten, bereits

vom Anblick einer dreifachen Überzahl von Übermännern in Angst und Schrecken versetzt, taten nichts lieber, als der Aufforderung Folge zu leisten, und stoben in wilder Flucht davon. Keiner von ihnen verspürte den Wunsch, sich diesem Zauberwesen entgegenzustellen, das mit seinem glühenden Schwert Pfeile aus der Lurt schlagen konnte. Der Schutz, den die zerbröckelnde Mauer und die Schutthaufen boten, erschien mit einem Mal hoffnungslos unzureichend. Als der letzte, der angekommen war und der noch keine Zeit gehabt hatte, sich zu verstecken, die Beine in die Hand nahm und rannte, schlossen sich die anderen ihm an.

Die Übermänner schauten verwundert zu, wie ihr Feind, der so plötzlich aus dem Nichts aufgetaucht war, ebenso schnell wieder verschwand, während ihr Anführer irre daherredete und wundersame Dinge mit seinem Schwert anstellte.

So plötzlich, wie er gekommen war, zerstob der Zauber wieder, und Garth fand sich das Schwert linkisch über dem Kopf haltend, während vor ihm Männer, die vorher nicht zu sehen gewesen waren, nach Süden rannten, Richtung Stadt. Das war nicht, was er gewollt hatte; er hatte vor, friedlich zu verhandeln. Die Demonstration der Stärke hatte lediglich dazu dienen sollen, die Menschenwesen zu beeindrucken; er hatte nicht den geringsten Wunsch, das Risiko neu aufflammender Rassenkriege einzugehen. »Nein!« schrie er. »Sie dürfen nicht fliehen!«

Ein Übermann hinter ihm hörte seinen verzweifelten Ruf und verstand ihn falsch. »Ihnen nach!« brüllte er.

Bevor Garth sich ausreichend von seinem Schock erholt hatte und das verhängnisvolle Mißverständnis korrigieren konnte, stürmten seine Truppen schon unter Jubelrufen und Schlachtgebrüll vorwärts. Einer unaufhaltsamen Woge gleich brandeten sie über die verfallenen Mauerreste und ergossen sich in die Stadt, während sie die Verfolgung der Gardisten aufnahmen.

Galt und Garth schrien aus Leibeskräften, sie sollen stehenbleiben, aber ihre Rufe gingen im Lärm unter. Die Krieger von Ordunin waren zum ersten Mal seit dreihundert Jahren in der Offensive, und es erfüllte sie mit einem Gefühl des Glücks und des Triumphs.

Garth erkannte rasch, daß er nichts ausrichten konnte, wenn er zurückblieb. Die anderen Übermänner entfernten sich mit jeder Sekunde weiter von ihm. Er mußte sie einholen. Er tätschelte Koros ganz leicht den Hals, und das Kriegstier schnellte vorwärts durch das Tor. Galt folgte ihm; Kyrith schloß sich den beiden an.

Garth erreichte einen seiner Krieger, packte ihn bei der Schulter und brüllte ihm ins Ohr: »Laßt sie laufen! Formiert euch auf dem Weg!« Bevor der Krieger etwas erwidern konnte, hatte Garth schon den nächsten beim Wickel.

Da er beritten war, hatte er die Fußtruppen rasch eingeholt; die Kriegstiere hatten sich zum Glück nicht der entfesselten Verfolgerschar angeschlossen. Rasch hatte er ein halbes Dutzend seiner Leute aufgehalten; sie sammelten sich jetzt, wie befohlen, auf dem Weg, wenngleich mit wenig begeisterter Miene. Er wandte sich wieder den Verfolgern zu und brüllte: »Bleibt stehen! Laßt sie laufen!«

Weitere sechs Übermänner blieben stehen und schauten sich zu ihrem Anführer um.

»Kommt sofort zurück und sammelt euch auf dem Weg!«

Widerstrebend gehorchten sie; die Schar auf dem Weg wuchs. Auch Galt sammelte fleißig Krieger ein und beorderte sie zurück.

Einen Moment später mußte Garth erneut vorausreiten und ein paar Versprengte zurückholen, die zur Seite hin losgestürmt waren. Als er mit ihnen im Schlepptau zum Sammelpunkt auf dem Weg zurückkehrte, sah er, daß Galt es geschafft hatte, mehr als die Hälfte der Truppe wieder einzusammeln. Der Rest, der inzwischen gemerkt hatte, was los war, trottete einzeln und grüppchenweise wieder zurück.

Es dauerte noch einmal fünfzehn Minuten, bis alle wieder beisammen waren und Garth sich wieder an der Spitze einer Truppe von sechzig Übermännern fand.

Zu seiner Überraschung stellte er fest, daß sein Haufen um vier Gardisten angewachsen war, die offensichtlich gefangengenommen worden waren. Er befahl, sie loszulassen, und ließ sie vortreten, um mit ihnen zu sprechen.

»Menschen«, sagte er, »ich möchte mich für diesen unglückseligen Vorfall entschuldigen. Jedoch habt ihr ihn selbst herbeigeführt, indem ihr das Feuer auf uns eröffnet habt. Wir sind hier als friedliche Gesandtschaft – auch wenn der äußere Anschein dem zu widersprechen scheint – und möchten niemandem Leid zufügen. Gleichwohl erinnert sich unser Volk der Rassenkriege und auch der Tatsache, daß eure Vorfahren uns unser Land und unser Hab und Gut raubten und uns in die Wüste trieben; das erklärt den Eifer, mit dem sie euch verfolgten. Wir wissen, daß unsere besten Hoffnungen und Aussichten in friedlichem Handel liegen, aber das Verlangen nach Vergeltung ist noch immer stark. Verzichtet also in Zukunft darauf, uns zu provozieren, und beide Seiten werden ihren Nutzen davon haben. Ich schicke euch zurück zu eurem Hauptmann und zu eurem Herrn, dem Baron von Skelleth, und ich will, daß ihr ihnen ausrichtet, daß wir die Absicht haben, zu kommen und mit ihnen zu verhandeln. Wir wollen friedlich mit ihnen sprechen, aber wir sind auf alle Zwischenfälle vorbereitet. Ich lehne jegliche Verantwortung ab für das, was passieren könnte, wenn wir noch einmal ohne Grund angegriffen werden. Habt ihr verstanden?«

Die vier Köpfe nickten.

»Gut. Dann könnt ihr gehen.« Er bedeutete ihnen mit einer Handbewegung abzutreten.

Die vier Männer gingen los, zögernd zunächst. Mit

jedem Schritt wurden sie ein wenig schneller; als sie zwischen den Ruinen und Schutthaufen verschwanden, waren sie schon fast in Laufschritt verfallen.

Als sie den Blicken der Übermänner entschwunden waren, wandte Garth sich um, um seine Truppe in Augenschein zu nehmen. Sie wirkte nicht mehr ganz so beeindruckend wie vorher, da die Panzer nicht mehr so makellos glänzten und blitzten; beim Herumlaufen zwischen den Schutthaufen hatten sie sich mit Matsch vollgespritzt.

Auch waren die Gesichter weniger fröhlich als vorher. Wahrscheinlich war eine Rede angebracht, entschied Garth. Um Zeit für das Ausdenken einer solchen zu gewinnen, rief er: »Ist jemand verletzt worden?«

Keiner antwortete.

»Hat einer von euch eines der Menschenwesen verletzt?«

Wieder kam keine Antwort.

»Gut. Nun, Krieger von Ordunin, ich habe ein paar Worte an euch zu richten. Wir sind in friedlicher Mission hier, nicht um einen Krieg anzufangen. Ich bin nicht sicher, ob ihr alle euch dessen bewußt seid, aber die Rassenkriege sind vorüber, und wir wollen nicht, daß sie wieder aufflammen. Wir können uns das nicht leisten. Die Menschenwesen sind uns zahlenmäßig, wenn man die gesamte Welt nimmt, um ein Hundertfaches überlegen und haben alle logistischen Vorteile auf ihrer Seite; daran hat sich in den vergangenen drei Jahrhunderten nichts geändert. Deshalb dürfen wir uns, ganz gleich, wie groß die Versuchung auch sein mag oder wie sehr man uns auch provozieren mag, auf keinen Fall zu Kampfhandlungen hinreißen lassen, es sei denn in äußerster Notwehr. Gewiß, bei dem Zwischenfall vorhin wurden wir ohne Vorwarnung und ohne Not aus dem Hinterhalt beschossen; aber bedenkt, daß die Menschenwesen wahrscheinlich bei unserem Anblick einen solchen Schrecken bekamen, daß sie losschlugen, ohne nachzudenken, von dem Willen beseelt, ihre Heimat zu verteidigen. Ihr habt gesehen, daß meine kleine Demonstration sie sofort verscheuchte. Ich rief euch nicht zur Verfolgung auf; was ich sagte, entsprang lediglich meiner Überraschung über die Leichtigkeit, mit der sie in die Flucht zu schlagen waren, da ich eigentlich mit ihnen hatte sprechen wollen. Dann rief einer von euch – ich konnte die Stimme nicht erkennen – zur Verfolgung auf, und ihr gehorchtet. Ich bitte euch, in Zukunft nur die Befehle zu befolgen, die von einem eurer drei Führer gegeben werden: von Galt, Kyrith oder mir. Habt ihr mich verstanden?«

»Ja«, brummte es widerstrebend im Chor.

»Gut. Dann säubert euch jetzt, damit wir einigermaßen beeindruckend aussehen, wenn wir dem Baron gegenübertreten, und stellt euch wieder in Marschordnung auf.«

Wenig später setzte sich die Truppe mit blitzenden Panzern und sauber in Reihe und Glied ausgerichtet in Bewegung. Einmal mehr bedauerte Garth, daß er keine Zeit hatte, sie in der Disziplin des Gleichschritts zu drillen; das, dachte er, hätte fürwahr ein eindrucksvolles Bild abgegeben!

Ein Stück weiter voraus, auf halbem Weg zwischen Mauer und Marktplatz, traf Herrenmer auf seine fliehenden Soldaten und scharte sie zusammen und brachte sie in halbwegs geschlossene Formation. Dazu mußte er zwar einige Hiebe austeilen, aber er schaffte es schließlich. Nachdem er dies bewerkstelligt hatte, überlegte er sein weiteres Vorgehen. Ihm war klar, daß sein Häuflein in offener Schlacht keine Chancre gegen die Übermänner hatte, und um einen Hinterhalt an der Straße zu legen, war die Zeit zu knapp. Deshalb war es das beste, sie zogen sich zum Marktplatz zurück und erwarteten sie dort. Er ließ seine Männer in Marschordnung Aufstellung nehmen, und sie marschierten zum Marktplatz.

Unterwegs überlegte er, welcher Art von Magie es sein mochte, über die die Übermänner da offensichtlich verfügten. Die alten Legenden der Rassenkriege erwähnten nichts von magischen Kräften bei den Übermenschen. Die Zauberer hatten stets auf der Seite der Menschen gekämpft, zumindest nach allem, was er gehört hatte.

Aber eigentlich sollte das nicht seine Sorge sein; er war nur ein einfacher Soldat. Zauberei war etwas, über das sich andere den Kopf zerbrechen sollten; er konnte nur sein Bestes tun mit dem, was er hatte.

Als Garth die ersten Häuser passierte, die noch Dächer hatten, dachte er darüber nach, was er dem Baron sagen würde. Er spähte über die Schulter auf den Griff des riesigen Zweihandschwertes; es ging nicht an, daß er sich womöglich in eine berserkerhafte Wut steigerte, während er versuchte, über Handelsbeziehungen zu verhandeln oder den Baron dazu zu bewegen, ihn von seinem Schwur zu entbinden. Der Baron von Skelleth schien ein besonderes Talet dafür zu haben, Garth in Wut zu bringen, und der Übermann hatte es schon in der Vergangenheit schwierig genug gefunden, mit dem Mann zu verhandeln, auch ohne den Einfluß irgendwelcher übernatürlicher Kräfte. Er konnte nur hoffen, daß es ihm irgendwie gelänge, seine Wut im Zaum zu halten. Vielleicht, dachte er, hatte ja die kleine Demonstration, die er am Nordtor geliefert hatte, die Kraft des Schwertes für eine Weile aufgebraucht; er hatte seither keinen besonderen Zorn empfunden.

Von seiner magischen Kraft einmal abgesehen, war das Schwert fürwahr eine wunderschöne und beeindruckende Waffe, und er würde es bedauern, sich von ihm trennen zu müssen. Die Klinge war sechs Fuß schimmernden Stahls; das Heft bestand aus einem blankpolierten schwarzen Material, das er nicht identifizieren konnte, der silberne Knauf war in Form einer Klaue gearbeitet, die den riesigen roten Edelstein umklammert hielt. Er sah aus wie ein Rubin, aber es war schwer zu glauben, daß ein Rubin so groß sein konnte. Was immer es war, es hatte die Farbe von frischem Blut, und er registrierte mit Erleichterung, daß der Stein, wenngleich er im Augenblick in der Nachmittagssonne funkelte, nicht von innen heraus zu glühen schien.

Fest stand jedenfalls, daß er das Ding loswerden mußte. Es wäre vielleicht sogar klug gewesen, sich schon vor dem Gespräch mit dem Baron von ihm zu trennen, aber dazu hatte er sich dann doch nicht durchringen können. Er stand ohne das Schwert so gut wie unbewaffnet da, und er wollte alle Vorteile auf seiner Seite haben, wenn er Doran von Skelleth gegenübertrat.

Zum ersten Mal begegnet war er dem Baron, als dieser die Aufsicht über die Exekution jenes Gardisten führte, dessen Unachtsamkeit es Garth gestattet hatte, unangekündigt in die Stadt Skelleth zu gelangen, als er das erste Mal in den Süden gekommen war; die Stadtbewohner hatten seinerzeit ihn für den Tod des Gardisten verantwortlich gemacht. Der Baron hatte ihn alsdann mit Waffengewalt gezwungen, ihm den Basilisken zu übergeben, den er gerade erst unter so großen Schwierigkeiten beschafft hatte. Garth hatte den Basilisken zurückgestohlen und getötet, bevor der Baron sich ihn wiederholen konnte. Das aber hatte den Baron so geärgert, daß er Garth, als dieser später als Händler nach Skelleth zurückkam, systematisch beleidigte, erniedrigte und zwang, jenen Eid zu schwören, von dem entbunden zu werden er sich jetzt erhoffte.

Sie befanden sich jetzt bereits tief im bewohnten Gebiet, aber es waren nirgends Menschenwesen zu sehen; Garth vermutete, daß sie von den Gardisten gewarnt worden waren und in ihren Häusern Schutz gesucht hatten. Weiter vorn auf der Straße bemerkte er jetzt jemanden, der einem zweiten Mann, den er nicht sehen konnte, Handzeichen machte. Gleich darauf verschwand er um die Ecke. Welche Vorteile die Übermänner auch immer auf ihrer Seite haben mochten, das Überraschungsmoment zählte nicht dazu.

Aber das brauchten sie auch nicht, dachte Garth. Ein Übermann konnte es problemlos mit zwei Menschenwesen aufnehmen, ein Kriegstier gar mit deren sechs oder sieben; und Skelleths gesamte Streitmacht bestand aus ungefähr drei Dutzend Gardisten; vielleicht sogar weniger, seit der Baron in Folge von Garths frühen Besuchen Arner hingerichtet und Saram entlassen hatte und möglicherweise noch nicht wieder durch neue Leute ersetzt hatte. Seine Truppe würde jedenfalls im Ernstfall leicht mit den Gardisten fertigwerden.

Problematisch konnte es indes werden, wenn die Zivilbevölkerung sie angreifen sollte. Garth hatte keine Vorstellung, wie groß die Einwohnerschaft Skelleths war; er bezweifelte, daß überhaupt irgend jemand das wußte. Aber auch das sollte ihm kein Kopfzerbrechen bereiten, beruhigte er sich. Dies sollte eine friedliche Demonstration sein, keine Schlacht. Die Straßen blieben verlassen, bis auf gelegentlich weiter vorn auftauchende Gestalten, die sofort wieder verschwanden, sobald sie per Handzeichen das Heranrücken der Übermänner weitergemeldet hatten. Garth erspähte drei von ihnen, bevor er seine Truppe auf die nordwestliche Ecke des Marktplatzes führte.

Der Marktplatz war nicht verlassen. Er war indes nicht wie üblich von Händlern, Bauern oder den gewöhnlichen Dörflern bevölkert, die sonst dort ihren Geschäften nachzugehen pflegten. Statt dessen standen zwei Dutzend Gardisten sauber aufgereiht vor dem Haus des Barons, das sich über die gesamte Breite der Nordseite des Marktplatzes erstreckte. Sie teilten sich auf in zwei gleich große Gruppen, eine links, die andere rechts vom Haupteingang des Gebäudes; jede Gruppe hatte in Viererreihe Aufstellung genommen. Jeder Mann trug ein protziges Kettenhemd und hielt ein gezücktes Schwert; auf jedem Kopf saß ein lederner Helm, und in jedem Gürtel stak ein Dolch. Vier Helme waren mit Eisen beschlagen, zum Zeichen, daß ihre Träger den Rang eines Leutnants einnahmen; diese standen in der Mitte der beiden Blöcke.

Dieser jämmerliche Haufen, dachte Garth, stellte also die ganze Streitmacht von Skelleth dar, jener einst unbezwingbar scheinenden Festung, vor der sich sein Volk dreihundert Jahre lang voller Furcht geduckt hatte. Er unterdrückte den spontanen Impuls, sie auszulachen, als er seine eigene Streitmacht in der Mitte des Platzes aufmarschieren ließ, Auge in Auge mit der Garde des Barons. Jetzt bekamen er und seine Truppen zum ersten Mal die Zivilbevölkerung von Skelleth zu sehen; die Menschen standen dichtgedrängt in allen Straßen, die zum Markt führten, mit Ausnahme der einen, auf der die Übermannarmee heranmarschiert war. Sie beobachteten mit gemischten Gefühlen die Ankunft ihres traditionellen Erzfeindes. Niemand überschritt die unsichtbare Linie, die den Markt vom übrigen Dorf trennte.

Getuschel, Geraschel und nervöses Fußgescharre waren zu hören, aber niemand wagte es, laut zu sprechen, bis Garth donnerte: »Wir sind gekommen, um mit dem Baron von Skelleth zu sprechen!«

Die Geräuschkulisse verschob sich ein wenig; weniger Füße scharrten im Dreck, mehr Stimmen raunten und wisperten. Aus den Augenwinkeln konnte Garth die Einmündung zweier Straßen sehen; beide waren voll von Menschen, allesamt zerlumpt und schmutzig, und fast alle mager und von ungesundem Aussehen. Das also waren die unbesiegbaren Recken, die seine Vorfahren so gefürchtet hatten. Eine Woge der Wut brandete in ihm hoch. Wie hatte sein Volk nur so lange brauchen können, um herauszufinden, wie schwach und erbärmlich sein einst so mächtiger Feind war? Es stand Übermenschen einfach nicht an, sich vor solchen Kreaturen gefürchtet zu haben.

Die Tür des Hauses des Barons ging auf, und das Getuschel erstarb in gespannter Erwartung.

Es war jedoch nicht der Baron, der zum Vorschein kam; das Getuschel lebte wieder auf. Garth erkannte sofort den Mann, der da auf den Platz hinaustrat und zwischen den beiden Gardistenblöcken stehenblieb. Er war groß für einen Menschen, hatte dunkles Haar und dunkle Augen und trug einen stählernen Helm zum Zeichen seines Ranges. Es war Herrenmer, der Hauptmann der Garde des Barons und Skelleths militärischer Führer.

»Der Baron ist unpäßlich«, sagte Herrenmer. »Ich komme soeben von seinem Krankenlager. Vielleicht kann ich an seiner Stelle mit euch verhandeln.«

Nur der Baron konnte Garth von seinem Schwur entbinden; seine Antwort kam daher prompt. »Wir sind gekommen, um mit dem Baron persönlich zu sprechen. Die Dinge, um die es geht, sind zu wichtig, als daß wir mit Untergebenen darüber verhandeln könnten. Wir sind in Frieden gekommen – trotz des Überfalls seitens eurer Leute auf uns, und wir werden so lange hier auf diesem Platz ausharren, bis uns der Baron Gehör gewährt.«

»Nun denn; ich werde den Baron informieren und sehen, ob er sich in der Lage fühlt, selbst mit euch zu sprechen.« Herrenmer machte auf dem Absatz kehrt und ging wieder ins Haus zurück.

Garth und die Übermänner warteten, stehend oder auf den Rücken ihrer Kriegstiere sitzend. Garth hielt sich so still, wie er eben konnte. Die sinkende Sonne brannte ihm heiß auf der linken Wange, und unter dem linken Arm spürte er ein unangenehmes Jucken. Selbst wenn es ihm möglich gewesen wäre, sich zu kratzen – was sein Kettenpanzer verhinderte –, hätte er sich das verkniffen, da es die Würde seines Auftritts zunichte gemacht hätte. Statt dessen saß er ruhig und bewegungslos im Sattel seines Kriegstiers und wartete geduldig auf die Rückkehr Herrenmers oder das Erscheinen des Barons, von Minute zu Minute gereizter ob des ständig auf- und abschwelenden Geraunes der neugierig gaffenden Menge.

Galt und Kyrith neben ihm saßen ebenfalls still in ihren Sätteln; die anderen Übermänner jedoch legten sich nicht solche Zurückhaltung auf. Sie standen auf unbekanntem Territorium und sahen sich interessiert um.

Die Armut und die Heruntergekommenheit der Stadt waren allenthalben unübersehbar; das einzige nicht baufällige Haus war das des Barons. Wohin das Auge sah, zeigten sich deutliche Spuren des Verfalls: fehlende oder zerbrochene Fensterläden, eingesackte Dächer, schief in den Angeln hängende Türen. Es schien, als wäre in den drei Jahrhunderten, seit die Übermänner die Stadt zum letzten Mal gesehen hatten, nichts oder nur das Allernotwendigste für den Erhalt der Stadt getan worden.

Die Tür öffnete sich wieder, und wieder verstummte das Raunen; diesmal stieß Herrenmer die Türflügel weit auf und trat zur Seite. Einen Moment später erschien mit schleppendem, schlurfendem Schritt der Baron von Skelleth. Er trug ein rot besticktes schwarzes Gewand und einen goldenen Reif auf dem Kopf; das Haar und der schüttere Bart waren schwarz. Er war klein und dürr, und seine leicht vornübergebeugte Haltung verstärkte noch den Eindruck von Gebrechlichkeit; die rechte Hand zitterte leicht, als er die Hand erhob und sprach: »Seid gegrüßt, Übermänner.«

»Sei gegrüßt, Doran von Skelleth«, erwiderte Garth.

»So bist du also gekommen, um mich weiter zu peinigen. Ist nicht das Leben, mit dem die Götter mich gestraft haben, Qual und Pein genug, um deine Rache zu befriedigen?« Das Gesicht verzerrte sich zu einem grausigen Lächeln; er hob mühsam den Kopf und schaute Garth direkt ins Gesicht. Der Übermann begegnete dem Blick und war verblüfft angesichts der abgrundtiefen

Verzweiflung, die er dort sah und die ihn an den Schmerz eines sterbenden Tieres erinnerte.

Er stockte für einen Moment, ehe er antwortete. »Wir sind wegen der Bitte gekommen, einige deiner früheren Entscheidungen noch einmal zu überdenken. Mein Volk ist alles andere als angenehm berührt von deiner Reaktion auf unsere Versuche, friedliche und für beide Seiten vorteilhafte Handelsbeziehungen zwischen unseren beiden Nationen zu errichten.«

»Du hast mich also von meinem Krankenlager genötigt, weil ich euch nicht ausreichend Gelegenheit eingeräumt habe, meine Untertanen übers Ohr zu hauen?« Die Parodie eines Lächelns blieb auf seinen Zügen, wurde sogar noch ein wenig breiter. Garth, ohnehin schon sauer genug, fühlte, wie der Zorn erneut in ihm hochschäumte; er fragte sich allmählich, ob der Baron seine Krankheit vielleicht aufbauschte. Seine Frage paßte nicht zu jemandem, der in unerträglichem Kummer versunken war; das Ganze roch mehr nach der Schlauheit und Geschicklichkeit, die Garth den Baron hatte an den Tag legen sehen, als er sich auf dem Höhepunkt seiner geistig gesunden Phase befunden hatte.

»Wir hauen niemanden übers Ohr. Du hast mich gezwungen, einen Schwur zu leisten, der angetan ist, mich zu erniedrigen. Du hast mich deines Reiches verwiesen aus keinem anderen Grund als deiner persönlichen Abneigung mir gegenüber. Der Händler Galt berichtet mir, daß die Tarife und Regelungen untragbar sind, die du vorschlägst, sollte mein Volk sich weigern, dich als unseren Oberherrn anzuerkennen. Sie machen friedliche und fruchtbare Handelsbeziehungen unmöglich, wiewohl wir alle wissen, daß ein solcher Handel Skelleth genauso nützen würde wie Ordunin. Wir sind gekommen, um dich aufzufordern, diese Ungerechtigkeiten zu korrigieren, dem Nutzen und Frommen der Bewohner deines Dorfes nicht länger im Wege zu stehen.«

»Von welchen Ungerechtigkeiten redest du? Ich verlange nichts Unbilliges!« Das spöttische Lächeln hatte sich gelegt; die schlaffe Haltung und das Zittern waren ebenfalls verschwunden! Die Augen indes schauten noch immer traurig und verzweifelt; Garth fand das beunruhigend.

Er verstand diesen Mann beim besten Willen nicht. Seine Unfähigkeit, ihn zu verstehen, machte ihn noch wütender. Seine Erwiderung war mehr geschrien als gesprochen. »Nichts Unbilliges? Ist es billig, das Wohlergehen von uns allen zu vereiteln, nur um deines eigenen aufgeblasenen Ichs willen? Glaubst du im Ernst, ein Übermann könne einem Menschenwesen den Untertaneneid schwören?«

Neben ihm huschten Galts rote Augen hin und her, die Reaktion seiner Worte auf die Menge abschätzend. Er war nicht glücklich über das, was er sah; Garths Ausbruch erweckte Furcht und Empörung bei Zivilisten wie Soldaten; dies konnte er deutlich in den Gesichtern lesen. Er machte sich Vorwürfe, weil er zugelassen hatte, daß Garth als ihr einziger Sprecher auftrat; nicht daß er Garth für dumm gehalten hätte – im Gegenteil, er hielt ihn sogar für überdurchschnittlich klug. Auch war sein Verhalten in der Regel alles andere als unvorsichtig. Aber er hatte bisweilen ein etwas wildes Temperament, und er hatte nicht gelernt, es im Zaum zu halten. Galt hingegen hatte einen nicht unbeträchtlichen Teil seiner Lehrzeit damit verbracht zu lernen, mit dem eselhaften Verhalten umzugehen, mit dem ein Händler sich in aller Regel beim Umgang mit Menschenwesen konfrontiert sah; er war sicher, daß er diese Angelegenheit mit größerem Fingerspitzengefühl zu regeln vermochte.

Es wäre schwierig, dachte er, *weniger* Takt an den Tag zu legen. Er überlegte, ob er sich nicht selbst in das Gespräch einschalten und versuchen sollte, die Wogen wieder zu glätten. Er war sich ziemlich sicher, daß diese Debatte in Blutvergießen und Unglück enden würde, wenn Garth in dieser Weise fortfuhr. Er warf einen verstohlenen Seitenblick auf Garth, vermochte aber nichts aus seinem Gesicht zu lesen; bevor er sich zu einem Entschluß durchringen konnte, blieb sein Blick auf dem Griff des seltsamen Breitschwertes hängen, das Garth von seiner Mission mitgebracht hatte. Der rote Edelstein in dem Knauf erstrahlte hell.

Auch der Baron schien das Schwert zu bemerken, als er auf Garths Ausbruch erwiderte: »Braucht dein Volk diese Handelsbeziehungen so dringend? Ihr kommt bewaffnet anmarschiert, mit einer Streitmacht, doppelt so groß wie die von Skelleth, und selbst der Geringste von euch trägt noch bessere Waffen und einen besseren Panzer, als ich mir für meine Person leisten kann. Euer Führer trägt ein edelsteinbesetztes Schwert. Jeder einzelne von euch ist wohlgenährt und bei bester Gesundheit, soweit ich das sehen kann. Dennoch protestiert ihr aufgebracht, ich hätte mehr gefordert, als ihr geben könnt. Meine Leute leiden Hunger, Übermänner. Seht euch um; mein Volk stirbt an Hunger und Kälte. Ist es da unbillig, wenn ich Zollgebühren von euch verlange, ehe ich euch gestatte, hierherzukommen und ihnen das wenige, was sie besitzen, abzuschätzen für den wertlosen Tand, den ihr ihnen bringt? Ist es unbillig, daß ich gehofft habe, Steuern von euch einziehen zu können, mit denen ich ihr Leiden vielleicht ein wenig lindern könnte? Ist es unbillig, wenn ich versucht habe, jene von euch von ihnen fernzuhalten, die bekanntermaßen Mordtaten begangen haben, so wie du, Garth? Ist es unbillig, wenn ich eure Leute gebeten habe, nur in kleinen Gruppen hierherzukommen, auf daß keine Gefahr für die Sicherheit und das Wohlergehen Skelleths entstehe? Unsere beiden Völker haben ein halbes Jahrtausend im Krieg miteinander gelegen, Garth; und jetzt kommt ihr hierher, verhöhnt und verletzt die Gesetze dieses Reiches und fordert, daß man euch als hochgeschätzte Freunde und Nachbarn behandelt. Kannst du nicht verstehen, daß ich euch da nicht gerade freudig willkommen heiße?«

Während der Baron sprach, glitt Garths Hand langsam aufwärts über die Brust zur linken Schulter und weiter zum Griff des großen Schwertes; als seine Finger die Waffe berührten, warf Galt hastig ein: »Du verdrehst die Wahrheit und spielst mit Worten, Baron. Wir haben ja gar nichts gegen vernünftige und angemessene Gebühren, obwohl sie nicht deinem hungerleidenden Volke zugute kämen, sondern in deine eigene Tasche flössen. Wir haben nicht die Absicht, dein Volk zu beschwindeln oder übers Ohr zu hauen. Wenn du das, was wir liefern können, nicht willst, zahlen wir für das, was wir brauchen, mit Gold. Wir können uns auch mit Beschränkungen und Auflagen bei der Reise durch dein Hoheitsgebiet abfinden, aber du hast angeordnet, daß keine Gruppe von mehr als drei kommen darf; wie können wir die Karawanen bilden, um die Fährnisse der Reise sicher zu bestehen? Die Gründe, die du vorgebracht hast, weshalb du uns mißtraust, sind schierer Unfug; Garth hat in Notwehr getötet, nicht aus Mordlust, und der Krieg zwischen unseren beiden Völkern wurde bereits vor hundert Jahren beendet. Du hast von uns verlangt, daß wir unsere Unabhängigkeit als Nation aufgeben, als Preis dafür, daß wir mit euch Handel treiben dürfen. Wärst du gewillt, uns dein Baronat abzutreten, wenn die Situation umgekehrt wäre?«

Galts Einmischung in die Debatte war für alle Anwesenden überraschend gekommen; Garth hatte ihm einen verdutzten Blick zugeworfen, ihn aber reden lassen. Der Baron starrte immer noch Garth an.

»Ich verhandle nicht mit Dienstboten«, sagte der Baron.

Galt verkniff sich eine empörte Erwiderung; jetzt war es wieder an Garth zu antworten.

»Er spricht die Wahrheit, Baron, wenn auch vielleicht etwas wortgewandter, als ich es könnte, während du lügst. Du sagst, du verhandelst nicht mit Dienstboten, doch scheint es dir nichts auszumachen, mit einem zu sprechen, den du einen Mörder schimpfst. Wo bleibt da die Logik? Galt ist kein Dienstbote, wie du sehr wohl weißt; es scheint dir bloß darauf anzukommen, uns zu beleidigen und zu erzürnen. Warum?«

Es folgte ein kurzes Schweigen; dann drehte der Baron sich um und ging zu seinem Haus zurück. »Ich antworte keinen Mördern«, sagte er.

»Bleib stehen, Mann!« brüllte Garth; seine Rechte schloß sich um den Griff des Schwertes und riß es mit einem Ruck aus der Scheide. Er führte es in schwungvollem weiten Bogen herum und ließ es über dem Kopf kreisen.

Der Baron blieb auf der Schwelle seiner Tür stehen und wandte sich zu den Übermännern um. »Ich habe dich gezwungen, Farbe zu bekennen, Garth!« rief er. »Ich halte alle Macht hier inne, außer der, die du dir durch die Kraft der Waffen nimmst. Du besitzest diese Kraft; wir beide wissen das. Du kannst mich töten und Skelleth zerstören – aber das zu tun, hieße, die Rassenkriege neu zu entfachen, und dieses Mal würde die Menschheit sich nicht damit begnügen, euch dreckige Ungeheuer in die Wildnis zu jagen. Dieses Mal, Garth, dieses Mal würde sie euch auslöschen, bis auf die letzte stinkende Mißgeburt. Ihr habt keine andere Wahl; nehmt meine Bedingungen an oder kämpft und sterbt. Ich werde meine Bedingungen nicht ändern. Ich bin weder ein Dummkopf noch ein Feigling, und von dieser Handvoll von Möchtegern-Kriegern lasse ich mich gewiß nicht beeindrucken. Wenn dein Volk Handel treiben will, Garth, dann mußt du meinem Reich fernbleiben und deinem Stadtrat die Möglichkeit anbieten, sich mir zu unterwerfen, wie du es geschworen hast. Jedweder Handel in und mit Skelleth findet zu *meinen* Bedingungen statt. Ich will dir dieses eine Mal dein Eindringen noch einmal vergeben, aber wenn noch einmal bewaffnete Übermänner kommen, werde ich den Hohen König in Kholis informieren. Und nun steck dein lächerliches Schwert weg, und dann fort mit euch, alle miteinander! Laßt mich in Frieden!«

Garths Zorn war so übermächtig geworden, daß er ihn nicht länger im Zaum zu halten vermochte; mit einem wilden Wutschrei ließ er das Schwert des Bheleu über dem Kopf wirbeln und schleuderte es hinter dem Baron her, just als dieser über die Schwelle trat.

Mit einem ohrenbetäubenden Donnerknall verwandelte sich das Schwert mitten im Flug in einen lodernden Flammenschweif, der sich brennend in den Rücken des Barons bohrte; seine bestickte Robe loderte sofort hell auf, als ihm die feuerumhüllte Klinge aus der Brust drang.

Trotz der ungeheuren Wucht, mit der die Klinge ihn durchbohrt hatte, hielt sich der Baron noch für einen Moment taumelnd auf den Beinen. Er drehte sich ein letztes Mal um und richtete den Blick auf Garth; seine Kleider und sein Haar waren in Flammen gehüllt. Einen Moment lang schien es Garth, als würden auch seine Augen brennen.

»Narr!« preßte er hervor; dann sackte er vornüber und schlug mit dem Gesicht auf der Türschwelle auf. Die Wucht des Aufpralls trieb die Klinge zurück durch seine Brust und aus seinem Rücken; als er ein letztes Mal zuckte, fiel sie heraus und landete klirrend auf dem steinernen Fußboden. Ihr Griff zeigte genau auf Garth.

Kapitel 7

Einen Moment lang herrschte Totenstille; das einzige Geräusch war das Prasseln der Flammen. Niemand regte sich.

Garth glaubte, ein leises spöttisches Lachen zu hören; er fuhr herum, konnte aber die Quelle des Lachens nicht ausmachen. Noch immer brodelte in ihm der Zorn, aber mit dem Fortschleudern des Schwertes hatte sich die Macht, die es auf ihn ausübte, etwas verringert, und er war wieder fähig zu denken.

Als er seinen Blick schweifen ließ, sah er Entsetzen und Verblüffung auf den Mienen aller Anwesenden; Menschen wie Übermenschen starrten entgeistert auf den brennenden Leichnam. Niemand lachte; niemand lächelte; niemand sprach. Schließlich brach einer der Gardisten das Schweigen; nur zwei Worte waren es, in atemlosem Flüstern hervorgestoßen, doch sie hallten bis in den hintersten Winkel des Platzes: »Schwarze Magie!«

Eine andere Stimme, sie kam von einem aus der Menge am Rande des Platzes, schrie: »Tötet sie! Tötet die Übermänner!« Garth wirbelte herum und glaubte den Schreihals auszumachen, einen alten Mann, gekleidet in dunklem Rot, der in der vordersten Reihe der Menge stand, die sich in der Einmündung der vom Westtor her kommenden Straße drängte. Ehe er etwas erwidern oder sich seiner Identifikation vergewissern konnte, hörte er das Schnappen einer Bogensehne. Instinktiv duckte er sich.

Zum zweiten Mal an diesem Tage pfiff ein Pfeil über seinen Kopf hinweg. Er prallte gegen den Brustpanzer des hinter ihm stehenden Galt und fiel in den freien

Raum zwischen den Soldaten von Skelleth und der ersten Reihe Kriegstiere.

»Runter! Runter von den Tieren!« schrie Garth und glitt, seinem eigenen Rat folgend, aus dem Sattel. Als er auf dem Boden landete, schwirrte eine Salve von Pfeilen, aus allen Richtungen kommend, über ihn hinweg.

Sofort begriff er die Lage und verfluchte sich dafür, daß er sie nicht vorausgesehen hatte. Er hatte die fünfundzwanzig Gardisten vor dem Haus des Barons gesehen und sie gedankenlos für die gesamte Streitmacht Skelleths gehalten, obwohl er wußte, daß der Baron mehr als dreißig Männer in seinen Diensten hatte. Die anderen hatten sich rings um den Platz hinter Fenstern und auf Dächern postiert. Der Baron war ein kluger Mann gewesen, trotz seines Wahns. Es war gut möglich, daß noch weitere Gefahren in der Menge lauerten – und die Menge selbst stellte ein großes Problem dar, da sie alle Rückzugswege bis auf einen blockierte und die Streitmacht der Übermänner auf dem Marktplatz eingeschlossen hielt, wo sie ein prächtiges Ziel bot.

Weitere Pfeile surrten und pfiffen über ihn hinweg; das Schnappen der Sehnen kam jetzt in stetigem ungleichmäßigen Rhythmus. Die Übermänner um ihn herum schrien durcheinander; er hörte einen Schmerzensschrei und das Knurren eines Kriegstiers.

Es war jetzt zu spät, um ein Blutvergießen noch zu verhindern. Trotz seiner guten Absichten hatte er der Macht des Schwertes nicht standhalten können, und eine friedliche Mission war zu einer Schlacht ausgeartet. Und wenn es schon nun einmal so war, dachte Garth, dann wollte er diese Schlacht auch gewinnen. Immer noch kochte die Wut in ihm; es war viel zu lange her, seit die Übermänner der Nordwüste zum letzten Mal eine Schlacht gewonnen hatten, und dies schien eine gute Gelegenheit, ihnen endlich einmal wieder ein solches Erfolgserlebnis zu verschaffen.

Er sah sich um; die Lage war schlimm. Seine Soldaten, unausgebildet, wie sie waren, rannten konfus und aufgescheucht herum, während von allen Seiten die Pfeile auf sie herabregneten. Die Hälfte der berittenen Übermänner war seinem Beispiel gefolgt und aus dem Sattel gestiegen; die anderen jedoch saßen noch immer auf ihren Kriegstieren und schauten in hilfloser Verwirrung umher. Die Dorfbewohner, Soldaten wie Zivilisten, hielten sich in sicherem Abstand zum Geschehen und überließen ihren Bogenschützen die Arbeit. Noch kein einziger Übermann hatte irgend etwas unternommen, um gegen die höchstverwundbare Position Abhilfe zu schaffen.

»Ho, Übermänner von Ordunin!« brüllte Garth aus Leibeskräften. »Die Schlacht hat begonnen, ob wir sie wollen oder nicht! Vorwärts, tötet die Gardisten!« Er gab diesen Befehl nicht etwa deshalb, weil er die Soldaten als eine Bedrohung angesehen hätte, sondern weil die Bogenschützen sich sträuben würden, in ein Getümmel zu schießen, in dem auch ihre eigenen Kameraden steckten. Es war der denkbar simpelste Befehl, der ihnen in dieser Situation einen Nutzen bringen würde. Sobald er seine Übermänner so weit hatte, daß sie gemeinsam handelten und seinen Befehlen folgten, konnte er sich noch immer den Kopf über eine bessere Taktik zerbrechen.

Verwirrt und wütend, wie sie waren, befolgten die Übermänner gern seinen Befehl; nun, da sie wieder ein Ziel hatten, stürmten sie vorwärts um die Kriegstiere herum, die ihnen den Weg versperrten. Die berittenen Krieger schienen Garths Order indes nicht gehört zu haben; sie schauten weiter konfus umher. Garth sah, wie ein Pfeil sich in die Kehle eines jungen Übermanns bohrte; lautlos kippte er seitlich aus dem Sattel, den Mund voll Blut, die Augen weit aufgerissen vor Entsetzen.

Die Übermänner, die abgesessen waren, schlossen sich ihren vorwärtsstürmenden Kameraden an, ihre

Kriegstiere zurücklassend. Garth wurde mit einem Schlag klar, daß eigentlich keiner von ihnen wußte, wie man die großen Tiere unter Kontrolle hielt.

Das beste für die Moral wäre es natürlich, das wußte Garth, wenn er sich selbst an die Spitze der Vorwärtsstürmenden setzte; aber es gab jetzt taktische Erwägungen, die vordringlicher waren. Wie er gehofft hatte, stellten die Bogenschützen jetzt ihr Feuer ein, aus Angst, sie könnten ihre Kameraden treffen; aber sobald die Übermänner die Menschenwesen ausgelöscht hatten – denn das würde unweigerlich geschehen –, würden die Bogenschützen wieder freies Schußfeld haben. Sie stellten daher die größte Bedrohung dar, und Garth wußte, daß seine beste Waffe die Kriegstiere waren. Es war an der Zeit, sie gegen die Bogenschützen zum Einsatz zu bringen. Als die ersten Übermänner die Soldaten des Barons erreichten, entdeckte Garth die Stellung von einem der Bogenschützen, als dieser gerade hinter einem Kamin hervorlugte, um einen Pfeil abzufeuern. Mit einem wortlosen Knurren zeigte Garth seinem Kriegstier Koros die Stelle und befahl dem Kriegstier: »Töte!«

Die riesige Katze brüllte laut auf, so laut, daß es für einen Moment sogar den jetzt immer heftiger anschwellenden Kampfeslärm übertönte, dann duckte sie sich und sprang auf den Rücken des ihr am nächsten stehenden Artgenossen. Von dort aus sprang sie in einem einzigen ungeheuren Satz auf das Dach, auf dem der Bogenschütze lauerte. Scherben von zersplittertem Dachschiefer spritzten unter der Wucht ihres enormen Gewichts auf und stoben in alle Himmelsrichtungen; dem Mann blieb gerade noch Zeit für einen gellenden Schrei des Entsetzens, bevor Koros mit einem einzigen Prankenhieb den Kamin zerschmetterte und ihn in Stücke riß.

Garth nahm sich nicht die Zeit, dem Tod des Mannes zuzuschauen. Als das Tier zum Sprung auf den nächsten Bogenschützen ansetzte, wies er bereits Galts Kriegstier an. Als dies geschehen war, wandte er sich der ersten Fünferreihe zu.

Nicht alle Kriegstiere waren so erfolgreich wie Koros; eines verfehlte das Dach, auf das es hatte springen wollen, und versuchte nun, an der Wand hochzuklettern. Seine Krallen rissen riesige Holzsplitter und Mörtelbrocken aus dem Mauerwerk. Ein anderes landete zwar an der richtigen Stelle, aber das Dach war mit Stroh gedeckt und vermochte sein Gewicht nicht zu tragen; Kriegstier und Bogenschütze brachen unter Brüllen und Kreischen durch das Dach.

Nicht alle Bogenschützen waren auf Dächern postiert; ein paar standen hinter Obergeschoßfenstern, die zu klein waren, als daß die riesigen Tiere hindurchgepaßt hätten. Die Kriegstiere, einfache und geradelinige Kreaturen, die sie waren, behalfen sich, indem sie kurzerhand das Mauerwerk rings um die Fenster herausrissen.

Sobald er auf jeden Bogenschützen, den er hatte entdecken können, ein Kriegstier gehetzt hatte, unter Zurückhaltung einer Reserve von vier Kriegstieren in der Mitte des Platzes, wandte Garth seine Aufmerksamkeit wieder dem Kampfgeschehen vor dem Haus zu. Seine Leute schienen die Lage im Griff zu haben. Ihr Problem schien weniger darin zu bestehen, mit den Soldaten fertigzuwerden, als vielmehr darin zu vermeiden, sich im Gedränge selbst gegenseitig die Köpfe einzuschlagen. Die fünfundzwanzig Gardisten waren zu einem Häuflein von einem halben Dutzend geschrumpft, das sich vor der offenen Tür um den brennenden Leichnam ihres Herrn drängte.

Die Zivilbevölkerung hatte bisher noch nichts getan außer einen ungeheuren Lärm zu veranstalten; keiner hatte sich auf den Platz vorgewagt. Die Menge schien überdies kleiner geworden zu sein; wahrscheinlich, dachte Garth, waren viele geflohen und hatten Schutz gesucht, wo sie konnten. Die Zurückgebliebenen sahen lediglich aus respektvoller Entfernung zu und brüllten.

Garth entließ sie einstweilen aus seiner Aufmerksamkeit und schritt nach vorn, um sich um seine Krieger zu kümmern.

»Haltet ein!« rief er ihnen zu. »Tretet zurück!«

Widerstrebend gehorchten die Übermänner. Die Gardisten, die das Massaker überlebt hatten, standen mit gezückten Schwertern da und warteten.

»Es hat keinen Sinn, den Kampf fortzusetzen! Ergebt euch, und wir schenken euch das Leben.«

Herrenmer war einer der Überlebenden. Er war es, der erwiderte: »Niemals, Ungeheuer! Wir haben gesehen, wie sehr wir dir trauen konnten, als du den Baron getötet hast!«

Garth kämpfte eine Woge neu aufbrandenden Zorns nieder. »Sind noch nicht genug von euren Männern gestorben, Herrenmer? Wir sind euch zahlenmäßig jetzt zehnfach überlegen, und dazu haben wir noch unsere Kriegstiere. Ihr habt wacker und brav für euren toten Herrn gekämpft, aber ihr habt verloren; ergebt euch, und wir schenken euch das Leben, das schwöre ich.«

»Ha! Hier hast du meine Antwort!« Er schleuderte sein Kurzschwert auf Garth, just so, wie Garth das Schwert des Bheleu auf den Baron geschleudert hatte.

Garth jedoch duckte sich; das Schwert flog ihm über den Kopf hinweg und landete klirrend auf dem harten Boden des Marktplatzes.

Mehrere der Übermänner schnaubten auf, blieben aber stehen, wo sie waren; dies war eine Sache zwischen Garth und dem Hauptmann, welche sie allein ausmachen mußten.

»Sei kein Tor, Herrenmer! Jetzt hast du sogar dein Schwert verloren; du kannst nicht mehr kämpfen. Sag, daß du dich ergibst, und dir wird kein Leid geschehen.«

Herrenmer gab keine Antwort; verzweifelt hielt er nach einer anderen Waffe Ausschau – und fand eine! Er wirbelte herum und bückte sich blitzschnell nach dem Schwert des Bheleu.

Das konnte Garth nicht zulassen. Er wußte, wie gefährlich das große Schwert sein konnte. Er konnte nicht zulassen, daß ein Mensch, noch dazu einer, der vor Wut fast von Sinnen war, die tödliche Waffe in die Hand bekam. Er bückte sich ebenfalls nach dem Schwert.

Der Gardist war indes viel näher an der Waffe; ehe Garth auch nur die Hälfte der Distanz zwischen sich und dem Schwert bewältigt hatte, schlossen sich die Hände des Hauptmanns um das Heft der Waffe. Mit einem Aufschrei ließ er es sofort wieder fahren. Seine Handflächen qualmten; der Gestank von verbranntem Fleisch drang in Garths Nüstern. Er hatte jedoch zuviel Schwung, um seinen eigenen Griff nach dem Schwert noch zu bremsen, und auch er packte das Heft.

Doch obgleich das Heft glühend heiß in seiner Hand lag, fühlte er keinen Schmerz. Statt dessen fühlte er sich von einer Woge ungeheurer Kraft durchbrandet, die ihn mit einem unbeschreiblichen Glücksgefühl erfüllte. Der rote Edelstein leuchtete heller als die sterbenden Flammen, die das Gewand des Barons umzüngelten; kräftiger und leuchtender war sein Rot als das des Blutes, das in einer Pfütze auf der Schwelle seines Hauses stand.

Garth richtete sich auf, das Schwert fest mit beiden Händen umklammert haltend; um ihn herum standen die fünf restlichen Gardisten, während Herrenmer vor Schmerzen schreiend zu seinen Füßen lag und ihm seine verbrannten Hände entgegenhielt. Einen oder zwei Fuß weiter lag der schwelende Körper des Barons. Der Anblick seines toten Feindes schien Garth in diesem Moment sogar zu beglücken: er stieß ein grimmiges, triumphierendes Lachen aus. Er hatte gesiegt! Er war Herr des Dorfes und konnte mit ihm tun, was er wollte! Er konnte es ausradieren, wenn er wollte – und genau das war es, was er in diesem Moment wünschte!

Immer noch lachend wirbelte er herum und streckte

mit einem einzigen fürchterlichen Streich alle noch lebenden Gardisten nieder. Die Klinge schnitt durch Panzer und Fleisch und Knochen, so als führe sie durch Luft, einen Schweif von Funken hinter sich herziehend. Als er den Rundschlag vollendet hatte, stieß er die Spitze des Schwerts in die Brust Herrenmers.

Der Hauptmann ächzte, zuckte noch ein letztes Mal und blieb dann reglos liegen; die anderen fünf brauchten einen Moment länger, um ihr Leben auszuhauchen. Garth zog das Schwert heraus und schaute um sich.

Die Übermänner – *seine* Übermänner – starrten ihn mit offenen Augen entgeistert an. Sie begriffen nicht, wer es war, der sie da führte. Er schrie: »Ich bin Bheleu, der Gott der Zerstörung! Tod und Verwüstung sind meine Gefährten, Leid und Haß meine Werkzeuge! Folget mir nun zu einem Ruhm, wie ihr ihn euch niemals auch nur im Traum ausmalen konntet!«

Einige der Übermänner schienen immer noch unschlüssig; er hob das bluttriefende Schwert hoch über den Kopf, so daß das Licht des Steins auf sie fiel. »Skelleth ist unser!« schrie er. »Laßt es uns vernichten! Diese Menschenwesen haben gegen uns gekämpft, und herausgefordert; lehren wir sie, was es heißt, uns die Stirn zu bieten!«

Die Unsicherheit begann zu schwinden; Begeisterung flackerte in den roten Augen der Übermänner auf.

»Brandschatzt das Dorf!« schrie Bheleu durch Garths Mund.

»Brandschatzt das Dorf!« wiederholten die Münder vereinzelter Krieger.

»Tötet die Menschenwesen!«

»Tötet die Menschenwesen!«

Sie waren jetzt entflammt; der Übermann-Gott lachte, und das Schwert loderte über seinem Haupt. Er ließ es herabsausen und rammte es in die Schwelle des Hauses des Barons; die steinerne Stufe zerbarst in tausend rotglühende Splitter, die rings um ihn aufstoben, ohne ihm jedoch nur die geringste Schramme zuzufügen. Die Splitter, die im Innern des Gebäudes landeten, setzten den hölzernen Fußboden an Dutzenden von Stellen in Brand.

»Auf, Übermänner! Tötet und brennt!«

Die Antwort war ein einziger, wortloser Jubelschrei; die Übermänner wandten sich um und stürmten mit gezückten Schwertern auf die Menge in den umliegenden Straßenmündungen los. Garth lachte, hob das Schwert und beschrieb mit der Spitze einen weiten Bogen durch die Luft; wohin auch immer die Spitze zeigte, sofort loderten Flammen auf. In wenigen Sekunden standen sämtliche Gebäude rings um den Marktplatz in hellen Flammen. Er schritt vorwärts zur Mitte des Platzes; hinter ihm züngelten Flammen aus dem Dach des Hauses des Barons. Er wandte sich um und richtete die Spitze auf das Haus; es verschwand hinter einer prasselnden und tosenden Flammenwand. Innerhalb von Sekunden stürzte es in sich zusammen, die brennenden Trümmer stürzten in seinen eigenen Keller; durch die Flammen konnte Garth den Gasthof des Königs sehen, in dem der sogenannte Vergessene König hauste. Er richtete die Spitze des Schwertes darauf, wie er es bei den anderen Häusern getan hatte, aber nichts geschah. Er versuchte es ein zweites Mal, wobei er laut brüllte: »Ich bin Bheleu!«

Der Gasthof blieb unversehrt. Er machte einen dritten und letzten Versuch, indem er mit schierer Willenskraft die ungeheure Macht des Gottes in die Klinge lenkte.

Die Taverne trotzte seinem Bemühen, blieb unversehrt. Widerwillig ließ er das Schwert sinken. Er wandte sich wieder den Häusern am Rande des Platzes zu; wenigstens sie verhielten sich gehörig, loderten auf wie trockenes Stroh, sobald er die Spitze des Schwertes wider sie richtete. Er lachte laut auf und marschierte ins Dorf, Feuer und Zerstörung schleudernd, aber seine grimmige Freude war geschmälert ob seines unerklärlichen Versagens bei dem Versuch, den *Gasthof des Königs* in Brand zu stecken.

Die Dorfbewohner stoben davon und suchten Zuflucht vor dem mörderischen Wüten der Übermänner. Die meisten versteckten sich in ihren Häusern oder in den Ruinen, die das Dorf umringten. Ein paar flohen in die Wildnis jenseits der Mauern. Niemand schaffte es, eine Verteidigung zu organisieren. Einige fanden Waffen; viele verbarrikadierten Türen und Fenster. Niemand brachte die Umsicht und Fähigkeit auf, die Bewohnerschaft zu sammeln, um die zahlenmäßige Übermacht gegenüber den Übermännern auszuspielen.

Die Übermänner indessen marschierten in kleinen Gruppen von Tür zu Tür, durchbrachen die Barrikaden und schlachteten alle jene ab, die Widerstand zu leisten versuchten. Wo der Widerstand zu stark war, als daß er ohne größeren Aufwand zu brechen war, rief man die Kriegstiere zu Hilfe. Die einzigen Waffen in ganz Skelleth, die gegen die riesigen Tiere vielleicht etwas hätten ausrichten können, lagen unter den schwelenden Trümmern des Hauses des Barons begraben. Die Kriegstiere dienten den Übermännern als Rammböcke, als Schutzschilde und als Werkzeuge des Schreckens.

Wer sich ergab, wurde – in den meisten Fällen – verschont und gefangengenommen; die Gefangenen wurden auf dem Marktplatz zusammengetrieben und unter die Bewachung von vier Übermännern und vier Kriegstieren gestellt. Ein paar Übermänner waren indes so sehr im Blutrausch, daß sie sich nicht beherrschen konnten und auch jene töteten, die sich ergaben, aber auch diese Krieger beruhigten sich, nachdem sie ein oder zweimal ihren Blutdurst gestillt hatten.

Nicht so Garth. Während sich Dunkelheit über das Dorf senkte, schlenderte er lachend und wütend durch die Gassen, tötete jeden Menschen, den er sah, und brannte mit den Flammen seines Schwertes jedes Haus nieder, an dem er vorüberkam. Sogar seine eigenen

Artgenossen hielten sich von ihm fern. Er bedurfte keines Kriegstieres, um Barrikaden niederzureißen; ein einziger Streich mit dem Schwert des Bheleu genügte, um jedweden Widerstand zu zerschmettern. Er schien sich daran zu ergötzen, alles zu töten, was sich nicht wehren konnte.

Es war schon tiefe Nacht, als er an ein Haus kam, dessen Türen und Fensterläden mit Stahl verstärkt waren. Sein Versuch, sich – wie bei den anderen Häusern – den Weg freizubrennen, schlug fehl: Das Holz verbrannte zu Asche, aber das Metall hielt stand. Laut *»I'a bheluye!«* schreiend, hieb er mit dem Schwert gegen den Stahl. Funken stoben, aber die Klinge drang nicht durch. Wieder schlug er zu, und diesmal zerbarst der Stahl unter seinem gewaltigen Streich und gab den Weg frei.

Der Raum, in den er trat, war leer; er schaute sich um. Selbst im Zustand äußerster Raserei vermochte er seinen Geist noch zu der logischen Schlußfolgerung zu zwingen, daß sich jemand in dem Haus aufhalten mußte, wenn eine Tür verriegelt und verrammelt war. Er war entschlossen, diesen Jemand aufzuspüren und zu vernichten.

Die Küche war ebenfalls leer; die Hintertür und die hinteren Fenster waren verschlossen und verriegelt. Blieben die oberen Stockwerke. Eine Treppe gab es nicht, aber eine Leiter führte durch eine Falltür nach oben.

Das erste Stockwerk bestand aus einem einzigen großen Raum, der für die Verhältnisse Skelleths aufwendig eingerichtet war. Ein Bett stand vor einer Wand, ein Teil des Fußbodens war mit Fellen ausgelegt, und Behänge zierten sämtliche Wände. Tische und Stühle vervollständigten die Einrichtung. Auch dieser Raum war leer. Wieder führte der Weg nach oben über eine Leiter.

Mit einem wütenden Schnauben erklomm Garth die zweite Leiter, behindert durch das große Schwert, das er mit einer Hand halten mußte; er gelangte in eine leere

Bodenkammer. An beiden Seiten der Kammer war ein Fenster; eines davon, das am hinteren Ende, stand offen; zu beiden Seiten des Fensters standen mehrere Käfige übereinander, in denen Vögel zwitscherten und schnäbelten. Vor dem Fenster stand ein ernst blickender alter Mann, dunkelrot gekleidet.

Garth tat einen Freudenschrei, als er den Mann erkannte. Es war Darsen, der Hetzredner, der Unruhestifter! Er, der ihn, Garth, vor Monaten für den Tod des Gardisten Arner verantwortlich gemacht hatte und fast einen Aufruhr angezettelt hätte; er, der geschrien hatte: ›Tötet die Übermänner!‹ und damit das Gemetzel ausgelöst hatte.

Es sollte ihm zum besonderen Vergnügen werden, diesen Mann zum Tode zu befördern, dachte Garth; er würde langsam sterben, ganz langsam. Garth trat vor ihn, das Schwert mit beiden Händen packend.

Darsen hatte bei seinem Eintreten mit dem Gesicht zum Fenster gestanden und etwas in den Händen gehalten; jetzt, da er sich dem Übermann zuwandte, warf er den Gegenstand aus dem Fenster. Es war ein Vogel. Garth sah, wie das Tier für einen Moment wild mit den Flügeln schlug und sich dann im Fluge fing. Er schenkte ihm keine weitere Beachtung; Tauben interessierten ihn jetzt nicht. Wenn der alte Mann seine letzten schmerzfreien Momente damit verbringen wollte, mit Vögeln zu spielen, dann war das seine Sache.

Der Alte versuchte, unter dem Schwert wegzutauchen und an Garth vorbeizuhuschen, aber das Manöver mißlang; Garths Linke ließ den Griff des Schwertes los und bekam den Kragen des roten Gewandes zu fassen. Das letzte, was Darsen sah, bevor er vor Schmerz die Augen zukniff, war Garths grinsendes Gesicht mit den gebleckten Zähnen, die rot im Licht des leuchtenden Juwels schimmerten.

Der Vogel flog nach Westen, nach Dûsarra.

Kapitel 8

Das nächtliche Opfer war vollbracht; es hatte sich hierbei um ein Sonnenuntergangs-Ritual gehandelt, das schneller und rascher vonstatten ging als die Mitternachtszeremonien, die nur an besonderen Tagen stattfanden. Der Tod des Opfers war relativ leicht und schnell gekommen.

Haggat fragte sich, ob solche Opfer tatsächlich die Mühe wert waren; hatte Aghad wirklich an *jedem* Mord Freude? Es lag eigentlich wenig echter Haß in solchen Tötungen, wenig von dem reinen, dunklen Gefühl, von dem der Gott sich nährte. Das Opfer war irgendein Fremder gewesen, den man aus seinem Bett gezerrt hatte. Wie half das der großen Sache, der sie verschworen waren: der Furcht, dem Haß, dem Abscheu? Eine solche Tötung war kaum dazu angetan, den Haß der Gläubigen auf ihre Mitmenschen zu schüren; wenn sie überhaupt zu etwas gut war, dann dazu, ihren Zorn ein wenig zu mildern. Zur Steigerung von Furcht und Schrekken in der Stadt trug sie indes wahrscheinlich kaum bei; die Bevölkerung war schon seit langem an solche plötzlichen, unerklärlichen Tode gewöhnt; was sie hingegen zur Zeit viel mehr in Angst und Schrecken versetzte, war der Weiße Tod, jene fürchterliche Seuche, die in der Stadt wütete.

Die Opfer gehörten jedoch nun einmal zur Tradition, und es lag kein triftiger Grund vor, sie einzustellen. Sie nahmen den Kult nicht sonderlich in Anspruch, und die Gläubigen hatten ihren Spaß daran. Vor allem seine persönliche Akolytin genoß sie; sie war heute nacht richtig enthusiastisch gewesen, dachte er. Es war amüsant, die Wandlung zu verfolgen, die in den letzten Wochen in ihr stattgefunden hatte. Sie war am Anfang ein verschüchtertes kleines Ding gewesen, voller Ehrfurcht vor ihrem engen Kontakt mit dem damaligen Hohenpriester, von Angst erfüllt, Haggat, dem Seher des Tempels, übereignet zu werden.

Sie hatte Grund gehabt, sich zu fürchten, denn die Geschichten, die man sich im Kreise der Kultisten über Haggats Auffassung von ›Vergnügen‹ erzählte, klangen alles andere als ermutigend. Aber sie hatte festgestellt, daß sie seine Vergnügungen überleben und sogar manche von ihnen genießen konnte. Mit dem Tode seines früheren Herrn und Haggats Aufstieg zum Hohenpriester fand sie sich nun plötzlich an zweiter Stelle in der Hierarchie des Kultes stehend. Und diese Position genoß sie in vollen Zügen.

Wie erwartet hatte sie sein besonderes Gemach vorbereitet: Das Sehglas funkelte frisch poliert, die Kerze war angezündet. Sie kniete an der Tür und harrte seines Lobes.

Er sah, daß alles zum Besten gerichtet war, und entließ sie mit knapper Geste; sie warf sich vor ihm nieder und verließ unter Verneigung rückwärts den Raum. Die Tür schloß sie hinter sich. Er wußte, sie würde in seinem Schlafgemach auf ihn warten, bis er mit dem Glase fertig wäre.

Er legte jedoch nicht die geringste Eile an den Tag; er genoß die Beschäftigung mit seinem Glas genausosehr, wie er seine weniger schmackhaften Passionen genoß. Er hob die Kristallkugel auf und hielt sie so, daß das Bild der Kerzenflamme in ihr verschwamm.

Als er zum letzten Mal in das Glas geschaut hatte, hatte er gesehen, wie der Übermann Garth eine Taverne in Skelleth betrat. Es wäre interessant zu sehen, was in den Stunden, die seither vergangen waren, mit ihm geschehen war. Er konzentrierte seinen Blick auf die Kugel.

Das Bild der Flamme wurde größer und verzerrte sich, und dann wurde es rot.

Damit hatte er nicht gerechnet; er wußte keinen Grund, warum sich das Bild rot färben sollte. Er fragte sich, ob die Störung, an die er sich gewöhnt hatte, vielleicht eine neue Form annahm. Er versuchte, das Bild schärfer zu bekommen und den Kontakt zu verstärken.

Die kristallene Kugel war durchflutet von blutrotem Licht. Jetzt erkannte er zwei Gesichter, beide in verschwommenen Konturen von Schwarz und Rot. Das eine Gesicht war nichtmenschlich mit hell leuchtenden Augen; das andere gehörte einem Mann; es war vor Schmerzen und Angst verzerrt. Haggat erkannte beide Gesichter; sie gehörten Garth und Darsen.

Der Hohepriester war überrascht und verwirrt. Was ging in Skelleth vor? Warum hatte Darsen solche Angst? Wieso waren die beiden überhaupt zusammen? Darsen war einer der fähigsten Agenten des Aghad-Kults, und er mußte eigentlich klug genug sein, um zu wissen, daß es Selbstmord war, sich mit so einem gefährlichen Gegner anzulegen. Er hatte Anweisung, den Übermann zu beobachten und ihn, wo und wann immer er konnte, zu ärgern und zu behelligen, Furcht, Wut und Haß zu schüren. War er unvorsichtig geworden und hatte den Übermann offen gereizt?

Einen Moment später wurde ihm klar, daß Darsens Angst berechtigt gewesen war; er konnte immer noch nichts sehen außer den beiden Gesichtern, aber er wußte, wie das Gesicht eines Toten aussah. Darsen war tot. Der Kult hatte seinen einzigen Agenten in Skelleth verloren.

Garth ließ die Leiche fallen, und Darsens erstarrtes Gesicht verschwand aus der Kugel. Noch immer konnte Haggat die Umgebung des Übermannes nicht erkennen; er sah nur sein blutrotes Gesicht.

Garth blickte auf, und für einen Moment schien es Haggat, als starrten ihn diese unheimlichen leuchtenden Augen an. Aber der Aghadit wußte, daß das nicht möglich war; nur ein Meisterzauberer konnte ein Sehglas entdecken. Dennoch – diese karmesinroten Augen schienen ihn zu mustern. Verwirrt verlor er die Konzentration, und Garths Züge verschwanden aus der Kugel; jetzt sah er nur noch die Augen.

In diesem Moment gesellte sich ein dritter leuchtender Punkt hinzu, und Haggat fuhr erschrocken und entsetzt zusammen. Was in aller Welt war *das?* Ihm war, als spürte er etwas Dunkles, Brütendes darin, etwas, das jenseits seines Begriffsvermögens lag. Der neue leuchtende Punkt wurde heller, und Garths Augen verblaßten. Der Kristall in seinen Händen wurde mit einem Mal heiß, fürchterlich heiß; mit einem unterdrückten Schrei ließ er ihn fallen.

Er zerbrach nicht bloß, als er auf den Boden fiel; er explodierte regelrecht; ein Schauer von Funken und glühendheißen Glassplittern stob in alle Richtungen. Wie durch ein Wunder geriet nichts in Brand, aber Haggat hätte das auch gar nicht bemerkt; er starrte entsetzt die Brandblasen in den Handflächen an.

Welch machtvoller Zauber! Konnte es sein, daß das sogenannte Schwert des Bheleu tatsächlich mit dem Gott der Zerstörung höchstselbst in Verbindung stand? Er hatte diese Möglichkeit bis jetzt noch nicht ernsthaft in Betracht gezogen. Er wußte von keiner Vorrichtung, welche ihren Benutzer direkt mit Aghad verband, und er hatte bisher keinen Grund zu der Annahme gehabt, daß andere Götter ihren Anhängern Dinge zur Verfügung stellten, die sein eigener Gott seinen Anhängern und Priestern vorenthielt. Er hatte entsprechende Behauptung als Aberglauben, Prahlerei oder bewußte Irreführung abgetan.

Dieser Übermann jedoch schien über Kräfte zu verfügen, die sich nur durch göttliche Intervention erklären ließen. Wenn dies tatsächlich der Fall war, dann würden gewöhnliche Maßnahmen gegen ihn nicht ausreichen. Garth hatte den Kult des Aghad herausgefordert und seinen Hohenpriester getötet. Dafür mußte er eines grausamen Todes sterben; daran war nichts zu ändern. Methoden konnte man jedoch ändern, und wenn Haggat zunächst geplant hatte, Garth mit Hilfe des kulteigenen wohlorganisierten Spitzel- und Mördersystems zu peinigen und schließlich zu töten, so kam er nun zu dem Schluß, daß dies vielleicht unklug war. Besser war es, man hetzte dem Übermann einen anderen Feind auf den Hals und ließ die beiden sich gegenseitig vernichten; eine solche Lösung erlaubte den Aghaditen, ihre Kraft genau einzuschätzen, und der Überlebende ging in jedem Fall so geschwächt aus dem Kampf hervor, daß es dem Kult dann ein leichtes wäre, mit ihm fertigzuwerden.

Überdies wußte er genau den richtigen Feind für diesen Zweck – einen Feind Haggats, einen Feind, mit dem der Hohepriester schon seit langem eine Rechnung zu begleichen hatte.

Der Priesterberuf war nicht seine erste Karrierewahl gewesen; als junger Mann hatte er Zauberer werden wollen und war in die Dienste eines Magiers getreten, für den er mehrere Jahre lang als Lehrling und Gehilfe tätig gewesen war. Sein Meister, ein sehr großer Zauberer, hatte ihn mißhandelt, beleidigt, beschimpft und ihm Geheimnisse vorenthalten. Seine Enttäuschung und seine Wut hatten einander genährt und waren stetig in ihm gewachsen, bis er schließlich eines Nachts demonstriert hatte, wie gut er seine Lektionen gelernt und wie sehr sein Meister ihn unterschätzt hatte. Die Dämonen, die er heraufbeschworen hatte, brauchten mehr als eine Stunde, um den alten Hexenmeister in Stücke zu reißen.

Erst nachdem die Dämonen ihr tödliches Werk vollendet hatten und wieder verschwunden waren, erfuhr er eines der Geheimnisse, die sein Meister vor ihm verborgen hatte – die Existenz des Rates der Höchsten, eines Geheimbundes von Magiern aller Art, dessen Ziel es war, das Wissen und die Anwendung der magischen

Künste zu begrenzen und zu kontrollieren. Sein toter Herr und Meister war Mitglied dieses Bundes gewesen; kraft einer magischen Formel wurden seine Bundesgenossen im selben Moment, als er starb, von seinem Tod unterrichtet. Die Ermordung eines Gesinnungsgenossen konnten die Mitglieder des Geheimbundes unter keinen Umständen ungestraft lassen. Sie vernichteten oder beschlagnahmten Haggats gesamte Habe, verhängten einen Bannfluch über ihn, der seine magischen Fähigkeiten erheblich einschränkte, schnitten ihm die Zunge heraus, um zu verhindern, daß er irgend etwas von seinem verbotenen Wissen ausplauderte oder Zaubersprüche aufsagte, und warfen ihn dann vor einen der Tempel des Aghad, des Gottes der Treulosigkeit und der Undankbarkeit – neben vielen anderen üblen Dingen.

Aghad war auch, wie Haggat schon damals wußte, ein rachedurstiger Gott, und er war bereitwillig in den Priesterstand getreten, in der Hoffnung, eines schönen Tages seine Rache zu bekommen. Obwohl er stetig in der Rangordnung des Kultes aufgestiegen war, vornehmlich wegen seiner magischen Fähigkeiten, welche er immer noch in geringem Umfange besaß, hatte er sich diese Hoffnung nie erfüllt; er hatte den Kult nicht dazu zu bewegen vermocht, etwas gegen den Geheimbund zu unternehmen. Und selbst jetzt, da er der absolute Herrscher über die Aghaditen war, hatte er noch nichts unternommen. Er wußte, daß der Rat zu mächtig und zu gut informiert war, als daß er ihn ohne sorgfältige Planung und Vorbereitung hätte angreifen können. Zu seinen Mitgliedern zählten so gut wie alle mächtigen Zauberer des Nordens, und um solch einen Bund zu besiegen, bedurfte es großer List und Geschicklichkeit – oder ebenbürtiger Macht.

Er war davon ausgegangen, daß es eine solche gleichwertige Macht auf der Welt nicht gab, aber jetzt stellte sich die Sache plötzlich ganz anders dar: Das verhexte Schwert, das der Übermann namens Garth trug, konnte sehr wohl diese Macht sein. Er ärgerte sich schwarz bei dem Gedanken, daß die Waffe, ohne daß er es wußte, die ganze Zeit über unbenutzt in Dûsarra herumgelegen hatte, nur ein paar hundert Schritte von seinem eigenen Tempel entfernt. Gut möglich, daß es schon dort gelegen hatte, als er seinerzeit in die Stadt gekommen war. Wie viele Möglichkeiten zum Diebstahl mochte es in dieser ganzen Zeit gegeben haben! Er wollte gar nicht daran denken. Er hatte nichts von seiner Existenz gewußt, bis dieser Übermann dahergekommen war und es keck gestohlen hatte; dabei hatte er den Kult des Bheleu buchstäblich ausgelöscht, ehe er den Tempel des Aghad geschändet und auf dem Marktplatz die Furie des Weißen Todes losgelassen hatte.

Aber jetzt würden Garth und der Rat der Höchsten für ihre Kühnheit büßen, ihn, Haggat, herauszufordern. Er brauchte sie lediglich aufeinanderzuhetzen. Mit Sicherheit würde dabei einer von beiden vernichtet, und dann würde er sich den Überlebenden vornehmen.

Wie war das zu bewerkstelligen; Wie konnte er den Rat überzeugen, daß Garth eine Bedrohung darstellte, oder Garth dazu bringen, den Rat anzugreifen?

Es klopfte zögernd an der Tür; die Stimme seiner Akolytin rief: »Ist alles in Ordnung, Herr?«

Er wandte sich um, aus seinen Grübeleien gerissen, und bemerkte zum ersten Mal den Schaden, den die Explosion angerichtet hatte. Der Boden war übersät von glitzernden Glassplittern, und die Wandbehänge waren gesprenkelt mit rauchenden Brandflecken. Sein Gewand war ähnlich mitgenommen; überall waren häßliche Brandflecken und Löcher, die die herumfliegenden Splitter in das Gewebe gerissen hatten. Seine Haut war jedoch unverletzt geblieben; der Schutzzauber, schwach, wie er war, hatte wenigstens soviel bewirkt.

Bei seinen Händen hatte der Zauber indes nicht geholfen; als er mit den Fingern schnippte, um seine Akolytin hereinzuzitieren, stellte er fest, daß die Fingerspitzen und seine Handinnenflächen über und über mit Brandblasen bedeckt waren. Er stöhnte vor Schmerz auf; als die Akolytin hereinhinkte, hatte er alle Finger im Mund stecken, eine Pose, die so gar nicht zu der Würde seiner Stellung als Hoherpriester paßte.

Die Akolytin war nicht so dumm, eine Bemerkung dazu zu machen oder auf sonstige Weise zum Ausdruck zu bringen, daß sie irgend etwas ungewöhnlich fand. Sie sagte statt dessen: »Verzeih mir, Herr, aber ich hörte ein merkwürdiges Geräusch, und ich fürchtete um dich. Wie kann ich dir zu Diensten sein?«

Haggat überlegte einen Moment lang. Er würde sie recht bald in seinem Bett haben wollen, aber er wollte erst einmal ein paar Minuten nachdenken. Er deutete mit einer schweifenden Geste auf die Glassplitter.

»Dein Sehglas?« Das Mädchen bemühte sich, seiner Stimme einen nüchternen Klang zu verleihen, aber die Verblüffung war nicht zu überhören.

Er ließ sich nicht herab zu nicken; daß er sie nicht schlug, war Bestätigung genug, daß sie richtig vermutet hatte.

»Ich werde es sofort aufkehren.« Sie bemerkte die Brandflecken auf den Wandbehängen und fügte eilig hinzu: »Die Wandbehänge werde ich auch auswechseln, und ich werde mich nach einem neuen Kristall umhören. Kann ich sonst noch etwas für dich tun, mein Herr und Gebieter?«

Er befand es nicht für nötig, ihr durch Gesten oder eine Notiz zu erklären, worüber er nachdachte; er würde alles erst selbst zu Ende denken, bevor er sich mit den anderen Priestern beriet. Er entließ sie mit einer Handbewegung, winkte sie dann aber noch einmal zurück, als sie die Tür erreichte. Sie sollte nicht meinen, daß ihre Pflichten für die Nacht mit dem Wegkehren der

Splitter beendet waren. Er deutete in die Richtung, in der sich sein Schlafzimmer befand.

»Natürlich, Herr; ich bin dir zu Diensten, wann immer du es wünschst.« Sie verneigte sich tief und verließ rückwärts das Zimmer, wobei sie bemüht war, das Bein zu schonen, das er ein paar Nächte zuvor verletzt hatte.

Er ließ seinen Blick über den scherbenbesäten Fußboden schweifen. Wie stellte er es an, den Rat der Höchsten und den Übermann gegeneinander aufzuhetzen?

Als drei Tage später Darsens Brieftaube mit einem ausführlichen Bericht des alten Mannes über die Zerstörung Skelleths und die Ermordung des Barons eintraf, hatte Haggat seine Antwort.

Kapitel 9

Als Garth erwachte, fand er sich mitten in einer schmalen Gasse liegend; links von ihm befand sich eine alte Ruine, zu seiner Rechten stand ein brennendes Haus. Direkt vor ihm lag das Schwert Bheleus. Der Stein in seinem Knauf war dunkel.

Es war Nacht; das einzige Licht kam von dem brennenden Haus. Steif und mit schmerzenden Gliedern rappelte er sich auf und sah sich um.

Er erkannte das brennende Haus wieder; es war das Haus, in dem er den alten Mann aufgestöbert und getötet hatte. An das eigentliche Töten des Mannes erinnerte er sich nur noch vage; er hatte sich viel Zeit dabei gelassen. Er sah, daß seine Hände voller Blut waren, aber es mußte nicht unbedingt von dem alten Mann stammen; er hatte viele Leute getötet. Es konnte sogar von einer eigenen Wunde herrühren, obgleich er eine solche nicht bemerkt hatte.

Er versuchte sich zu entsinnen, was er getan hatte, nachdem der Mann in Rot endlich gestorben war, um eine Erklärung dafür zu finden, wieso er bewußtlos in dieser Gasse gelegen hatte; aber er erinnerte sich nur noch sehr verschwommen. Da war irgend etwas gewesen, das ihn beobachtet hatte, und er hatte etwas mit dem Schwert getan – nicht gehauen oder gestochen oder etwas in Brand gesteckt, sondern etwas sehr Schwieriges, etwas, das ihn erschöpft hatte. Was es war, wußte er nicht mehr genau. Jedenfalls war er danach nach draußen gewankt und hatte das Haus in Brand gesteckt; das war alles, woran er sich noch erinnern konnte. Unmittelbar danach mußte er zusammengebrochen sein.

Was immer es gewesen sein mochte, es mußte die

ganze Kraft des Schwertes beansprucht haben; er konnte nicht das kleinste Fünkchen Licht in dem Juwel erkennen; es hatte nicht einmal mehr den natürlichen Glanz eines normalen Edelsteins. Das erleichterte ihn, bedeutete es doch (zumindest für den Moment), daß er sich ganz unter Kontrolle hatte.

Er wußte, daß dies die Gelegenheit war, sich des Schwertes zu entledigen. Er hatte es dem Vergessenen König angeboten, und der hatte es abgelehnt – oder zumindest nicht angenommen. Das entband ihn von allen Verpflichtungen gegenüber dem alten Mann, und er konnte jetzt mit der Waffe nach Gutdünken verfahren. Behalten wollte er sie auf keinen Fall. Er wollte nichts mehr mit ihr zu tun haben; sie hatte ihn verrückte Dinge tun lassen, unglaubliche Dinge. Einzig das Schwert war verantwortlich für die Ermordung des Barons und für die Brandschatzung des Dorfes, und wenn er es behielt, bestand die Gefahr, daß es wieder von ihm Besitz ergriffe; früher oder später würde der Edelstein wieder aufleuchten, und er würde wieder wüten und Tod und Vernichtung bringen.

Was sollte er mit dem Schwert anfangen? Das einfachste war, er ließ es liegen, wo es lag, und machte sich aus dem Staub; aber das würde nicht viel nützen: Der nächste Mensch, der zufällig vorüberkam, würde es finden und aufheben. Nicht auszudenken, was dann passieren konnte. Gewiß, Herrenmer war nicht in der Lage gewesen, mit ihm umzugehen, aber er konnte sich nicht darauf verlassen, daß es bei jedem Menschenwesen ähnlich wäre. Er begriff die Natur seiner Magie nicht, und es schien völlig unberechenbar: In einem Moment erglühte es von übernatürlicher Kraft, und im nächsten Moment schon war es nichts weiter als eine gewöhnliche Klinge.

Jemand anderem konnte er es nicht aushändigen; jeder außer dem Vergessenen König würde von ihm in Bann genommen werden, so wie es Garth geschehen war. Der König schien in der Lage zu sein, es zu kontrollieren, aber er traute dem alten Mann nicht; ganz abgesehen davon hatte er es nicht haben wollen.

Er mußte also ein sicheres Versteck für das Schwert suchen, einen Ort, wo niemand es finden würde – oder er mußte es zerstören.

Konnte er das überhaupt? Jedenfalls wäre damit das Problem ein für allemal aus der Welt geschafft.

Es war eine Schande, eine solch prachtvolle Waffe zu zerstören, aber es schien die einzige sichere Lösung zu sein. Es gab kein Versteck auf der Welt, wo es nicht vielleicht doch eines Tages gefunden würde, und sei es aus Zufall. Er würde versuchen, es zu zerstören.

Er mußte husten; der Rauch des brennenden Hauses drang ihm in die Nüstern, obwohl die Flammen bis jetzt nur durch die Fenster zu sehen waren. Er merkte, wie warm ihm war, obwohl die Nacht kalt war. Es war Zeit, daß er sich von dem Feuer entfernte.

Er bückte sich und hob widerstrebend das Schwert auf, ein wachsames Auge auf den Stein gerichtet. Er blieb dunkel.

Er verließ die Gasse und überlegte, welche Richtung er einschlagen wollte. Er wollte bei seinem Versuch, das Schwert zu zerstören, nicht gesehen werden. Er wandte sich nach links, wo der Weg ihn sicher aus dem bewohnten Teil Skelleths in die unbewohnten Ruinenviertel führen würde.

Obwohl die Nacht mondlos war, hatte er keine Schwierigkeiten, den Weg zu sehen; das Feuer der brennenden Häuser ließ den Himmel in einem gespenstischen orangefarbenen Licht leuchten. Der Wind folgte ihm, Rauch und Asche mit sich tragend; seine Augen brannten, und er mußte häufig blinzeln.

Er fragte sich, was um den Marktplatz herum wohl vor sich ging. Hatten die Übermänner Verluste erlitten? Hatten sie die Dorfbewohner niedergemetzelt? Wie viele Überlebende gab es auf beiden Seiten? War es einigen Menschen gelungen, in den Süden zu fliehen, um Hilfe bei ihren Artgenossen zu holen und den Hohen König zu Kholis zu alarmieren?

Hatte er die Rassenkriege aufs neue entfesselt?

Wie auch immer, es würde einige Zeit dauern, bis Verstärkung einträfe. Diese Zeit wollte er dazu nutzen, das Schwert zu vernichten, damit er neuen Gefahren mit klarem Kopf begegnen konnte.

Er kam an eine Stelle, wo eine Mauer aus schweren behauenen Steinblöcken auf die Straße gestürzt war. Zum ersten Mal stellte er sich die Frage, was eine solche Mauer wohl zum Umkippen gebracht haben mochte; lag Skelleth vielleicht in einer erdbebengefährdeten Region?

Es gab zu viele Fragen, viel zu viele Fragen.

Was immer die Ursache für den Einsturz der Mauer gewesen sein mochte, die Steinblöcke kamen ihm nur recht. Er legte das Schwert über einen großen Block, so, daß der Griff auf der einen Seite und die Klingenspitze auf der anderen Seite jeweils um ein paar Fuß überstanden. Sodann legte er einen zweiten großen Steinblock darauf, so daß das Schwert fest zwischen den beiden glatten Oberflächen der Blöcke eingeklemmt war. Dies getan, suchte er sich einen dritten schweren Block – einen, den er aufheben konnte. Er war nach den Ereignissen des Abends nicht in bester körperlicher Verfassung, aber er war immer noch stark genug, um dreihundert Pfund Stein bis auf Brusthöhe zu stemmen.

Den gewaltigen Steinbrocken mit beiden Armen gegen die Brust gepreßt, kletterte er auf die beiden Steinblöcke, zwischen denen das Schwert eingeklemmt lag, so daß sich das Gewicht, das auf dem Schwert lastete, noch um sein eigenes und das des Steinblocks erhöhte, den er hielt. Er nahm sorgfältig Maß, dann ließ er den Stein auf den Griff des Schwertes fallen. Seine Rechnung war, daß er an der Kante des unteren Steinblocks von der Klinge gebrochen wurde.

Er hatte diesen Aufwand an Mühe getrieben, weil er sich ziemlich sicher war, daß er ein solches Schwert nicht zerstören konnte, indem er es gegen einen Felsblock schlug oder es über das Knie brach. Aber der Wucht eines solchen Felsbrockens, da war er sicher, konnte selbst ein magisches Schwert nicht widerstehen. Kein Schwert auf dieser Welt, nicht einmal ein von Zauberhand geschmiedetes, konnte dem Aufprall eines dreihundert Pfund schweren Steinbrockens standhalten, wenn es keine Möglichkeit zum Nachgeben hatte, sondern fest zwischen zwei Blöcken eingeklemmt war.

Der Block fiel, schlug auf den Griff – und zerbarst. Garth konnte nicht in allen Einzelheiten verfolgen, was geschehen war, da er vollauf damit beschäftigt war, sein Gleichgewicht zu bewahren; der Stein, auf dem er stand, war ebenfalls zerborsten, seine beiden Hälften rutschten seitwärts von dem unteren Stein ab. Garth geriet ins Taumeln und rettete sich mit einem verunglückten Sprung von dem rutschenden Steinblock unter seinen Füßen; er landete auf Händen und Knien im Dreck. Benommen raffte er sich auf und richtete den Blick auf die Blöcke.

Das Schwert lag glänzend und unversehrt auf dem Steinblock, den er als Basis verwendet hatte; der Block, den er als Auflage benutzt hatte, lag in zwei Hälften zerbrochen links und rechts auf dem Erdboden. Der Stein, den er auf den Griff fallengelassen hatte, war in tausend Stücke zersprungen.

Auf diese Weise gelang es also augenscheinlich nicht.

Er glaubte, von irgendwoher spöttisches Gelächter zu hören. Er wirbelte herum, um nach der Quelle des Lachens Ausschau zu halten, konnte aber nichts ausmachen. Als er sich wieder umdrehte, sah er, daß der Edelstein im Griff des Schwertes hell leuchtete.

Er beschloß, das Schwert nicht anzufassen. Wenn er es täte, dann war er sicher, daß er erneut von der bösen Macht besessen würde, der die Waffe diente.

Der Edelstein leuchtete hell und rot direkt vor seinen Augen.

Er würde das Schwert nicht berühren.

Ihm war, als winke es ihm zu; die Klinge glänzte rot, wie in Blut gebadet, und der Stein, auf dem sie lag, schien ebenfalls rot zu leuchten. Er spürte ein plötzliches Jucken in den Händen. Er wußte, es würde aufhören, sobald er das Schwert in Händen hielt, das ihn jetzt wie magisch anzuziehen schien. Er verspürte den unwiderstehlichen Drang, es aufzuheben und in wilder Wut über dem Haupt kreisen zu lassen.

Er widerstand der Verlockung und trat ein paar Schritte zurück.

Mit dem wachsenden Abstand schien der Drang ein wenig nachzulassen, und er erinnerte sich, daß der magische Bann des Basilisken und des Altarsteins aus dem Tempel der Tema seine Wirkung verlor, wenn das Opfer rechtzeitig den Blick abwenden konnte. Er zwang sich, den Kopf zur Seite zu drehen und wegzuschauen.

Der Drang war noch immer da, aber nicht mehr so stark. Wieder hörte er Lachen. Wut brandete in ihm auf. Wer wagte es, über ihn zu lachen? Er würde ihn aufspießen, wer immer es war! Er machte einen Schritt auf das Schwert zu, hielt inne ...

Die Wut war nicht seine eigene; sie verdankte sich dem Einfluß des Schwertes. Das Lachen kam ihm bekannt vor, und mit einem Mal entsann er sich, es schon einmal gehört zu haben. Es war dasselbe Lachen, das er gehört hatte, als er den Baron getötet hatte; und er hatte es in Dûsarra gehört, als das Schwert ihn dort als Werkzeug benutzt hatte. Er lauschte gespannt, dann schauderte er zusammen.

Es war seine eigene Stimme, sein eigenes Lachen, dasselbe wahnsinnige Lachen, das er ausgestoßen hatte, wenn er von der Macht des Schwertes in Bann geschlagen war. Jetzt aber kam es von außerhalb.

Das überstieg sein Begriffsvermögen; er wußte, daß er

es hier mit Mächten zu tun hatte, die er nicht verstehen konnte. Der Lockreiz des Schwertes zog ihn noch immer an, aber zugleich verspürte er eine stärkere, grundsätzlichere Regung. Er hatte Angst.

Mit einem letzten kurzen Blick auf den leuchtenden Edelstein wandte er sich um und rannte davon.

Nach etwa hundert Schritten wurde er langsamer, und nach noch einmal fünfzig Schritten blieb er stehen. Seine Angst hatte sich gelegt, und die Anziehungskraft, die das Schwert auf ihn ausübte, hatte mit jedem Schritt weiter nachgelassen; der Drang, das Schwert zu berühren, war jetzt nicht schwerer zu bezähmen als ein leichtes Hungergefühl angesichts einer vergifteten Speise.

Er mußte dies alles mit klarem Kopf durchdenken, redete er sich ein. Er mußte seine Entscheidung über sein weiteres Verhalten nach logischen Gesichtspunkten treffen.

Das Schwert hatte eine unheilvolle Macht über ihn. Es besaß die Fähigkeit, ihn der Kontrolle über Geist und Körper zu berauben und ihn in ein wütendes Ungeheuer zu verwandeln. Es konnte brennen, ohne Schaden zu nehmen, und besaß die Fähigkeit, alles in Brand zu setzen, was in seine Nähe kam – zumindest fast alles; er erinnerte sich an den *Gasthof des Königs;* da hatte seine Macht versagt. Vermutlich war der Gasthof durch einen Zauberspruch des Königs gefeit gewesen.

Es vermochte Stein zu zerschmettern und Metall zu durchdringen. Es widerstand seinem Versuch, es zu zerstören, und versuchte, ihn zu sich zu ziehen, so als wolle es, daß er es trage und führe – als aber Herrenmer versucht hatte, es zu berühren, hatte er sich die Hände daran verbrannt. Bestand ein mystisches Band zwischen ihm und dem Schwert?

Er dachte daran zurück, wie er es aus dem brennenden Altar des Bheleu gezogen hatte. War dadurch dieses geheimnisvolle Band hergestellt worden? Aber auch schon damals hatte er sich von ihm in Bann gezogen gefühlt, obwohl er es noch nicht berührt hatte. Soweit er sich erinnern konnte, hatte keiner der anderen Anwesenden im Tempel des Bheleu Anzeichen ähnlicher Faszination gezeigt. Vielleicht hatte es eine besondere Neigung zu Übermännern; immerhin hatte auch die Abbilder des Bheleu stets die Gestalt von Übermännern, obgleich die Anhänger des Gottes allesamt Menschen gewesen waren.

Eine solche Verbindung – so sie denn zutraf – konnte vieles erklären, zum Beispiel wie das Schwert vor seinem Auftauchen existiert hatte, ohne irgend jemanden in seinen Bann zu schlagen. Er hatte keine Vorstellung, wann die Klinge geschmiedet worden war, aber er war sicher, daß sie nicht neu war.

Aber konnte er da wirklich so sicher sein? Die Klinge wies keinerlei Spuren von Benutzung auf, keine Kerben, nicht den kleinsten Kratzer. Der Griff war nicht abgenutzt. Andererseits hatte sie aber auch nicht die typischen Schmiedehammerspuren einer neuen Klinge, und der Griff hatte auch nicht die charakteristische rauhe Oberfläche einer neuen, noch unbenutzten Waffe.

Das Alter des Schwertes war, wie er zugeben mußte, ein Geheimnis.

Gleichwohl schien es unwahrscheinlich, daß es eigens für ihn geschmiedet und gerade rechtzeitig zu dem Zeitpunkt auf den Altar gelegt worden war, als er im Tempel auftauchte, gleichsam für ihn bereitgelegt, auf daß er es stehle. Es war mit Sicherheit schon einige Zeit vorher im Besitz des Kults gewesen, und es gab keinerlei Anzeichen dafür, daß es jemals zuvor von jemandem Besitz ergriffen oder Tod und Zerstörung gebracht hatte.

Vielleicht war es tatsächlich für Übermänner gedacht und konnte von Menschenwesen nicht benutzt werden. Wie er wußte, tauchten gelegentlich Übermänner in Dûsarra auf, Händler von der Yprischen Küste; aber welche Gründe sollten sie haben, die Straße der Tempel zu besuchen? Es war sehr gut möglich, daß außer ihm selbst niemals jemand zuvor in den Bannkreis des Schwertes geraten war.

Seine Anziehungskraft schien mit der Entfernung zu schrumpfen.

Gab es vielleicht doch eine andere Erklärung? Baute er seine Theorie auf unzureichenden Indizien auf?

Er fühlte, daß er ziemlich sicher sein konnte, daß niemand vor ihm das Schwert in Dûsarra geschwungen hatte, zumindest nicht innerhalb der letzten paar Jahre. Bestimmt hätten Frima oder Mernalla, die Vettel aus der Taverne, ihm dies gegenüber erwähnt, und wenn nicht die beiden, dann mit Sicherheit der Hohepriester des Aghad oder der Wächter im Tempel des Gottes-Dessen-Namen-Man-Nicht-Ausspricht. Keiner von ihnen hatte irgendeine nennenswerte Bemerkung über den Tempel oder den Kult des Bheleu gemacht.

Einer jedoch hatte den Gott der Zerstörung erwähnt: Tiris, der alte Priester der P'hul, hatte ihm gesagt, er, Garth, müsse entweder Bheleu selbst sein oder seine Verkörperung. Er hatte das seinerzeit als Geschwätz eines senilen alten Mannes abgetan, aber vielleicht war doch etwas dran an der Sache. War es nicht möglich, daß Tiris irgend etwas von dem magischen Schwert gewußt hatte und daß er irgendwie in Garth den erkannt hatte, der es führen würde? An Garth gab es nichts besonders Charakteristisches zu entdecken, außer daß er ein Übermann war.

Das war ein weiterer Beweis für die Richtigkeit seiner Theorie.

Er konnte also davon ausgehen, daß die Magie des Schwertes so beschaffen war, daß nur Übermänner es benutzen konnten – oder richtiger gesagt, von ihm benutzt werden konnten.

Wenn das tatsächlich der Fall war, dann brauchte er keine Angst zu haben, wenn er es da ließ, wo es war. Es konnte passieren, daß zufällig vorbeikommende Menschenwesen es fanden, aber das war nicht weiter schlimm, da sie es nicht benutzen konnten; und was die Übermänner betraf, so konnte er ihnen befehlen, sich von ihm fernzuhalten. Vielleicht konnte er sogar Wachtposten um das Schwert herum aufstellen.

Was immer aus ihm würde, er jedenfalls wollte es nie wieder anfassen. Er zog es vor, seinen eigenen freien Willen zu behalten. Das Schwert war tückisch und unberechenbar; auf seinem Rückweg von Dûsarra, wo es ziemlich unerheblich und folgenlos geblieben wäre, wenn er in einen Blutrausch geraten wäre, hatte er es geschafft, sich im Zaum zu halten, aber ausgerechnet hier, in Skelleth, wo es um die Existenz seines ganzen Volkes ging, hatte er völlig die Kontrolle über sich verloren, mit dem Ergebnis, daß der Ausbruch eines neuen Rassenkrieges drohte. Anfangs war es ihm so vorgekommen, als sei das Auf- und Abschwellen der magischen Kraft des Schwertes allein vom Zufall abhängig, aber allmählich begann er den Verdacht zu hegen, daß dahinter beileibe kein Zufall steckte.

Vielleicht konnte er diesen Teil des Dorfes ummauern, um Neugierige fernzuhalten. Vielleicht fand sich auch am Ende doch noch irgendeine Möglichkeit, das Schwert zu zerstören oder wenigstens unter Kontrolle zu bekommen; vielleicht konnte er auch den Vergessenen König überreden, irgend etwas anzustellen, denn der alte Zauberer war offensichtlich in der Lage, mit ihm fertigzuwerden.

Aber all das konnte noch warten. Er war das Ding erst einmal los und konnte seine Aufmerksamkeit anderem widmen.

Er und seine Truppen hatten Skelleth so gut wie grundlos geplündert und gebrandschatzt. Er selbst hatte den Baron ermordet, noch dazu auf ehrlose Weise von hinten. Die Leute von Eramma würden es früher oder später erfahren; ein so bedeutsamer Vorfall konnte nicht vertuscht werden. Es würde vieler sorgfältiger Verhandlungen bedürfen, wenn die Gefahr eines Krieges gebannt werden sollte, und nur ein Wunder konnte jetzt noch bewirken, daß die angestrebten friedlichen Handelsbeziehungen zustande kämen, die zu etablieren er seinerzeit ausgezogen war.

Aber es waren auch andere Handelsrouten möglich. Es gab Übermenschen an der Yprischen Küste, und es ließ sich sicherlich eine Route nach Dûsarra oder nach anderen Städten in Nekutta finden. Bis jetzt hatten die Übermänner die Nordwüste nur gegen das Volk von Eramma gehandelt; die anderen Menschenvölker hätten keinen Grund zum Groll. Und auch wenn sich keine Landhandelswege fanden, brauchte sich der Seehandel nicht länger nur auf Lagur zu beschränken; er war sicher, daß es in Orûn andere Seehäfen gab, auch wenn er keine Namen wußte. Und gewiß gab es auch noch andere Länder, von denen sein Volk nichts wußte, Länder jenseits von Orûn im Osten und im Süden oder jenseits des Golfs von Ypri im Westen. Man müßte Expeditionen aussenden.

Es gab so ungeheuer viel zu tun!

Das erste, was es jetzt zu tun galt: die Überlebenden beider Seiten sammeln und eine gewisse Ordnung wiederherstellen. Dazu eignete sich am besten der Marktplatz; er war der einzige Versammlungsort in der Stadt, die jeder aufsuchen würde, der Hilfe oder Führung suchte.

Garth wußte, daß er unverzüglich dorthin zurückkehren mußte. Er machte sich also auf den Weg; als Wegweiser diente ihm der Schein des Feuers, das rings um den Marktplatz wütete. Licht, das ihm den Weg beleuchtete, war ausreichend vorhanden, und schon nach kurzer Zeit fand er sich auf einer Straße, die er kannte. Er folgte ihr in Richtung Marktplatz.

Er war sicher gewesen, daß er sich auf der richtigen Straße befand; als er sich jedoch dem Marktplatz näherte, glaubte er für einen Moment, er wäre irgendwo falsch abgebogen und hätte sich verlaufen. Der Platz und die ihn umgebenden Gebäude waren nicht mehr wiederzuerkennen; nicht ein einziges Haus stand mehr. Die brennenden und schwelenden Ruinen befanden sich in einem schlimmeren Zustand der Zerstörung als die Gebäude in den Außenbezirken der Stadt. Allein die Tatsache, daß seines Wissens kein anderer großer freier Platz im Zentrum des Ortes existierte, gab ihm die Sicherheit, dies sei wirklich der Marktplatz.

Der Platz war voller Leute und Tiere; dichtgedrängt standen, saßen oder lagen sie bis an den äußersten Rand. Garth entdeckte mehrere Übermänner und ein paar Kriegstiere; der weitaus größte Teil der Menge bestand jedoch aus zerlumpten Menschenwesen, die in dichtgedrängten Gruppen mit ihrem Vieh zusammenkauerten.

Die Übermänner hatten sich, wie Garth jetzt sah, rings um den Platz verteilt, offensichtlich in der Absicht, die Menge zu bewachen. Es war jedoch klar, daß sie zu wenige waren, um einen gemeinsamen Ausbruch der Menschen verhindern zu können. Die Kriegstiere standen in den einmündenden Straßen postiert, aber die Häuser waren so sehr dem Erdboden gleichgemacht, daß jeder, der über festes Schuhwerk verfügte, das ihn vor der Hitze und scharfen Kanten schützte, mit Leichtigkeit den Platz auch über die Trümmer zwischen den Straßen verlassen konnte. Die Menschen blieben nur deshalb dort, wo sie waren, weil sie nicht wußten, wohin.

Er ließ seinen Blick über die Menge aus zerlumpten, rußgeschwärzten Menschen, die nicht minder rußgeschwärzten und blutbesudelten Übermänner und die schwelenden Ruinen schweifen. Diese Verwüstung, dieses Elend, war sein Werk. Er war entsetzt und bestürzt. Wie hatte er so etwas tun können?

Nein, sagte er sich, nicht *er* hatte das getan. Das

Schwert des Bheleu – oder die Macht, die es kontrollierte – war an allem schuld. Sein einziger Fehler war seine Selbstüberschätzung gewesen, sein Irrglaube, er könne der magischen Kraft der Waffe widerstehen. Er war ein vernünftig denkendes und handelndes Wesen mit ausschließlich guten Absichten; er hätte niemals aus freien Stücken an solch einem Zerstörungswerk mitgewirkt. Die Macht des Schwertes hatte seine Gedanken verdreht und seinen Geist vernebelt; heimtückisch und listig hatte sie den aufrichtigen Zorn geschürt, den er gegen den Baron von Skelleth gehegt hatte, und ihn dann benutzt, um seinen Widerstand zu brechen.

Jetzt war er das Schwert endlich los, und es war Zeit, daß er den Schaden wiedergutmachte.

»He, du da!« rief er dem ihm am nächsten stehenden Übermann zu. »Wer führt das Kommando?«

Der Krieger stand mit dem Rücken zu ihm und beobachtete die Menge; jetzt drehte er sich um, und Garth erkannte in ihm Tand, Galts Gehilfen. Sein Gesicht war schwarz von Ruß, aber das verdeckte nicht das Blutrinnsal auf seiner linken Wange. Sein Brustpanzer wies in Höhe der linken Schulter eine Kerbe auf, und in der Hand hielt er ein Schwert.

Als Tand sah, wer ihn da angesprochen hatte, ließ er das Schwert sinken. »Oh, du bist es!« rief er. »Galt und Kyrith sind dort drüben und sprechen gerade mit einigen Menschen.«

»Danke.« Garths Blick folgte dem ausgestreckten Finger des jungen Übermannes, aber er konnte die beiden Genannten nicht sogleich in der Menge ausmachen. Er machte sich auf den Weg zu der Stelle, auf die Tand zeigte.

»Garth?« Tands Stimme klang unsicher.

Er blieb stehen und wandte sich zu dem jungen Übermann um. »Ja?«

»Was ist geschehen? Ich dachte, dies sollte eine friedliche Mission sein, aber dann tötetest du den Baron, und es kam zu diesem schrecklichen Gemetzel. Wie konnte das geschehen? Warum hast du ihn getötet?«

Garth antwortete nicht sofort. Nach einem Moment des Überlegens sagte er: »Es war, wie einer der Gardisten sagte; es war schwarze Magie im Spiel. Ich war nicht mehr ich selbst. Ich stand unter einem magischen Bann. Es tut mir leid, daß es so gekommen ist, und ich versichere dir, daß ich nicht zulassen werde, daß so etwas noch einmal passiert.«

»Kannst du es denn verhindern? Wie kannst du etwas gegen Zauberei ausrichten? Wenn sie dich einmal in Bann geschlagen hat, warum dann nicht ein zweites Mal?«

»Ich kenne die Ursache, und ich habe sie beseitigt.«

»Bist du sicher?«

Garth spürte, wie Zorn in ihm aufstieg, weil der Bursche seine Worte in Zweifel zog, und wollte schon zu einer bissigen Erwiderung ansetzen, aber er bremste sich sofort. Das Schwert benützte seinen Zorn und schürte ihn so lange, bis sein Wille von ihm überwältigt wurde; konnte er ganz sicher sein, daß es ihn nicht noch immer beeinflußte? Er hatte das Schwert in einer Entfernung von etwa einer halben Meile zurückgelassen, aber er wußte nicht, wie weit es seine Machtsphäre ausdehnen konnte. Er durfte ihm nicht die geringste Chance geben, die Kontrolle über ihn wiederzuerlangen und ihn zurückzulocken. Er unterdrückte seinen Ärger, schluckte ihn hinunter. Er verzichtete darauf, dem Lehrling des Meisterhändlers eine Antwort zu geben; er machte auf dem Absatz kehrt und marschierte davon.

Galt und Kyrith standen an der nordwestlichen Ecke des Marktplatzes; ihnen gegenüber standen Frima und Saram. Koros stand unbewacht ein paar Schritte abseits. Garth bemerkte, daß Saram seinen Arm um Frimas Taille gelegt hatte und daß ihr Arm auf seiner Schulter ruhte; die beiden waren weit und breit die einzigen, die nicht ruß- und dreckverschmiert waren.

Galt schaute auf, als Garth sich näherte und rief: »Ah, Garth! Wir haben dich vermißt!«

»Sei gegrüßt, Galt. Seid gegrüßt alle miteinander.«

»Wir waren gerade dabei, uns mit diesen zwei Menschen zu unterhalten. Wie wir hörten, hast du diese Menschenfrau aus Dûsarra mitgebracht.«

»So ist es.« Garth hatte kein Interesse, sich über Frima zu unterhalten.

»Sie sagt, du habest sie von einem Opferstein gerettet, um sie dem alten Mann zu überbringen, der hier in der Taverne wohnt.«

Garth hatte ebensowenig Lust, über den Vergessenen König zu diskutieren. »Galt, du fragst nach Dingen, die dich nichts angehen.«

»Ich frage im Auftrag deiner Frau, da sie ja selbst nicht sprechen kann; sie möchte das Verhalten ihres Gatten verstehen. Und auch ich kann nicht verhehlen, daß ich neugierig bin.«

»Ich finde es töricht, Zeit für solcherlei Nebensächlichkeiten zu vergeuden, während es weit Wichtigeres zu besprechen gilt. Wie dir sicher klar ist, haben wir möglicherweise die Rassenkriege neu entfacht.«

Galts Stimme verlor ihren normalen fröhlichen Klang und wurde ausdruckslos, als er erwiderte: »Natürlich ist mir das klar. Du hast mit deinem Jähzorn möglicherweise die Vernichtung unserer ganzen Rasse heraufbeschworen, und wir müssen alles in unserer Macht Stehende tun, um den Schaden zu begrenzen. Ich sah freilich keine Notwendigkeit, sofort darüber zu diskutieren, da wir im Augenblick ohnehin nicht viel tun können. Du kannst dir sicherlich denken, daß alle, die dich kennen, darauf brennen zu erfahren, was du in den vergangenen paar Monaten getrieben hast. Ich hatte gehofft, wir könnten vielleicht dazu kommen, deine Motive zu verstehen und vielleicht erfahren, was diese Katastrophe herbeigeführt hat, um eine Wiederholung zu verhindern. Du bist jetzt unauflöslich in Angelegenheiten von großer Tragweite verwickelt, und deine Handlungen sind daher eine Sache von allgemeinem Interesse. Und so haben wir denn versucht, sie zu verstehen.«

»Nicht mein Jähzorn war es, der dies hier heraufbeschworen hat«, erwiderte Garth, wobei er auf die qualmenden Ruinen und die zerlumpte Menge deutete. »Es war dieses verwunschene Schwert, das ich aus Dûsarra mitbrachte.«

Kyrith gab Galt ein Zeichen, und er sagte: »Das ist eine weitere Sache, die uns Sorgen gemacht hat. Wo hast du dieses Schwert her? Warum leuchtet der Edelstein auf? Welcher Art ist der Zauber, den es trägt? Und wo befindet es sich jetzt? Du hast dich bis jetzt nur sehr unklar dazu geäußert. Und wie hast du es angestellt, daß es aufloderte und alles in Flammen aufgehen ließ?«

»Ich habe überhaupt nichts getan; das Schwert besitzt seinen eigenen Willen, einen sehr grausamen und zerstörerischen, und der ist mit ihm durchgegangen. Es handelte selbständig, ohne mein Dazutun.«

Galt schien es für einen Moment die Sprache verschlagen zu haben. Schließlich fragte er: »Ist das dein Ernst?«

Garh unterdrückte seinen Ärger. »Ja, mein voller Ernst. Das Schwert ist verhext; es ist entweder selbst ein unabhängig handelndes Wesen, oder aber es ist auf magische Weise mit dem Geist irgendeines Zauberers verbunden.«

»Du sagtest, du hättest es in irgendeinem Tempel gefunden.«

»Ich zog es aus dem Altar im Tempel des Bheleu, des Gottes der Zerstörung, in der Stadt Dûsarra.«

»Des Gottes der Zerstörung? War es nicht das, was du herumgebrüllt hast?«

»Auch das war das Werk des Schwertes. Das Wesen, das es lenkt und beherrscht, behauptet, Bheleu zu sein. Es kann sein, daß es die Wahrheit sagt. Doch genug davon; wir müssen zusehen, daß wir diese Angelegenheit wieder geradebiegen und Frieden mit Eramma schließen, bevor der Hohe König in Kholis ein Heer in Marsch setzt, um uns zu vernichten.«

»Auf ein paar Minuten kommt es jetzt auch nicht mehr an. Garth, du hast dich in den letzten Monaten sehr merkwürdig verhalten. Du hast dich auf geheimnisvolle Expeditionen begeben – ohne oder mit nur vagen Erklärungen; wochenlang warst du wie vom Erdboden verschwunden, ohne eine Nachricht zu hinterlassen, und deine Frauen und deine Familie sorgten sich um dich. Du hast auf eigene Faust den Versuch unternommen, Handelsbeziehungen mit den Menschen von Eramma herzustellen. Und jetzt kehrst du unerwartet von deinem jüngsten Abenteuer zurück und brichst, kaum daß du da bist, eine verhängnisvolle Schlacht vom Zaun ...«

»Die Schlacht selbst war nicht verhängnisvoll«, unterbrach ihn Garth. »Wir siegten mit Leichtigkeit. Was sich als verhängnisvoll erweisen könnte, sind die Folgen dieses Sieges.«

»Gut, ich habe mich nicht korrekt ausgedrückt. Aber laß mich ausreden. Du hast also eine Schlacht vom Zaun gebrochen, deren Folgen möglicherweise verhängnisvoll sind. Du hast ein Schwert in deinen Besitz gebracht, mit welchem du zerstörerische Magie zu bewirken vermagst, und du behauptest, es habe einen eigenen Willen; nach der Schlacht ist dieses Schwert nun plötzlich auf geheimnisvolle Weise verschwunden. Du hast außerdem eine Menschenfrau ohne besonderen Wert mitgebracht, um sie gleich nach deiner Ankunft fallenzulassen. Du hast dich seltsam, um nicht zu sagen verrückt aufgeführt, hast allerlei unsinniges Zeug von Göttern und Tod herumgebrüllt und gleichzeitig alles in Brand gesteckt, was dir in den Weg kam. Und wie ich von diesem Menschen hier erfahre«, – er deutete auf Saram –, »hast du irgendeinen seltsamen Pakt mit einem hier ansässigen Zauberer geschlossen, der dir Unsterblichkeit versprach.

Du wirst sicherlich einsehen, Garth, daß all dies klar darauf hindeutet, daß du vollkommen unvernünftig geworden bist, ja daß du verrückter geworden bist, als der tote Baron es jemals war. Wir haben dir alle nachgegeben und dich gewähren lassen, soweit es möglich war, weil du ein geachteter Übermann bist, ein ehrwürdiges Mitglied des Stadtrats, ein erfahrener Heerführer, Erbprinz von Ordunin und allgemein so hochgestellt und hochgeschätzt, wie es bei unserem Volk nur möglich ist. Unter solchen Umständen können Absonderlichkeit und Eigenwilligkeit bis zu einem gewissen Grad durchaus geduldet werden. Es gibt jedoch Grenzen, und solange Kyrith und ich, die offiziell bestellten und ernannten Befehlshaber dieser Streitmacht, von dir keine einsichtige und annehmbare Erklärung deines Verhaltens bekommen, können wir dich nicht weiter gewähren lassen. Die Folgen könnten zu ernst sein. Wenn du dich weigerst, eine Erklärung abzugeben, sehen wir uns gezwungen, dich als Geistesgestörten – wenngleich dieser Zustand auch nur vorübergehend sein mag – zu behandeln und dich aller Befehlsgewalt zu entheben. Solltest du weitere Schwierigkeiten heraufbeschwören, werden wir nicht umhin können, dich zu entwaffnen und deine Habe und deine Waffen einzuziehen, vielleicht sogar dich unter vorläufigen Arrest zu stellen. Verstehst du unsere Position?«

Garth lauschte dieser Rede mit wechselnden Gefühlen. Zuerst war er wütend, dann verblüfft, daß Galt und Kyrith ihn für verrückt halten konnten. Er schwieg eine Weile und überlegte.

Er hatte sich in der Tat wie ein Verrückter benommen, das konnte er nicht abstreiten. Er hatte unter dem Einfluß des Schwertes gestanden. Und es war nicht auszuschließen, daß er auch jetzt noch nicht ganz sein eigener Herr war: Er wußte, daß der Einfluß des Schwertes sich auf ganz hinterhältige Art bemerkbar machen konnte und daß er die Waffe nicht unbedingt zu berühren brauchte, um von ihr in Bann geschlagen zu werden – auch wenn es ihm so vorkam, als schwäche sich ihre Macht mit wachsender Entfernung ab. Wie konnte er es da anderen übelnehmen, wie sie skeptisch waren, wenn er doch nicht einmal selbst seiner sicher sein konnte? So unangenehm diese Erkenntnis auch war, er wußte, daß er sie akzeptieren mußte.

Zögernd sagte er: »Ihr habt recht, Galt und Kyrith. Ich bin euch eine Erklärung schuldig. Ich bin nicht verrückt; ich habe Gründe, gute und vernünftige Gründe, für alles, was ich getan habe. Ich kann freilich verstehen, daß mein Benehmen von eurem Standpunkt aus in der Tat als merkwürdig betrachtet werden muß. Ich werde mich daher gern erklären, und dann sollt ihr für euch selbst entscheiden, wie ihr euch mir gegenüber verhalten wollt.«

Saram schaltete sich in das Gespräch ein: »Wenn ich einen Vorschlag machen darf: Es bringt nichts, hier draußen herumzustehen. Der *Gasthof des Königs* dort drüben hinter den Trümmern des Hauses des Barons ist unzerstört geblieben. Frima und ich waren während der ganzen Zeit dort drinnen; deshalb ist uns auch nichts geschehen. Ich schlage vor, wir lassen uns dort nieder; wir können dort bequemer sitzen und diskutieren; außerdem gibt es ein gutes Bier.«

Jetzt merkte Garth, wie durstig er in der Tat war; seine Kehle brannte von dem Qualm und der Hitze. Er nickte beipflichtend.

»Eine ausgezeichnete Idee«, befand auch Galt.

Das Haus des Barons war zwar zerstört, aber die Keller waren noch vorhanden; halb gefüllt mit Schutt und Steinbrocken, waren sie in der Dunkelheit nicht passierbar; die Gruppe war daher gezwungen, einen Umweg zu machen, um in die Straße zu gelangen, in der der *Gasthof des Königs* lag. Als sie an den Trümmern vorbeikamen, warf Garth einen Blick hinunter und sah etwas Helles aus dem Schutt ragen. Beim näheren Hinsehen erkannte er, daß es eine Statue war. Garth wußte, daß diese Statue einst ein lebendiges Menschenwesen gewesen war; der Baron hatte es als Versuchsobjekt mißbraucht, um die sagenhafte Macht des Basilisken an ihm zu erproben. In diesem Moment bedauerte der Übermann weniger denn je, den Baron getötet zu haben, ganz gleich, welche Folgen das auch nach sich ziehen würde.

Die Straße, die hinter dem zerstörten Wohnhaus des Barons verlief, war die schmutzigste von ganz Skelleth gewesen, dunkel, übelriechend und abstoßend; die Zerstörung der umliegenden Häuser hatte indes bewirkt, daß frische Luft und Licht hineindringen konnten, so daß sie nun auch nicht mehr schlimmer aussah als andere Straßen der Stadt. Ihr auffälligstes Merkmal jedoch war das Vorhandensein eines völlig unversehrt gebliebenen Gebäudes: des *Gasthofs des Königs*.

Die drei Übermenschen und zwei Menschen bahnten sich ihren Weg durch die Finsternis, über Steinbrocken und zersplitterte Balken, mit denen der Weg übersät war; Koros folgte ihnen lautlos in einem Abstand von wenigen Schritten.

»Seltsam, daß diese Taverne heil geblieben ist, während sie doch so nahe am Marktplatz steht«, bemerkte Galt.

»Seltsamer, als du glaubst«, sagte Garth. »Sie allein von allen Gebäuden in Skelleth widerstand der magischen Kraft des Schwertes, als ich versuchte, sie anzuzünden.«

»Ich glaube, daß du und ich die gleiche Vermutung haben, warum dies so ist«, meldete sich Saram zu Wort.

»Dann sagt es mir«, forderte ihn Galt auf. »Oder handelt es sich hierbei um irgendein großes Geheimnis, das ihr beide teilt?«

»Nein, es ist kein Geheimnis«, sagte Garth. »In diesem Gasthof wohnt der Vergessene König, jener Zauberer, dessentwegen ich beim ersten Mal nach Skelleth kam. Er vermag, wie es scheint, viele erstaunliche Dinge; sein Haus vor den Flammen zu bewahren, ist nur eines davon.«

»Nach allem, was ich über den alten Mann weiß«, fügte Saram hinzu, »wäre er wahrscheinlich sogar in der Lage gewesen, die ganze Stadt zu retten; vermutlich war es ihm bloß zuviel der Mühe.«

Galt stieß ein verächtliches Schnauben aus. »Wenn dieser Mann so ein mächtiger Zauberer ist, wieso wohnt er dann in so einem stinkenden Dreckloch wie Skelleth?«

»Das ist eines der großen Geheimnisse, die sich um ihn ranken«, antwortete Saram.

Sie hatten jetzt die Tür der Taverne erreicht; sie war trotz des relativ warmen Wetters geschlossen, das einzige Zeichen, daß hier etwas Ungewöhnliches vorging. Das breite Vorderfenster war sauber und unzerbrochen, die Wände wirkten glatt und ohne die geringste Spur von Rauch oder Ruß.

Saram öffnete die Tür und führte die Gruppe hinein; Koros blieb auf Geheiß seines Herrn draußen in der Gasse stehen.

Kapitel 10

Der Schankraum war voller Menschen. Als die drei Übermenschen eintraten, kehrte schlagartig Stille ein. Drei Dutzend Augenpaare starrten sie gebannt an. In der Stille konnte Garth das schabende Geräusch eines aus der Scheide gleitenden Messers hören.

Saram murmelte: »Ich glaube, du solltest irgendwas sagen.«

»Leute von Skelleth!« rief Garth. »Wir sind in Frieden gekommen. Die Schlacht ist vorüber. Wir wollen euch nichts tun; wir sind hier, um zu trinken und zu reden, mehr nicht.«

Die gespannte Stille blieb; immer noch starrte die Menge sie an.

»Wirt«, rief Galt, »fünf Krüge von deinem besten Bier!« Er schlenderte in den Raum, fand einen freien Stuhl und setzte sich. Der Tisch, den er gewählt hatte, war besetzt mit zwei schmutzigen Männern mittleren Alters in fleckigen Kitteln. »Ich hoffe, ihr habt nichts dagegen, wenn wir uns zu euch setzen«, sagte er in seinem üblichen saloppen Ton; »aber es scheint sonst keinen freien Tisch mehr zu geben.«

Einer der beiden Männer murmelte eine undeutliche Antwort; der andere saß da und starrte vor sich hin.

Galt winkte Garth und die anderen heran. »Kommt her und setzt euch!«

Zögernd leistete Garth der Aufforderung Folge und setzte sich auf den letzten freien Stuhl am Tisch. Kyrith folgte ihm und blieb unschlüssig einen Moment lang stehen, bis Saram ihr einen Stuhl von einem Nachbartisch brachte.

»Eh ... also ... wir wollten sowieso gerade gehen«, sagte einer der Dörfler. Er stand auf und trat vorsichtig zurück. Sein Gefährte saß immer noch da und schwieg.

Saram eskortierte Frima zu dem freigewordenen Platz und tippte dem immer noch dasitzenden Dörfler auf die Schulter. »Entschuldige, Freund, aber würdest du dich vielleicht an einen anderen Tisch setzen?«

Der Mann schaute aufgeschreckt hoch. »Hä? Oh ... ja, gewiß, selbstverständlich.« Er erhob sich unbeholfen von seinem Stuhl und folgte seinem Kameraden. Die beiden fanden woanders einen freien Platz.

Saram setzte sich und sagte: »So ist es schon besser.« Er hob den Arm und rief: »Wirt, wo bleibt unser Bier?«

Galt bemerkte: »Garth, du weißt wirklich nicht, wie man mit Menschen umgeht: Man hält einer Menge wie der hier keine langen Reden; man überzeugt sie einfach, daß man hier hingehört. Taten sind weit überzeugender als Worte.«

»Eine Weisheit, die ich für einen Moment vergessen hatte«, stimmte ihm Saram zu.

Die anderen Gäste verloren allmählich das Interesse an den Fremden und wandten sich wieder ihren vorherigen Gesprächspartnern und sonstigem Zeitvertreib zu. Der Wirt nahte mit seinem Tablett. Garth vergewisserte sich mit einem kurzen Rundblick, daß die Krise vorüber war, und ließ sich entspannt zurücksinken. Aus dem Augenwinkel sah er, daß der Vergessene König an seinem angestammten Tisch saß, als wäre nichts geschehen.

»Nun, Garth«, eröffnete Galt das Gespräch, »wir möchten gern deine Erklärung hören.«

»Einen Augenblick noch.« Das Bier war gekommen, und Garth leerte seinen Krug mit tiefen, gierigen Zügen. Er reichte dem Wirt den leeren Krug mit den Worten zurück: »Immer schön weiter vollmachen, bis ich abwinke.«

Der Wirt nickte. »Jawohl, mein Herr.«

Die anderen vier ließen sich mehr Zeit mit dem Trinken. Als der Wirt mit Garths leerem Krug wegging, nahmen sie gerade genüßlich die ersten Schlucke.

»Wo soll ich anfangen?« frug Garth.

»Wo du möchtest«, erwiderte Galt.

»Am Anfang«, schlug Saram vor.

Kyrith nickte zustimmend.

»An welchem Anfang?« fragte Garth.

»Wir fanden dein Verhalten schon seltsam, als du zum ersten Mal von der Nordwüste in den Süden aufgebrochen bist«, sagte Galt. »Warum nicht anfangen, indem du erklärst, wie es überhaupt dazu kam?«

»Ich bin mir nicht ganz sicher, wo der Anfang davon war«, erwiderte Garth. »Im letzten Winter, glaube ich, obwohl ich kein genaues Datum nennen könnte; ich glaube, es kam irgendwie ganz allmählich.«

»Dann fang damit an!« schlug Galt vor.

»Also gut. Ihr alle wißt, wie sehr die Winter in unserer Region einem auf die Nerven gehen können – außer vielleicht Frima, die ja nicht aus dem hohen Norden stammt. Die kurzen Tage, das graue trübe Licht, die Kälte, der Schnee, das Eis – all das drückt auf das Gemüt und die Sinne. Und dieser letzte Winter nun setzte mir noch mehr zu als üblich, obwohl er nicht einmal außergewöhnlich hart war. Ich war deprimiert und langweilte mich zu Tode; jeden Tag sagte ich mir aufs neue, es würde schon vorübergehen, statt dessen aber schien ich jeden Tag tiefer in Trübsal zu versinken. Ich konnte an nichts anderes mehr denken als an Tod und Vergänglichkeit, an die Sinnlosigkeit unseres kargen Daseins, unseren tagtäglichen Lebenskampf in der Ödnis der Wüste, der uns kaum mehr läßt als das nackte Überleben. Und jedes Ereignis schien meine Melancholie noch zu verstärken; als der hundertvierundvierzigste Jahrestag meiner Geburt nahte, war das einzige, woran ich denken konnte, die Tatsache, daß ich nun schon mehr als die Hälfte meines Lebens hinter mir hatte. Und in dieser meiner ersten Lebenshälfte hatte ich nichts Bedeutendes vollbracht, nichts, das in irgendeiner Weise von Bestand gewesen wäre. Ich hatte ein paar unbedeutende Scharmützel mit Piraten und Räubern gewonnen, ich hatte ein paar Kinder gezeugt, und ich hatte mich ein paarmal im Stadtrat zu solch ungeheuer wichtigen Themen wie dem Wiederaufbau von Werften und dem Kauf von Waffen geäußert. Die Piraten und Räuber überlebten und werden zweifelsohne wiederkommen; meine Kinder werden heranwachsen, alt werden und schließlich sterben; meine Reden vor dem Stadtrat werden in Vergessenheit geraten. Aber was noch schlimmer war – ich hatte keinerlei Aussicht darauf, daß sich in der Zukunft irgend etwas daran ändern würde. Ich würde alt werden und sterben, ohne je etwas vollbracht zu haben, an das die Nachwelt denken würde. In ein oder zwei Jahrhunderten würde niemand sich mehr daran erinnern, daß ich überhaupt existiert habe. Ich wollte nicht, daß es so kommen würde, aber ich wußte auch keine Möglichkeit, das zu verhindern.«

»Niemand freut sich auf den Tod«, bemerkte Galt.

Garth warf einen Blick zum Tisch des Vergessenen Königs, aber er widersprach Galts Behauptung nicht. Statt dessen sagte er: »Ich weiß, ich weiß, so sind die Dinge nun einmal. Ich war aber trotzdem nicht zufrieden damit und beschloß, es zu ändern, wenn ich es irgendwie ändern konnte. Ich ging zu den Weisen Frauen von Ordunin und fragte sie, ob es irgend etwas für mich zu tun gäbe, das den Lauf der Welt verändern würde, irgendeine Tat von kosmischer Bedeutung, mit der ich die Natur des Lebens verändern könnte. Sie antworteten, eine solche Tat überstiege die Macht eines Sterblichen. Das hatte ich erwartet. Alsdann fragte ich sie, ob ich etwas vollbringen könnte, das mir ewigen Ruhm einbringen würde, damit wenigstens mein Andenken weiterleben würde, wenn ich selbst nun schon einmal sterben müsse.«

Der Wirt kam mit Garths zweitem Bier; er trank es aus

und reichte dem Wirt den Krug zurück. Bevor er fortfahren konnte, fragte Saram: »Wer sind die Weisen Frauen von Ordunin? Du hast mir gegenüber einmal etwas von einem Orakel erwähnt, aber du hast dich nie näher dazu geäußert.«

»Ao und Ta sind zwei Schwestern, die in einer Höhle in der Nähe von Ordunin hausen; beide sind mißgestaltete alte Überfrauen«, erklärte ihm Galt. »Sie leben dort schon seit der Gründung der Stadt zur Zeit der Rassenkriege. Sie sprechen nur mit bestimmten Leuten; den anderen gehen sie aus dem Weg, indem sie sich in die Tiefen ihrer Höhle zurückziehen. Sie beantworten Fragen. Obwohl noch nie jemand erlebt hat, daß sie gelogen oder sich geirrt hätten, lieben sie es, ausweichende und verwirrende Antworten zu geben.«

»Und du traust ihnen?«

»Sie haben sich noch nie getäuscht und noch nie gelogen«, sagte Garth. »Letzten Winter habe ich ihnen jedenfalls vertraut. Ob ich ihnen auch in Zukunft trauen soll, weiß ich nicht.«

»Fahr fort mit deiner Geschichte!« drängte Galt.

»Als ich die Weisen Frauen fragte, wie ich es anstellen sollte, mich unvergessen bis ans Ende aller Tage zu machen, sagte Ao, ich müsse nach Skelleth gehen, den Vergessenen König aufsuchen und ihm ohne Fehl dienen. Sie nannte mir den Namen dieses Gasthauses und daß er zu erkennen wäre an den gelben Lumpen, in die er gehüllt sei. Ich war so besessen von meinem Wunsch nach ewigem Ruhm, daß ich unverzüglich Proviant besorgte, mich bewaffnete und auf Koros gen Süden ritt – damals hatte ich ihm diesen Namen allerdings noch nicht gegeben; er war schlicht mein Kriegstier. Ich weihte niemanden in meine Pläne ein, weil ich das Ganze als meine ureigenste Privatangelegenheit betrachtete und nicht wollte, daß jemand davon erfuhr. Ich befürchtete, daß der Stadtrat eine solche Reise als zu gefährlich ablehnen würde, glaubten wir doch damals alle noch, daß Skelleth eine mächtige Festung wäre, von der aus die Menschenwesen uns jederzeit angreifen könnten. Ich hätte zu jener Zeit schwerlich erklären können, wieso ich plötzlich so verrückt darauf war, ewigen Ruhm zu erlangen, wieso ich von dem Gedanken an den Tod besessen war, oder was meine Niedergeschlagenheit ausgelöst hatte; ich kann es ja noch heute nicht erklären. Wie auch immer – der Gedanke, mich unsterblich machen zu können, schien mir das Größte und Wichtigste, das ich mir vorstellen konnte.

Ich wußte nichts von Skelleth außer den alten Geschichten und Legenden von den Kriegen, und über die Menschen wußte ich kaum mehr. Als ich die verfallenen Stadtmauern sah, dachte ich, die Festung müsse verlassen sein; also ritt ich geradewegs hinein, ohne den gringsten Versuch zu unternehmen, meine Ankunft zu verbergen. Als ich den ersten Leuten begegnete, war es dazu zu spät; also ritt ich weiter und fragte die Leute nach dem *Gasthof des Königs*.

Und hier fand ich den Vergessenen König; er sah genauso aus, wie die Weisen Frauen ihn mir beschrieben hatten. Er sagte mir, er könne mir tatsächlich garantieren, daß mein Name unsterblich werde, wenn ich in seine Dienste träte und wenn ihm eine große Zaubertat gelänge, die er zu vollbringen plane. Ich willigte ein, eine Mission für ihn zu unternehmen, gewissermaßen als Probe; ich sollte zu der südöstlich von hier gelegenen Stadt Mormoreth reiten und ihm das erste Lebewesen bringen, das ich in den Grabkammern unter der Stadt fände. Ich tat, wie er geheißen hatte, aber ich war nicht erbaut von dem Ergebnis: Das einzige Lebewesen in den Kryptata war ein Basilisk, ein magisches und unglaublich giftiges Wesen, so giftig, daß die leiseste Berührung, ja sogar sein Blick tödlich war. Um ihn einzufangen, mußte ich mehrere Banditen und einen Hexer töten, was mir äußerst widerstrebte.

Im Verlaufe meines Versuchs, ihn dem Vergessenen

König zu überbringen, stieß ich auf weitere Schwierigkeiten: Der Baron von Skelleth erfuhr von der Existenz der Kreatur und wollte sie in seinen Besitz bringen, um sie als Kriegswaffe zu verwenden. Er schaffte es auch, die Bestie für kurze Zeit an sich zu bringen, aber ich holte sie zurück und übergab sie dem Vergessenen König. Ich wußte weder, was er damit wollte, noch, was er letztendlich mit ihr tat; jedenfalls erfüllte sie ihren Zweck nicht. Als er mit ihr fertig war, tötete ich sie, um zu verhindern, daß eine so gefährliche Kreatur womöglich dem verrückten Baron in die Hände fiel.

Das erzürnte den Baron; hatte er mich schon vorher nicht leiden können, weil ich ihm meine Dienste verwehrt hatte, so schien der Verlust des Basilisken seinen Haß auf mich ins Unversöhnliche zu schüren.

Inzwischen hatte ich noch einmal gründlich über meinen Handel mit dem Vergessenen König nachgedacht. Die Tatsache, daß bei meiner Mission nichts herausgekommen war außer mehreren Toten, hatte mich bestürzt und ernüchtert; und als er mich darauf hinwies, daß man mich ob dieser Toten in Skelleth und Mormoreth in böser Erinnerung behalten werde, kündigte ich unsere Abmachung. Ich war beileibe nicht mehr so erpicht auf ewigen Ruhm, als daß ich bereit und willens gewesen wäre, ihn mir durch Mord und Knechtschaft zu erkaufen.

Der König machte mir jedoch – vielleicht, um mich zu besänftigen – einen Vorschlag; er wies mich darauf hin, daß Skelleth, wie ich ja mit eigenen Augen sehen könnte, nicht mehr der unversöhnliche Feind der Übermenschheit sei, der es einst gewesen, und daß ich mir ein gewisses Maß an Ruhm und Wohlstand erwerben könne, indem ich Handelsbeziehungen zwischen Skelleth und der Nordwüste herstellte. Wie euch allen bekannt ist, versuchte ich, dies in die Tat umzusetzen. Ich bat dich, Galt, mich in deiner Eigenschaft als Experte in Fragen des Handels auf dieser Misssion zu begleiten, da ich von solchen Dingen nichts verstehe, und brachte dich, Tand und Larth hierher, um die nötigen Verhandlungen aufzunehmen; leider mußte ich jedoch erfahren, daß der Baron nicht willens war, mit dem zu kooperieren, der ihn des Basilisken und seiner Hoffnungen beraubt hatte, ein großer Kriegsherr zu werden. Er stellte unannehmbare Bedingungen, um mich zu demütigen. Du selbst warst Zeuge, Galt. Du weißt, daß er von mir verlangte, ihm den Lehnseid zu schwören und mich zu seinem Vasallen zu machen.

Ich ließ mich übertölpeln und gab ihm dummerweise das Versprechen, seinen Vorschlag dem Stadtrat zu unterbreiten, ja ich ließ mich sogar dazu hinreißen, dieses Versprechen mit einem Eid zu bekräftigen. Das war ein schlimmer Fehler, wie ich offen zugebe.«

Ein dritter Krug Bier kam; Garth hielt in seiner Erzählung inne, um zu trinken, schien sich aber diesmal mehr Zeit zum Leeren des Kruges zu lassen als bei den ersten beiden. Mit einem knappen Wink bedeutete er dem lauernden Wirt zu verschwinden.

»Es fällt mir schwer, eine Erklärung dafür zu finden, warum ich so handelte. Ich hatte mir in den Kopf gesetzt, daß die Errichtung von Handelsbeziehungen zwischen Skelleth und uns eine absolute Notwendigkeit sei, sowohl zum Nutzen unseres Volkes als auch zur Hebung meiner eigenen Person. Ich wollte etwas erreichen, das ein großer ungetrübter Segen für alle sein sollte, das für alle Beteiligten Nutzen und Gewinn bringen sollte, und die Errichtung einer solchen Handelsbeziehung schien mir da genau das Passende. Niemand würde sterben; ich würde keinem geheimnisumwobenen alten Mann dienen müssen. Und dennoch würde ich einen Ruf erwerben, der, wenn auch vielleicht nicht ewig, so doch wenigstens positiver Natur sein würde. Überzeugt, wie ich von dem Wert solcher Beziehungen für mich selbst und für Ordunin war, war ich bereit, mich gedankenlos fast allen Bedingungen zu unterwerfen. Und es bedurfte erst eines Schockerlebnisses, wie es das freche und empörende Auftreten des Barons für mich war, um mich aus meinen Blütenträumen wachzurütteln.

Als ich erkannte, was ich mit meinem unüberlegten Schwur angerichtet hatte, war es zu spät, um noch einen Rückzieher zu machen. Zum Baron zu gehen und ihn kleinlaut zu bitten, es sich noch einmal zu überlegen, wäre eine noch unerträglichere Erniedrigung gewesen. Ich wollte Zeit zum Nachdenken gewinnen; vielleicht gab es ja doch noch eine Möglichkeit, die verfahrene Situation wenigstens halbwegs zu meiner Zufriedenheit zu retten. Und siehe da, der Eid, den ich geschworen hatte, ließ mir eine kleine Hintertür offen – ich hatte zwar versprochen, sofort nach meiner Rückkehr nach Ordunin mit dem Stadtrat zu sprechen, aber ich hatte nicht gesagt, *wann* ich zurückkehren würde. Ich beschloß daher, Skelleth wie geheißen zu verlassen, aber nicht auf direktem Wege nach Hause zurückzureiten. Galt unterrichtete dich davon, Kyrith, oder zumindest teilweise, aber du zogst es vor, ihm nicht zu glauben. Es war nicht recht von mir, dich so lange im unklaren zu lassen, und ich bitte dich hiermit um Verzeihung für diese meine Gedankenlosigkeit.

Nachdem ich mir nun klargemacht hatte, daß ich weder in Skelleth bleiben noch nach Hause zurückkehren konnte, sah ich mich vor die Frage gestellt, wohin ich mich wenden sollte. Ich hätte vielleicht nach Kirpa gehen können oder nach Mormoreth, aber dazu hatte ich keinen Grund. Nun hatte der Vergessene König mich wissen lassen, daß er an einem Wiederaufleben unserer Abmachung interessiert sei, und er hatte sich sogar erboten, die Bedingungen zu ändern: Nicht nur ewiger Ruhm sollte mir zuteil werden, so ich wieder in seine Dienste träte, sondern echte Unsterblichkeit. Ich war nicht sonderlich versessen darauf, sein Angebot anzunehmen; sicherlich habt ihr alle schon Berichte gehört, nach denen ein langes Leben sich oftmals eher als Fluch denn als Segen erweist, und außerdem schwante mir, daß der alte Mann mich möglicherweise übers Ohr hauen wollte. Jedenfalls war ich argwöhnisch. Aber ich hatte nichts Besseres zu tun, und da er mir in Aussicht stellte, daß mir die erfolgreiche Durchführung dieser neuerlichen Mission Mittel in die Hand geben würde, um mich für die Kränkung zu rächen, die mir der Baron angetan hatte, willigte ich ein, wenngleich ohne ihm das Versprechen zu geben, daß ich die Aufgabe auch wirklich erfüllen würde. Letztere bestand darin, ihm das zu bringen, was ich auf den Altären der sieben Tempel von Dûsarra finden würde. Ich hatte keine Ahnung, wo Dûsarra war, noch wie lange ich brauchen würde, die Aufgabe zu erledigen; ja ich wußte nicht einmal, ob ich überhaupt erst dorthingehen würde. Aus diesem Grund vermochte ich auch Galt nicht zu sagen, wann ich zurück sein würde. Ich schätzte, daß ich bis zum Ende des Jahres brauchen würde, und trug ihm auf, dir das zu sagen, Kyrith. Ich hätte ihm wohl mehr sagen müssen, ihm vielleicht die Situation erklären sollen, aber ich war wütend und ein wenig angetrunken und einfach nicht in der Stimmung. Es tut mir ehrlich leid, wenn ich dir Kummer bereitet habe.«

Er trank seinen Krug leer und stellte ihn auf den Rand des Tisches. Kyrith nickte, zum Zeichen, daß sie seine Entschuldigung annahm.

»Du hast immer noch nicht erklärt, wie du an das Schwert und an das Mädchen gekommen bist«, sagte Galt.

»Geduld! Darauf komme ich noch. Ich ging also nach Dûsarra; der Auftrag war eine interessante Herausforderung. Ich hatte so eine vage Idee im Hinterkopf: Wenn ich das, was der Vergessene König wollte, fand und zurück nach Skelleth brächte, würde ich es ihm so lange vorenthalten, bis er mir meine Forderungen – was das für welche sein würden, konnte ich mir noch immer überlegen – erfüllen würde. Denn daß er in der Tat eine Art Magier ist, daran bestand für mich schon damals kein Zweifel.

Jedenfalls fand ich Dûsarra und beraubte sechs der sieben Tempel. Bei einigen ging das ziemlich leicht, bei anderen war es schwieriger. Ich will euch jetzt nicht in allen Einzelheiten erzählen, was ich fand und was ich tat, aber es gibt doch einige Dinge, die erwähnenswert sind.

Dûsarra ist die Stadt der dunklen Götter, der sieben Götter des Bösen, an die die Menschenwesen glauben. Jeder der sieben hat – oder hatte – einen Tempel und einen Kult. Einer der Götter ist Bheleu, der Gott der Zerstörung; sein Tempel war eine Ruine, sein Altar bestand aus einem brennenden Scheiterhaufen. Das Schwert, das ich mitgebracht habe, lag auf diesem Altar. Vom ersten Moment an, da ich es erblickte, schien es irgendeine Art von Macht über mich zu haben; ich verspürte den unwiderstehlichen Drang, es von dem Altar zu reißen, ungeachtet der Flammen, die es umhüllten, und die Anhänger und Priester des Bheleu mit ihm zu töten. Ich folgte diesem Drang. Unfreiwillig. Wie ihr alle bereits mehrmals gesehen habt, besitzt das Schwert unbestreitbar magische Kräfte. Es erwies sich auch als sehr nützlich: Im Verlauf der Ereignisse in Dûsarra ging ich praktisch aller meiner anderen Waffen verlustig, so daß ich es zu meinem eigenen Schutz benötigte. Das ist auch der Grund, warum ich es trotz seiner Gefährlichkeit behielt und mit hierherbrachte. Offenbar war das ein Fehler. Ich dachte, ich hätte es unter Kontrolle, aber das war, wie ihr wißt, ein großer Irrtum; es schlug mich erneut in seinen Bann und ließ mich den Baron töten und die Schlacht entfesseln. Das verschaffte mir in der Tat meine Rache an dem Baron, genau wie der Vergessene König es mir versprochen hatte, aber die anderen Folgen sind weniger angenehm.

Nach der Schlacht sah es so aus, als hätte das Schwert

seine Kraft verbraucht; als ich neben ihm liegend in einer Gasse erwachte, war der rote Stein dunkel, und ich verspürte weder Zorn noch den Drang zu töten. Da versuchte ich, es zu zerbrechen, jedoch ohne Erfolg. Mein Versuch bewirkte nur, daß der Stein wieder zu glimmen begann. Um nicht erneut unter seinen Einfluß zu gelangen, ließ ich es liegen, wo es lag und floh hierher.«

Er lehnte sich zurück und nahm einen Schluck aus seinem Krug.

»Du behauptest also, deine offensichtliche Verrücktheit war das Werk dieses Zauberschwertes?« fragte Galt.

»Ja, genau das behaupte ich«, antwortete Garth.

»Und du bist sicher, daß nichts anderes dahintersteckt?«

»Ziemlich sicher – das heißt, wenn du dich auf mein Verhalten seit dem Erwerb des Schwertes beziehst. Für die Melancholie mit der alles begann, habe ich allerdings keine rechte Erklärung.«

»Oh, das vermag ich durchaus nachzuvollziehen; ich habe von solchen Empfindungen schon öfter gehört. Sie sind nicht ungewöhnlich bei Übermännern in deinem Alter. Was mir Sorgen macht, ist das Schwert. Wenn es tatsächlich so gefährlich ist, wie du sagst, war es dann nicht unklug, es unbewacht liegenzulassen?«

»Vielleicht, aber ich hatte keine andere Wahl. Es erneut zu berühren, wagte ich nicht; die Helligkeit, mit der der Stein glühte, zeigte mir, daß es mich sofort wieder in seinen Bann geschlagen hätte.«

»Wäre es nicht trotzdem besser, du würdest es wieder an dich nehmen, nun, da du die Gefahr kennst, statt es liegenzulassen, wo es jeder Fremde, der zufällig des Weges kommt, finden und nehmen könnte?«

»Ah, ein solcher Fremder könnte es aber nicht aufheben. Habt ihr nicht gesehen, was mit Herrenmer passierte, als er versuchte, es aufzuheben?«

»Mir war die Sicht versperrt«, sagte Galt.

»Und ich war überhaupt nicht zugegen«, wandte Saram ein. »Was ist denn mit ihm passiert?«

»Der Griff erhitzte sich und versengte ihm fürchterlich die Hände. Und nur eine Sekunde später konnte ich es aufheben, ohne das Geringste zu spüren. Ich habe darüber nachgedacht und dabei auch die Umstände in Betracht gezogen, unter denen ich in Besitz des Schwertes gelangte; und ich kam zu dem Schluß, daß Menschen es nicht benutzen können. Deshalb brauchen wir bloß unsere eigenen Leute von ihm fernzuhalten, wenn wir verhindern wollen, daß es benutzt wird.«

»Ich bin da nicht so zuversichtlich wie du, Garth. Vielleicht sollten wir es auf einen Versuch ankommen lassen.«

Garth zuckte die Achseln. »Vielleicht, aber ein solcher Versuch könnte sich als verhängnisvoll erweisen. Wenn es dich beunruhigt, dann stell doch Wachtposten rings um die Stelle auf, an der es liegt. Das würde auch mich enorm beruhigen.«

»Es fällt mir schwer«, sagte Galt, »deine Behauptung bezüglich der Macht des Schwertes zu glauben. Gewiß, ich muß zugeben, es hat etwas Magisches an sich; aber letztlich ist es nicht mehr als eine Klinge aus Metall. Wie kann es da einen eigenen Willen besitzen?«

»Ich behaupte nicht, daß es einen eigenen Willen besitzt; es kann sein, daß es lediglich mit irgendeiner großen Macht verbunden ist. Ich neige zu der Vermutung, daß es unter der Kontrolle des Gottes der Zerstörung steht – wer immer das sein mag. Meine Erlebnisse in Dûsarra haben meinen Atheismus schwer erschüttert; für mich besteht kein Zweifel, daß es in der Welt Geister und Mächte gibt, von denen wir bisher nichts wußten.«

»Könnte es nicht sein, Garth, daß irgend etwas – vielleicht das Schwert, das eindeutig magischer Natur ist, oder vielleicht irgend etwas anderes, dem du auf deiner Reise begegnet bist – dich in den Wahn getrieben und dazu gebracht hat, dir diese übergeordnete, alles kontrollierende Macht *einzubilden?*«

Garth dachte über diesen Einwand nach. »Es könnte sein«, räumte er ein, »aber ich glaube nicht daran.«

»Wir werden das Schwert weiter untersuchen und ausprobieren, ob es stimmt, was du sagst.«

»Das steht euch frei, aber erwarte nicht von mir, daß ich es noch einmal in die Hand nehme. Ich rate euch nur dringend, sehr, sehr vorsichtig zu sein.«

»Ob du nun mit deinem Glauben an seine Macht recht hast oder ob du lediglich unter Wahnvorstellungen leidest – ich bin nach wie vor der Ansicht, daß wir dir nicht voll vertrauen können.«

Garth zuckte die Achseln. »Ich kann dich nicht dazu zwingen, mir zu vertrauen. Ich denke aber, du wirst beizeiten einsehen, daß ich wieder genauso vernünftig und geistig gesund bin wie du.«

»Das wird sich ja herausstellen.«

Galt wurde von Kyrith unterbrochen; sie stieß ihn an und deutete auf Frima. »Ach ja«, sagte Galt. »Wer ist diese Person, und warum hast du sie aus Dûsarra mitgebracht?«

»Frima? Das ist sehr einfach. Mein Auftrag war, das mitzubringen, was ich auf den sieben Altären vorfände. In dem Moment, als ich den Tempel Sais betrat, der Göttin des Schmerzes, waren die Priester gerade dabei, Frima zu opfern. Sie war das einzige, was sich auf dem Altar befand; also nahm ich sie und brachte sie mit hierher. Nachdem ich diesen meinen Auftrag wortgetreu erfüllt hatte, hatte ich keine weitere Verwendung mehr für sie und ließ sie frei.«

»Es scheint, als hättest du, wie du gesagt hast, eine Erklärung für alles – so bizarr diese Erklärungen auch klingen mögen.«

»Ja. Wenn du eine Bestätigung für einen Teil dessen haben möchtest, was ich über das Schwert gesagt habe, dann kannst du Frima fragen. Sie wurde auf der Rückreise Zeuge, wie ich jedesmal, wenn der rote Stein aufleuchtete, von Zorn gepackt wurde; erlosch er dann wieder, wurde ich ruhig.«

Frima ergriff zum ersten Mal das Wort. »Das stimmt.«

»Da fällt mir noch etwas ein, was ich dich fragen wollte«, sagte Galt. »Du wurdest doch von dem sogenannten Vergessenen König ausgesandt, diese Dinge zu holen, nicht wahr? Warum hast du sie dann nicht ihm übergeben?«

»Er weigerte sich, sie anzunehmen. Du erinnerst dich vielleicht, daß ich gesagt habe, ich hätte sechs der sieben Altäre geplündert. Auf dem siebten befand sich nichts als ein Schädel, offenbar Bestandteil des Altars, so daß ich mir nicht die Mühe gab, ihn loszubrechen und mitzunehmen. Der Alte nun behauptet jedoch, auf dem Altar hätte ein Buch liegen müssen, und dieses Buch sei der einzige Gegenstand, auf den es ihm ankomme. Mein Versäumnis, ihm dieses Buch nicht zu bringen, brachte ihn so auf, daß er davonmarschierte und die anderen Dinge in meinem Besitz zurückließ. Ich bedaure das, schien doch seine magische Kraft in der Lage, das Schwert unter Kontrolle zu halten; hätte er es behalten, dann wäre es wahrscheinlich nicht zu dieser Schlacht gekommen.«

»Seltsam.«

»Nicht unbedingt; der Hüter des siebten Tempels, des Tempels des Gottes-Dessen-Namen-Man-Nicht-Ausspricht, sagte mir, der wahre Hohepriester des Gottes sei ein geheimnisumwobener Alter, den man den Vergessenen König nenne. Die Beschreibung paßte voll und ganz auf den Vergessenen König. Er stritt es auch nicht ab, als ich ihn danach fragte. Von daher ist es gar nicht mehr so seltsam, daß er wissen wollte, was sich auf dem Altar seines eigenen Gottes befand, und daß er den Wunsch hatte, es zu bekommen.«

»Ich verstehe. Die zugrundeliegenden Umstände dieser Angelegenheit bleiben weiter unklar, aber ich begreife allmählich, daß sie in der Tat miteinander in einem Zusammenhang stehen.«

»Meine Gedanken gehen in eine ähnliche Richtung«, pflichtete ihm Garth bei, »und ich möchte mit der Sache nichts mehr zu tun haben. Ich habe genug von Zauberei und Göttern und Priestern. Und da du das Gefühl hast, daß man mir immer noch nicht trauen kann, sieht es so aus, daß ich mit Politik und Diplomatie auch erst einmal nichts mehr zu tun habe.«

»Dann sind wir uns also einig, daß Kyrith und ich das Kommando behalten?«

»Ja. Wir können nicht sicher sein, daß ich wirklich frei vom Einfluß des Schwertes bin. Und von deinem Standpunkt aus betrachtet, können wir auch nicht sicher sein, ob ich geistig normal bin. Ich hoffe jedoch, daß du mir gestattest, dir mit Rat und Tat zur Seite zu stehen. Ich weiß mehr über Skelleth und die Länder des Südens als jeder andere lebende Übermann.«

»Das ist unbestritten. Was würdest du uns denn nun in der gegenwärtigen Situation raten?«

»Das wichtigste ist, Frieden mit Eramma zu schließen, aber das ist vielleicht nicht das Vordringlichste. Die vordringlichste Aufgabe scheint mir, wieder eine gewisse Ordnung und Organisation in Skelleth zu schaffen. Wir sollten zunächst einem Menschenwesen die Aufgabe übertragen, sich um die überlebende Dorfbevölkerung zu kümmern, gewissermaßen als eine Art Interims-Baron, der unter deinem Befehl steht; die Menschen brächten einer direkten Übermenschenherrschaft wenig Gegenliebe entgegen; zudem wissen wir nicht genug von der Mentalität der Menschenwesen, so daß eine direkte Herrschaft wirkungslos wäre und nur böses Blut schüfe. Ich schlage Saram für diesen Posten vor, da er als ehemaliger und wahrscheinlich einzig überlebender Gardist eine gewisse Erfahrung im Organisieren mitbringt. Er war Leutnant und weiß daher, wie man Befehle gibt. Außerdem kommen wir gut miteinander zurecht, und trotzdem wird er von seinen Artgenossen nicht abgelehnt.«

»Ich will diesen Posten nicht«, protestierte Saram.

»Um so besser; dann kommst du auch nicht in die Versuchung, ihn zu mißbrauchen.«

»Darüber können wir uns später unterhalten«, sagte Galt. »Was noch?«

»Nun, sobald eine gewisse Ordnung wiederhergestellt ist, sollte die menschliche Bevölkerung mit dem Wiederaufbau der Stadt beginnen, während unsere Leute Garnisons- und Verwaltungsfunktionen übernehmen und nach Kräften Hilfestellung leisten. Wir kontrollieren zwar Skelleth, aber die Stadt bleibt im wesentlichen eine menschliche Ansiedlung, und wir sollten sie nach dieser Maßgabe behandeln und den Menschen gestatten, sie nach ihren Wünschen und Bedürfnissen zu organisieren.«

»Ich entnehme deinen Worten, daß wir sie dennoch in Besitz behalten sollten.«

»Aber sicher; warum sollten wir ein gutes Faustpfand freiwillig und ohne Not aus der Hand geben?«

»Als Händler kann ich dir da nur beipflichten. Weiter.«

»Wir müssen auf dem schnellsten Wege den Stadtrat in Ordunin von den Ereignissen hier unterrichten und seinen Rat einholen – wobei wir nicht außer acht lassen dürfen, daß wir uns südlich der Grenze und damit außerhalb seiner Rechtsprechung befinden; und wir sind hier an Ort und Stelle und haben naturgemäß einen besseren Kenntnisstand von der Lage der Dinge als der Stadtrat, so daß wir notfalls auch gewillt sein müssen, seinen Rat zurückzuweisen, sollte er uns töricht erscheinen.«

»Würde das bedeuten, daß du Skelleth dann als eine neue Nation etablieren würdest?«

»Nein, nicht unbedingt, aber ich würde jede Option so lange wie möglich offenhalten.«

»Noch etwas?«

»Sofern es sich einrichten läßt, sollten wir eine Erkundungsexpedition zur Yprischen Küste aussenden. Eine solche Mission sollte nicht nur die Möglichkeit von Handelsbeziehungen sondieren, sondern auch erkunden, ob die dort ansässigen Übermänner bereit sind, uns militärisch gegen Eramma zu unterstützen, für den Fall, daß sich das als notwendig erweisen sollte.«

»Da sagst du etwas!«

»Mir schwebt vor, daß Skelleth auf Dauer so etwas wie eine gemischte Gemeinde von Menschen und Übermenschen wird, halb zu Eramma und halb zur Nordwüste gehörig, mit der Funktion eines Handelszentrums zwischen ihnen und den Ypriern. Ich hielte ein solches Resultat für äußerst wünschenswert. Es gibt keinen Grund, warum die Erinnerung an die Rassenkriege einer gedeihlichen Entwicklung von unser aller Leben bis ans Ende aller Tage im Wege stehen sollte.«

»Du hast ehrgeizige Ziele, Garth.«

»Ich halte einen solchen Plan für durchaus praktikabel, Galt.«

»Schon möglich. Wir werden es versuchen, und dann sehen wir ja, was dabei herauskommt. Ich muß gestehen, einen besseren Vorschlag habe ich auch nicht.«

»Gut.« Garth trank seinen Krug leer und winkte den Wirt heran. Er war zufrieden, sehr zufrieden; obwohl er selbst jetzt vom Hauptstrom der Ereignisse abgeschnitten wäre – und damit befreit von lästigen Einzelheiten –, schien alles hervorragend zu laufen. Der Baron war tot, seine Verpflichtung gegenüber dem Vergessenen König war beendet, das Schwert des Bheleu war er los, und es sah ganz danach aus, als könne alles Weitere friedlich geregelt werden.

Sicher, es gab noch immer ein paar Hürden: Der Vergessene König lebte noch, das Schwert existierte nach wie vor, und noch war der Frieden nicht geschlossen – aber es sah gut aus. Es sah sehr gut aus.

Kapitel 11

Der Morgen graute bereits, als sie Saram endlich so weit hatten, daß er sich bereiterklärte, die Rolle des geschäftsführenden Barons zu übernehmen, bis man einen besseren fände. Garth und die anderen kamen zu dem Schluß, daß es kaum etwas brächte zu versuchen, bis zum Sonnenuntergang Schlaf zu finden. Garth hatte wenigstens sein Nickerchen in der Gasse gehabt, aber die anderen hatten schon seit vor der Schlacht kein Auge mehr zugetan. Galt hatte am Morgen zuvor schlafen können, nach seiner Nachtwache, aber seine Ruhe war durch Garths Rückkehr unterbrochen worden.

Kurzum, sie waren alle müde und erschöpft, wie fast alle Dorfbewohner und Übermänner auch. Infolgedessen kam an jenem Tag auch außer fruchtlosen Diskussionen nicht viel zustande.

Als die Sonne unterging, war bezüglich des Schwertes nicht viel mehr unternommen worden, als daß man zwei Übermänner zu seiner Bewachung abgestellt hatte – die sich in respektvoller Entfernung von ihm hielten, da Garth sie darauf hingewiesen hatte, daß die Waffe möglicherweise die Kontrolle über ihr Handeln an sich reißen könne, wenn sie ihr zu nahe kämen. Auch in bezug auf den Wiederaufbau der zerstörten Gebäude war noch nichts in Angriff genommen worden, außer daß man die Dorfbewohner in Arbeitsgruppen zu je fünfzehn bis zwanzig Leuten eingeteilt und jeder der Gruppen einen erfahrenen Handwerker als Führer zugewiesen hatte. Im Idealfall wäre jede Gruppe unter die Leitung eines Baumeisters gestellt worden, aber unter der gesamten übriggebliebenen Dorfbevölkerung gab es nur noch einen einzigen Gesellen; seit Dekaden hatte kein Bedarf mehr an neuen Häusern bestanden, und nur wenige hatten die Mühe aufgewendet, wenigstens die alten Gebäude instandzuhalten.

Die Übermänner hatten ihre Zelte auf dem Marktplatz aufgeschlagen, wie sie es geplant hatten, kamen gleichwohl nicht in den Genuß des Privilegs, sie auch zu bewohnen; dieses Vorrecht wurde statt dessen den Frauen und Kindern sowie den Verwundeten – einschließlich der sieben verletzten Übermänner – und den Greisen und Gebrechlichen eingeräumt. Was zur Folge hatte, daß auf jedes Zelt mindestens drei Bewohner kamen. Der Rest der Bevölkerung mußte sich mit den Ruinen begnügen oder im Freien nächtigen.

Auch mußten die Kriegstiere zusammengeholt werden; nach ihrer Attacke gegen die Bogenschützen war der Großteil von ihnen unbeaufsichtigt geblieben und ziellos zwischen den Ruinen herumgestreunt. Um ihren Hunger zu stillen, wurden sie mit den Leichen derer gefüttert, die keine überlebenden Verwandten hatten; den übrigen Leichen ersparte man dieses Schicksal, um ihre überlebenden Familienangehörigen nicht unnötig zu kränken. Als bekannt wurde, auf welche Weise die Übermänner ihre Kriegstiere zu ernähren gedachten, erhoben sich einige Stimmen des Protests, aber sie wurden rasch zum Schweigen gebracht, als man ihnen erklärte, daß die Kriegstiere, wenn sie nicht gefüttert würden, sich ihre Nahrung selbst holen würden und daß sie lebende Beute bevorzugten. Der Vorschlag der Dorfbewohner, statt dessen doch lieber den Viehbestand des Dorfes zur Ernährung der Kriegstiere heranzuziehen, wurde mit der Begründung verworfen, daß es nicht anginge, die vorhandenen Nahrungsreserven sinnlos zu vergeuden.

Garth selbst hielt sich von jeglichen Aktivitäten zurück, behielt aber alles sorgfältig im Auge und stand Galt und Kyrith mit Ratschlägen zur Seite. Galt strengte sich mächtig an, seine gewohnte Ruhe und Gelassenheit zu bewahren, aber je länger der Tag sich hinzog, desto schwerer fiel ihm dies, und er ließ sich sogar zu gelegentlichen Wutausbrüchen hinreißen. Kyrith, durch ihre Stummheit ohnehin stark eingeschränkt, gab ihre Versuche, Befehle zu erteilen, gegen Mittag auf und setzte sich entnervt in den *Gasthof des Königs,* wo sie dumpf brütend an einem Tisch saß und sich nur noch zur Beantwortung von Fragen herabließ, die an sie herangetragen wurden.

Saram nahm, obgleich er sich anfangs geziert hatte, sofort die Fäden in die Hand. Er ernannte gleich reihenweise Dörfler zu Beamten, selbst wenn es um die Durchführung noch so unbedeutender Aufgaben ging, und befahl jedem von ihnen die Übernahme eines bestimmten Bereiches, ohne auch nur einem von ihnen zu erklären, worin diese seine Aufgabe nun eigentlich bestand. Sobald ihm irgend etwas einfiel, das noch zu tun war, ernannte er den nächstbesten Freiwilligen zum für diesen Bereich verantwortlichen Minister. Als ihm – so etwa zu Mitte des Nachmittags – beim besten Willen keine neuen Geschäftsbereiche mehr einfielen, hatte er die stolze Zahl von etwa fünfzig Ministern unter sich, so daß ein großer Teil der noch vorhandenen Bevölkerung Skelleths sich im Glanze eines Ministeramtes sonnen konnte.

Leider jedoch war die neue Ministerriege – ganz abgesehen von ihrer absoluten fachlichen Unbelecktheit und heillosen Unkoordiniertheit – genauso erschöpft und müde wie alle anderen auch, so daß kaum etwas so erledigt wurde, wie es eigentlich hätte getan werden müssen. Zwar wurden Nahrung und Wasser für alle Überlebenden beschafft, und auch die Verteilung der Zelte gelang erstaunlich reibungslos, aber es wurde weder Schutt weggeräumt noch mit dem Wiederaufbau der zerstörten Häuser begonnen, und auch die Löschung der allenthalben noch schwelenden Feuer beschränkte sich auf das Abwarten, bis die Flammen keine Nahrung mehr fänden.

Dennoch erkannte Galt schnell, daß Saram die Menschenwesen in der Hand hatte; auch wenn sie nur wenig zuwege brachten, so waren sie doch vollauf beschäftigt und hatten keine Zeit, über die Tatsache nachzudenken, daß sie jetzt genau besehen nichts anderes als Sklaven einer fremden Rasse in ihrem eigenen Dorf waren.

Sobald er überzeugt war, daß er keinen Aufstand zu befürchten hatte, wandte Galt das Augenmerk den eigenen Kriegern zu. Von den sechzig Übermännern, die Kyrith und er aus Ordnunin mitgebracht hatten, waren elf bei dem Kampf gestorben – fast alle an Pfeilwunden – und sieben mehr oder weniger schwer verwundet worden, Kratzer und Prellungen nicht mitgerechnet. Somit blieben ihm zweiundvierzig einsatzfähige Krieger. Außer den zweien, die er zur Bewachung des Schwertes des Bheleu abkommandiert hatte, hatte er noch zwei an jedes der fünf Tore postiert und zehn weitere zu ihrem Entsatz abgestellt. Blieben also zwanzig. Zusätzlich hatte Saram eine Anzahl junger Menschenwesen, hauptsächlich männliche Jugendliche, die außer ihrer Hilfswilligkeit freilich wenig nützliche Fähigkeiten mitbrachten, zur Bewachung der Tore abgestellt, so daß jeder Zugang zur Stadt rund um die Uhr von je zwei Übermännern und Menschenwesen bewacht wurde.

Galt hatte sich zuerst dagegen ausgesprochen, mit der Begründung, eine solche Verdopplung der Wachen sei eine unnötige Verschwendung von Arbeitskraft, hatte sich dann aber von dem Argument Sarams überzeugen lassen, eine solche Art der Zusammenarbeit sei die beste Schule für ein künftiges friedliches Zusammenleben zwischen Menschen und Übermenschen. Überdies hatte Saram geltend gemacht, daß etwaige Menschen, die sich Skelleth näherten, aufgeschreckt die Flucht ergreifen würden, wenn sie nur Übermänner an den Toren sähen, wohingegen die gemeinsame Präsenz von Menschen und Übermännern sie lediglich verwirren und ihre Wachsamkeit erhöhen würde.

Aus den zwanzig verbliebenen Übermännern wählte Galt seinen Lehrling Tand und vier andere aus und beauftragte sie, zu einer Handelsmission an die Yprische Küste zu reisen. Sie sollten gleich am nächsten Tag aufbrechen und verbrachten den Rest des Tages damit, Vorräte zusammenzupacken und sich auszuruhen. Sie sollten zwei Kriegstiere mitnehmen – genug, um sie alle im Notfall zu tragen, und ausreichend, sie gegen fast jede Gefahr auf der Reise zu verteidigen, aber nicht genug, um die Streitmacht in Skelleth ernsthaft zu schwächen. Galt hielt die restlichen Übermänner in Reserve für den Fall, daß die Menschen sich doch noch aus irgendeinem Grund gegen die Fremdherrschaft empören sollten.

Auch nach Ordunin galt es eine Abordnung zu entsenden. Zuerst erwog Galt, selbst zu gehen, doch sah er rasch ein, daß die einzige Person, der er in seiner Abwesenheit den Oberbefehl hätte übertragen können, Garth war, und dieses Wagnis wollte er nun doch nicht eingehen. Auch Kyrith erklärte sich zu dieser Mission bereit, zögerte dann aber, als Garth es ablehnte, sie zu begleiten; als Grund führte er an, er habe noch Wichtiges in Skelleth zu erledigen, vor allem müsse er irgendeine befriedigende Dauerlösung für das Problem des Zauberschwertes finden. Nach einigem Hin und Her willigte sie schließlich doch ein. Sie brach sofort auf, eskortiert von drei weiteren Übermännern.

Somit blieben nur noch zwölf Krieger, dazu Galt und Garth. Die Krieger wurden zum Aufschlagen von Zelten und zum Wassertragen eingesetzt. Galt war vollauf damit beschäftigt, die Arbeiten zu beaufsichtigen. Auch Garth nahm Aufsichtsaufgaben wahr, allerdings ohne die Verantwortung eines Befehlshabers.

Frima machte sich als Botin nützlich.

Der *Gasthof des Königs* diente als Befehlszentrale, aber

während des ganzen langen anstrengenden Tages wechselte keiner ein Wort mit dem alten Mann in der Ecke.

Als schließlich die Sonne hinter dem westlichen Horizont versank, waren die Wut und die Furcht der Schlacht verraucht, hatten sie der Müdigkeit und den guten Vorsätzen Platz gemacht. Garth fühlte sich trotz seiner Müdigkeit merkwürdig frisch und sauber, als er sich zur Nachtruhe auf dem Stroh niederließ, das er sich aus dem Stall neben dem *Gasthof des Königs* beschafft hatte: Der Stall war wie die Taverne von den Flammen verschont geblieben. Seit mehr als vierzehn Nächten und Tagen hatten sich seine Träume ausschließlich um Gewalt und Zerstörung gedreht, und diesen vergangenen Tag hatte er ganz mit Schaffen und Wiederaufbauen verbracht – eine willkommene und gesunde Abwechslung. Er war sehr froh darüber, daß er es geschafft hatte, dem Banne des Schwertes des Bheleu entronnen zu sein.

Er war fast fröhlich, als er einschlief.

Nach vielleicht einer Stunde jedoch begannen ihn wieder die alten Träume zu quälen. Bilder aus Blut und Schmerz tauchten vor ihm auf, und alles schien wie von einem roten Schleier umhüllt. Er sah wieder das Bild des Hohenpriesters des Aghad, mit dem er in Dûsarra gekämpft hatte, er sah wieder, wie das Schwert des Bheleu ihm den Schädel spaltete und sein Blut auf den Staub des Marktplatzes von Dûsarra spritzte. Er sah, wie er selbst mit wahnwitziger Freude den gesamten Kult des Bheleu auslöschte, während über ihm der Donner toste. Er erlebte die jüngste Schlacht in Skelleth noch einmal so lebhaft, als wäre sie Wirklichkeit, sah noch einmal in allen Einzelheiten das grausige Sterben Darsens. Schließlich sah er sich allein auf einer unfruchtbaren, ausgedörrten Ebene stehen, das Schwert des Bheleu emporhaltend. Er versuchte, es fortzuschleudern, aber seine Finger wollten sich nicht vom

Griff lösen; als er es erneut versuchte, merkte er auf einmal, daß jemand hinter ihm stand. Und da wußte er, ohne zu wissen wieso, daß hinter ihm der rechtmäßige Besitzer des Schwertes stand, derjenige, dem er das Schwert aushändigen konnte, um es ein für allemal los zu sein.

Und als er sich umdrehte, sah er sich selbst dort stehen, gekleidet in eine wehende rote Robe über seinem schwarzen Panzer, die Hand ausgestreckt, das Schwert zu empfangen; das Gesicht seines anderen Selbst war zu einem bösartigen Grinsen verzerrt, und plötzlich brach schallendes, spöttisches Lachen aus ihm hervor.

Mit einem lauten Knurren des Entsetzens wachte er auf.

Er lag nicht mehr auf seinem Strohhaufen, sondern stand aufrecht, der Stelle der Stadt zugewandt, wo er das Schwert zurückgelassen hatte.

Er schüttelte den Kopf, um ihn klar zu bekommen, und sah sich um. Er war nicht weit gegangen; sein Strohbett war gerade einen Schritt von ihm entfernt. Er legte sich wieder hin und sann nach.

Der Traum war alles andere als normal gewesen; gewiß war er darauf zurückzuführen, daß sich noch immer Restspuren der Macht des Schwertes in ihm befanden. Oder vielleicht war er verwundbarer, während er schlief, und das Schwert oder sein Herr hatten ihm den Traum aus irgendeinem Grund gesandt. Oder es war tatsächlich bloß ein ganz gewöhnlicher Traum, vielleicht ein wenig lebendiger als normalerweise, aber das konnte mit der Erschöpfung und der Aufregung über die jüngsten Ereignisse zusammenhängen.

Das seltsamste und erschreckendste jedoch war, daß er im Schlaf gewandelt war; er konnte sich nicht entsinnen, so etwas jemals getan zu haben. Dies ließ ihn mehr als alles andere vermuten, daß eine magische Kraft im Spiel war. Vielleicht versuchte das Schwert, ihn zu sich zurückzuziehen, und der Traum war sein Versuch gewesen, sich dem zu widersetzen.

Was immer den Traum verursacht haben mochte, es bereitete ihm Unbehagen und verdarb ihm restlos die zufriedene Stimmung, die er noch beim Einschlafen gehabt hatte. Es sah ganz so aus, als könne er so lange nicht sicher sein, daß er von dem Schwert frei war, wie er es nicht zerstört hatte. Er mußte so bald wie möglich dafür Sorge tragen, daß es zerstört wurde, und zwar ein für allemal. Er beschloß, nicht wieder einzuschlafen, sondern so lange wachzubleiben, bis er mit Galt über dieses Problem sprechen konnte. Doch alsbald übermannte ihn die Müdigkeit, und er verfiel in einen unruhigen Schlaf.

Er wachte erst wieder auf, als das erste Licht der Morgendämmerung den östlichen Horizont blaßrosa färbte, und blieb noch eine Weile liegen und schaute dem Erlöschen der Sterne zu. Er hatte erneut geträumt, doch nur in vagen und verschwommenen Bildern, welche gleichwohl allesamt unangenehm gewesen waren. Die unheimliche Klarheit seines ersten Traumes war nicht mehr erschienen; vielleicht hatte sich die Kraft erschöpft, die ihn beeinflußte.

Er mußte das Schwert vernichten. Solange sein unheilvoller Einfluß fortdauerte, konnte er nicht daran denken, sich an die anderen Aufgaben zu machen, die er sich gesetzt hatte und endlich zu vollbringen erhoffte. Er konnte jedoch bezüglich des Schwertes nichts ohne Galts Einverständnis und Mithilfe unternehmen, da die Posten, die zu seiner Bewachung abgestellt waren, strikte Anweisung hatten, jeden – und insbesondere Garth – von ihm fernzuhalten, es sei denn, er komme in Galts Begleitung.

Bei der ersten Gelegenheit würde er Galt mit zu dem Schwert nehmen, ihn von seiner Macht überzeugen und dann mit Galts Hilfe einen Weg finden müssen, wie sie sich der Waffe ein für allemal entledigen konnten.

Bis dahin konnte er nichts weiter tun. Er setzte sich auf, lehnte sich mit dem Rücken gegen die Wand und wartete.

Als Galt aufwachte, sah er sich sofort von allen Seiten bestürmt: Entscheidungen wollten gefällt, Anweisungen gegeben, Ratschläge wollten erteilt werden; Garth harrte geduldig. Der Vormittag verstrich. Es dauerte bis zum Mittagessen, bis er endlich Gelegenheit fand, mit dem Meisterhändler unter vier Augen zu sprechen.

Galt pflichtete ihm bei, daß sie etwas bezüglich des Schwertes unternehmen mußten. Er versprach, daß er Garth bei der ersten sich bietenden Gelegenheit begleiten würde. Die Organisation und der Wiederaufbau des Dorfes seien jedoch vorrangig; er müsse, so erklärte er, sich zuvörderst und mit aller Kraft dieser Aufgabe widmen. Sobald er jedoch die Zeit erübrigen könne, werde er mit ihm losgehen.

Garth ergab sich also dem Warten. Der Nachmittag verging, der Abend verging. In jener Nacht schlief er einen dumpfen, schweren Schlaf und träumte vom Tode; als er erwachte, fand er sich inmitten von Trümmern stehend, kaum mehr denn ein Dutzend Schritte von dem unheilvollen Schwerte entfernt.

Auch am darauffolgenden Tag hatte Galt alle Hände voll zu tun; heftiger Regen peitschte über Skelleth, unterspülte Fundamente, verwandelte die Straßen in Morast und brachte die Arbeit fast zum Erliegen. Die Dorfbewohner suchten Unterschlupf in den Zelten und in den wenigen Häusern, die noch Dächer hatten.

Der Regen war gleichwohl nicht gänzlich unwillkommen; zum ersten Mal wich der allgegenwärtige Brandgeruch, und der Ruß und der Dreck wurden von den Trümmern gewaschen. Zudem konnten die Trinkwasservorräte wieder aufgefrischt werden, die bedrohlich zur Neige gegangen waren.

Garth verbrachte den Tag im *Gasthof des Königs;* er sprach mit niemandem, saß nur da in der Ecke vorn beim Fenster und beobachtete die Leute, die den Schankraum bevölkerten. Er suchte auch keinen Kontakt zum Vergessenen König. Galt sah er nicht ein einziges Mal. Er bemerkte, daß Saram und Frima fast ständig zusammen waren und daß das Mädchen inzwischen mehr die Funktion einer Adjutantin denn einer Botengängerin erfüllte. Mehrmals ertappte er sie dabei, wie sie zu ihm herüberstarrte; vermutlich wunderte sie sich über seine Untätigkeit, oder vielleicht hoffte sie auch, er werde sie nach Dûsarra zurückbringen.

Nach seinen Erfahrungen in den vorausgegangenen beiden Nächten verlegte er in dieser Nacht seine Schlafstelle in den verlassenen Nordostteil der Stadt, weit weg von dem Schwert. Er deckte sich mit einem Öltuch zu, das irgend jemand im Schutt gefunden hatte, und fühlte alsbald, wie sich das Regenwasser in kleinen Pfützen auf dem Tuch sammelte. Trotzdem schlief er bald ein.

Er wachte mehrere Male auf; jedesmal stand er aufrecht und bewegte sich Richtung Süden, das Gesicht dem Regen zugewandt. Es war klar, daß der Regen es war, der ihn jedesmal geweckt hatte, und daß nur das ihn daran gehindert hatte, weiter in Richtung Süden zu gehen. Seine Träume bestanden aus verworrenen Bildern in Rot und Schwarz; wiederholt durchlebte er alle blutigen Begebenheiten seines Lebens. In völligem Gegensatz zu den zäh dahintröpfelnden Stunden, die er untätig damit verbracht hatte, auf Galt zu warten, waren seine Nächte Alpträume von Raserei und Gewalt. Er focht gegen Piraten und Räuber an den Gestaden der Nordwüste, tötete Banditen in der Ebene von Derbarok, metzelte Priester und Gottesdienstbesucher in Dûsarra. Und jedesmal, egal wie die Umstände in Wirklichkeit auch gewesen sein mochten, sah er sich freudig erregt das Schwert des Bheleu schwingen, sah er sich vor Wonne auflachen, wenn das Blut um ihn herum spritzte und er alles, egal ob Freund oder Feind, niedermetzelte, was ihm in den Weg trat.

Als der Morgen graute, war ihm klar, daß er nicht länger warten konnte. Wenn Galt bis zum Sonnenuntergang keine Zeit für ihn fand, würde er Skelleth verlassen und versuchen, so weit wie eben möglich von dem Schwert wegzukommen, um diesen schrecklichen Träumen zu entrinnen.

Kapitel 12

Das Dorf Weideth lag in einem kleinen Tal des Vorgebirges, das der Stadt Dûsarra vorgelagert war, und bestand aus etwa zwei Dutzend Häusern und einem größeren Gebäude, das gleichzeitig als Taverne, Gasthof und Versammlungsstätte diente. Alle Häuser lagen um eine Kreuzung herum. Die Weststraße führte hügelan nach Dûsarra; die Nordstraße führte durch die Berge an die Yprische Küste; die Südstraße führte zu den reichen Bauerndörfern entlang des Oberlaufes des Großen Flusses; und die Oststraße schließlich verlief durch das Herz von Nekutta zu den zivilisierten Ländern Eramma, Orûn, Tadumuri, Amag, Mara und Orgûl.

In jüngster Zeit waren viele Menschen aus dem Westen gekommen und nach Osten oder Süden weitergezogen. Diejenigen, die in Weideth Rast eingelegt hatten, berichteten, daß sie vor dem Weißen Tod auf der Flucht seien. Andere erzählten von großen Feuersbrünsten, Aufruhren und einem heftigen Wiederaufflammen des uralten Konflikts zwischen den sieben Kulten der Stadt.

Auch hätten, so berichteten die Flüchtlinge, mehr Übermänner als üblich die Stadt verlassen; die Yprischen Händler hätten ihre Besuche eingestellt und warnten ihre Artgenossen vor Reisen nach Dûsarra. Keine Karawanen kämen mehr aus dem Norden, und alle die, die schon vor Ausbruch der Unruhen in der Stadt gewesen seien, wären bereits zurückgekehrt. Es sei mehr als wahrscheinlich, daß sich kein einziger Übermann mehr in der Stadt befinde.

Die Bewohner von Weideth hatten die Flüchtlinge durchreisen sehen, hatten so viel an Hilfe und Trost angeboten, wie sie konnten ... und hatten dafür entgegengenommen, was immer ihnen an Entgelt angeboten worden war. Sie waren praktisch denkende Menschen und sahen keinen Grund, gutes Geld auszuschlagen. Das Dorf war reich von dûsarranischem Silber.

Drei Wochen waren vergangen, seit die Seuche ausgebrochen war, und die Zahl von Menschen, die die Weststraße herunterkamen, war von mehr als hundert pro Tag auf eine knappe Handvoll geschrumpft, als das Mädchen in der schwarzen Robe den namenlosen Dorfgasthof betrat.

Sie war jung und hinkte leicht, wie der Seher von Weideth sofort bemerkte, als sie in den Schankraum trat. Ihr Gesicht war hinter einer Kapuze verborgen – was typisch war für die verschlossenen, heimlichtuerischen Dûsarraner. Sie trug, soweit er erkennen konnte, keine persönliche Habe bei sich; das war ungewöhnlich für einen so späten Flüchtling. Wer jetzt erst die Stadt verließ, hatte genug Zeit gehabt, ein paar Sachen zusammenzupacken. Vielleicht, überlegte er, hatte sie all ihren Besitz verkauft und trug das Geld irgendwo unter ihrer Robe versteckt.

Sie blieb im Türrahmen stehen und schaute sich um. Er wußte sofort, daß sie nach jemand Bestimmtem Ausschau hielt – schließlich besaß er die Gabe des Sehers, wenn auch nur schwach ausgeprägt. Das machte ihn stutzig: wie konnte eine Dûsarranerin irgend jemanden in Weideth kennen? Im Moment waren keine Stadtleute in der Taverne – nur er und vielleicht ein Dutzend Dorfbewohner.

Sein Interesse war geweckt. Konnte es sein, daß sie vielleicht gar kein Flüchtling war?

Der Wirt hatte sie jetzt bemerkt und trat auf sie zu, um sie anzusprechen. Der Seher starrte sie an und hatte plötzlich einen seiner seltenen, unberechenbar auftauchenden Momente des Scharfblicks. Sie suchte *ihn*, den Seher von Weideth! Bevor er Zeit gehabt hätte, auf diese plötzliche Erkenntnis zu reagieren, hatte sie schon den Wirt gefragt, der sofort auf ihn zeigte.

Er setzte seinen Weinkelch ab und musterte sie, als sie sich seinem Tisch näherte.

»Ich suche den Seher von Weideth«, sagte sie.

»Der bin ich«, antwortete er. »Nimm Platz!«

Behindert durch ihr verletztes Bein, brauchte sie einen Moment, bis sie auf dem angebotenen Stuhl Platz genommen hatte. Der Seher unterzog sie einer eingehenden Musterung.

Sie hatte olivfarbene Haut wie die meisten Dûsarraner und dichtes, lockiges schwarzes Haar, das sie lang trug; ein paar Strähnen quollen unter ihrer Kapuze hervor und fielen ihr auf die Brust. Sie schien hübsch zu sein, soweit er das hinter der Kapuze zu erkennen vermochte. Sie hatte irgend etwas Ungewöhnliches an sich, etwas, das er eher erspürte denn sah, eine Aura von Perversität und Gefühlskälte.

»Ich bin Aralûrê; ich bin die Schülerin eines Zauberers. Ich bin hergeschickt worden mit einer Botschaft für dich.«

Was ihre Identität betraf, so log sie, aber daß sie zu ihm geschickt worden war, entsprach der Wahrheit. Er nickte. Wenn es wichtig war, konnte er sich noch immer später den Kopf darüber zerbrechen, wer sie wirklich war und warum sie ihn anlog.

Sie zögerte. »Wie kann ich sicher sein, daß du wirklich ein Seher bist?« fragte sie.

Er zuckte die Achseln. »Du kannst jeden in Weideth fragen.« Er wußte, daß ihre Unsicherheit zum Teil daherrührte, daß er ihre Lüge so widerspruchslos hingenommen hatte. Als er sah, daß sie noch immer unsicher war, fügte er hinzu: »Du heißt nicht Aralûrê, und du bist auch nicht die Schülerin eines Zauberers, aber du hast in der Tat eine Botschaft für mich. Wie lautet sie?«

»Wie kannst du wissen, wer ich bin?«

»Ich weiß auch nicht, wer du bist, aber ich wäre ein armseliger Seher, wenn ich nicht einmal Wahrheit von Lüge unterscheiden könnte.«

Das schien sie zu überzeugen. »Ich bin geschickt worden, um dich und jeden anderen Zauberer, den ich antreffe, gleich welcher Disziplin, vor den Handlungen eines gewissen Übermannes zu warnen.«

»Du beziehst dich sicherlich auf Garth von Ordunin, der soviel Verheerung in Dûsarra angerichtet hat, nicht wahr?«

»Du kennst seinen Namen?«

Ihre Überraschung schmeichelte dem Seher. »Aber ja«, antwortete er. »Schließlich bin ich der Seher von Weideth.«

Das Mädchen beäugte ihn argwöhnisch. »Was weißt du über ihn?«

»Sage mir, was mir zu sagen dir aufgetragen wurde.«

Die Dûsarranerin überlegte einen Moment lang, dann sagte sie: »Wie du wünschst. Es war Garth, der den Weißen Tod auf die Stadt losließ, wie du weißt. Er tötete eine große Anzahl von Leuten noch auf andere Weise, darunter mehrere Priester. Er war auch verantwortlich für die Feuersbrunst auf dem Marktplatz.«

»All das ist mir bekannt, und ich bin sicher, du weißt, daß dies allenthalben bekannt ist. Die Flüchtlinge, die durch Weideth gekommen sind, haben uns bestens auf dem laufenden gehalten; abgesehen davon, besitze ich ja auch noch meine eigenen Fähigkeiten. Wir haben hier bei uns eine alte Weissagung, die besagt, daß ein Übermann aus dem Osten nach Dûsarra kommt, der Chaos und Unheil über die Welt bringen wird. Es sieht ganz so aus, als sei Garth der Übermann aus dieser Weissagung und der Weiße Tod das vorausgesagte Unheil. So weit, so gut. Doch nun sag mir, warum bist du gekommen, um mir Dinge zu sagen, die ich schon weiß?«

»Du hast mich nicht ausreden lassen, Herr. Wußtest du, daß dieser Übermann noch immer Tod und Verheerung verbreitet? Vor drei Tagen erst zerstörte er die Festung Skelleth, an der Nordgrenze von Eramma.«

Der Seher studierte das Mädchen. »Woher weißt du

das?« Er erkannte zweifelsfrei, daß sie die Wahrheit sprach, so wie sie sie kannte. »Skelleth liegt vierzehn Tagesritte von hier entfernt.«

»Mein Herr hat Mittel und Wege zu erfahren, was in der Welt vor sich geht.«

»Und dein Herr ist derjenige, der dich zu mir gesandt hat?«

»Ja.«

»Wer ist er?«

»Ein Hexer; er zieht es vor, seinen Namen nicht preiszugeben.«

»Er ist kein Hexer. Ist er vielleicht ein Priester?« An ihrem Gesichtsausdruck sah er, daß er richtig geraten hatte. »Ein Priester, der nach Rache an Garth trachtet?«

Sie nickte widerstrebend.

Er lehnte sich zurück. Der Fall lag klar. Einer der dûsarranischen Kulte, der, unfähig, sich selbst auf direktem Wege zu rächen, hoffte, ihn, den Seher von Weideth, als Helfer für die Verfolgung des Übermannes zu gewinnen. Er hegte keine große Sympathie für die widerwärtigen Kulte der schwarzen Stadt, aber wenn dieser Garth tatsächlich den Frieden der Welt störte und weiter Tod und Verheerung verbreitete, dann mußte man ihm in der Tat in den Arm fallen.

Er fragte sich, wieso der Priester ausgerechnet ihn auserkoren hatte. Gab es in Dûsarra keine Zauberer mehr?

Das konnte sein; die Seuche konnte sehr wohl einen großen Teil der Stadt entvölkert haben. Was man hörte, war vage und widersprüchlich, da selbst jene, die von der Seuche verschont geblieben waren, sich meistens in ihren Häusern von der Umwelt abschotteten.

Oder hatte dieser Priester vielleicht falsche Vorstellungen von seinen Fähigkeiten? Vielleicht wußte er nicht, daß sein Vorgänger, ein fürwahr bemerkenswerter Prophet von großer Sehergabe, gestorben war und durch ihn, einen weit weniger talentierten Seher, ersetzt worden war?

Vielleicht ... aber warum sollte er lange herumspekulieren, wo er doch das Mädchen direkt fragen konnte? »Warum hat er dich zu mir geschickt?« fragte er. »Was kann ich tun?«

»Ich weiß es nicht«, gestand sie wahrheitsgetreu. »Mein Herr hat es mir nicht gesagt. Er befahl mir, dich aufzusuchen und auch mit allen anderen Sehern oder Zauberern oder Magiern zu sprechen, die ich unterwegs vielleicht zufällig träfe.«

Vielleicht glaubte dieser Priester, er werde die Nachricht verbreiten, bis sie schließlich zu irgend jemandem durchdränge, der in der Lage war, Maßnahmen gegen den Übermann zu ergreifen. Das ergab einen Sinn, obwohl ihm der Gedanke nicht gefiel, daß man ihn offensichtlich für eine Klatschbase hielt. Jedenfalls würde er, auch wenn der Priester das nicht wissen konnte, dafür Sorge tragen, daß die Nachricht, sobald sie bestätigt war, in der Tat zu jenen gelangte, die die erforderlichen Maßnahmen ergreifen konnten: Er würde eine Botschaft zum Rat der Höchsten schicken, in dem er selbst nur ein sehr unbedeutendes und nur am Rande geduldetes Mitglied war. Kein Priester konnte freilich überhaupt etwas von der Existenz dieses Rates wissen; es mußte – dessen war er sicher – ein glücklicher Zufall gewesen sein, der diese junge Frau – wer immer sie war – zu ihm, einem Mitglied dieses Rates, geführt hatte.

Es konnte gewiß nichts anderes als ein Zufall sein.

»Ich verstehe«, sagte er. »Nun denn, du hast deine Pflicht getan.« Er überlegte für einen Moment, ob er weiter nachbohren sollte, wer sie war, entschied sich dann aber dagegen. Jede Sekte in der Stadt war der Dunkelheit geweiht, auf die eine oder andere Weise, und offensichtlich war auch jede Sekte mit Garth aneinandergeraten. Unter diesen Umständen spielte es keine große Rolle, welche von ihnen beschlossen hatte, gegen ihn vorzugehen.

Unbeantwortet blieb freilich immer noch die Frage,

wie diese Priester es zuwege gebracht hatten, daß die Nachricht aus Skelleth sie in einem Viertel der Zeit, die normalerweise ein Reiter mit einem guten Pferd für die Überwindung dieser Distanz benötigte, hatte erreichen können. Vielleicht hatte einer der Priester einen Zauberer angeheuert, der ein Sehglas besaß. Das konnte gefährlich werden.

Aber das sollte seine Sorge nicht sein. Er würde Verbindung zum Rat aufnehmen, ihm alles sagen, was er von der Sache wußte, und damit war die Angelegenheit für ihn erledigt. Sein Platz war hier in Weideth, seine Aufgabe war es, sich um die Sorgen und Nöte der Dorfbewohner zu kümmern und die Weissagungen seiner Vorgänger zu hegen und auszulegen.

Er kippte den Rest seines Weines hinunter und erhob sich. Auch das Mädchen stand auf. Er nickte ihr höflich zu und ging hinaus.

Die Aghaditin schaute dem Mann in der grauen Robe mit kaum verhüllter Verachtung nach. Was für ein Tor! Wie leichtgläubig er war! Er hatte nicht einen Beweis für die Wahrheit ihrer Behauptung verlangt, der Übermann Garth habe Skelleth zerstört; er hatte keine Einzelheiten wissen wollen. Er hatte sie weder nach ihren Beweggründen gefragt, noch war er in sie gedrungen, um ihre Identität zu erfahren. Er hatte nicht einmal verlangt, daß sie ihr Gesicht enthülle!

Sicher war er nichts weiter denn ein nutzloser Trunkenbold, was immer für Talente er auch sonst besitzen mochte.

Aber das sollte sie nicht weiter kümmern; das einzige, was zählte, war Haggats Befehl auszuführen und die Botschaft zu überbringen. Damit hatte sie ihren Teil erledigt. Sie konnte sich nicht vorstellen, wozu es gut sein sollte, diesen drittklassigen Kaffeesatzleser über Garths Schritte zu unterrichten – aber sie war ja auch noch eine blutige Anfängerin auf dem Gebiet der Intrige. Haggat wußte schon, was er tat, da war sie ganz sicher.

Und wenn nicht, wenn die ganze Sache mit einem Fehlschlag endete, dann war es auch gut; sie würde einen solchen Mißerfolg dazu ausnutzen, Haggat zu ruinieren und ihre eigene Position in der Hierarchie des Kults zu festigen. Sie wußte, daß sie ihre Karriere so oder so vorantreiben konnte; entweder indem sie in Haggats Kielwasser segelte oder indem sie ihm das Messer in den Rücken stieß.

Und wenn die Zeit gekommen war, würde es ihr eine Wonne sein, diesem ekligen geilen Bock von Hohenpriester das Messer in den Rücken zu stoßen – und dies nicht nur im übertragenen Sinne.

Kapitel 13

Es war später Nachmittag am vierten Tag nach der Schlacht, als Galt endlich Zeit fand, mit Garth über das magische Schwert zu reden. Wie er erwartet hatte, fand er den älteren Übermann im *Gasthof des Königs*, wo er über einem Krug Bier brütend in seiner Ecke hockte.

»Sei gegrüßt, Garth«, sagte er und blieb vor dem Tisch stehen.

»Sei gegrüßt, Galt. Ich gehe wohl richtig in der Annahme, daß du keine Zeit hast, dich zu setzen?«

»Nein, aber ich habe Zeit, mich um das Schwert zu kümmern, wenn du das möchtest.«

»Sehr gut!« Garth erhob sich, ein wenig wacklig auf den Beinen; Galt kamen erhebliche Bedenken, als ihm klar wurde, daß der Übermann seit dem frühen Morgen offenbar nichts anderes getan hatte, als Bier in sich hineinzuschütten. Da er wußte, daß Garth beleidigt wäre, wenn er ihm vorschlug, die Sache mit dem Schwert auf einen anderen Zeitpunkt zu verschieben und da er zudem nicht sicher war, wie lange er von anderen Sorgen frei bliebe, zog er es vor zu schweigen und folgte Garth nach draußen.

Die frische Luft schien Garth gutzutun; sein Schritt wurde zusehends sicherer.

»Habe ich dir schon gesagt«, fragte Garth, »daß ich zuletzt sehr merkwürdige Träume hatte?«

Die Frage überraschte Galt. Es war unter Übermännern nicht üblich, offen von seinen Träumen zu sprechen; es hieß, wenn man sie richtig deutete, legten sie die inneren Wahrheiten der Persönlichkeit des Träumenden offen, so daß es als schwerwiegender Verstoß gegen die Intimsphäre galt, wenn man von der Natur der Träume eines anderen Übermenschen erfuhr.

Hinzu kam, daß Übermänner sich gemeinhin nur selten an ihre Träume erinnerten, anders als die Menschen, die glaubten, ihre Träume verrieten ihnen etwas über die Zukunft, und deshalb die Kunst des Erinnerns und Deutens kultivierten. Daß die Wirklichkeit ihnen in der Regel nicht den Gefallen tat, die aus diesen Deutungen resultierenden Weissagungen auch zu erfüllen, schien sie in ihrem Glauben nicht zu erschüttern.

Galt war so verdutzt, daß er nichts zu erwidern wußte.

»Ich habe«, fuhr Garth fort, »seit ich mich von dem Schwert getrennt habe, jede Nacht von Blut, Verderben und Tod geträumt, und jedesmal, wenn ich aus diesen Träumen hochschrak, fand ich mich aufrecht stehend und im Schlaf auf das Schwert zu wandelnd. Ich glaube, es versucht, mich zu sich zurückzuziehen.«

Galt schaute seinen Gefährten an, sagte aber nichts. Was er da redete, besorgte ihn. Garth mußte doch wissen, daß Träume etwas ausschließlich Inneres waren, sagte er sich. War der Prinz tatsächlich auf dem Wege, verrückt zu werden?

»Für den Fall, daß du heute wieder keine Zeit für mich gefunden hättest, hatte ich schon mit dem Gedanken gespielt, Skelleth vielleicht für eine Weile zu verlassen, um zu sehen, ob die Träume vielleicht schwächer werden, wenn ich mich von dem Schwert entferne. Zumindest könnte ich dann sicher sein, daß ich es nicht erreiche, bevor ich aufwache.«

»Garth, bist du sicher, daß die Kraft, die da auf dich einwirkt, ausschließlich von dem Schwert kommt? Könnte es nicht sein, daß irgendein Zauberbann auf dir liegt, irgendein magischer Fluch, den du dir auf einer deiner Reisen zugezogen hast, und daß diese fixe Idee mit dem Schwert bloß eine Nachwirkung davon ist?«

Garth dachte darüber eine Weile nach und sagte schließlich: »Das könnte sein; ich bin in der Vergangenheit schon einige Male mit Bannflüchen belegt worden, und ich weiß, daß sie in ihrer Wirkung sehr nachdrücklich sein können. Doch in diesem Fall bezweifle ich das stark; ich glaube, du versuchst da, etwas in eine Sache hineinzugeheimnissen, die im Grunde sehr klar und einfach ist. Warte ab, und du wirst sehen, was du davon hältst, wenn du das Schwert selbst in der Hand gehabt hast.«

»Da wir gerade von dem Schwert sprechen: Wäre es nicht sinnvoll, wenn bei deiner Demonstration noch andere außer uns zugegen wären? So behauptest du zum Beispiel, das Schwert verhielte sich anders in der Hand von Menschenwesen als in der von Übermenschen. Sollten wir da nicht ein oder zwei Menschenwesen zur Überprüfung dieser Theorie mitnehmen?«

»Da sagst du etwas! Du hast hier das Sagen, Galt; wo können wir eine Person für ein solches Experiment finden?«

Die zwei hatten jetzt den Marktplatz erreicht. Der Platz war noch immer voll von Zelten, aber die Trümmer und Ruinen ringsherum waren inzwischen fortgeräumt und die Kellerlöcher mit niedrigen Schutzzäunen umgeben worden, um zu verhindern, daß Passanten aus Versehen hineinfielen. Arbeitstrupps waren dabei, Steine und Balken auszusortieren, die sich noch für eine Wiederverwendung eigneten.

»Menschenwesen fallen in Sarams Verantwortungsbereich«, erklärte Galt.

»Dann laß uns Saram fragen!« schlug Garth vor.

Saram und Frima lehnten über den Zaun, der die Schwelle vom Haus des Barons ersetzt hatte, und sprachen leise miteinander; Galt bemerkte die beiden erst, als Garth auf sie deutete.

Galt zuckte die Achseln. »Wie du wünschst.«

Die beiden Übermänner steuerten auf die beiden Menschenwesen zu. Saram hörte sie kommen und blickte auf.

»Seid gegrüßt, meine Herren!« rief er ihnen entgegen.

Sie erwiderten seinen Gruß.

»Was kann ich für euch tun?« wollte der Ex-Gardist wissen.

»Wir wollen uns jetzt einmal Garths magisches Schwert näher anschauen«, antwortete Galt, »und es wäre nützlich, wenn wir einen Menschen dabei hätten, der Garths Theorie, daß nur Übermänner diese Waffe benutzen können, einer praktischen Prüfung unterzieht. Wen könntest du für eine solche Aufgabe abstellen?«

Saram ließ seinen Blick über den Marktplatz schweifen, dann zuckte er die Achseln. »Ich komme selbst mit.«

»Nein, du mußt hierbleiben und aufpassen«, protestierte Galt.

»Siehst du irgendwas, auf das ich aufpassen müßte?« Er zeigte auf die Keller, in die er gestarrt hatte. Garth lächelte, als er Galts verblüfftes Gesicht sah.

»Aber ...«

»Außerdem bin ich äußerst neugierig auf dieses Schwert.«

»Na, schön«, gab Galt mit einem Seufzen nach, »aber dann übertrag wenigstens jemandem solange die Verantwortung hier.«

»Aber sicher. Frima?«

»Nein, ich komme auch mit. Ich traue diesem Schwert nicht.«

»In Ordnung. He, Findalan!«

Ein Mann mittleren Alters, in dem Garth einen der wenigen Zimmermänner des Dorfes wiedererkannte, schaute von seiner Arbeit auf.

»Ich gehe für eine Weile weg; du paßt mir hier auf, bis ich wieder da bin!«

Findalan nickte.

»So. Meinetwegen können wir los.«

Widerstrebend folgte Galt Saram und Garth. Frima bildete den Schluß der Riege, doch nach wenigen Momenten lief sie nach vorn, um näher bei Saram zu sein.

Als sie sich ihren Weg durch das Dorf und die umliegenden Trümmer bahnten, sagte Saram: »Wir hatten eine Idee, die ich mit dir bereden wollte.«

Galt gab ein unverbindliches Grunzen von sich.

»Wußtest du, daß in den Verliesen unter dem Haus des Barons eine Statue steht?«

»Nein«, erwiderte Galt.

»Es ist keine echte Statue«, wandte Garth ein.

»Nein, aber sie wird als eine solche dienen. Das war unsere Idee. Könnten wir sie nicht heraushieven und sie irgendwo als Denkmal aufstellen?«

»Als was für eine Art von Denkmal?« fragte Galt.

»Die Statue ist ein versteinerter Dieb, Saram, ein halb verhungerter Junge. Was für eine Art von Denkmal sollte das abgeben?« fragte Garth.

»Er könnte als ein Mahnmal für die Grausamkeit des Barons dienen, Garth.«

»Er könnte ebensogut als ein Mahnmal für meine Blödheit dienen, nämlich zuzulassen, daß ein Wahnsinniger sich in den Besitz eines Basilisken bringt.«

»Ich finde, er würde ein gutes Monument abgeben«, meldete sich Frima zu Wort. »Er hat so einen tapferen Gesichtsausdruck! Man kann sehen, daß er Angst hatte, aber sich bemühte, es nicht zu zeigen.«

Als Garth sich das Gesicht ins Gedächtnis zurückrief, konnte er nicht umhin, ihr recht zu geben. »Wo wollt ihr es denn aufstellen?« fragte er.

»Da sind wir uns noch nicht einig«, antwortete Frima.

»Ich werde mir die Sache durch den Kopf gehen lassen«, sagte Galt in einem barschen, jede weitere Diskussion abwürgenden Ton.

Einen Augenblick später waren sie bei dem ersten der beiden Wachtposten angekommen. Garth blieb stehen.

»Das geht in Ordnung«, sagte Galt zu dem Posten. »Laß sie durch!«

Der Posten nickte, aber Garth machte immer noch keine Anstalten weiterzugehen. »Ich glaube, wir sollten einen der Wachtposten mitnehmen«, schlug er vor.

»Was? Wieso?«

»Wenn das Schwert tatsächlich Macht über dich oder mich gewinnt, bedarf es mit ziemlicher Sicherheit mindestens zweier Übermänner, um denjenigen zu bändigen, den es erwischt. Saram mag ja für einen Menschen stark sein, aber er würde wohl kaum eine große Hilfe sein, wenn es darum geht, mit einem wildgewordenen Übermann fertigzuwerden.«

»Oh!« Galt überlegte. »Gut.« Er bedeutete dem Wachtposten, einem Krieger namens Fyrsh, den er nur oberflächlich kannte, sie zu begleiten.

Die fünf gingen weiter. Galt spürte, daß er nervös wurde. Er fühlte sich, als würde er von jemandem beobachtet und kritisiert.

Garth indessen spürte den Drang, loszurennen und sich das Schwert zu schnappen. Das Licht der Nachmittagssonne schien röter zu werden, und er ertappte sich dabei, wie er sich in Gedanken wieder schreckliche Bilder von Blut und zerfetzten Körpern auszumalen begann, ähnlich denen, die ihn in seinen Träumen heimgesucht hatten.

»Da ist es!« rief Frima und streckte den Arm aus.

Das Schwert lag noch genau da, wo Garth es zurückgelassen hatte: über dem Steinblock. Die zwei Hälften des zerbrochenen Steinblocks, den er darübergelegt hatte, lagen links und rechts auf dem Boden, und wo der dritte Stein zerbrochen war, lagen Kiesbrocken verstreut. Das Heft zeigte in seine Richtung, und der Stein leuchtete hellrot.

»Er leuchtet!« stieß Frima hervor.

Ihre Worte durchdrangen den Nebel, der sich in Garths Kopf zusammenbraute. Er blieb stehen. »Halt!« rief er. »Keinen Schritt weiter!«

Galt blieb stehen. Er fühlte sich nicht von dem

Schwert angezogen, aber das unangenehme Gefühl, daß ihn jemand beobachtete, wurde immer stärker. Er wollte die ganze Sache so schnell wie möglich hinter sich bringen, um Garth zu überzeugen, daß er krank war und nach Hause reisen und sich ausruhen sollte und sich nicht den Kopf über Skelleth und den Hohen König in Kholis oder die yprischen Übermänner zerbrechen sollte. »Warum?« fragte er.

»Das ist jetzt nahe genug; von jetzt an sollte nur noch die Person näher herangehen, die versuchen wird, es zu benutzen.«

»Und wenn diese Person in Raserei gerät, wie sollen wir sie dann auf diese Entfernung bändigen?« fragte Galt.

»Daran habe ich schon gedacht.« Garth langte unter seinen Kittel – Frima hatte ihn ihm zurückgegeben, nachdem Saram ihr einen Rock und ein Hemd besorgt hatte, wie es die Frauen in Skelleth trugen – und zog ein aufgerolltes Seil hervor. »Wir legen eine Schlinge um den Hals desjenigen, der nach vorn geht und das Schwert berührt, und je ein Übermann hält das Seil an einem Ende fest. Falls Gefahr droht, können wir die Schlinge zuziehen, bevor der Betroffene uns mit dem Schwert erreichen kann.«

»Der Betreffende könnte aber dabei ersticken.«

»Wir müssen eben vorsichtig sein. Sobald er das Schwert fallen läßt, lockern wir die Schlinge.«

Galt hatte zwar noch immer seine Bedenken, ob dieser Plan funktionieren würde, aber er wurde überstimmt. Sogar Fyrsh schlug sich auf die Seite Garths. »Ich bin unruhig, seit du mich hierhin postiert hast, Galt«, erklärte er. »Von diesem Schwert geht irgend etwas Ungesundes, Unnatürliches aus. Wir sollten auf Nummer Sicher gehen.«

»Nun gut, meinetwegen. Wer macht den ersten Versuch?«

»Ich«, sagte Saram.

»In Ordnung. Wenn ich dich recht verstanden habe, Garth, behauptest du, daß Saram nicht imstande sein wird, das Schwert aufzuheben.«

»Richtig. Es wird so heiß werden, daß kein Menschenwesen imstande ist, es anzufassen.« Zögernd fügte er hinzu: »Jedenfalls glaube ich das.«

Saram bewegte sich schon auf das Schwert zu, als Garth diese letzte Bemerkung machte. Er verlangsamte seinen Schritt, als er sich der Waffe näherte, und blieb kurz davor stehen. »Wir haben das Seil vergessen!« rief er zurück.

»Ich glaube nicht, daß wir es brauchen werden«, antwortete Garth ihm.

»Wir sollten trotzdem kein Risiko eingehen«, sagte Galt.

Garth zuckte die Achseln, nahm ein Ende des Seils und warf Saram die Rolle zu. Der Ex-Gardist fing sie auf, wickelte ein paar Ellen ab und legte sich eine lose Schlinge um den Hals. Er hielt sie mit einer Hand fest, um sicherzugehen, daß sie sich nicht zuzog, und warf das freie Ende zurück zu Garth. Sein Wurf war zu kurz; Garth machte einen Schritt nach vorn und hob es auf. Er und Galt hielten jetzt jeder ein Ende, während der Mittelteil des Seils in einer lockeren Schlinge um Sarams Hals lag.

Saram bückte sich und streckte die Hand nach dem Griff des Schwertes aus. Seine Finger berührten es. Sofort ertönte ein lautes Zischen, deutlich hörbar für die vier Beobachter; Qualm stieg kräuselnd auf, als Saram seine Hand zurückriß, die Finger in den Mund steckte und mit schmerzverzerrtem Gesicht an ihnen zu saugen begann.

»Es ist heiß!« preßte er undeutlich zwischen den Fingern hervor.

»Tatsächlich?« Galt war ehrlich überrascht. »Versuch es noch einmal!«

Etwas widerstrebend gehorchte Saram und bewegte

vorsichtig noch einmal die Hand auf das Schwert zu.

Diesmal war das Zischen kürzer; Saram war vorbereitet und konnte seine Hand schneller wieder wegziehen. Mit den Fingern im Mund rief er kopfschüttelnd: »Ich kann es nicht berühren!«

»In Ordnung; komm zurück. Als nächster versuche ich es«, sagte Galt.

Saram kam zurück, ein wenig verlegen. Galt überreichte sein Seilende Fyrsh, dann streifte er die Schlinge von Sarams Hals und legte sie sich selbst über den Kopf. Dann ging er, während Saram sich in die fürsorgliche Obhut Frimas begab, auf das Schwert zu.

Vor dem Schwert angekommen, blieb er stehen und rief zurück: »Wenn ich dich also recht verstanden habe, Garth, glaubst du, daß ich das Schwert zwar aufheben kann, aber daß es versuchen wird, mich in seinen Bann zu schlagen.«

»Ja, das glaube ich!« rief Garth zurück. »Aber es kann auf eine sehr heimtückische Weise geschehen; es kann sein, daß es dich zuerst nur ein wenig reizbarer stimmt, so daß du das Gefühl hast, auf alles mit irrationalem Jähzorn zu reagieren.« Er faßte das Seil ein wenig straffer, während er sprach.

Garth und die anderen schauten gespannt zu; besonders Saram war neugierig, ob Galt das Schwert würde anfassen können, ohne sich zu verbrennen.

»Ich denke mir, daß Menschenwesen bloß überempfindlich gegen Hitze sind«, sagte Galt, aber seine Stimme klang wenig überzeugend.

»Mich hat es überhaupt nicht verbrannt«, erwiderte Garth; »außer beim ersten Mal, als ich es aus dem brennenden Altar zog.«

Galt beugte sich hinunter und bewegte seine Hand vorsichtig auf das Schwert zu. Als die Fingerspitzen es fast berührten, schoß aus der schwarzen Umhüllung des Griffes plötzlich eine Stichflamme empor; erschrokken riß Galt die Hand zurück. Doch anders als Saram probierte er es sofort noch einmal. »Es hat mich überrascht!« rief er. »Aber ich glaube, es muß sich um irgendeine Art von Sinnestäuschung handeln.«

Als sich die Hand des Übermannes erneut dem Griff näherte, sanken die Flammen zu einem gelben Flackern herunter. Galt ignorierte sie und packte fest den Griff.

Der Gestank verschmorten Fleisches erfüllte die Luft, und Qualm quoll zwischen seinen Fingern hervor; mit einem unterdrückten Schmerzensschrei ließ er den Griff los und starrte entsetzt auf seine versengte Handfläche.

»Ich glaube nicht, daß das eine Sinnestäuschung ist«, sagte Garth. »Ich begreife nur nicht, warum es dich abgewiesen hat.«

Einen Moment lang standen die fünf schweigend da. Dann fragte Saram: »Wachtposten, möchtest du es nicht einmal versuchen?«

»Ich heiße Fyrsh, Menschenwesen. Ja, ich will es probieren.«

Galt kam zurück, legte Fyrsh die Schlinge um den Hals und übernahm von ihm das eine Ende des Seils. Dem Krieger erging es nicht anders als seinen beiden Vorgängern: Wie Saram berührte er das Schwert nur ganz leicht mit den Fingerspitzen und zog sich so auch nur leichte Verbrennungen zu. Eine Stichflamme gab es diesmal nicht; was indes blieb, war das schwache gelbliche Flackern.

»Darf ich auch mal?« fragte Frima, als Fyrsh sich wieder der Gruppe zugesellte.

Diese unerwartete Bitte löste einen Moment überraschten Schweigens aus. »Warum?« fragte schließlich Galt.

»Vielleicht verbrennt es nur männliche Wesen – oder vielleicht auch nur solche, die noch nicht in Dûsarra waren.«

Galt schaute Garth an, der zuckte die Achseln. »Ich weiß nicht«, sagte Garth. »Sie könnte recht haben.

Meine Theorie, daß es ausschließlich auf Übermänner anspricht, war offensichtlich falsch. Laß sie es versuchen.«

»Bist du ganz sicher, daß du es willst?« fragte Saram sie.

Sie nickte.

»In Ordnung«, sagte Galt. »Willst du das Seil haben?«

»Nein.«

»Ich glaube nicht, daß wir es brauchen«, sagte Saram. »Wir sind vier zu eins in der Überzahl und vom Gewicht her bestimmt sechs zu eins.«

Alle waren sich einig, und Frima näherte sich der Waffe. Sie benutzte nur einen Finger für ihr Experiment und kam deshalb auch mit der geringstmöglichen Verletzung davon.

Sie rannte zurück in Sarams Arme und ließ sich von ihm ihre versengte Fingerkuppe küssen.

»Vielleicht«, gab Galt zu bedenken, »hat sich das Schwert irgendwie verändert – die Jahreszeit könnte irgendwelchen Einfluß darauf haben, vielleicht auch irgendein Ereignis bei der Schlacht. Vielleicht kann es jetzt überhaupt niemand mehr anfassen.«

Garth nickte. »Ich hoffe, du hast recht; wollen wir sehen, ob ich mir die Finger genauso verbrenne wie ihr.« Er hob das Seil auf, streifte sich die Schlinge über den Kopf, gab Galt und Fyrsh je ein Ende und marschierte auf das Schwert zu.

Fast sofort überkam ihn der vertraute Drang, das Schwert an sich zu reißen und gegen seine Feinde zu schwingen. Die rote Glut des Edelsteins schien sein ganzes Gesichtsfeld auszufüllen und alles mit karmesinrotem Blut zu überfluten. Je näher er kam, desto mehr schwand jegliche Vorsicht, die er sich auferlegt hatte. Er beugte sich hinab und hob das Schwert auf, leicht und mühelos, als wäre es eine ganz gewöhnliche Waffe. Die Flammen, die das Heft umlodert hatten, erloschen wie von Geisterhand, als seine Hand es berührte; der Griff fühlte sich warm an, so als hätte das Schwert einen Moment lang in der Sonne gelegen.

Er hob das Schwert, und der rote Dunstschleier verschwand vor seinen Augen. Die Glut des Juwels verblaßte. Er spürte nicht den leisesten Anflug von jener berserkerhaften Wut, die das Schwert in der Vergangenheit über ihn hatte kommen lassen; statt dessen erfüllte ihn eine seltsame Ruhe. Er wandte sich zu seinen Gefährten um. »Seht ihr?« rief er. »Es hat einen eigenen Willen, und es hat mich als seinen Träger auserkoren.«

»Ja, ich sehe!« rief Galt zurück. »Und nun leg es wieder hin.«

Garth nickte und versuchte, sich umzudrehen.

Das Schwert ließ sich nicht bewegen; es hing vor ihm in der Luft, wie als wäre es fest in Stein verankert.

Garth versuchte, seinen Griff von ihm zu lösen und es fallenzulassen; seine Finger ließen sich nicht bewegen.

»Ich glaube, es gibt Probleme!« rief er.

Sofort zog Galt das Seil stramm; mit blitzartiger Geschwindigkeit fuhr das Schwert herum, Garths Hand mit sich reißend, und schnitt das Seil entzwei. Bevor Fyrsh irgend etwas mit seinem Ende unternehmen konnte, fuhr es zurück und zertrennte auch dieses. Die beiden Übermänner fanden sich unversehens mit einem Stück nutzlosen Taus in der Hand dastehen, während die Schlinge um Garths Hals schlaff blieb.

Einen Moment lang herrschte entsetztes Schweigen; dann rief Galt: »Und jetzt?«

»Ich weiß es nicht!« rief Garth zurück. »Ich kann es nicht loslassen!« Er zerrte, riß, versuchte alles, seine Finger vom Griff der Waffe freizubekommen, aber sie hielten ihn wie mit Schraubzwingen umklammert.

Er versuchte den Arm zu bewegen und stellte zu seiner Überraschung fest, daß das jetzt problemlos möglich war. Er ließ das Schwert sinken; warum sollte er es auch in solch unbequem aufrechter Stellung halten?

Er versuchte, seine andere Hand auf den Griff zu legen und sie dann wieder wegzuziehen; sie ließ sich widerstandslos vom Griff lösen. Alsdann umfaßte er mit der linken Hand den Griff und versuchte, die rechte wegzuziehen.

Es klappte problemlos.

Jedoch ließ sich jetzt seine linke Hand nicht mehr vom Griff lösen.

Er wechselte das Schwert mehrere Male hintereinander von der einen Hand in die andere und stellte zu seiner eigenen Zufriedenheit fest, daß die Kraft, die ihn an das Schwert band, sich mit einer von beiden Händen – oder auch beiden – zufriedengab, solange er nur genug Halt hatte, um das Ding zu führen. Er konnte es, wenn er wollte, mit zwei Fingern und einem Daumen halten; das schien das absolute Minimum zu sein. Ein Finger – egal welcher – und beide Daumen derselben Hand, das ging auch noch. Ein einziger Finger und nur ein Daumen, oder auch zwei Daumen, reichten nicht aus; sobald er versuchte, einen solchen Griff anzuwenden, bekam er die andere Hand nicht frei.

Er wollte dieses gerade Galt mitteilen, als klaren Beweis, daß hier eine denkende Kraft am Werke sein mußte (wie hätte ein Zauberbann, wie komplex auch immer er sein mochte, so etwas bewirken können?), als dieser rief: »Garth, bleib, wo du bist! Ich komme gleich zurück.«

Erst jetzt merkte Garth, daß während seiner Fingerübungen die anderen vier über seine Situation diskutiert hatten und offenbar zu irgendeiner Entscheidung gelangt waren. Galt und Saram gingen. Fyrsh und – seltsamerweise – Frima blieben. Er rief den beiden hinterher: »Seht, ob ihr vielleicht eine Scheide auftreiben könnt, die auf dieses Ding paßt! Mir ist eine Idee gekommen!«

Ihm war der Gedanke gekommen, daß das Schwert sich vielleicht anders verhielt, wenn es in einer Scheide steckte; auf jeden Fall war es einen Versuch wert.

Diese neue Entwicklung verwirrte ihn nicht wenig. Bisher hatte er noch nie Schwierigkeiten gehabt, das Schwert loszulassen. Aber schließlich hatte er auch noch nie versucht, es zu zerstören oder zurückzulassen. Vielleicht konnte er es immer noch zerstören. Sein vorausgegangener Versuch war vielleicht nur deshalb gescheitert, weil das Schwert möglicherweise in irgendeiner besonderen Beziehung zu Stein stand; immerhin wußte er so gut wie nichts über die Waffe. Die Standardmethode, ein Schwert zu zerstören, war seit jeher gewesen, es über dem Knie zu zerbrechen; er konnte ja versuchen, ob das auch hier klappte.

Er ging zu den Steinblöcken – das Schwert schien nichts dagegen zu haben, nun, da das Seil gekappt war. Er stellte einen Fuß auf einen Block und schob das Knie ein wenig vor.

Normalerweise hätte er einen solchen Versuch niemals ohne Panzer unternommen. Er konnte sich an aufspritzenden Metallsplittern verletzen, oder die abgebrochenen Enden konnten zurückschlagen und ihm das Knie übel zurichten. Solche Verletzungen nahm er jedoch in Kauf, wenn er sich dafür nur dieses verdammte Schwert vom Halse schaffen konnte. Er legte es über das Knie, mit der Rechten das Heft, mit der Linken die Klinge haltend, und drückte.

Nichts passierte. Das Schwert bog sich nicht einen Zoll.

Er drückte fester. Noch immer gab die Klinge nicht nach.

Jetzt legte er seine ganze Kraft hinein, so daß ihm das Knie und die Handflächen weh taten; er wußte, wenn es jetzt zerbrach, dann würde er vornüber stürzen und sich wahrscheinlich an den Bruchstücken verletzen.

Aber es zerbrach nicht. Es gab überhaupt nicht nach.

Verärgert gab er es auf und schaute nachdenklich auf den Steinblock.

Er hob das Schwert mit beiden Händen hoch über

den Kopf, so wie er eine Axt gehalten hätte, um Brennholz zu spalten, und ließ die Klinge mit aller Kraft auf den Steinblock herabsausen.

Der Stein zerbarst in einem ungeheuren Schauer von Funken, Staub und Kieselsplittern.

Er betrachtete die Klinge und ließ vorsichtig einen Daumen an der Schneide entlanggleiten. Sie war scharf wie eh und je, nicht die geringste Kerbe war zu spüren.

Dieses Schwert zu zerstören, würde eine echte Herausforderung darstellen, das wurde ihm klar. Es würde Tage, vielleicht sogar Monate dauern, eine wirksame Methode zu ersinnen.

Seltsam war nur, daß ihm die Waffe soviel Freiheit bei seinen Zerstörungsversuchen ließ. Er wußte, daß es fähig war, seine Gedanken zu vernebeln und ihn in eine gedankenlose Vernichtungsmaschine zu verwandeln oder sich ohne seine Dazutun in seinen Händen zu bewegen, und doch tat es nichts dergleichen. Statt dessen hatte es dieses ganz neue Talent zur Schau gestellt, die Fähigkeit, sich unlösbar mit seinen Händen zu verbinden. Warum hatte es das nicht schon vorher getan?

Vielleicht weil es keine Veranlassung dazu gehabt hatte. Er hatte sich bereitwillig mit ihm verbündet – zu Anfang, jedenfalls. Erst als ihm bewußt geworden war, welche Folgen die Zerstörung Skelleths nach sich ziehen konnte, hatte er sich ernsthaft seinem Einfluß widersetzt. Vielleicht hatte das Schwert Angst bekommen, als er es tatsächlich geschafft hatte, es liegenzulassen, Angst, es könne seine Macht über ihn verlieren.

Aber konnte ein Schwert Angst bekommen? Oder – falls das Schwert nur ein Werkzeug war – konnte ein Gott Angst bekommen?

›Angst‹ war vielleicht ein zu starkes Wort; ›Vorsicht‹ paßte hier wohl besser. Wenn er den Gott – oder wie immer er diese Macht nennen sollte – irgendwie beruhigen, irgendwie einlullen konnte, vielleicht konnte er es dann irgendwie anstellen, dem Schwert wieder zu entwischen. Wäre er das Ding erst einmal los, würde er es nie wieder anfassen, dessen war er sich so sicher wie noch nie einer Sache in seinem Leben.

Wenn er es aufheben konnte, ohne es direkt zu berühren, mit einer Zange vielleicht, dann würde er schon irgendeinen Weg finden, es sich vom Halse zu schaffen, auch ohne es zu zerstören. Er konnte es zum Beispiel ins Meer werfen; niemand könnte es je vom Grunde des Ozeans zurückholen.

Das setzte jedoch voraus, daß er es schaffte, es von den Händen zu lösen.

Der Vergessene König fiel ihm ein. Wenn es jemanden gab, der ihm helfen konnte, das Ding loszuwerden, dann er. Wenn er daran dachte, mit welcher Leichtigkeit der alte Mann schon einmal die Macht des Schwertes zunichte gemacht hatte, dann durfte es ihm gewiß nicht schwerfallen, dies noch ein zweites Mal zu tun. Das einzige Problem bei dieser Lösung war, daß der König mit ziemlicher Sicherheit irgendeine Gegenleistung verlangen würde, und Garth verspürte nicht die geringste Lust, noch einmal in seine Dienste zu treten.

Aber wenn ihm nichts Besseres einfiel, sähe er sich früher oder später gezwungen, den Vergessenen König um Hilfe zu bitten. Und selbst das war noch immer das geringere Übel, verglichen mit dem, was passierte, wenn das Schwert ihn wieder zur Raserei trieb. Er hatte die Persönlichkeit des Schwertes – wenn man es so nennen konnte – zur Genüge gespürt, und er wußte, daß es nach nichts anderem trachtete als nach Tod und Vernichtung. Im Moment war es vorsichtig, lauerte, bis seine Zeit kommen würde, gestattete ihm zu denken; aber er war sicher, daß seine Blutgier bald wieder erwachen würde, und weitere Unschuldige würden sterben müssen, wie in Dûsarra und Skelleth.

Wie er so über den Tod nachdachte, über das Schwert und den Vergessenen König, kam ihm die Frage, welcher Natur die Unsterblichkeit des Alten wohl sein mochte. Was würde zum Beispiel passieren, wenn jemand dem Alten eine Klinge in den Leib stieß? Würde er trotzdem weiterleben? Konnte er überhaupt bluten oder Schmerz empfinden? Und wenn man ihm den Kopf abschlug? Hoherpriester des Todes oder nicht – so etwas konnte keiner überleben.

Es konnte jedoch sein, daß er gar nicht erst enthauptet werden konnte, daß jede Klinge schon beim bloßen Versuch zerbräche. Wenn das der Fall wäre, was würde geschehen, wenn ihn die unzerbrechliche Klinge des Schwertes des Bheleu träfe?

Dies schien eine höchst interessante Frage. Was würde geschehen, wenn die unwiderstehliche zerstörerische Kraft des Schwertes auf den unsterblichen Körper des Vergessenen Königs träfe? Einer von beiden müßte nachgeben und untergehen.

Wenn das Schwert zerbräche, dann wäre Garth es los.

Wenn der König stürbe – was ihm weit wahrscheinlicher erschien, mehr im Einklang mit der natürlichen Ordnung der Welt –, dann hätte Garth einen Akt der Gnade vollbracht und müßte sich nicht länger den Kopf über die Ränke des alten Mannes zerbrechen. Leider hätte er dann aber auch keine letzte Zuflucht mehr, an die er sich wenden könnte, um das Schwert loszuwerden.

Vielleicht würden auch beide zerstört werden. Das wäre in der Tat die ideale Lösung.

Er würde sich weiter mit diesem Gedanken auseinandersetzen und vielleicht auch ein paar Versuche wagen müssen. Aber zuvor müßte er ein paar Ratschläge bezüglich dieser Angelegenheit einholen. Ob er den alten Mann ins Vertrauen ziehen und ihm die Wahrheit sagen sollte? Vielleicht tat er besser daran, nach Hause zu reisen und die Weisen Frauen von Ordunin zu Rate zu ziehen.

Während er darüber noch nachdachte, sah er Galt

und Saram zurückkommen, begleitet von einem Trupp von einem halben Dutzend Übermänner und einer ebensogroßen Anzahl von Menschen. Einer führte sogar ein Kriegstier mit.

Er fragte sich, aus einem Gefühl schierer berufsmäßiger Neugier eines Kriegers heraus, ob das Schwert in der Lage wäre, eine so große Zahl von Gegnern zu töten, bevor sie ihn in Stücke reißen konnten. Ohne das Kriegstier würde es damit kaum Probleme haben. Kriegstiere jedoch waren bekanntermaßen schwer zu töten und bewegten sich mit einer Geschwindigkeit, die kein Übermann auch nur annähernd erreichen konnte.

Er hoffte nur, daß er es nicht auszuprobieren brauchte.

Er sah, daß mehrere Übermänner Seile und Netze bei sich trugen. Saram trug die riesige Überschulterscheide, in der früher das Schwert gesteckt hatte.

Das war ermutigend, bedeutete es doch, daß sie hofften, ihn – und das Schwert – bändigen zu können, ohne ihm etwas anzutun. Weniger erfreulich war indes die Tatsache, daß vier Menschenwesen mit Armbrüsten bewaffnet waren. Offenbar wollte Galt doch kein allzugroßes Risiko eingehen. Garth hoffte, daß die Armbrüste nur im äußersten Notfall zum Einsatz kommen würden und daß die Schützen angewiesen waren, nicht auf seine lebenswichtigen Körperteile zu zielen.

Die Neuankömmlinge blieben bei Fyrsh und Frima stehen und sprachen mit ihnen; Garth versuchte nicht, etwas von der Unterhaltung aufzufangen. Aus den Gesten wurde jedoch deutlich, daß Frima sich gegen derartig extreme Maßnahmen verwahrte.

Während das Palaver noch andauerte, rief Garth: »Ho, Saram! Wirf mir die Scheide zu!«

Der geschäftsführende Baron blickte auf und überlegte einen Moment lang, bevor er der Aufforderung nachkam.

Garth fing die Scheide mit seiner freien Hand auf und warf sie sich über die linke Schulter. Obwohl durch das Schwert behindert, schaffte er es, das untere Gurtende mit den Fingern der rechten Hand zu fassen und es mit dem Schultergurtende zusammenzubringen.

Es bedurfte mehrerer Minuten und einiger Fingerfertigkeit, bis es ihm schließlich glückte, die beiden Gurtenden miteinander zu verknoten. Er wünschte sich, daß das Ding eine Schnalle hätte; er hätte es sicher damit schneller geschafft.

Sobald die Scheide ordentlich befestigt war, neigte er die Öffnung ein wenig nach vorn und ließ die Klinge hineingleiten. Dann löste er ganz langsam und zaghaft die Finger vom Griff, einen nach dem anderen.

Sie lösten sich ohne Widerstand, und das Schwert rutschte in die Scheide und schlug ihm klatschend gegen den Rücken. Es war ein seltsames Gefühl, die Scheide ohne Panzer zu tragen; ein Zweihand-Breitschwert war eine Kriegswaffe, nicht irgend etwas, das man zur Schau auf der Straße spazierentrug.

»Da, seht ihr?« rief er der gebannt starrenden Menge zu. Er hielt die Hände hoch, um zu zeigen, daß sie frei und leer waren. »Alles, was ich brauchte, war die Scheide.«

»Wir sehen, daß du das Schwert losgelassen hast«, rief Galt zurück; »aber hat das Schwert auch dich losgelassen? Kannst du die Scheide ablegen?«

»Natürlich kann ich das, Galt, aber ich glaube, es ist das beste, wenn ich das Schwert erst einmal bei mir behalte. Es ist zu gefährlich, um es herumliegen zu lassen.« Er hob den Tragegurt von der Schulter, um zu demonstrieren, daß er nicht auf unnatürliche Weise festhaftete. Es ging mühelos vonstatten. »Siehst du?« sagte er triumphierend. »Und der Edelstein ist dunkel. Das Schwert ist jetzt ganz ruhig.«

In Wahrheit glaubte er nicht eine Sekunde lang, daß er Schwert und Scheide zusammen ablegen konnte; er war sicher, daß der Knoten sich so lange nicht lösen lassen würde, wie das Schwert in der Scheide steckte. Das war jedoch sein Problem, und er wollte nicht, daß Galt und eine Horde törichter Helfer die Sache noch schlimmer machten. Er war von der Gewißheit erfüllt, daß der einzige Weg, ihn von dem Schwert wieder zu trennen, der war, ihn zu töten, und daß Galts buntscheckiger Haufen niemals in der Lage sein würde, das Schwert gegen seinen Willen von ihm zu lösen. Er hatte nicht den Wunsch zu sterben, wenn sie das versuchten, noch die Absicht, irgendeinen von ihnen zu töten.

Er hatte jetzt eine Vorstellung davon, wie mächtig das Schwert war, aber sie wußten das – noch – nicht. Er würde sie nicht davon überzeugen können, daß das Schwert mehr war, als sie auch nur ahnten, daß sie sich allesamt blutige Köpfe holen würden, wenn sie versuchten, sich mit ihm anzulegen. Deshalb beabsichtigte er, sie vom Gegenteil zu überzeugen, sie in dem Glauben zu lassen, daß sich das Problem bereits von selbst gelöst hatte.

»Bist du sicher?« fragte Galt.

»Ja, ich bin ganz sicher. Ich habe dieses Schwert wochenlang bei mir getragen, Galt. Es ist jetzt harmlos.« Er langte hoch und packte mehrere Male den Griff und ließ ihn wieder los, um zu demonstrieren, daß er weder Flammen spie, noch seine Hand festhielt. Der Griff tat ihm diesen Gefallen.

Allmählich durchschaute er die Waffe: Sie war entschlossen, in seinem Besitz zu bleiben, aber sie war intelligent genug, um keine Energie damit zu vergeuden, ihn fester zu halten als unbedingt notwendig. Solange er sie nur an seinem Körper trug, war es ihr egal, wie er sie trug.

Er zog sie aus der Scheide und steckte sie wieder hinein, um zu zeigen, daß sie sich wie ein ganz gewöhnliches Schwert verhielt. »Siehst du, Galt? Ich glaube, sie hat sich erschöpft, zumindest einstweilen.«

»Sehr schön, Garth. Dann trag sie, wenn du willst. Aber ich warne dich ...«

»Ich weiß, ich weiß! Du kannst mir nicht trauen, solange ich sie bei mir trage.«

»Genau. Deshalb möchte ich dich darum bitten, daß du fortan in gebührender Entfernung vom Stadtzentrum nächtigst, für den Fall, daß das Schwert mitten in der Nacht aus seiner Passivität wiedererwachen und dich zur Raserei treiben sollte.«

Garth zuckte die Achseln. »Wie du möchtest.«

Widerstrebend entließ Galt seine Helfer; sie schlenderten von dannen, zurück zum Marktplatz, wieder an ihre jeweilige Arbeit. Nach einem letzten skeptischen Blick in Garths Richtung folgte Galt ihnen.

Nun machte sich auch Garth auf den Weg; ihm schlossen sich Saram und Frima an. Auch Fyrsh setzte sich in Bewegung, so als wollte er sie begleiten, doch dann hielt er plötzlich inne und sagte: »Wir haben Pandh vergessen.«

»Wen?« fragte Saram.

»Pandh. Den anderen Wachtposten, den Galt hier postiert hatte. Wenn du das Schwert mitnimmst, Garth, dann gibt es keinen Grund mehr, warum er noch hierbleiben sollte. Er steht noch immer oben an der Straße; wahrscheinlich hat er von alledem gar nichts mitbekommen.«

»Du hast recht«, sagte Garth. »Dann geh und hol ihn ab.«

Fyrsh nickte und machte sich auf den Weg.

Als er fort war, sagte Garth zu den beiden Menschen: »Ich gehe jetzt in den *Gasthof des Königs.* Dieses ganze Hin und Her hat mich durstig gemacht.«

»Wir kommen mit, falls wir nicht anderswo gebraucht werden«, erklärte Saram.

»Eure Gesellschaft ist mir willkommen.« Zumindest war sie ihm so lange willkommen, wie er seinen Durst stillte, der in der Tat echt war. Der eigentliche Grund jedoch, warum er den *Gasthof des Königs* aufsuchte, war sein Wunsch, mit dem Vergessenen König zu sprechen, und dabei wollte er lieber allein und ungestört sein. Er hoffte, daß Saram irgendwo gebraucht wurde.

Kapitel 14

Der Seher von Weideth hatte nie die Fertigkeit erlangt, mit einem Sehglas umzugehen, und behalf sich statt dessen mit einer Auswahl von Weissagungssprüchen. Jeder Zauberspruch, den er probierte, brachte die gleiche Antwort: Das dûsarranische Mädchen hatte tatsächlich die Wahrheit gesagt.

Garth von Ordunin hatte Skelleth ohne erkennbaren Grund zerstört. Darüber hinaus hatte er den rechtmäßigen Baron des Dorfes aus einem nichtigen Anlaß heraus getötet und zwanzig Unschuldige ohne jeden Grund ermordet. Letzteres hatte das Mädchen nicht erwähnt.

Der Übermann hatte diese Mordtaten mit dem Schwert des Bheleu begangen, das offensichtlich ein Werkzeug von großer Macht war. Die ihm innewohnende geheime Energie schien in der Tat so gewaltig zu sein, daß wahrscheinlich keine bekannte materielle Kraft ihm zu widerstehen vermochte. Es schien daher sinnlos, eine Streitmacht nach Skelleth zu entsenden; nur Magie und List konnten gegen eine solche Bedrohung helfen.

Der Seher fragte sich, wie eine derart gefährliche Waffe überhaupt erst so offen hatte herumliegen können, so daß irgendein zufällig des Weges kommender Übermann sie hatte finden und an sich nehmen können; einer der Aufseher des Rates mußte seine Pflichten grob vernachlässigt haben.

Aber das lag zum Glück nicht in seinem Verantwortungsbereich; er war nur für das Dorf und die umliegenden Hügel verantwortlich. Da die Sache nun einmal an ihn herangetragen worden war, oblag es ihm, sie höheren Orts zu melden – und damit hatte er seiner Pflicht Genüge getan.

Er rief die drei Dorfältesten zusammen; seine eigenen Kräfte waren zu schwach, um eine Botschaft über eine Entfernung von mehr als ein Dutzend Meilen zu senden, und er schätzte, daß diese Angelegenheit von so hoher Dringlichkeit war, daß sie sofort an die höchste Stelle, also an den Vorsitzenden des Rates, übermittelt werden mußte. Das war der alte Shandiph, und vermittels einer einfachen Weissagung hatte sich der Seher von Weideth vergewissert, daß Shandiph in Kholis weilte, der Hauptstadt von Eramma, die mehr als hundert Meilen weit im Osten lag. Und zur Überwindung einer solchen Distanz bedurfte es der vereinten Seherkraft von drei weiteren Geistern, die mit ihm zusammenarbeiteten. Er hatte bereits einige Male mit den Dorfältesten zusammengearbeitet, und sie hatten eine gewisse Geschicklichkeit in derlei Dingen erworben.

Als er nach der Feststellung des Aufenthaltsortes des Vorsitzenden in den Schankraum der Taverne zurückkam, bereit, den Kontakt mit ihm herzustellen, war die Botin aus der Stadt schon lange wieder fort, und die Dorfältesten erwarteten ihn bereits.

In Kholis war Shandiph gerade zu Besuch bei Chalkara, der Hofzauberin des Hohen Königs. Die zwei saßen allein in Chalkaras Gemächern, spielten Karawanserei mit alten handgeschnitzten Jade- und Elfenbeinfiguren, die die Hofhexe von ihrem Vorgänger geerbt hatte, und verkosteten einen goldenen Wein unbekannten, aber altehrwürdigen Jahrgangs, den Shandiph von einem Aufenthalt in Ur-Dormulk mitgebracht hatte. Shandiph hatte dem Tropfen schon reichlich zugesprochen und lag demzufolge schon um mehr als sechzig Münzen in dem Spiel zurück, als das Bild des Sehers von Weideth plötzlich auf dem Wandbehang erschien, gegen den die Zauberin ihren Rücken lehnte.

Erschrocken ließ der alte Mann sein Weinglas fallen; es zerbrach in tausend Stücke, und das köstliche Naß ergoß sich über den Teppich. Für einen Moment waren die beiden Schwarzkünstler zu sehr damit beschäftigt, die Scherben vom Boden aufzuklauben und den Wein mit Shandiphs Umhang aufzuwischen, um dem Bild ihre Aufmerksamkeit zu widmen.

Als die Folgen des Mißgeschicks leidlich beseitigt waren, blaffte Shandiph wütend das Bild an: »Was willst du?«

Der Mund des Sehers von Weideth bewegte sich, aber es kam kein Ton heraus.

»Oh, Regvos, der verdammenswerte Tor bringt keine Stimme zustande!« zeterte der Vorsitzende. »Alles muß man selbst tun!«

»Beruhige dich, Shandi, ich erledige das schon«, flötete Chalkara besänftigend. Sie beugte sich hinüber zum Nebentisch, klappte den Deckel eines seidengefütterten silbernen Döschens auf und entnahm ihm ein glänzendes Amulett. Sie sagte einen kurzen Zauberspruch auf und hängte sich dann das goldene Amulett um den Hals.

»Sprich, Bild!« befahl sie.

»Ich bin der Seher von Weideth«, ließ sich das Bild jetzt laut und deutlich vernehmen. »Ich habe eine dringende und private Nachricht für Shandiph, den wandernden Zauberer.«

»Ich höre«, sagte Shandiph mit immer noch zornumwölkter Stirn.

»Eh ... nun ... sie ist nur für die Ohren Shandips bestimmt.«

»Das entscheide ich, Seher. Nun sag schon, was du zu sagen hast. Ich habe Wichtigeres zu tun.«

»Oh, verzeih mir, o Shandiph! Habe ich dich etwa gestört?«

»Nun gib mir endlich diese verdammte Nachricht!«

Umständlich und mit stockenden Worten berichtete der Seher von dem Besuch des Mädchens aus Dûsarra und teilte mit, was seine Nachforschungen ergeben hatten.

Als er seinen Bericht beendet hatte, wartete er auf eine Antwort. Shandiph saß eine Weile schweigend da, dann sagte er: »In Ordnung. Du hast deine Botschaft übermittelt; du kannst jetzt gehen.«

Das Bild des Sehers verschwand auf der Stelle.

In Weideth lehnte sich der Seher seufzend zurück. Die Sache war jetzt aus seinen Händen. Er dankte den Dorfältesten für ihre Hilfe; dann bestellte er einen letzten Krug Bier vor dem Schlafengehen.

In Kholis schaute Chalkara Shandiph an, der nachdenklich auf den Weinfleck auf dem Teppich starrte. »Das kann ernste Konsequenzen haben«, sagte sie. »Die Rassenkriege könnten wieder aufflammen.«

»Wir müssen dafür sorgen, daß das nicht passiert«, sagte Shandiph. »Höre, ich habe Schwierigkeiten, klar zu denken. Hast du irgendein Mittel, das der Wirkung von Wein abhilft? Ich habe alle meine Tränke und Tinkturen in meinen Gemächern gelassen.«

»Ich denke schon.« Sie erhob sich anmutig von ihrem Stuhl, ging zu einem Schrank an der Stirnseite des Zimmers und kramte darin herum.

»Glaubst du, dieser Übermann ist wirklich so gefährlich, wie er es darstellt?« Der Zauberer kratzte sich seinen kahl werdenden Schädel.

»Ich kann dazu überhaupt nichts sagen, Shandi. Ich habe noch nie etwas von Weideth oder seinem Seher oder von Garth von Ordunin oder dem Schwert des Bheleu gehört. Der einzige Name, der mir etwas sagt, ist Skelleth; und obwohl Skelleth ein elendes Rattennest ist – und das ist es in der Tat –, wird der Hohe König alles andere als angenehm berührt sein von der Nachricht, daß es zerstört worden ist. Es gibt ein schlechtes Beispiel. Außerdem wird sich der Baron von Sland darüber ereifern.« Sie kramte eine kleine Messingflasche hervor. »Ich glaube, das hier dürfte helfen; es ist ein Mittel gegen Trunkenheit und Altersschwäche.«

»Ich bin weder betrunken noch altersschwach, Weib,

lediglich ein wenig beschwipst. Aber es dürfte mir trotzdem guttun; gib mir die Flasche!«

Chalkara reichte ihm die Flasche und sagte: »Die normale Dosis sind drei Tropfen.«

»Also müßte einer reichen, aber ich nehme mal zwei, zur Sicherheit.« Er träufelte sich zwei Tropfen auf die Zunge, dann schloß er für einen Moment die Augen und den Mund.

»Das Zeug schmeckt abscheulich«, sagte er einen Augenblick später.

»Das tun Arzneien gewöhnlich«, erwiderte sie.

»Ich weiß. Vielleicht sollte man da einmal Abhilfe schaffen.«

»Im Augenblick gibt es wohl Wichtigeres zu tun.«

»Du hast recht. Auch ich weiß nichts über Garth von Ordunin und Skelleth, und das Schwert des Bheleu ist ein Gegenstand der Legende, was bedeutet, daß auf die verfügbaren Informationen kein Verlaß ist. Ich kenne jedoch den Seher von Weideth, wenn auch nur flüchtig. Es ist ein Erbposten, eines von diesen seltsamen kleinen Orakeltalenten, die hier und da auftauchen. Weideth ist ein Dorf in der Hügellandschaft im Nordwesten von Nekutta, und seine Seher verfügen über gewisse unbestreitbare Gaben, solange sie in der unmittelbaren Umgebung des Dorfes bleiben. Der derzeitige Seher ist kein großer Prophet, aber eine simple Weissagung bringt er gut zustande; ich befürchte, an seinen Fakten gibt es nichts zu deuteln.«

»Dann ist also dieses Schwert tatsächlich zu mächtig, um es mit irdischen Mitteln zu besiegen?«

»Oh, das muß nicht gesagt sein; ein schlauer Meuchelmörder könnte schon etwas ausrichten. Es könnten sich auch Fehler in die Detailarbeit des Sehers bezüglich dieses speziellen Punktes eingeschlichen haben. Ich stimme sicher darin mit ihm überein, daß es mit einem Heer nicht zu bewerkstelligen ist; so drastisch kann er sich nicht geirrt haben.«

»Du willst es also mit einem Meuchelmörder versuchen?«

»Chala, meine Teure, *ich* werde gar nichts versuchen. Ich weiß nicht genug darüber. Ich werde ein paar Experten zu Rate ziehen.«

»Was für eine Art von Rat willst du einholen?«

»Ach, ich denke da an einen Astrologen und einen Theurgen, da ja möglicherweise ein Gott mit im Spiel ist, sowie Fachleute für Schwerter und Übermänner und vielleicht auch einen oder zwei Archivare. Außerdem werde ich einen wirklich guten Weissager suchen, um die ganze Affäre genau zu studieren; ich selbst bin nicht sonderlich gut in dieser Art von Arbeit.«

»Shandi, wenn du das alles tun willst, wäre es da nicht einfacher, gleich den ganzen Rat einzuberufen und die ganze Angelegenheit direkt an ihn zu delegieren? Du weißt, daß du die Einwilligung des Quorums einholen mußt, bevor du Meuchelmörder dingen oder sonstwelche magischen Faxen machen kannst.«

Shandiph dachte schweigend eine Weile über diesen Einwand nach. Das angenehme Gefühl von Beschwipstheit, das er noch vorhin gespürt hatte, war jetzt fast völlig verflogen, und er fühlte sich entsprechend unbehaglich und gereizt.

»Du hast recht, Chala. Soll Aghad diesen Übermann holen. Du hast recht. Ich *hasse* es, den Rat einzuberufen; es gibt jedesmal Streit, und jedesmal muß ich die Sitzungen abbrechen und die Streithähne auseinanderzerren. Aber ich komme wohl nicht darum herum; diese Sache ist so wichtig, daß ich sie vor den ganzen Rat bringen muß. Eine Grenze ist verletzt worden, und die Invasoren bedienen sich magischer Kräfte. Das ist genau die Sache, die zu verhindern Aufgabe des Rates ist.«

»Nun, wenigstens trägst du nicht mehr die ganze Verantwortung allein, wenn du die Sache vor den Rat bringst.«

»Oh, die Verantwortung zu tragen macht mir nichts aus! Das ist noch immer besser, als diesem Trottel Deriam und seinen hirnverbrannten Theorien von der natürlichen Überlegenheit Ur-Dormulks zuhören zu müssen oder zu versuchen, den Frieden zwischen Karag von Sland und Theteru von Amag zu bewahren. Weißt du, ich bin eigens so früh hierhergekommen, um weit weg von diesem Deriam zu sein, und jetzt muß ich ihn hierher einladen.«

»Ich dachte, du wärest wegen mir hier!«

»Das bin ich ja auch; schließlich hätte ich ja von Ur-Dormulk aus sonstwohin gehen können, nicht wahr?«

»Ich weiß, Shandi. Das Spiel werden wir wohl nicht zu Ende spielen, oder?«

Shandiph schaute auf die verstreut herumliegenden Figuren. »Wohl nicht. Und das, wo bei mir gerade eine Glückssträhne anfing!«

»Ha! Du kannst von Glück reden, daß du statt sechzig nicht hundert Münzen verloren hast!«

»So, kann ich das? Nun gut, das werden wir ja beim nächsten Mal sehen!« Er lächelte, dann runzelte er die Stirn. »Aber jetzt mache ich mich wohl am besten auf und suche den Einberufungsspruch.« Er erhob sich schwerfällig von seinem Stuhl.

Chalkara begann die Figuren einzusammeln. »Soll ich mitkommen?«

»Ich persönlich hätte nichts dagegen, aber das geht nicht. Nur der Vorsitzende darf den Spruch sehen – auch so eine alberne Vorschrift.«

»Soll ich dann jetzt zum König gehen und ihm sagen, daß er Gäste zu erwarten hat?«

»Ja, ich glaube, das wäre angebracht; schließlich ist es sein Schloß. Er könnte sonst einen Schreck bekommen, wenn plötzlich drei Dutzend Magier unangemeldet vor seiner Tür stehen.«

Chalkara nickte und verstaute die beinernen Figuren ordentlich an ihrem Platz in dem Rosenholzkästchen.

Shandiph sah ihr noch einen Moment zu, dann sagte er: »Gau und Pria segnen dich, Chala.« Dann ging er hinaus und schloß die Tür leise hinter sich.

In jener Nacht hatte jedes Mitglied des Rates der Höchsten denselben Traum, und jeder erwachte mit dem Wissen, daß er sich unverzüglich nach Kholis zu begeben hatte.

Kapitel 15

Saram wurde nicht sofort weggerufen, aber als Garth allmählich die Wirkung der enormen Biermengen spürte, die er in sich hineingeschüttet hatte, kam jemand, der nach dem Interimsbaron suchte. Zwischen zweien seiner Minister war ein Kompetenzstreit entbrannt.

Garth schaute ihm nach, als er mit Frima fortging, und war fürbaß erstaunt, daß er noch gerade gehen konnte. Der Ex-Gardist hatte beim Leeren der Krüge tadellos mit ihm mitgehalten, und wenn er, Garth, schon die Wirkung spürte, dann hätte der viel kleinere Mensch eigentlich sternhagelvoll sein müssen. Er vergaß bei seiner Rechnung freilich, daß er bereits vorher, bevor er das Schwert geholt hatte, dem Bier zugesprochen hatte, während Saram zu diesem Zeitpunkt noch nüchtern gewesen war.

Es war um die Mitte des Abends, und die Taverne war zum Bersten gefüllt. Nur der Vergessene König saß wie immer allein an seinem Ecktisch unter der Treppe. Garth stand auf und setzte sich ihm gegenüber.

Eine lange Zeit sagte keiner von beiden etwas; Garth wußte nicht so recht, wie er anfangen sollte, und der Vergessene König zog es vor, den andern als ersten das Wort ergreifen zu lassen.

»Ich habe da ein paar Fragen, die ich dir stellen möchte.« Garth brach schließlich das Schweigen.

Der alte Mann sagte nichts, aber die gelbe Kapuze bewegte sich mit einem kaum merklichen Nicken.

»Du hast gesagt, daß du nicht auf normalem Wege sterben kannst. Wie kann das angehen? Was würde zum Beispiel passieren, wenn jemand dir einen Streich mit einer guten Klinge versetzte? Wenn man dir den

Kopf abschlüge, würdest du dann nicht dein Leben aushauchen wie jeder normale Sterbliche?«

»Mein Kopf kann nicht mit einer gewöhnlichen Klinge abgeschlagen werden«, erwiderte der König.

Die grauenerregende, spröde Stimme traf Garth unvorbereitet; er hatte vergessen, wie unangenehm sie in den Ohren klang. Er zögerte einen Moment lang, bevor er fragte: »Wie kann das sein?«

Die gelb umhüllten Schultern hoben sich, dann senkten sie sich wieder.

Garth spürte einen leisen Anflug von Wut in sich hochsteigen und warf sofort einen Blick auf den Griff des Schwertes des Bheleu. Der Stein glomm schwach.

Das mußte nicht unbedingt schlimm sein, sagte er sich. Wenn er es zuließ, daß er wütend wurde, würde der alte Hexer vielleicht die Macht des Schwertes brechen, wie er es schon einmal getan hatte, und Garth würde der Macht des Schwertes entrinnen können, ohne überhaupt irgendeinen Handel mit dem König eingehen zu müssen.

Er wandte sich wieder dem Alten zu und fragte: »Du sagst, eine gewöhnliche Klinge könne dich nicht töten; was aber ist mit dem Schwert, das ich trage?«

»Du kannst es gern versuchen«, erwiderte der Vergessene König.

Garth dachte über dieses Angebot nach.

Wenn das Ergebnis die Vernichtung des Schwertes war, dann war alles gut, und seine Probleme waren einstweilen beseitigt. Wenn das Ergebnis der Tod des Königs war, dann hätte er zwar wohl eine gute Tat begangen, einen Gnadenakt gewissermaßen, aber es war nicht auszuschließen, daß er dann für immer und ewig mit dem Schwert verbunden bleiben würde. Würden indes beide, Schwert und König, dabei zugrunde gehen, wäre das natürlich die beste, die ideale Lösung.

Es gab sicherlich noch irgendeinen anderen Weg, von dem Schwert freizukommen. Vielleicht würde es, selbst wenn es nicht gleich zerstört würde, durch die Anstrengung doch so geschwächt werden, daß es ihn aus seinem Klammergriff entließ.

So oder so, der Vorteil schien auf seiner Seite zu liegen. Er beschloß, das Risiko einzugehen. Er stand auf, langte über die Schulter und zog das große Schwert aus seiner Scheide. Die Spitze der Scheide schrammte an der Decke entlang, als die Klinge herauskam. Es war klar, daß er nicht über Kopf ausholen konnte; dazu war der Raum zu niedrig. Er mußte den Streich horizontal führen.

Mit einem Schlag war Totenstille eingekehrt; alle Gespräche waren verstummt, alle Augen waren auf ihn und das riesige Breitschwert gerichtet. Die Mienen der Gäste schwankten zwischen vager Neugier und blankem Entsetzen.

»Habt keine Angst!« rief er. »Keinem von euch wird ein Leid geschehen. Der alte Mann hier hat mich aufgefordert, ihm den Kopf abzuschlagen. Stimmt das nicht, alter Mann?«

Die gelbgekleidete Gestalt nickte, und Garth glaubte für einen Moment sogar ein Leuchten in einem ihrer schattenumhüllten Augen zu erkennen.

Der Übermann verfolgte mit prüfendem Blick die voraussichtliche Bahn, die das Schwert bei seinem geplanten Streich beschreiben würde, und stellte fest, daß die Spitze unverantwortlich nahe an den Menschen am Nachbartisch vorbeikommen würde. »Entschuldigt, Freunde!« rief er. »Aber ich würde es sehr begrüßen, wenn ihr für einen Moment ein paar Schritte zurücktreten könntet, damit ich genug Platz zum Ausholen habe.«

Die Menschen standen rasch auf und wichen zurück.

Zufrieden darüber, daß er nun niemanden in Gefahr bringen würde, packte Garth den Griff fest mit beiden Händen und holte aus.

Zuerst bewegte sich das Schwert ganz normal, doch

als es sich dem Hals des alten Mannes näherte, wurde es plötzlich langsamer, wie als würde es sich durch Wasser anstatt durch Luft bewegen. Aus dem Augenwinkel sah Garth, daß der Edelstein hell loderte, aber er fühlte nichts von dem wilden Zorn und der überschäumenden Blutgier, die dieses Glühen normalerweise begleiteten.

Und dann blieb das Schwert mitten in der Luft hängen, wie von einer unsichtbaren Kraft festgehalten. Wie schon am Nachmittag, als es ähnlich in der Luft gehangen hatte, ließ es sich auch unter Aufbietung aller Kräfte nicht einen Fingerbreit weiter in die Richtung des Halses des alten Mannes bewegen.

Er versuchte es, nahm noch einmal alle Kraft zusammen und drückte gegen den Griff.

Die Klinge rührte sich nicht von der Stelle; statt dessen gab sie ein klirrendes Geräusch von sich, wie von Stahl, der auf Stein trifft. Der Griff wurde in seinen Händen warm.

Das spornte ihn an, noch fester zu drücken; vielleicht konnte er das Schwert dazu zwingen, ihn loszulassen.

Wieder ertönte das klingende Geräusch, lauter diesmal, ähnlich dem Laut, der entsteht, wenn ein feuchter Finger über den Rand eines feinen Kristallpokals gleitet; und diesmal verklang es nicht, sondern schwoll an. Die Glut des roten Edelsteins war jetzt heller als das Licht der Lampen, die die Taverne erleuchteten, und die Klinge glühte ebenfalls. Das Heft war heiß, aber er empfand keinen Schmerz, und er wußte, daß er das Schwert ebensowenig loslassen konnte wie vorher.

Das Schwert hing unbeweglich in der Luft, wie fest in Stein verkeilt, nur wenige Zoll vom Hals des Vergessenen Königs entfernt.

Dann, ganz plötzlich, bewegte es sich wieder zurück, gegen seinen Willen.

Verblüfft lockerte er seinen Gegendruck und fand das Schwert locker in seinem Griff hängend, offenbar wieder ganz normal. Das Klingen war verstummt. Das Glühen hatte aufgehört, und der Griff kühlte sich rasch wieder ab.

Er war entschlossen, nicht so leicht aufzugeben. Er holte zu einem erneuten Streich aus.

Diesmal wurde die Klinge nicht langsamer in ihrem Schwung, doch kurz vor ihrem Ziel flog sie plötzlich, wie von einer unsichtbaren Kraft aus der Bahn gelenkt, nach oben und schnitt durch nichts als die Luft über dem Kopf des Alten.

Garth ließ sie ausschwingen, wuchtete sie zurück und setzte zu einem dritten Streich an. Diesmal sah er sich jedoch außerstande, seinen Hieb überhaupt erst zu beginnen: Das Schwert war plötzlich ungeheuer schwer geworden, so schwer, daß er es nicht schaffte, es auf die Höhe des Kopfes des Alten zu heben.

Mit einem wütenden Knurren nahm er alle seine Kraft zusammen und wuchtete die Klinge ein Stück hoch. Sie schien sich zu widersetzen, und er spürte eine heftige Ziehbewegung, als ob ein gewaltiger Magnetstein sie von dem König wegzöge.

Er kämpfte mit aller Kraft dagegen an, zog, ruckte, zerrte, aber es gelang ihm nicht, die Waffe in Stellung zu bringen.

Nach mehreren Minuten vergeblichen Mühens rief ihn die spröde, leblose Stimme des Vergessenen Königs an.

»Halt ein, Garth! Hör auf, deine Zeit zu verschwenden.«

Widerstrebend gab der Übermann sein fruchtloses Unterfangen auf und ließ die Schwertspitze zu Boden sinken. Sofort verlor die Waffe ihr unnatürliches Gewicht, und er hob sie auf, so als wollte er sie in die Scheide zurückstecken.

Doch dann riß er sie jäh herum in dem Versuch, sie zu überraschen, und brachte sie vorwärts in einem wuchtigen Stoß auf den Körper des Vergessenen Königs.

Einen Fußbreit vor dem zerlumpten gelben Gewand des Königs blieb die Klinge jäh stehen.

Mit einem wütenden Schnauben gab er es auf und steckte das Schwert zurück in die Scheide. Es ließ sich widerstandslos hineinschieben.

Er setzte sich wieder hin und fragte: »War irgend etwas davon dein Werk?«

Es dauerte einen Moment, bis der Vergessene König antwortete: »Nicht gewollt. Es waren dabei zu gleichen Maßen mein Fluch wie die Macht des Schwertes am Werk.«

»Dann hätte sich eine gewöhnliche Klinge also ähnlich verhalten?«

»Nicht ganz. Sie wäre zerbrochen, hätte aber keinen eigenen Widerstand entgegengesetzt.«

Garth lehnte sich zurück und dachte nach.

Er war unschlüssig, ob er glauben sollte, daß eine gewöhnliche Klinge wirklich zerbrochen wäre. Er war sich nicht einmal sicher, ob er der Behauptung des alten Mannes, er hätte nicht willentlich eingegriffen, Glauben schenken sollte. Vielleicht hatte er gelogen, von Anfang an gelogen; vielleicht wollte er überhaupt nicht sterben. Seine Behauptungen waren vielleicht nur eine Tarnung für irgendeine tiefere, noch feiner gesponnene Intrige.

Er durfte ihm nicht trauen.

Fest stand indes, daß er die Macht hatte, das Schwert zu beeinflussen.

Ein vager, unbehaglicher Gedanke schlich sich in Garths Hirn; er ließ ihn aufkeimen, wachsen und Gestalt annehmen.

Vielleicht war es in Wahrheit der Vergessene König, der die Handlungen des Schwertes lenkte und leitete, und nicht der sagenumwölkte Gott der Zerstörung! Vielleicht war Garths ganze Mission nach Dûsarra nichts anderes als eine verzwickte Scharade, die der alte Mann ausgesponnen hatte aus Gründen, die im dunkeln lagen.

Eine solche Theorie schien zwar sehr unwahrscheinlich, war aber nicht gänzlich auszuschließen.

Als er den Faden weiterspann, kam er auf noch eine weitere Möglichkeit: was, wenn das Schwert und der Vergessene König beide von irgendeiner anderen verborgenen Macht gesteuert wurden? Das konnte Bheleu sein, das konnte Der-Gott-Dessen-Namen-Man-Nicht-Ausspricht sein, das konnte irgendein mächtiger Zauberer sein.

Was geschah, wenn alles, was ihm widerfahren war, Teil irgendeiner gewaltigen Verschwörung war? Konnte seine Niedergeschlagenheit und die daraus resultierende Jagd nach ewigem Ruhm die Folge eines Zauberbannes sein? Konnte es sein, daß die gesamte Abfolge von Ereignissen, zu der es danach gekommen war, geplant gewesen war, daß jede seiner Handlungen auf magische Weise vorherbestimmt und gelenkt gewesen war?

Hatte er überhaupt je seine Handlungen frei wählen können?

Er schüttelte den Kopf. Das alles war zu kompliziert, zu weit hergeholt; er bezweifelte, daß hier irgendeine Verschwörung am Werk war. Und wenn, dann lag es offenbar weit außerhalb seiner Möglichkeiten, irgend etwas daran zu ändern.

»O König«, sagte er, auf das naheliegende Thema zurückkommend, »ich möchte dir gerne dieses Schwert zum Geschenk machen. Auf deine Bitte hin brachte ich es aus Dûsarra mit, und ich finde es daher nur recht, wenn du es bekommst.«

Der Vergessene König schwieg.

»Du wirst es nicht zurückweisen?«

»Ich werde es nicht annehmen«, sagte der König, »bis du schwörst, daß du mir erneut dienst, indem du mir das Buch der Stille bringst und mir bei meinem letzten Zauber hilfst.«

»Du hast gesagt, daß dieser Zauber vielen Leuten den

Tod bringen wird; dabei kann ich dir nicht guten Gewissens helfen.«

»Dann nehme ich das Schwert auch nicht an.« Er sagte nichts weiter, aber beiden war klar, was das bedeutete; solange Garth das Schwert behielt, schwebte er in der stetigen Gefahr, weiteren Tod und Zerstörungen auf sein Gewissen zu laden. Er sah sich vor die Wahl zwischen zwei Übeln gestellt, von denen keines das eindeutig geringere, jedes für sich aber fürwahr ungeheuer groß war.

Garth faßte sich an die Brust und zupfte an dem Knoten, der die Scheide auf seinem Rücken hielt. Wie er es erwartet und befürchtet hatte, war er nicht in der Lage, ihn zu lösen.

»Willst du es dir nicht noch einmal überlegen?« fragte er.

Deprimiert ließ sich Garth zurücksinken und dachte nach.

Es schien klar, daß der Vergessene König ihm nicht helfen würde; das hatte er befürchtet. Das Schwert hatte ihm nicht den Gefallen getan, ihn in eine solche Raserei zu treiben, daß der Vergessene König sich genötigt gesehen hätte, ihn zu bändigen; ein verstohlener Blick über die linke Schulter zeigte ihm, daß der Edelstein mäßig glomm; gleichwohl empfand er keine besondere Wut. Das Ding wartete seine Zeit ab. Vielleicht wußte es etwas von der Zukunft und wartete auf etwas Bestimmtes; vielleicht wußte es um die Fähigkeit des Vergessenen Königs, es zu lenken, und hielt sich deshalb zurück.

Wenn es wieder versuchen würde, Verheerung anzurichten, könnte er es vielleicht irgendwie hierherschaffen und den König bedrohen, so daß der alte Mann gezwungen wäre, seine Macht in Notwehr niederzuwerfen.

Nein, das würde nicht klappen; welchen Grund hatte der König, sich zu verteidigen? Er war unsterblich und wollte sterben – wenigstens behauptete er das.

Das konnte aber auch bloß ein Bluff sein, dachte Garth, um ihn in dem Glauben zu wiegen, daß es keinen Sinn hatte, den alten Mann zu bedrohen. Das nächste Mal, wenn ihn die Mordgier wieder überkäme, würde er den Versuch unternehmen, den König zu finden und seine Unverwundbarkeit erneut auf die Probe stellen; das nahm er sich vor.

Im Augenblick jedoch schien es hier nichts mehr zu gewinnen zu geben. Er stand auf und verließ die Taverne.

Die Straßen waren dunkel, aber der Marktplatz vor ihm war von Fackeln erhellt. Er blieb stehen und schaute sich erneut den Knoten an, der die Scheide hielt.

Es war ein einfacher grober Knoten; er hatte ihn selbst geschnürt. Im Normalfall hätte er kaum ausgereicht, um das Schwert zu halten; schon bei normaler Belastung hätte er sich spätestens nach einer Stunde von selbst gelöst. Offensichtlich aber reichte die Macht des Schwertes über die eigentliche Waffe hinaus; der Knoten war fest und stark.

Er zerrte daran, vermochte ihn aber nicht zu lockern.

Es gab da eine alte Legende von einem unlösbaren Knoten. Es hieß darin, daß viele weise Männer vergeblich versucht hatten, ihn zu lösen, daß dann ein einfacher Krieger gekommen war und ihn mit seinem Schwert durchgehauen hatte. Wenn Garth den Knoten nicht lösen konnte, solange das Schwert in der Scheide steckte, vielleicht probierte er es dann auch einmal auf ebenso simple Weise wie weiland jener Krieger.

Er bahnte sich seinen Weg um die gähnenden Kellerlöcher des zerstörten Hauses des Barons herum und ging auf den erstbesten Übermann zu, den er sah. Es war Fyrsh, der sich nach dem Abendessen an einem Lagerfeuer entspannte. Er hatte nichts dagegen, Garth seinen Dolch auszuleihen. »Schließlich«, sagte er scherzend, »hast du ja schon das Schwert, wenn du wirklich Unheil stiften willst.«

Garth nickte lächelnd und dankte ihm. Dann suchte er sich eine stille Ecke, wo er sich hinsetzen konnte, und versuchte den Tragegurt zu durchschneiden.

Es war schon schwierig, die Klinge überhaupt unter den Gurt zu bekommen; hatte er ihn noch einen Augenblick zuvor bequem und locker über der Schulter gehangen, so spannte er sich jetzt stramm über der Brust. Mit einiger Mühe gelang es ihm schließlich, die Klinge unter den Riemen zu zwängen; dann drehte er sie und preßte sie gegen das Leder.

Sofort wurde die Schneide stumpf, so als hätte sie auf Stahl getroffen.

Garth drehte sie noch einmal herum und versuchte es mit einem einzigen kräftigen Ruck.

Die Klinge brach ab, riß ihm mit der aufgerauhten Schneide die Brust auf und schlitzte einen langen Riß in sein Hemd, bevor sie mit einem Klirren auf dem harten Boden landete.

Der abgebrochene Stumpf war zu nichts mehr zu gebrauchen. Er überreichte Fyrsh die Bruchstücke mit aufrichtigem Bedauern und versprach ihm, einen neuen Dolch zu kaufen.

Es wurde langsam Abend, und er hatte keine Ideen mehr, die sich sofort in die Tat hätten umsetzen lassen können. Mürrisch machte er sich auf die Suche nach einem geeigneten Schlafplatz. Er wollte möglichst weit weg von den anderen sein; er fürchtete, daß das Schwert ihn womöglich im Schlaf zum Mörder machen könnte.

Nachdem er eine ganze Weile herumgesucht hatte, ließ er sich schließlich im Schutz einer relativ unversehrten Stelle der Stadtmauer nieder, etwa auf halbem Wege zwischen Nord- und Osttor. Sein Schlaf war ruhig und traumlos.

Kapitel 16

Der erste, der im Schloß des Hohen Königs eintraf, war Karag von Sland, was einigermaßen überraschend war, lag doch Sland fast zwei Tagesritte westlich von Kholis, und Shandiph wußte, daß es andere Ratsmitglieder gab, die viel näher beim Schlosse wohnten.

Außerdem kam Karag nicht allein; der Baron von Sland begleitete ihn, zusammen mit einer sechsköpfigen Gruppe schwarzgekleideter Soldaten.

Das Erscheinen des Barons machte die Ankunft zu einer Staatsangelegenheit; der Hohe König wurde geweckt, und man traf alle Vorkehrungen zu einem förmlichen Empfang. Unterdessen meldete Chalkara dem Vorsitzenden, ein zerlumpter Fremdling in braunen Kleidern und mit einem Stab stehe an der Tür zur Aufwaschküche und weigere sich, seinen Namen zu nennen; er beharre darauf, daß Shandiph nach ihm geschickt habe.

»Das geht schon in Ordnung«, beruhigte sich Shandiph, während er dem Hohen König bei der Entgegennahme der Huldigungsbezeigungen des Barons zuschaute. »Das dürfte Drelind der Eremit sein; er lebt nur ein kleines Stück südlich von hier.«

»Warum wollte er mir das nicht sagen?«

»Ach, er ist ein geheimnistuerischer junger Dummkopf. Stör dich nicht an ihm.«

Karag erhob sich, und es folgte die Vorstellung der sechs Soldaten, begleitet von einer Aufzählung der Ehrungen und Auszeichnungen, die sie empfangen hatten. Shandiph fragte sich, wie es möglich war, daß Soldaten so viele Verdienste und Orden hatten erwerben können, während das Königreich seit nunmehr fast dreihundert Jahren schon im Frieden lebte.

»Soll ich Derelind ein Gästezimmer geben?«

»Ich weiß nicht; frag ihn. Er wird wahrscheinlich lieber auf dem Küchenboden nächtigen wollen, zusammen mit dem niederen Gesinde, und wir haben vielleicht nicht genügend Zimmer für alle, wenn unser Ruf ein gutes Echo haben sollte.«

Chalkara nickte und huschte davon.

Sie kam zurück, als die Soldaten gerade ihre zeremonielle Präsentation beendet hatten. Dem Protokoll nach würden sich jetzt der Hohe König und der Baron zu einem Gespräch unter vier Augen in das private Empfangsgemach des Königs zurückziehen, was Shandiph die Möglichkeit geben würde, sich mit Karag ohne die Anwesenheit des Barons zu unterreden.

»Nun, mein Herr Baron, würde ich gern hören, wie es denn Eurem Lande ergangen ist, seit wir das letzte Mal miteinander sprachen.« Der König sagte den protokollarisch vorgegebenen, traditionellen Spruch langsam und wohlartikuliert auf; allen Anwesenden war klar, daß es ihn in Wirklichkeit herzlich wenig interessierte, wie es um Sland stand, sondern daß er lediglich seinen protokollarischen Pflichten nachkam. Das war keine Überraschung; der gegenwärtige König war wahrscheinlich der unfähigste und unbedeutendste, der jemals Eramma regiert hatte.

Dennoch würde das Ritual seinen Verlauf nehmen; damit es auch nach etwas aussah, würden der König und sein Gast mindestens eine Viertelstunde lang in der Abgeschiedenheit des Audienzgemachs verharren müssen. Shandiph vermutete, daß sie in dieser Zeit nicht viel anderes tun würden, als ein paar Toasts aufeinander ausbringen, aber es gab ihm seine Chance, allein mit Karag zu sprechen.

Sobald die Edlen den Raum verlassen hatten, hastete Shandiph los – um nach wenigen Schritten dem Gesuchten in die Arme zu laufen. Bevor Shandiph noch zu einer höflichen Begrüßung ausholen konnte, blaffte

Karag ihn an: »Bist du denn total verrückt geworden, alter Narr?«

Shandiph prallte bestürzt zurück. »Was?«

»Was im Namen aller Götter hast du dir eigentlich dabei gedacht, den Rat zu diesem Schloß zusammenzurufen?«

»Das ist eine Sache, über die zu diskutieren dem Rat vorbehalten ist«, erwiderte Shandiph förmlich-reserviert. Während er sprach, tauchte Chalkara hinter ihnen auf.

»Da hast du uns also fröhlich hierhergerufen, auf das Schloß des Hohen Königs zu Kholis?«

»Ja, natürlich. Warum nicht? Ich befand mich nun einmal gerade hier; als Vorsitzender habe ich das Recht, den Versammlungsort zu wählen. Außerdem ist Kholis zentral gelegen und gut zu erreichen.«

»Ist dir dabei gar nicht in den Sinn gekommen, daß unsere kleine Gruppe eine Geheimorganisation ist, von deren Existenz die Welt im Ganzen nichts weiß? Drei Jahrhunderte haben wir dieses Geheimnis erfolgreich gehütet, und jetzt kommst du und posaunst dem Hohen König buchstäblich ins Ohr, daß es einen Bund von Zauberern gibt und daß der sich hier auf seinem Schloß versammelt.«

»Ich habe nichts dergleichen getan. Bist du deshalb so prompt gekommen? Um mir das zu erzählen?«

»Ja. Ich dachte mir, wenn ich mich spute, komme ich vielleicht noch rechtzeitig, um dir den Marsch zu blasen und dich dazu zu bringen, daß du die anderen warnst zu kommen. Wir sind eine halbe Stunde, nachdem ich den Ruf empfangen hatte, aufgebrochen und Tag und Nacht geritten.«

»Und du hast den Baron von Sland mitgebracht.«

»Ich mußte; wäre ich losgeritten, ohne ihm Bescheid zu sagen, hätte er meinen Kopf gefordert. Ich sagte ihm, ich müsse sofort mit dir sprechen, und er bestand darauf, mich zu begleiten.«

»Und du nennst mich einen Narren? Glaubst du, er kann sich nicht an fünf Fingern abzählen, daß irgend etwas Außergewöhnliches passiert sein muß, wenn du es plötzlich so eilig hast, mit mir zu sprechen?«

Ehe Karag etwas erwidern konnte, platzte Chalkara dazwischen: »Warum ist er mitgekommen? Hast du ihm denn nicht gesagt, daß dies eine Angelegenheit ist, die nur Zauberer etwas angeht?«

»Doch, das habe ich ihm gesagt; ich glaube, das ist auch der Grund, warum er unbedingt mitkommen wollte. Er interessiert sich neuerdings sehr für Magie; er hat mich sogar gefragt, ob ich ihm nicht ein paar einfache Zaubersprüche beibringen könne.«

»Das hast du doch nicht etwa getan?« ächzte Chalkara entsetzt.

»Natürlich nicht! Aber wie ihr vielleicht gehört habt, ist es ungesund, Barach von Sland irgend etwas abzuschlagen. Deshalb habe ich es auch nicht gewagt, mich wegen dieses Besuches hier mit ihm zu streiten.«

»Wenn es irgend etwas gibt, das die Natur dieses Zusammentreffens enthüllen wird, dann ist es seine Anwesenheit, Karag. Der König schenkt dem, was um ihn herum vor sich geht, keine Beachtung; er interessiert sich nur für Wein, Frauen und alte Bücher. Die Dienstboten und Höflinge kann man einschüchtern oder mit Geld zum Stillschweigen bringen. Der Baron von Sland läßt sich jedoch nicht so leicht abspeisen.« Shandiph tat sein Bestes, um seiner Stimme einen Klang von Strenge zu verleihen.

Karag hielt einen Moment inne, und dann sagte er ohne eine Spur von Reue: »Nun, es ist nun einmal geschehen, und wenn wir es geheimhalten wollen, dann mußt du alle anderen zurückschicken. Ich bin sicher, wir drei werden auch allein mit diesem Problem fertig, was auch immer es ist.«

»Wir sind bereits vier; Derelind der Eremit ist irgendwo unten.«

Zwischendurch: [redacted] Ob nicht auch ein König den kleinen Hunger kennt? [redacted] Denn von Wein, Frauen und alten Büchern allein kann man nicht leben: Man sollte sich zwischendurch schon mal etwas Gutes gönnen . . . [redacted]

Zwischendurch: [redacted]

Die kleine, warme Mahlzeit in der Eßterrine. Nur Deckel auf, Heißwasser drauf, umrühren, kurz ziehen lassen und genießen. [redacted] Die 5 Minuten Terrine gibt's in vielen leckeren Sorten – [redacted] guten Appetit!

Maggi
5 Minuten Terrine

»Na schön, dann eben wir vier. Was ist das denn für ein weltbewegendes Problem? Hat irgendwer irgendwo einen Liebestrank gestohlen oder ein Ratsmitglied beim Poussieren mit der Tochter eines Barons erwischt?«

»Es handelt sich um ein Problem, das der Diskussion eines Quorums des Rates bedarf. Ein Übermann hat sich in den Besitz eines magischen Schwertes gebracht, eines Schwertes von großer Macht, und große Bezirke von zwei Städten verheert. Der Seher von Weideth hat geweissagt, daß ihm mit gewöhnlichen Mitteln nicht beizukommen ist. Ihn zu beseitigen, bedarf es mindestens des Mittels des Mordes, und es kann sehr wohl sein, daß wir sogar zu noch drastischeren Maßnahmen greifen müssen. Nun, Karag von Sland, glaubst du noch immer, daß ich falsch daran tat, den Rat einzuberufen?«

Es folgte ein Moment des Schweigens.

»Bist du sicher, daß es sich um Tatsachen handelt?«

»Der Seher von Weideth hat es beschworen.«

»Bist du sicher, daß es der echte Seher war?«

»Nein; aber wenn er es nicht wäre, dann stünden wir vor einem noch schwerwiegenderen Problem, nicht wahr? Die Botschaft wurde durch Bild übermittelt; wenn es nicht der echte Seher war, dann haben wir es mit einem Feind oder Verräter mit unbekannten Zielen und unbekannter Macht zu tun.«

»Das ist wahr. Welche Städte wurden zerstört?«

»Sollten wir nicht besser irgendwohingehen, wo wir ungestört sind?«

»Ja, natürlich. Chalkara?«

»Wir könnten in mein Gemach gehen; es hat die üblichen Wachen.«

»Gut.« Sie begaben sich also in das Quartier der Zauberin. Auf dem Wege dorthin befahlen sie einem Diener, Derelind heraufzuschicken und alle anderen Zauberer, die noch eintreffen sollten.

Als Shandiph und Karag es sich auf den samtbezogenen Kissen ihres Gemachs bequem gemacht hatten, holte Chalkara den Rest des goldenen Weins, den sie und Shandiph getrunken hatten, als die Botschaft gekommen war, und schenkte den beiden Kollegen und sich selbst davon ein. Sie nippten schweigend an ihren Gläsern und warteten auf Derelind.

Als der Eremit eingetroffen war und Kissen und Wein zurückgewiesen hatte – er zog es vor, auf dem nackten Steinfußboden zwischen den Läufern Platz zu nehmen –, fragte Karag erneut: »Welche zwei Städte wurden zerstört?«

»Erlaube mir, dir kurz zu erklären, worum es geht, Derelind. Die Angelegenheit, derentwegen ich den Rat zusammengerufen habe, handelt von einem Übermann, der ein sehr mächtiges magisches Schwert in seinen Besitz gebracht hat. Er hat bereits einen großen Teil der im westlichen Nekutta gelegenen Stadt Dûsarra zerstört, die meisten ihrer Tempel geschändet, den Marktplatz und das darum umliegende Stadtviertel in Brand gesteckt und den Weißen Tod verbreitet, eine besonders scheußliche Seuche. Dûsarra könnten wir ihm ja noch verzeihen, aber er hat sein Zerstörungswerk fortgesetzt, indem er die Grenzstadt Skelleth verheert und ihren Baron gemordet hat.«

»Gemordet?« fragte Derelind ungläubig.

»Er wurde von hinten erstochen, wie ich hörte.«

»Das wäre eindeutig Mord«, bestätigte Karag. »Was noch?«

»Er und eine Streitmacht von Übermännern halten Skelleth besetzt und richten sich dort heimisch ein. Es scheint ganz so, als hätten sie die Absicht, die Rassenkriege wieder aufleben zu lassen. Ich brauche euch nicht daran zu erinnern, daß eben jene Kriege der Anlaß für die Gründung dieses unseres geheimen Rates waren; wir gelobten feierlich, den Frieden mit allen notwendigen Mitteln zu bewahren.«

»Weiß der Hohe König von dieser Invasion?« wollte Derelind wissen.

»Nein.«

»Ihr habt ihn nicht unterrichtet?«

»Wir würden die ganze Sache lieber allein erledigen. Der Seher von Weideth hat gesagt, daß man mit Armeen nichts gegen diesen Übermann ausrichten könne; und welche andere Alternative als die, eine Streitmacht auszusenden, hätte der König?«

»Was schlagt ihr statt dessen vor?«

»Ich möchte entweder einen oder mehrere gute Mörder aussenden oder eine Magie anwenden, der dieses Schwert nicht Paroli bieten kann«, erklärte Shandiph.

»Und an was für eine Magie hast du da gedacht?« fragte Karag.

»Du weißt, welches unsere große Waffe ist, Karag«, sagte Derelind.

»Ja, und ich weiß auch, daß viele Leute sie für ein Allheilmittel halten, das sie jedesmal zum Einsatz bringen wollen, sobald auch nur die kleinste Schwierigkeit auftaucht.«

»Du übertreibst, Karag. Sie ist in den letzten drei Jahrhunderten nur einmal eingesetzt worden«, sagte Derelind.

»Das eine Mal war mehr als genug; wäre der Handel in diesen dekadenten Zeiten nicht in solch einem bejammernswerten Zustand, dann hätte sich jener Einsatz schon längst zu einer weltweiten Legende ausgewachsen.«

»Wäre das so schädlich?« fragte Chalkara.

»Die Existenz unserer Organisation ist ein Geheimnis«, wiederholte Karag langsam und deutlich. »Wir wollen, daß es ein Geheimnis bleibt. Nur wenn wir geheim bleiben, können wir weiterhin den Frieden bewahren und die Regierungen der Welt so manipulieren, daß sie nicht zu kriegerischen Mitteln greifen. Nur wenn wir weiter im geheimen wirken, können wir die Kenntnis der magischen Künste begrenzen und die magische Schlacht verhindern, die in früheren Zeitaltern solche Katastrophen verursachte.«

»Mir scheint«, warf Chalkara ein, »daß wir hier schon einen Schritt zu weit gehen. Es ist nicht an uns, das zu entscheiden; über eine Sache von solcher Tragweite kann nur die Mehrheit des Rates entscheiden. Ich glaube, darüber dürften wir uns alle einig sein.«

»Es schadet nichts«, wandte Derelind ein, »wenn man vorausplant. Ich vermute, daß der Rat als Ganzes in der Tat darüber einig sein wird, daß diese Situation drastische Maßnahmen erfordert – und zwar rasch. Dürfte ich den Vorschlag machen, daß wir eine magische Botschaft an den Bewahrer der Waffe aussenden, sobald jemand mit dem erforderlichen Talent eintrifft? Ich weiß wenig über die Zaubersprüche, die zu ihrer Lenkung und Kontrolle notwendig sind; bedürfen sie einer Vorbereitungszeit?«

»Leider weiß ich das auch nicht«, gestand Shandiph. »Das wurde stets gänzlich dem Bewahrer überlassen.«

»Ich halte es immer noch für einen Fehler«, sagte Karag. »Leute in Stein zu verwandeln, kann nur Aufmerksamkeit erregen.«

»Wir schlagen ja erst einmal nur vor, eine Botschaft auszusenden, damit die Waffe einsatzbereit ist, falls sie gebraucht wird. Du weißt, daß Shang Anweisung hat zu bleiben, wo er ist, und den Ruf, den ich ausgesandt habe, zu ignorieren; wir können das Ding nicht unbeaufsichtigt lassen.«

»In Ordnung; dann sendet meinetwegen eine Botschaft nach Mormoreth. Trotzdem bin ich immer noch der Meinung, daß es ein Fehler ist, den Basilisken einzusetzen, und ich werde deshalb auch im Rat dagegen stimmen.«

Kapitel 17

Im Verlauf der darauffolgenden Tage versuchte Garth wiederholt, sich des Schwertes zu entledigen. Dabei zerbrach er zwei Dutzend verschiedene Klingen; verletzte sich den Kiefer bei dem Versuch, den Gurt durchzukauen; verbrannte sich die Hand an einer Kerzenflamme in der trügerischen Hoffnung, bei ausreichend großer Hitze oder Schmerzen würde das Schwert ihn vielleicht loslassen; brachte sich an derselben Hand eine klaffende Wunde bei, als er versuchte, seine den Schwertgriff umklammernden Finger mit einem Messer freizuhebeln – was lediglich zur Folge hatte, daß die Klinge abbrach und ihm besagte Verletzung beibrachte.

Er machte sich mehrere Leute – Menschen und Übermenschen – zum Feind, indem er ihre Werkzeuge zerbrach, ihnen die Zeit stahl, ihren Fragen auswich und indem er einigen von ihnen kleinere Verletzungen wie Schrammen, Schnitte und Brandwunden beibrachte. So zogen sich drei von ihnen schmerzhafte Verbrennungen an den Händen zu, weil sie sich von ihm dazu hatten beschwatzen lassen, das Schwert anzufassen, welches, wie die äußerst unerfreulichen Experimente schmerzhaft bewiesen, nach wie vor niemandem außer ihm gestattete, es zu berühren.

Seine eigenen Blessuren waren gleichwohl folgenlos: Jeder Schnitt, blaue Flecken oder Kratzer verheilte auf wundersame Weise über Nacht. Unbestreitbar hatte das Schwert auch seine guten Seiten.

Leider waren die Wunden, die die anderen sich zuzogen, nicht so gefällig, wenngleich die Verbrennungen, die durch das Berühren des Schwertes hervorgerufen wurden, in aller Regel weit weniger schlimm waren, als es auf den ersten Blick den Anschein hatte, und schnell und sauber verheilten.

Seine Versuche, das Schwert loszuwerden, wurden zudem erschwert durch die Notwendigkeit, sie vor Galt geheimzuhalten; Garth war sich sicher, daß Galt einschreiten würde, wenn er erfuhr, daß das Schwert Garth nach wie vor im Griff hatte und daß ein solches Einschreiten weit mehr Schaden als Nutzen anrichten würde.

Saram war schlauer als Galt und durchschaute schnell, was los war. Garth schaffte es, ihn zu überzeugen, daß es besser sei, wenn er den Mund hielt.

Galt war zum Glück allzu beschäftigt mit Organisieren und Regieren, um Garth allzuviel Aufmerksamkeit zu schenken – zumal Garth ausdrücklich von jeder Mitwirkung in der neuen Regierung ausgeschlossen war.

Garth hatte seinen Spaß daran, die Wiederauferstehung Skelleths aus dem Blickwinkel des Beobachters zu verfolgen. Er hatte viel Zeit, den desinteressierten Beobachter zu spielen, da er die einzige Person beider Gattungen war, die nicht aktiv daran beteiligt war. Er hatte mit seiner Zeit nichts weiter anzufangen als zu trinken, zu essen, zu schlafen, nachzudenken, zu versuchen, das Schwert loszuwerden, und zu verfolgen, was um ihn herum geschah.

Sein Spaß resultierte aus den so verschiedenen Arbeitsstilen und -ergebnissen Galts und Sarams. Galt hatte sich mit Feuereifer ins Planen und Organisieren gestürzt und verbrachte jede wache Sekunde mit Regieren. Jeder Streit, der ihm vorgetragen wurde, erfuhr sorgfältigste und detaillierte Aufmerksamkeit und wurde nach tiefschürfender Analyse und peinlicher Abwägung aller Argumente und Gesichtspunkte nach streng logischen Kriterien beigelegt.

Saram hingegen drückte sich so gut er konnte vor jedweder Arbeit; oft leistete er Garth beim Herumsitzen und Zuschauen Gesellschaft. Meinungsverschiedenheiten schlichtete er zumeist per Dekret, ohne jede Diskussion, oder, wenn es sich gerade ergab, per Abstimmung durch die, die sich zufällig gerade in seiner Nähe befanden – vorausgesetzt, solche Meinungsverschiedenheiten drangen überhaupt erst zu ihm vor, hatte er doch seiner Ministerriege zu verstehen gegeben, daß es ihre Aufgabe war, ihre Leute im Griff und ihm vom Hals zu halten. Daher kamen ihm Meinungsverschiedenheiten in der Regel nur dann zu Ohren, wenn sie verschiedene Kompetenzbereiche berührten.

Galts Bemühungen hatten bezüglich konkreter Ergebnisse nur wenig Erfolg gezeitigt; er hatte es bisher weder geschafft, eine feste Bleibe für seine Übermänner zu errichten (und das, obwohl der Winter vor der Tür stand), noch war es ihm gelungen, auf subalterner Regierungs- und auf Verwaltungsebene einen Apparat aufzubauen, der ohne ständige Überwachung und Anleitung funktionieren konnte.

Saram hingegen hatte zügig Wiederaufbau geleistet: Fast drei Häuser pro Tag waren unter seiner Ägide aus dem Schutt wiedererstanden; er hatte die Brunnen reinigen lassen und ein rudimentäres Verteilungssystem aufgebaut. Der anfängliche Kompetenzwirrwarr in seinem Kabinett hatte sich per Selbstreinigung geregelt; ein paar Minister waren zurückgetreten, entweder weil ihre Arbeit beendet war, oder weil sie merkten, daß sie nicht gebraucht wurden. Zwei waren wegen Unfähigkeit gefeuert und durch neue ersetzt worden. Kurz, Saram war der Kopf einer arbeitsfähigen Regierung.

Das war die Situation, als der Bote aus Ordunin eintraf.

Garth saß auf einem Steinblock vor dem Loch, wo einst der Keller des Barons gewesen war – die Steinmauern waren ausgegraben worden, um als Baumaterial verwendet zu werden. Er trug sein Stepphemd unter dem Rock zum Schutz gegen die kühle Luft. Es war gar nicht so einfach gewesen, sich umzuziehen, während das Schwert an ihm klebte, aber mit einigen Verrenkungen hatte er es geschafft. Er hatte alle nur erdenklichen Methoden ausprobiert, sich von dem Schwert zu befreien (bis auf die, auf das Angebot des Vergessenen Königs einzugehen), und versuchte sich jetzt zu entscheiden, wo er zuerst hingehen sollte – zum nächsten Ozean, um auszuprobieren, ob Salzwasser vielleicht half, oder nach Ordunin, wo die Weisen Frauen ihm vielleicht eine Lösung sagen konnten. Wegen seines Schwurs machte er sich keine sonderlichen Gedanken mehr, obwohl er nie von ihm entbunden worden war, weil er auf seine gegenwärtige Situation wohl kaum noch paßte.

Allmählich fand er, daß er keinen besonderen Grund mehr hatte, noch länger in Skelleth zu bleiben. Er hatte es abgelehnt, Kyrith zu begleiten, weil er erst die Sache mit dem Schwert erledigen wollte, das zu dem Zeitpunkt in Skelleth war; jetzt aber war das Schwert immer da, wo auch er war, und er konnte es ebensogut nach Ordunin mitnehmen und sich dort weiter mit ihm auseinandersetzen. Zudem lag Ordunin am Meer, wenn auch nicht an der nächstgelegenen Küste. Außerdem – wenn er schon reisen sollte, dann wollte er das möglichst tun, bevor der Winter Einzug hielt.

Das einzige, was ihn noch in Skelleth hielt – abgesehen von seinem Interesse an den Wiederaufbauarbeiten –, war der Vergessene König, die einzige Person, die er kannte, die das Schwert zu kontrollieren vermochte.

Freilich bestand die Möglichkeit, daß das Schwert, sobald er es an einen anderen Ort brachte, seine derzeitige Zahmheit wieder ablegte und ihn erneut in zerstörerische Raserei trieb; nicht auszudenken, wenn ihn ein solcher Blutrausch in Ordunin überkam. Aber andererseits konnte das gleiche auch in Skelleth passieren, was in Anbetracht der voranschreitenden Wiederaufbauarbeiten nicht minder verhängnisvoll wäre. Das beste war wahrscheinlich, wenn er nach Osten reiste, zur Küste der Mori-See; an der Route dorthin lagen keine Städte, gab es nichts, was er hätte zerstören können.

Er griff über die Schulter und zog den Griff des Schwertes herunter, um nach dem Edelstein zu sehen. Sein Leuchten war selbst jetzt, in der Mittagssonne, schwach zu erkennen, aber er empfand weder Wut noch den Drang zu töten. Er war sicher, daß das Ding irgend etwas im Schilde führte, auf irgend etwas wartete; vielleicht beeinflußte es ihn auch auf neue Weise, und es war ihm nur noch nicht bewußt.

Wie er so auf den roten Stein starrte, hörte er das typische Klirren einer Rüstung und blickte auf. Es kam von hinten, von rechts hinten; er wandte sich um und sah, daß sich drei Übermänner näherten, gefolgt von zwei Menschenwesen. Einer der Übermänner ritt auf einem großen Kriegstier.

Die beiden Menschen und die zwei Übermänner, die zu Fuß gingen, erkannte er, aber den berittenen Übermann vermochte er im Moment nicht einzuordnen.

Erst als die Gruppe vor ihm stehenblieb, erkannte er ihn: Es war Selk, einer der Boten des Stadtrats. Er war nicht bei den sechzig Freiwilligen dabeigewesen.

Zweifellos überbrachte er die Beschlüsse des Stadtrats, die dieser nach Kyriths Lagebericht gefaßt hatte.

»Wo ist der Meisterhändler Galt?« fragte der Bote.

»Er ist im *Gasthof des Königs*«, antwortete Garth höflich, den herrischen Ton des anderen ignorierend.

»Du da, geh und hol ihn!« befahl Selk einem der beiden Übermänner, die ihn begleitet hatten. Garth vermutete, daß sie und die beiden Menschenwesen jene waren, die man als Wachtposten an das Nordtor gestellt hatte.

Der Übermann beeilte sich, den Befehl auszuführen.

»Bist du allein gekommen?« fragte Garth den Boten.

»Bist du Garth, Prinz von Ordunin?«

»Du weißt doch, wer ich bin.«

»Ich möchte sichergehen.«

»Ja, ich bin Garth, und du bist Selk, Sohn des Zenk und der Valik. Bist du allein gekommen?«

»Ich bin allein hier.«

»Kyrith ist nicht mit dir gekommen?«

»Ich sagte doch, ich bin allein gekommen.«

Der barsche Ton des Boten gefiel Garth nicht; er verhieß nichts Gutes. Er stand auf, um Selks Gesicht besser sehen zu können. Das Kriegstier knurrte.

Überrascht schaute Garth es an.

Wie fast jedes Kriegstier war es schwarz; die Augen waren grün, das Bauchfell leuchtete weiß. Die Fangzähne blitzten weiß, ein Zeichen, daß es jung und gesund war, denn die Zähne neigten dazu, im Alter gelb zu werden. Vielleicht, dachte er, hat es noch etwas von der Erregbarkeit des Jungtiers.

Sein Schwanz peitschte, und Garth bemerkte, daß es nicht auf ihn starrte, sondern auf den Schwertgriff, der über seiner linken Schulter hervorragte.

Das war etwas Neues; keines der in Skelleth verbliebenen Kriegstiere hatte bisher auf das Schwert reagiert. Er fragte sich, ob dieses spezielle Kriegstier vielleicht eine besondere Sensibilität für Magie hatte oder ob das Schwert vielleicht irgend etwas Neues tat, das nur für ein Kriegstier, nicht aber für einen Übermann wahrnehmbar war.

Auch Selk schaute verblüfft auf das Schwert und sagte: »Es leuchtet ja wirklich!«

Es waren seine ersten Worte, die er nicht in barschem Tonfall gesprochen hatte. Garth hoffte, daß das ein Zeichen war, daß Selk ein wenig lockerer wurde.

»Ja, es leuchtet«, bestätigte er. »Es entzündet auch Brände und macht noch andere unangenehme Dinge. Hat Kyrith dir davon erzählt?«

»Kyrith hat nichts davon gesagt – ich meine, sie hat nichts davon in ihrem Bericht geschrieben. Aber die anderen haben es erwähnt.«

»Und? Hast du ihnen geglaubt?«

Selk antwortete nicht sofort; als er es schließlich tat, geschah es nur indirekt. »Ich habe noch nie etwas mit Magie zu tun gehabt.«

»Dann hast du es jetzt zum ersten Mal. Sei froh, daß du nicht viel gesehen hast; ich habe die Erfahrung gemacht, daß die meiste Magie sehr unangenehm ist.«

Selk erwiderte darauf nichts.

Bevor Garth sich seine nächste Bemerkung überlegen konnte, erschienen Galt und seine Eskorte. Zusätzlich zu dem Krieger, den Selk nach ihm geschickt hatte, begleiteten ihn drei Menschen – einer davon war Frima – sowie ein weiterer Übermann, ein junger Bursche namens Palkh. Die beiden Männer hatte Garth schon gesehen, aber er kannte sie nicht beim Namen.

»Sei gegrüßt, Selk!« rief Galt, als er die mit Erde aufgeschüttete Rampe aus dem ehemaligen Keller des Barons heraufkam.

Selk erwiderte den Gruß nicht. Garth glaubte eine Spur von Sorge in Galts Miene zu erkennen. Was ihn betraf, so vermutete er, daß entweder Selks Nachricht sehr schlecht war oder daß der Bursche einfach von Natur aus unhöflich und ungehobelt war.

Als Galt das obere Ende der Rampe erreicht hatte, begann Selk plötzlich zu sprechen. Er deklamierte mit lauter Stimme, wobei er einen goldenen Stab hochhielt, zum Zeichen seiner Befugnis, für den Rat zu sprechen:

»Hiermit sei allen Anwesenden kundgetan, daß dies der Beschluß des Stadtrates von Ordunin ist! Ich ward gesandt, diesen Beschluß zu verkünden, und trage keine Verantwortung für seinen Inhalt. Ich hege weder Groll gegen irgendeinen der hier Anwesenden noch irgendwelche Sympathien. Ich spreche, wie es mir aufgetragen wurde.«

Mehrere Frauen und Kinder, die sich auf dem Marktplatz versammelt hatten, um untereinander mit aus den

Trümmern geborgenen Haushaltsgegenständen zu handeln, blieben stehen und hörten interessiert zu.

»Dem Stadtrat von Ordunin ist zur Kenntnis gebracht worden, daß die unter dem gemeinsamen Befehl des Meisterhändlers Galt, Sohn des Kant und der Filit, und der Kyrith, Tochter des Dynth und der Darith, stehende Freiwilligengruppe aus Ordunin, welche lediglich mit der Befugnis ausgestattet war, über Handelsvereinbarungen mit Doran, dem Baron von Skelleth, zu verhandeln, diese ihre Befugnis überschritten und kriegerische Handlungen gegen die Baronie Skelleth begangen hat; daß diese Handlungen unter der Führung des bereits erwähnten Galt und des Garth, Prinz von Ordunin, Sohn des Karth und der Tarith, einem Lehnsherrn der Übermänner der Nordwüste, begangen wurden und zu unnötigem Blutvergießen und mutwilliger Zerstörung führten. Der Stadtrat von Ordunin lehnt hiermit jede Verantwortung für diese Handlungen ab.«

Selk hielt inne, um Luft zu holen, und Galt öffnete den Mund, um zu protestieren. Garth brachte ihn mit einer Geste zum Schweigen.

»In Anbetracht der Tatsache, daß die Mitglieder der Freiwilligengruppe sich möglicherweise in Unkenntnis bezüglich der Grenzen der ihren Befehlshabern eingeräumten Befugnisse befanden, soll keiner Person außer den bereits erwähnten Galt, Kyrith und Garth Schuld zugewiesen werden, so diese anderen Personen sich unverzüglich aus dem Hoheitsgebiet von Skelleth entfernen und zur Nordwüste zurückkehren. Von einer Anklage gegen diese Personen wird abgesehen.

Der bereits erwähnten Kyrith wird in Anbetracht ihrer bekannten Abneigung gegen die Teilnahme an jeder Art von kriegerischen Handlungen und in Würdigung ihrer vor dem Rat vorgetragenen Argumente Straffreiheit gewährt unter der Bedingung, daß sie Ordunin nicht verläßt.

Der Rat erklärt hiermit, daß er keinerlei Ansprüche

auf das Territorium des Königreichs Eramma oder auf irgendwelche materiellen Vorteile erhebt, die aus gegen das Königreich Eramma begangenen Kriegshandlungen erwachsen könnten; ferner erklärt er die bereits erwähnten Galt und Garth für vogelfrei. Dies soll ihnen kundgetan werden, sobald es die Umstände erlauben.«

Selk hielt inne, steckte den Stab wieder an seinen Platz unter dem Gewand und blickte vom Rücken seines Kriegstiers auf Galt und Garth hinab. Für einen Moment herrschte Totenstille.

»Das können sie doch nicht tun«, sagte Galt schließlich.

Garth war sich nicht schlüssig, was er sagen sollte. Palkh sagte: »Anscheinend haben sie es aber beschlossen.«

Die Frauen, die der Verkündung gelauscht hatten, begannen untereinander zu tuscheln.

Garth spürte, wie irgendwo in ihm Wut hochkam; er gab sich nicht die Mühe, nach dem roten Edelstein zu schauen, ob diese Wut seine ureigene oder nicht war, spielte jetzt keine Rolle.

»Selk«, rief er, »ist das deine ganze Botschaft?«

»Ja, zumindest, soweit sie deine Person angeht.«

»Was meinst du damit?«

»Ich soll dieselbe Botschaft noch dem Hohen König in Kholis überbringen, zusammen mit einer förmlichen Entschuldigung.«

Garth war drei Tage vorher zu dem Schluß gelangt, daß durch irgendeinen glücklichen Zufall der Hohe König und die anderen Herren von Eramma noch nichts von der Eroberung und Zerstörung Skelleths wußten. Hätten sie nämlich davon erfahren, dann hätten sie mit Sicherheit inzwischen in irgendeiner Form reagiert, zum Beispiel mit einer förmlichen Aufforderung zu kapitulieren.

Dieses Nichtwissen war sehr nützlich. Es verschaffte

ihnen Zeit. Der Hohe König würde es gewiß irgendwann erfahren, aber Garth hoffte, daß dies erst zu einem Zeitpunkt geschehen würde, wo die Übermenschheit den König vor vollendete Tatsachen stellen und in den Verhandlungen den größtmöglichen Vorteil für sich herausschlagen konnte. Deshalb wollte und konnte er nicht zulassen, daß dieser Bote die Nachricht schon jetzt überbrachte und damit ihr größtes Faustpfand ohne Not verspielte.

»Das kann ich nicht zulassen.«

»Was?« fragte Selk mit ungläubigem Erstaunen.

»Garth, was tust du?» fragte Galt stirnrunzelnd.

»Ich kann nicht zulassen, daß eine solche Botschaft den Hohen König in Kholis zu diesem Zeitpunkt erreicht«, antwortete Garth.

»Du bist nicht befugt, mich aufzuhalten«, sagte Selk.

»Ich brauche dazu keine Befugnis. Ich bin doch vogelfrei, wenn ich recht verstanden habe, oder nicht? Sitz ab, Selk, langsam und vorsichtig, und versuch nicht, an deine Waffen zu kommen!«

Selk zögerte.

In einer blitzschnellen gleitenden Bewegung zückte Garth das Schwert des Bheleu. Der rote Edelstein strahlte hell, und die Klinge leuchtete silbern.

»Steig ab, Selk!«

Die Umstehenden, Galt eingeschlossen, wichen zurück, unschlüssig, was sie tun sollten. Frima rief: »Garth, ist es das Schwert?«

Ohne den Blick von Selks Gesicht abzuwenden, antwortete Garth: »Ich glaube nicht. Ich halte das wirklich für das beste.«

Selk schaute sich unsicher um und sah, daß niemand Anstalten machte, ihm zu helfen. Garth stand vor ihm, in einer Entfernung von vielleicht fünf Fuß, das riesige Breitschwert mit beiden Händen haltend. Selk war kein Krieger, sondern Bote und dazu eine friedliche Person, doch er wagte es nicht, sich zu ergeben; es würde dem

Rat zu Ohren kommen, und er würde seine Stellung verlieren.

Er konnte nicht kämpfen, und er konnte sich nicht ergeben. Somit blieb ihm als einzige Möglichkeit die Flucht. Unvermittelt gab er seinem Kriegstier das Kommando zum Losrennen.

Gehorsam sprang das Tier mit einem Satz vorwärts; das Schwert des Bheleu schlug mit übernatürlicher Geschwindigkeit aus und traf den flüchtenden Boten quer über der Brust. Im letzten Moment hatte Garth es noch geschafft, die Klinge so zu drehen, daß sie Selk mit der flachen Seite und nicht mit der Schneide traf; das Schwert hatte sich gegen dieses Manöver gewehrt, aber nachgegeben. Deshalb wurde Selk nicht getötet, sondern rücklings aus dem Sattel geworfen. Benommen blieb er auf dem harten Boden liegen; sein Brustpanzer wies eine Delle von mehr als einem Zoll Tiefe auf, eine schmerzhafte Quetschwunde zog sich quer über seine Brust, und zwei seiner Rippen waren gebrochen.

Garth wollte das Schwert senken, aber es leistete Widerstand; gleich darauf sah er warum.

Das Kriegstier war darauf abgerichtet, seinen Reiter zu beschützen. Als es merkte, daß er nicht mehr im Sattel saß, wirbelte es zu Garth herum.

Die Menge auf dem Marktplatz – die Frauen, Frima, Galt, die drei Männer und die anderen Übermänner – stob mit entsetztem Angstgeschrei davon, den verletzten Boten zurücklassend. Garth sah sich allein der riesenhaften Kreatur gegenüber.

Das Kriegstier stieß ein ohrenbetäubendes Brüllen aus, bleckte die mehr als drei Zoll langen Fangzähne und stürzte sich auf Garth.

Eine Sekunde lang war Garth sicher, daß sein letzter Augenblick gekommen war; er hatte mehr als einmal Kriegstiere in Aktion gesehen und wußte, daß ein Übermann gegen ein solches Ungeheuer auf verlorenem Posten stand, ganz gleich, was für Waffen er auch haben mochte. Speere und Pfeile vermochten den natürlichen Panzer aus dichtem Fell, der lockeren lederartigen Haut und den gewaltigen Muskelpaketen, der die inneren Organe eines Kriegstiers schützte, nicht zu durchdringen. Das konnte allenfalls ein gut geschmiedetes Schwert, aber auch das nur mit viel Glück; kein anderes Lebewesen konnte sich so schnell bewegen wie ein kämpfendes Kriegstier. Ein einziger Hieb mit einer der großen Tatzen konnte einen Übermann buchstäblich in Stücke hauen.

Doch all dies vergaß er, als das Kriegstier auf ihn zuschnellte. Er vergaß alles, außer daß er das Schwert des Bheleu in den Händen hielt. Es schoß mit irrwitziger Schnelligkeit vorwärts, umhüllt von zischenden Flammen, haargenau in den Lauf der heranstürmenden Bestie.

Das Kriegstier flog auf ihn zu, und die Klinge traf es mitten im Sprung, genau an der Kehle.

Er hörte ein gewaltiges Zischen und wurde mit ungeheurer Wucht zurückgeschleudert. Ihm wurde schwarz vor den Augen.

Als er Sekunden später wieder zu sich kam, fand er sich rücklings auf dem Boden liegend, begraben unter der gewaltigen Körpermasse des toten Kriegstiers. Seine Hände hielten immer noch den Schwertgriff umklammert. Die Klinge war glatt hindurchgegangen, ihre Spitze ragte zwischen den Schulterblättern der Bestie hervor.

Die Luft war erfüllt vom Gestank versengten Felles und verbrannten Fleisches.

Garth vermochte kaum zu fassen, daß er noch lebte. Wie konnte das Kriegstier so schnell verendet sein? Selbst wenn er es mitten durchs Herz getroffen hätte, was nicht der Fall war, hätte es noch lange genug leben müssen, um ihn in Stücke zu reißen.

»Garth?« Es war Galts besorgte Stimme, die ihn da rief. »Lebst du noch?«

»Ja«, ächzte er. Das Sprechen bereitete ihm größte Mühe; die ungeheure Wucht, mit der die Kreatur gegen ihn geprallt war, hatte ihm die Luft aus den Lungen gepreßt, und eine ihrer Krallen hatte ihm die Wange aufgerissen.

»Kannst du dich bewegen?«

Garth war sich nicht sicher, ob er sich bewegen konnte; er versuchte es, mußte aber feststellen, daß er sich nicht rühren konnte.

»Nein«, preßte er hervor, »ich bin am Boden festgenagelt.«

Geräusche drangen ihm ans Ohr, aber er vernahm keine weiteren Worte.

Siedendheiß kam ihm ein Gedanke, und er rief: »Laßt Selk nicht entkommen!«

»Der geht nirgendwohin«, sagte jemand mit grimmiger Entschlossenheit in der Stimme; Garth fand, daß die Stimme eher nach einem Menschen als nach einem Übermann klang. Galt war es jedenfalls nicht.

Noch etwas fiel ihm ein, und er schaute hinunter auf den Schwertgriff in seinen Händen. Er bekam jedoch den Kopf nicht hoch genug, um mehr sehen zu können als schwarzes Fell; er hatte keine Möglichkeit festzustellen, ob der Stein, der ihn tief in den Bauch drückte, glomm oder nicht.

Vorsichtig löste er die linke Hand von dem Griff; es ging, wie er erwartet hatte, ohne Schwierigkeiten. Alsdann versuchte er, seine rechte Hand zu öffnen.

Ein Daumen und ein Finger kamen frei, aber der andere Daumen und die anderen Finger blieben haften wie festgeklebt. Das Schwert hatte seinen Griff nicht gelockert.

Enttäuscht ließ er sich zurücksinken.

Ein paar Minuten später gelang es unter großen Mühen Galt und einer Gruppe von Übermännern, den Kadaver des Kriegstieres von ihm wegzuschieben. Er zog das Schwert heraus, dann raffte er sich schwerfällig auf.

Das Schwert hing lose an einer Hand. Der Stein glomm schwach.

»Ich danke euch«, sagte er.

»Warum hast du das getan, Garth?« fragte Galt streng.

Garth schaute ihn an. Der kurze Kampf hatte ihn ermüdet, und sein ganzer Körper schmerzte von der Anstrengung, sich gegen das Gewicht des Kriegstiers stemmen zu müssen, und von dem schweren Aufprall auf den harten Boden. Beim Hinfallen hatte er sich den Hinterkopf an einem Kieselstein aufgeschlagen, und er fühlte, wie ihm das Blut über den zerschundenen Rükken und über die Wange rann, die von der Kralle aufgerissen worden war.

»Was getan?«

»Warum hast du Selk am Abreisen gehindert?«

Er starrte Galt erstaunt an. Konnte der Händler wirklich so dumm sein? »Galt«, sagte er, »was würde der Hohe König wohl tun, sobald er eine solche Nachricht erhielte?«

»Ich weiß es nicht«, antwortete Galt. »Eine höfliche Antwort senden, vermutlich.«

»Glaubst du nicht, daß er eine Armee senden würde, um Skelleth zurückzuerobern, sobald er erführe, daß wir es eingenommen haben und daß Ordunin uns keine Verstärkung zu schicken gedenkt?«

»Aber er müßte Skelleth doch gar nicht zurückerobern!«

»Und wieso nicht? Wenn ich mich nicht irre, halten wir es zufällig besetzt.«

»Aber wir ziehen doch bald wieder ab, nicht wahr? Der Rat hat sich von unserer Eroberung distanziert; unsere Truppen werden heimkehren, um in den Genuß der Amnestie zu kommen, und uns wird nichts anderes übrigbleiben, als nach Ordunin zurückzukehren und um Verzeihung zu bitten, oder sonst irgendwo Unterschlupf zu suchen.«

»Ich gehe nicht von hier weg, Galt: Der Rat hat uns für vogelfrei erklärt und jedem Anspruch auf Skelleth entsagt. Der rechtmäßige Baron ist tot, einen Erben gibt es nicht. Wir kontrollieren die Baronie. Mir scheint, wir können nichts Besseres tun – auch für uns selbst – als hierbleiben und die Zügel in der Hand behalten. Wenn der Hohe König glaubt, daß wir mit dem Segen des Rates und der Lehnsherren der Übermänner der Nordwüste hier sind, dann wird er mit uns verhandeln, um Blutvergießen zu vermeiden – so hoffe ich jedenfalls –, und wir können Saram zum Baron erklären lassen und uns gleichzeitig damit einen sicheren Platz hier sichern. Der Rat wird sich nicht einmischen; er hat eine Verzichtserklärung abgegeben.«

»Ich verstehe noch immer nicht. Welchen Nutzen bringt es uns, wenn wir hierbleiben und Saram zum Baron erklären lassen? Wir werden dann immer noch Vogelfreie in beiden Ländern sein.«

»Nein, das werden wir nicht; wir werden Erammaner sein und die Möglichkeit haben, Handelsbeziehungen zwischen beiden Reichen aufzubauen. Aber davon einmal abgesehen – hast du dir schon einmal Gedanken darüber gemacht, was mit Saram und seinen Ministern passieren wird, wenn wir von hier verschwinden? Er wird wegen Verrats angeklagt und wegen Zusammenarbeit mit dem Feind enthauptet werden. Möchtest du wirklich, daß das geschieht?«

»Ich muß gestehen, daran hatte ich überhaupt nicht gedacht. Ich bin jetzt ziemlich verwirrt.«

»Und bist du so sicher, daß wirklich alle unsere Krieger auf das Amnestieangebot eingehen? Könnte es nicht sein, daß einige es vorziehen hierzubleiben, vogelfrei oder nicht? Hier gibt es etwas zu tun, in Ordunin nicht, oder nur wenig. Hier sind sie eine mächtige Elite; in Ordunin sind sie ganz alltägliche, normale Übermänner.«

»Ich weiß nicht.«

»Galt, wenn du willst, kannst du ja nach Hause gehen

und um Milde bitten; ich aber bleibe hier und werde unsere Leute dazu aufrufen, mit mir hierzubleiben. Und solange ich hier bin, kann ich nicht zulassen, daß Selk dem Hohen König seine Botschaft überbringt. Ist das klar?«

»Du hast dich ja deutlich genug ausgedrückt. Ich muß die ganze Sache erst einmal in aller Ruhe durchdenken.«

»Und was geschieht einstweilen mit Selk?«

»Er steht unter Arrest, mehr oder weniger; dort bleibt er, bis ich mich entschieden habe.«

Garth nickte; das würde für den Augenblick erst einmal reichen.

Wie plötzlich sich die Dinge verändert hatten, dachte er; weniger als eine Stunde vorher hatte er noch gedacht, daß er bald wieder nach Ordunin zurückkehren würde. Und jetzt war Ordunin so ziemlich der letzte Ort, den er zu sehen wünschte.

Diesen Sinneswandel hatte Selks Botschaft bewirkt. Er hätte nicht geglaubt, daß der Rat so töricht sein könne, seinen Anspruch auf Skelleth so leichtfertig zu verspielen. Nun gut; mochte der Rat ängstlich sein, er, Garth, war es nicht. Er hatte die feste Absicht, Skelleth zu behalten. Und wenn er es nicht im Namen des Rats behalten sollte, dann würde er es eben für sich selbst behalten. Er war sich sicher, daß er es ohnehin besser lenken und verwalten konnte als der Rat. Er ertappte sich dabei, daß er fast hoffte, Galt werde nachgeben und nach Hause zurückkehren. Dann war er der Herr von Skelleth. Er würde dem Händler zeigen, wie man ein Dorf regierte.

Aber noch war es nicht soweit; noch stand Galts Entscheidung aus. Er blickte dem Händler nach, als dieser in Gedanken versunken zum *Gasthof des Königs* schlenderte.

Von irgendwoher tauchte Saram auf; er hatte erst eben von dem Kampf erfahren. Er warf einen Blick auf das tote Kriegstier und rief: »Schafft mir jemanden her, der weiß, wie man Tiere häutet! Es wäre zu schade, wenn wir so eine schöne Haut verkommen ließen. Garth, fressen Kriegstiere das Fleisch ihrer eigenen Artgenossen? Uns ist das Fleisch für sie ausgegangen.«

Garths Gedankenkette war unterbrochen, als er in seiner Erinnerung herumkramte, ob er jemals etwas von Kannibalismus unter Kriegstieren gehört hatte.

Ein gleich nach der Häutung des Kadavers durchgeführtes entsprechendes Experiment brachte ihm und Saram die Erkenntnis, daß Kriegstiere offenbar keine Einwände gegen Kannibalismus hatten.

Als die Kriegstiere die äußeren Schichten des Kadavers verzehrt hatten, wurde klar, wieso das Tier so schnell verendet war, daß es Garth nicht mehr hatte töten können: Das Schwert des Bheleu hatte die inneren Organe des Kriegstiers allesamt zu feiner Asche verbrannt.

Kapitel 18

Der erste Ankömmling, der in der Lage war, eine Botschaft an Shang zu senden, war die Hexerin Zhinza, eine alte kleine Frau, die eine kleine Farm ein paar Meilen weiter östlich unterhielt. Trotz ihres Alters war sie immer noch fröhlich und voller Energie. Sie erklärte sich freudig bereit, einen Versuch zu unternehmen, als Shandiph die Situation erklärte.

Chalkara holte die Erlaubnis des Hohen Königs ein, den höchsten Turm des Schlosses zu benutzen; von dort aus, erklärte Zhinza, ließe sich leichter senden. Das höchste Gemach, das als Lagerraum für alte Waffen diente, wurde leergeräumt und mit einer sauberen neuen Matratze und einer Sammlung von Kissen und Wandbehängen ausgestattet; alsdann zog Zhinza ein und bat die anderen, sich zurückzuziehen.

Die zwölf inzwischen eingetroffenen Ratsmitglieder hatten erwartet, daß sie innerhalb einer Stunde mit einer Antwort zurückkommen würde; doch als die Minuten dahintröpfelten und nichts geschah, wurden sie zuerst ungeduldig, dann unruhig und schließlich besorgt. Aus den Minuten wurden Stunden, und schließlich verging ein ganzer Tag, und Zhinza hatte weder Nahrung noch Trank zu sich genommen.

Die ungeduldigsten unter den Zauberern überzeugten Shandiph schließlich, daß irgend etwas schiefgelaufen sein müsse; gewiß sei die Anstrengung für das arme alte Geschöpf zu groß gewesen. Eine Rettungsdelegation war bereits auf dem Weg zum Turmzimmer, als Zhinza endlich heraustrat.

Es war augenfällig, daß die Hexe sich weder Ruhe noch Schlaf gegönnt hatte, und Shandiph verfügte, daß sie erst einmal eine gute Mahlzeit zu sich nehmen und sich ein paar Stunden ausruhen solle, bevor sie den anwesenden Ratsmitgliedern vom Ergebnis ihrer Anstrengungen berichte.

Als Zhinza sich schließlich genügend erholt fühlte, um dem versammelten Rat zu berichten, was sich zugetragen hatte, war die Zahl der anwesenden Mitglieder auf fünfzehn angewachsen, und Shandiph hatte endlich die Zeit gefunden, um mit den zwei anwesenden Astrologen und dem Theurgen zu sprechen. Auch hatte er anhand von ihm zugetragenen Informationen bezüglich einiger Todesfälle von Mitgliedern und anhand der Satzung des Rates festgestellt, daß zur Beschlußfähigkeit die Anwesenheit von einundzwanzig Mitgliedern vonnöten war. Zur Herstellung der Beschlußfähigkeit bedurfte es einer Zweidrittelmehrheit der abgegebenen Stimmen, aber nicht alle Mitglieder hatten die gleiche Anzahl von Stimmen; er selbst besaß in seiner Eigenschaft als Vorsitzender fünf eigene Stimmen und mehrere, über die er stellvertretend verfügen konnte, während die jüngsten Mitglieder nur je eine Stimme hatte. Des weiteren war vorgeschrieben, daß das Quorum eine Zahl mit mystischen Eigenschaften haben mußte; die Zahl einundzwanzig als das Produkt der mystischen Zahlen drei und sieben erfüllte diese Voraussetzung auf das trefflichste.

Bis fünf weitere Mitglieder einträfen, konnten daher keine förmlichen Beschlüsse gefaßt werden; indes, um die ständig wachsende Ungeduld der meisten Anwesenden zu lindern, berief Shandiph offiziell den Rat der Höchsten ein. Mit der Genehmigung des Hohen Königs hatte er eine unbenutzte Säulenhalle in einen Versammlungsraum umgewandelt, mit Schutzsprüchen an den Türen und drei zu einer Reihe zusammengestellten Tischen in der Mitte.

Die Versammlung sollte mittags beginnen; doch wie Shandiph vorausgeahnt hatte, erwies es sich als unmöglich, die gesamte Gruppe pünktlich zusammenzubekommen. Es war schon eine gute Stunde nach Mittag, als er sich von seinem Platz am Ende des ersten Tisches erhob und die Versammlung zur Ordnung rief.

Die Säulenhalle lag nach Süden und hatte hohe schmale Fenster; das Sonnenlicht, welches durch eines dieser Fenster hereinfiel, tauchte Shandiph von Kopf bis Fuß in helles Licht, von den Schweißtropfen, die auf dem allmählich kahl werdenden Schädel glitzerten, bis zu den silbernen Schnallen auf den schwarzen Ledersandalen. Das noch verbliebene Haar war dünn und grau, das Gesicht breit und platt. Er trug eine Tunika aus schwarzer, mit silbernen Ornamenten bestickter Seide, die so geschnitten war, daß sie dezent seine Wampe verbarg, und eine weiche graue Hose verhüllte die Schenkel.

»Magier, Seher und Gelehrte, ich heiße euch willkommen und eröffne hiermit die Sitzung des Rates der Höchsten. Wir sind zusammengekommen, um über eine Sache zu beraten, die den Frieden der Welt zu zerstören droht, welchen zu hüten und zu bewahren wir geschworen haben. Eine Grenze wurde verletzt, und Magie von großer Kraft wurde benutzt.«

»Das wissen wir doch alles!« rief Karag von Sland. »Sag uns lieber, was Zhinza zu berichten hat!«

»Karag, ich möchte die vorgeschriebenen Formalitäten hinter mich bringen, wenn du nichts dagegen hast. Nun, ist jemand unter den Anwesenden, der meine Befugnis, diesen Rat einzuberufen, in Frage stellt oder der anzweifelt, daß ich genügend Grund hatte, das in diesem Falle zu tun?«

Für einen Moment herrschte Schweigen; Karag hatte sichtlich Mühe, sich im Zaum zu halten und nicht schon wieder eine ironische Bemerkung vom Stapel zu lassen.

»Gibt es unter den hier Anwesenden jemanden, der noch keine klare Vorstellung von der Situation hat, über die zu beraten wir zusammengekommen sind?«

Diesmal war leises Gemurmel zu hören, hier und da

untermalt von unsicheren, fragenden Gesten. Shandiph brachte sie mit beschwichtigenden Handbewegungen zum Verstummen und berichtete, was von Garth und dem Schwert des Bheleu bekanntgeworden war.

»Zuverlässige Weissagungen haben zweifelsfrei ergeben, daß dieses Schwert tatsächlich mächtig genug ist, um jede Armee zu besiegen, die Eramma gegen diesen Garth aufbieten könnte«, schloß er seinen Bericht. »Deshalb ist der Rat der Höchsten gefordert, gegen diesen Unruhestifter etwas zu unternehmen und einen langen und blutigen Krieg zu verhindern. Wir erwägen sowohl einen Meuchelmord mit gewöhnlichen Methoden als auch die Möglichkeit, mit Hilfe des Basilisken diesen Garth in Stein zu verwandeln. Andere Vorschläge sind jederzeit willkommen. Zur Vorsicht haben wir jedoch bereits die Hexe Zhinza gebeten, Fühlung aufzunehmen mit Shang, dem Hüter des Basilisken in Mormoreth, um herauszubekommen, ob und inwieweit das Ungeheuer einsatzbereit ist. Ich bitte daher jetzt Zhinza, uns zu berichten, was sie in Erfahrung gebracht hat.«

Er erteilte der alten Frau das Wort und nahm Platz, sichtlich froh, sich setzen zu können.

Zhinza erhob sich, ließ den Blick über die Versammlung schweifen und räusperte sich. Sie war mindestens um zwei Zoll kleiner als fünf Fuß, dünn und gebrechlich; das Gesicht war schmal und runzlig, das Haupthaar lang und leuchtend weiß. Sie trug ein schlichtes gürtelloses Gewand aus weißem Leinen.

»Shang ist nicht da«, sagte sie.

Einen Moment lang herrschte verblüfftes Schweigen; bevor irgend jemand etwas sagen konnte, fuhr sie fort: »Das heißt, ich kann ihn nicht finden. Wie viele von euch wissen, sind meine Spezialitäten das Wissen von anderen Ebenen der Realität und das Übermitteln von Botschaften durch diese Ebenen oder das Beziehen von Wissen und Macht aus ihnen. Ich denke, ich verstehe soviel wie jeder hier Anwesende von der Übermittlung von Botschaften über weite Entfernungen oder durch andere Reiche, wahrscheinlich sogar mehr als jeder andere. Ich habe jedes Gran dieses Wissens eingesetzt, um eine Spur von Shang ausfindig zu machen. Ich lernte ihn schon als Jüngling kennen und kenne die Form seiner Gedanken und das Bild seines Gesichtes. Ich konnte ihn nirgends finden – weder in Mormoreth noch irgendwo in Orûn oder Derbarok, noch auf irgendeiner der bekannten Ebenen, auf die er gerufen werden könnte. Ich glaube, er ist tot. Und wenn er nicht tot ist, dann befindet er sich hinter einem Schutzzauber, wie ich desgleichen noch nie zuvor gesehen habe, oder aber er ist an einen Ort gegangen, der vollkommen jenseits meines Wissens liegt. Ich glaube jedoch, er ist tot, und ich wünschte, er hätte einen Warnungszauber bei sich getragen, damit wir sicher sein können; leider hat er das nicht.«

Sie hielt inne, doch bevor jemand Gelegenheit hatte, etwas zu sagen, fuhr sie fort: »Und den Basilisken kann ich auch nicht finden. Nachdem ich vergeblich nach Shang gesucht hatte, suchte ich nach dem Basilisken, aber er ist nicht da. Ich kenne seine Gedanken nicht, aber er hat eine unverwechselbare Aura von Bosheit und Tod, und davon war nichts zu spüren als ein blasser Abglanz in den Krypten von Mormoreth.«

Sie sah sich mit herausforderndem Blick um, dann setzte sie sich brüsk hin.

Aufgeregtes Getuschel und Geplapper erfüllten die Halle; dann erhob sich Shandiph und gebot Ruhe. »Laßt uns ruhig und vernünftig bleiben!« rief er. »Nun, wer wünscht das Wort zu ergreifen? Du, Karag? Was willst du sagen?«

Karag stand auf. Er gab ein eindrucksvolles Bild ab mit seinem Gewand aus rotem Samt und schwarzem Leder und seinem schwarzen Stachelbart. Er war weder sonderlich groß noch massig, aber er vermittelte dennoch den Eindruck von großer Kraft, denn jeder seiner Muskeln war hart und fest.

»Ich wüßte gern, wie zuverlässig die Ermittlungen dieser alten Frau sind. Ich will nicht bestreiten, daß sie zu ihrer Zeit eine Zauberin von hervorragendem Ruf war, aber sie muß jetzt mehr als fünfundsiebzig Jahre alt sein, und auch der Stärkste und Fähigste von uns ist nicht immun gegen den Zahn der Zeit.«

»Ich bin achtundsechzig, aber ich kann immer noch mehr, als du je können wirst, du aufgeblasener Laffe!« schnaubte Zhinza.

Karag schaute sie mit offenkundiger Verachtung an, und Shandiph erhob sich wieder. »Setz dich, Karag!« befahl er. Eine Hand ging hoch, und er fügte hinzu: »Ja, Chalkara, was möchtest du sagen?«

Die Hofzauberin des Hohen Königs erhob sich von ihrem Platz; wie Shandiph stand sie direkt im Licht eines Fensters, und das lange rote Haar und das goldfarbene Gewand loderten im Licht der Sonne wie eine Flamme. Karag starrte sie an, dann setzte er sich, aber erst als Shandiph zum ersten Mal bemerkt hatte, daß sie ein wenig größer war als Slands Zauberer.

»Ich will weder Zhinzas Wissen noch ihre Fähigkeiten in Zweifel ziehen, aber es bleibt die Tatsache, daß wir nicht wissen, was aus Shang geworden ist; wie sie sagt, kann er hinter irgendeinem Schutzzauber verborgen sein, von dem wir nichts wissen, oder sich versteckt halten an irgendeinem Ort, von dem wir nichts wissen. Es kann aber auch sein, daß irgend etwas – mit Mitteln, die uns nicht bekannt sind – Zhinza in die Irre geführt hat und daß Shang und der Basilisk wie immer in Mormoreth sind. Wir müssen dieser Sache sofort auf den Grund gehen, und ich schlage daher vor, daß wir unverzüglich jemanden persönlich nach Mormoreth schikken, der an Ort und Stelle nachforscht, was aus unserer wirkungsvollen Waffe und unserem geschätzten Kollegen geworden ist.«

Sofort wandte Karag ein: »Wenn Shang wirklich tot ist, dann gibt es niemanden in Mormoreth, den man fragen könnte!«

Ohne sich zu erheben, sagte Thetheru von Amag: »Wenn Shang tot ist, dann ist sein Mörder in Mormoreth.«

Karag wirbelte zu dem Amagiter herum und schnarrte: »Unsinn! Der Mörder hätte sich längst aus dem Staube gemacht.«

»Wir wissen ja noch nicht einmal, ob es überhaupt einen Mörder gibt«, warf Deriam von Ur-Dormulk ein. »Es kann ja auch sein, daß Shang unachtsam war und selbst der Tücke des Basilisken erlegen ist.«

»Shang war noch nie unachtsam«, belehrte ihn Lord Dor, der Baron von Therin – oder zumindest der Avatar, den er an seiner Statt zu der Versammlung geschickt hatte; denn Dor hatte die Fähigkeit entwickelt, sich selbst in beliebiger Anzahl identischer Kopien zu reproduzieren.

»Jeder kann einmal unaufmerksam sein«, versteifte sich Deriam.

»Ratsmitglieder, bitte!« Shandiph rief die Versammlung zur Ordnung, als das Gezänk auszuufern drohte. Zögernd kehrte wieder Ruhe ein; Karag, der aufgestanden war, um Thetheru besser ins Gesicht brüllen zu können, nahm mit grimmiger Miene Platz. Die alte Hexe rutschte auf ihrem Stuhl hin und her, und Shandiph fragte: »Gibt es noch etwas, das du hinzufügen möchtest, Zhinza?«

»Da ist jemand in Mormoreth; das konnte ich sehen, als ich nach Shang und dem Basilisken suchte. Es sind mehrere Leute, von denen ich keinen in irgendeiner Weise identifizieren konnte und von denen auch keiner Magier war, so daß ich nicht mit ihnen in Verbindung treten konnte.«

»Da – hab ich's nicht gesagt?« rief Thetheru triumphierend. Karag fuhr zu ihm herum; eine Hand fuhr zum Griff des Dolches, den er stets an seinem Gürtel trug.

»Ruhe!« brüllte Shandiph.

Als er sich vergewissert hatte, daß alle zuhörten, fuhr er fort: »Es scheint also, daß sich Leute in Mormoreth aufhalten, ob sie nun etwas mit Shangs Tod zu tun haben oder nicht. Diese Leute wissen vielleicht, was aus Shang und dem Basilisken geworden ist. Ich halte es daher in der Tat für eine gute Idee, jemanden zum Nachforschen dorthinzuschicken, insbesondere als uns immer noch fünf Stimmen zum Erreichen der Beschlußfähigkeit fehlen und wir deshalb die Zeit erübrigen können. Ich schlage vor, daß wir hier und jetzt darüber abstimmen; zur Aussendung eines Boten bedarf es keines Quorumsbeschlusses. Wer dafür ist, daß wir einen Fahnder nach Mormoreth schicken, der erhebe sich.«

Unter viel Scharren und Stuhlrücken erhoben sich die meisten Ratsmitglieder; Shandiph zählte die Stimmen, um der Satzung Genüge zu tun. Zhinza blieb sitzen, desgleichen Deriam, desgleichen eine ganz in Blau gekleidete junge Frau, die Shandiph nicht sogleich einordnen konnte; alle anderen hatten mit ja gestimmt. Karag und Thetheru fixierten einander mit wütendem Blick, offenbar verärgert darüber, daß sie beide gleich abgestimmt hatten.

»Gut«, sagte Shandiph. »Die nächste Frage ist: Wen schicken wir?«

»Mit der Erlaubnis des Vorsitzenden«, sagte Derelind der Eremit, »melde ich mich freiwillig.«

»Gibt es noch weitere Freiwillige?«

Es meldeten sich noch einige, und es folgte eine wirre Debatte.

Diese wurde schließlich beigelegt zugunsten Derelinds, als dieser seine ins Auge gefaßte Fortbewegungsmethode erläuterte, eine Methode, der keiner der anderen auch nur Annäherndes entgegenzusetzen hatte: Er behauptete, die Sprache des Windes und der Vögel gelernt zu haben und daher imstande zu sein, nach Mormoreth zu fliegen, und zwar dergestalt, daß er sich auf dem Rücken von Adlern transportieren lasse, unterstützt vom Westwind. Er veranschlagte für den Hin- und Rückflug drei Tage.

Sobald das geklärt war, merkte Chalkara an, daß zur Überbringung der gewonnenen Informationen kein Rundflug vonnöten sei, da Zhinza ja mit ihm in Verbindung bleiben könne, solange er noch in Mormoreth sei. Derelind stimmte zu, bedingte sich aber aus, daß keine schwerwiegenden Beschlüsse gefaßt werden durften, bis er zurückgekehrt sei.

Als auch das geklärt war, sagte Derelind: »Mit eurer Erlaubnis will ich denn sofort aufbrechen.«

»Das kannst du, wenn du willst«, erwiderte Shandiph, »aber die Versammlung ist noch nicht beendet; wir müssen erst noch das Urteil der Astrologen und unseres Theurgen bezüglich der Natur der Gefahr hören, die Garth und das Schwert des Bheleu darstellen.«

»Auf dieses Vergnügen will ich gern verzichten.« Er verbeugte sich höflich und ging zur Tür. Deriam hob den Schutzbann auf, den er über sie gelegt hatte, und Derelind trat hindurch und schloß die Tür hinter sich.

Als er fort war, verkündete Shandiph: »Ich rufe jetzt Herina die Sternenguckerin auf, eine unserer erfahrensten Astrologinnen, uns zu erzählen, was ihrer Meinung nach in der Bewegung der Sterne von Bedeutung für uns ist.«

Herina stand auf; ihre Kleidung war von einem hellen Blau, das gut zu ihrem buttergelben Haar kontrastierte. Sie war drall und rundlich, aber nicht in unästhetischem Maße, und das Alter hatte ihrer Figur und ihrem Gesicht noch nicht allzuviel Schaden zugefügt – gewiß nicht mehr, als ihre Eßgewohnheiten dies getan hatten.

»Eh ... es scheint, daß wir das Pech haben, in schlimmen Zeiten zu leben. Der Beginn eines neuen Zeitalters ist eingeläutet; das vertraute Dreizehnte Zeitalter ist vorüber, welches dreihundert Jahre angedauert hat und das einzige ist, welches wir alle bisher erlebt haben. Das Vierzehnte Zeitalter hat vor etwa einem Monat begonnen, und ich glaube, daß alle die Ereignisse, über die zu beraten wir hier zusammengekommen sind, in irgendeiner Weise mit seiner Ankunft zusammenhängen. Das Vierzehnte Zeitalter wird – nach übereinstimmender Aussage der Priester und Gelehrten sowie der eher orthodoxen Astrologen – von Gott Bheleu regiert, dem Herrn der Zerstörung, wie es sich bereits mit dem Auftauchen der drei wandernden Sterne im Sternbild des Zerbrochenen Schwertes angekündigt hat. Es steht daher zu befürchten, daß dieses Zeitalter, welches nur eine Dauer von dreißig Jahren hat, eine Ära des Feuers und des Blutes sein wird, in welcher die Kriege, die mit dem Beginn des Dreizehnten Zeitalters endeten, mit dreifacher Grimmigkeit wieder aufflammen werden.

In den alten Texten und Prophezeiungen finden sich zahlreiche Beschreibungen von Warnzeichen und Omen, die den Beginn dieser großen Zerstörung ankündigen. So besagt eine Prophezeiung, daß ein Übermann aus dem Osten in die Stadt der dunklen Götter kommen wird; dies hat sich offensichtlich erfüllt mit dem Auftauchen Garths in Dûsarra. Eine andere Prophezeiung sagt, daß die Anhänger der P'hul dem Diener des Bheleu Ehre erweisen werden; dies hat sich nicht bestätigt, aber man könnte es so interpretieren, daß Garths angebliche Urheberschaft beim Ausbruch des Weißen Todes damit gemeint ist. Die anderen mir bekannten Prophezeiungen scheinen sich indes bisher noch nicht erfüllt zu haben. So ist zum Beispiel die Rede von blutrünstigen Ungeheuern, die aus dem Norden kommen sollen, von Feuerstürmen und anderen schlimmen Ereignissen. Da keines davon bisher eintraf, soweit mir bekannt ist, glaube ich nicht, daß man der scheinbaren Erfüllung von einer oder zwei dieser Weissagungen allzugroße Bedeutung beimessen sollte. Letztlich und endlich sind sie doch mehr als vage.

Was nun das Schwert des Bheleu betrifft, so gehört das zwar nicht im eigentlichen Sinne zu meinem Fachgebiet, aber es scheint doch zum Beginn eines neuen Zeitalters zu passen. Ich habe nicht die leiseste Vorstellung, wo es herkommt oder was es vermag.«

Sie setzte sich wieder.

Shandiph stand auf und sagte: »Wir haben einen zweiten Astrologen zur Hand; Veyel von Nekutta, hast du den Ausführungen deiner Fachkollegin irgend etwas hinzuzufügen?«

Der alte Mann in der schwarzen Robe schüttelte den Kopf. »Nein. Sie hat alles Wesentliche zum Thema gesagt, und mit näheren Einzelheiten und Besonderheiten kann ich auch nicht aufwarten ohne ein ordentliches Horoskop dieses Übermannes; und ein solches kann ich nicht stellen, solange ich nicht genügend Informationen habe.«

»Alsdann rufe ich Miloshir den Theurgen auf, uns Näheres über die Natur des Schwertes des Bheleu zu erzählen.«

Der Theurg war ein in Weiß und Gold gekleideter Mann mittleren Alters, eine eher unauffällige, nichtssagende Erscheinung, wenn man von seinem wallenden braunen Haupthaar absah. Er erhob sich schwerfällig von seinem Stuhl und sprach:

»Ich befürchte, daß wir wahrscheinlich schon sehr bald ernste Schwierigkeiten bekommen. Wie Herina bereits berichtete: Das Vierzehnte Zeitalter der Welt ist angebrochen, und es wird regiert von Bheleu, dem Gott der Zerstörung. Bheleu ist der zweitmächtigste unter den Herren von Dûs, den Göttern des Bösen; nur Der-Gott-Dessen-Namen-Man-Nicht-Ausspricht ist mächtiger als er. Von allen Göttern sind allein der unbeschreibliche Dagha und die Götter des Lebens und des Todes höhergestellt als er, und der einzige, der ihm rangmäßig nahe kommt, ist Bel Vala, der Gott der Kraft und des Mutes. Hinzu kommt, daß Bheleu kein Gott ist, mit dem man sich einrichten, mit dem man leben kann, so wie wir in den vergangenen drei Jahrhunderten mit der Göttin P'hul vermochten; er fordert ständige Zerstörung, unbeschränkten Tod und unendliches Chaos. Herina sagte, dieses Zeitalter werde dreißig Jahre dauern; meine eigenen Studien deuten jedoch darauf hin, daß es höchstens drei Jahre dauern wird; mehr Zeit braucht die Welt nicht, um sich unter dem Einfluß Bheleus selbst vollständig zu vernichten.

Was das Schwert betrifft, so benutzt jeder Gott zu seiner Zeit Werkzeuge, um seinen Willen in unserer sterblichen Welt durchzusetzen. Jeder Gott hat irgendein bestimmtes Merkmal, irgendein mächtiges magisches Ding, durch welches seine Macht in eine bestimmte Richtung kanalisiert wird und mit dem er das ihm gegebene Zeitalter beherrscht. Es heißt, daß von Anbeginn an, seit Beginn des Ersten Zeitalters also, stets solche magischen Werkzeuge existierten, daß jedes von ihnen jedoch so lange verborgen und machtlos bleibt, bis es zur gehörigen Zeit von dem oder den Sterblichen gefunden und benutzt wird, den oder die der Gott dazu auserkoren hat.

Ich befürchte, daß dieser Übermann Garth Bheleus auserwähltes Werkzeug ist und das Schwert, welches das magische Zeichen dieses Gottes ist, bereits gefunden hat und es benutzt. Das bedeutet, daß ihm die volle Macht des Gottes und alle übernatürlichen Kräfte und Fähigkeiten, die diesem Gott zugeschrieben werden, zu Gebote stehen. Wäre ich normalerweise geneigt zu vermuten, daß dieser Übermann ein Betrüger ist und das Schwert eine Fälschung, der man einen prestigeträchtigen Namen gegeben hat – solcherlei Schwindel sind vorgekommen –, so fürchte ich, daß das in diesem Fall nicht so ist. Ihr werdet euch erinnern, zumindest einige von euch, daß Bildnisse des Bheleu ihn immer als

Übermann zeigen, und wie die Astrologin bereits erwähnte, hat dieser Garth schon mindestens eine, wahrscheinlich aber zwei oder sogar mehrere der in diesem Zusammenhang relevanten Prophezeiungen erfüllt.

Als das Werkzeug der Zerstörung wird dieser Garth – oder, wenn man so will, der Gott Bheleu – höchst erpicht darauf sein, vor allem die Kräfte zu vernichten, die helfen, die Ordnung zu bewahren. Die erste und wichtigste Ordnungsmacht in dieser unserer dekadenten Welt ist dieser Rat. Wir müssen daher damit rechnen, daß wir eines seiner ersten Ziele sein werden.«

Er hielt inne und wartete auf Wortmeldungen. Karag fragte: »Willst du damit sagen, daß wir gar nichts tun können?«

»Aber nein! Desgleichen habe ich niemals gesagt. Es ist absolut möglich, daß Garth besiegt und die Verheerung abgewendet werden kann, die anzurichten er angetreten ist. Nur drei Götter sind so mächtig, daß man gegen sie nichts ausrichten kann; nun ist zwar Bheleu in seinem Zeitalter der vierthöchste unter den Göttern, aber er gehört eben nicht – und da liegt unsere Chance – zu den besagten drei. Er ist durchaus nicht unbesiegbar; sein Werkzeug nicht unzerstörbar. Gleichwohl müssen die entsprechenden Schritte unverzüglich unternommen werden, da die Macht des Gottes ständig wächst und sich in dem Maße festigt, wie das neue Zeitalter voranschreitet und sich ausbreitet.«

»Heißt das, dieser Übermann vernichtet uns, wenn wir ihn nicht sofort vernichten?«

»Exakt; und nicht nur uns, sondern er vernichtet womöglich die ganze Welt.«

Chalkara meldete sich zu Wort. »Du sprachst von Zeichen oder Merkmalen oder Werkzeugen, die alle Götter hätten. Könnten wir diese anderen Werkzeuge finden und sie gegen den Übermann wenden?«

»Ich denke schon. Natürlich sind die Werkzeuge der Arkhein nur von sehr geringer Macht und daher gegen das Schwert des Bheleu kaum zu gebrauchen. Was die Werkzeuge der Herren von Eir betrifft, so sind diese wohl im Achten Zeitalter zerstört worden, als die Waagschale sich zum ersten Male zugunsten der Herren von Dûs neigte; meines Wissens deutet nichts darauf hin, daß sie noch existieren. Bleiben uns also nur die Werkzeuge der anderen sechs dunklen Götter. Eines von den sechsen befindet sich bereits in unserem Besitz, und von den anderen weiß ich nur, was sie sind, nicht aber, wo man sie finden könnte.«

»Wir besitzen schon ein Werkzeug?«

Miloshir war plötzlich verlegen und unsicher. Er schaute Shandiph an. »Ich habe mich wohl verplappert.«

Shandiph erhob sich wieder; die Beine wurden ihm allmählich müde. »Es ist schon in Ordnung. Ja, es stimmt, wir besitzen bereits ein Werkzeug; es war der Ring der P'hul, der es dem Rat der Höchsten zum Ende des Zwölften Zeitalters ermöglichte, die Macht zu erringen, die wir jetzt besitzen. Er befindet sich seither in einem sicheren Versteck, da er viel zu gefährlich ist, um benutzt zu werden; es war jener Ring, der die Große Seuche verursachte, welche die Königlich-Erammanische Armee dahinraffte und so den Rassenkriegen ein Ende setzte, bevor die Übermänner ausgelöscht werden konnten. Der Ring war es, der die Ebene von Derbarok verwüstete. Er tat immer das, was von ihm gefordert wurde, nur tat er es nie in der gewünschten Weise: Die Rassenkriege beendete er nur, indem er die Armee auslöschte, und den Krieg mit Orûn beendete er nur, indem er das ruinierte, wofür beide Seiten kämpften.«

»Welche sind die anderen Werkzeuge?«

»Der Weiße Stein der Tema, der Schwarze Stein des Andhur Regvos, die Peitsche der Sai, der Dolch Aghads und das Buch der Stille«, antwortete Miloshir.

»Und jedes davon ist so mächtig wie das Schwert des Bheleu?« fragte Karag.

»O nein, sie sind nicht genauso mächtig; keines dieser Werkzeuge kommt dem Schwert des Bheleu gleich, mit Ausnahme des Buches der Stille, welches das Schicksal der Welt in seinen Seiten birgt.«

»Aber wir wissen von keinem dieser Werkzeuge, wo es sich befindet.«

»Das ist richtig.«

»Wie läßt sich der Basilisk dort einordnen?« fragte Deriam. »Er kommt doch gewiß einem jener geheimnisvollen Gegenstände an Macht gleich.«

»Darüber streiten sich die Gelehrten. Einige sagen, der Basilisk sei das eigentliche Wahrzeichen des Gottes-Dessen-Namen-Man-Nicht-Ausspricht, und das Buch der Stille sei ein geringerwertiger Gegenstand oder aber ein Mythos oder vielleicht sogar das Wahrzeichen von Dagha höchstselbst.«

»Ich bin sicher, daß diese Kreatur das Symbol des Todesgottes ist. Wenn das der Fall ist, dann besitzen wir zwei dieser Werkzeuge, und eines davon ist sogar mächtiger als das Schwert; da hat dieser Garth keine Chance.«

Miloshir sah erst Deriam an, und dann glitt sein Blick die Tischreihe entlang, bei jedem der anderen anwesenden dreizehn Zauberer für einen kurzen Moment innehaltend. »Hoffentlich hast du recht.«

Kapitel 19

An Brennstoff würde es in jenem Winter in Skelleth nicht mangeln, soviel stand fest; halbverkohlte Balken und Dachsparren gab es in Hülle und Fülle, und auch Holzkohle war im Überfluß vorhanden. An Baustein fehlte es ebenfalls nicht; der Ruinenring, der den Marktplatz umgab, war ein schier unerschöpfliches Reservoir. Was indes sehr schmerzlich vermißt wurde, war festes, solides Holz für Dachstühle, Böden und Möbel. Zwar gab es zur Not noch immer den Ausweg, steinerne Decken einzuziehen und die Dächer mit Stroh zu decken, aber eine solche Arbeit war mit ungeheurem Zeitaufwand verbunden und erforderte komplizierte und sorgfältige Gerüstarbeiten; zudem waren dafür Unmengen von Stein vonnöten.

Es gab weder Wälder noch kleinere Gehölze in der Umgebung; diejenigen, die ihre Häuser mit Holz heizten – die Mehrzahl der Einwohner verwendete getrockneten Dung –, sammelten dies seit altersher von Büschen und Sträuchern in der näheren Umgebung. Seit der Fertigstellung des Hauses des Barons vor mehr als zweihundert Jahren war in Skelleth kein Haus mehr errichtet worden. Und in früheren Zeiten war das Bauholz in großen Wagen über die Karawanenstraße herangekarrt worden, wie auch der größte Teil des Steins und der anderen Materialien.

Was an Holz noch irgendwie zu gebrauchen war, wurde zügig verbaut, aber der Vorrat war erschöpft, als etwa zwei Dutzend Häuser fertiggestellt waren, und noch ehe in einem dieser Häuser auch nur ein Tisch stand.

Für kurze Zeit war im Gespräch, das Holz, die Stühle und die Tische aus dem *Gasthof des Königs* für die Möblierung der Häuser zu verwenden, aber diese Idee wurde schnell wieder fallengelassen, als klar wurde, daß weder Garth noch der Vergessene König von dieser Lösung angetan waren.

Deshalb kam Saram zu dem Schluß, daß es an der Zeit war, den längst eingeschlafenen Kontakt mit dem Süden wiederherzustellen, um Holz zu kaufen. Er unterrichtete Garth von seiner Idee.

Garth hatte seit Selks Ankunft und dem Kampf mit dem Kriegstier nur wenig getan. Eine seiner raren Aktivitäten hatte in dem halbherzigen Versuch bestanden, sich die linke Hand abzuschlagen, während er damit das Schwert hielt. Wie erwartet war dabei die Klinge des Messers zerbrochen, bevor sie allzugroßen Schaden hatte anrichten können, und die Wunde war über Nacht wieder verheilt. Nach diesem Fehlschlag hatte er den größten Teil seiner Zeit damit verbracht, untätig herumzusitzen, das Schwert anzustarren und darüber nachzugrübeln, ob es nicht vielleicht doch irgendeinen Weg gab, das verdammte Ding loszuwerden, ohne auf den Vorschlag des Vergessenen Königs zurückgreifen zu müssen.

Galt hatte sich nach reiflicher Überlegung zum Bleiben entschlossen; ihm war klar geworden, daß der Stadtrat ihn mit höchster Wahrscheinlichkeit zum Tode verurteilen würde, um die Erammaner zu beschwichtigen. Es war kaum damit zu rechnen, daß sie ihn schonen würden; ein solcher Gnadenakt würde mit Sicherheit den Argwohn des Hohen Königs erregen, sobald dieser davon erfahren würde. Einer mußte der Sündenbock sein, und er und Garth waren dazu auserkoren worden.

Von den einundvierzig anderen Übermännern in Skelleth waren vierzehn dageblieben; siebenundzwanzig, darunter alle Verwundeten, waren auf das Amnestieangebot eingegangen und nach Ordunin zurückgekehrt.

Selk stand unter Aufsicht in einem der oberen Zimmer des *Gasthofs des Königs*; er verhielt sich ziemlich ruhig, klagte aber bei jeder Gelegenheit, der Raum habe etwas Beunruhigendes an sich, irgend etwas liege in der Luft, das ihm eine Gänsehaut mache. Garth und die anderen konnten nichts Ungewöhnliches entdecken außer einer alles bedeckenden dicken Staubschicht.

Die Übermann-Posten an den fünf Toren hatte man aufgrund des großen Aderlasses an Kriegern abgezogen, so daß die Bewachung jetzt ausschließlich in der Hand von Menschen lag.

Galt verlor rasch das Interesse am Regieren seiner verbliebenen Truppe und überließ Saram so gut wie vollständig die Regierungsverantwortung. So stellte sich die Situation dar, als Saram Garth nach seiner Meinung zu dem Vorschlag fragte, eine Gesandtschaft nach Kholis zu schicken.

Garth überlegte. »Ich glaube, das ist eine gute Idee. Seit der Schlacht sind jetzt mehr als vierzehn Tage verstrichen, und wir haben noch keine Reaktion aus dem Süden. Ich glaube daher, wir können ihnen auftischen, was wir wollen, und sie werden es akzeptieren. Außerdem steht der Winter vor der Tür – schon hat der Wind sich gedreht und weht kalt von Norden herüber –, und der Hohe König wird nur unter extremen Schwierigkeiten – wenn überhaupt – eine Armee schicken können, wenn es erst einmal zu schneien beginnt.«

»Ich hoffe, er wird keinen Grund haben, eine Armee zu senden. Ich habe nicht vor, ihm auf die Nase zu binden, daß ihr eine Besatzungsmacht seid.«

»Das ist gut so; was gedenkst du denn, ihm zu erzählen?«

»Ich habe mir folgende Version ausgedacht, und ich glaube, sie hört sich ziemlich glaubwürdig an: Ich werde dem König eine Botschaft schicken, in der steht, daß der Baron, dessen Geisteszustand ja allgemein bekannt war, während der Unterredungen mit einer friedlichen Handelsmission schließlich vollends den Verstand verlor und das Dorf anzündete. In dem dabei entstehenden Durcheinander kamen viele ums Leben, und ein großer Teil der Stadt wurde Opfer der Flammen. Die Überlebenden machten sich an den Wiederaufbau, unterstützt von euch Übermännern, als offenbar wurde, daß der Wahn des Barons schuld an der Katastrophe war und nicht etwa irgendein rechtlicher Disput oder Handlung von eurer Seite. Wir brauchen ja nicht zu erwähnen, daß eure Handelsdelegation aus sechzig Kriegern bestand; wir brauchen überhaupt niemanden zu erwähnen außer den sechzehn von euch, die noch hier sind. Den siebzehnten, Selk, will ich davon natürlich ausnehmen; er kann ruhig ein weiteres kleines Geheimnis sein. Wir bitten um Übersendung von Vorräten, damit wir über den Winter kommen, und um die Ernennung eines neuen Barons von Skelleth; gleichzeitig bringen wir unsere ungebrochene Loyalität gegenüber dem Königreich von Eramma zum Ausdruck. Wie hört sich das an?«

»Gut, sehr gut; damit wäre die ganze Verantwortung für die Katastrophe auf den toten Baron abgewälzt.«

»Ich dachte mir, das wäre dir recht.«

»Wenn der König sich damit zufriedengibt, können wir dem Stadtrat eine ganz neue Situation präsentieren und ihn bitten, die Sache noch einmal zu überdenken.«

»Wenn du das willst, warum nicht?«

»Warum sagst du: ›Wenn du das willst?‹ Warum sollte ich es nicht wollen?«

»Mir scheint, daß euer Stadtrat nicht sehr hilfreich ist; warum vergißt du ihn nicht einfach?«

»Ich kam, um Handelsbeziehungen zwischen der Nordwüste und Eramma zu knüpfen. Ich wollte diese Handelsbeziehungen um jeden Preis aufbauen, ganz gleich ob die anderen Betroffenen das wollten oder nicht; ein solcher Handel ist für beide Seiten von Vorteil, ob die Herrschenden den Grips haben, das zu begreifen, oder nicht.«

»Ah, ich verstehe. Garth, was immer auch geschieht, ob du deinen Stadtrat überzeugen kannst oder nicht, du bist herzlich eingeladen, so lange in Skelleth zu bleiben, wie ich es regiere.«

»Ich befürchte, das wird nicht lange dauern; der Hohe König wird einen neuen Baron schicken.«

»Stimmt. Das hatte ich ganz vergessen.« Er lächelte. »Dann kann ich mich endlich ausruhen und mich meiner Frau widmen.«

»Deiner Frau?« Garth war verblüfft.

»Natürlich.«

»Welcher Frau?«

»Frima natürlich.«

»Oh!« Garth brauchte einen Moment, um seiner Verblüffung Herr zu werden. »Seid ihr zwei verheiratet?«

»Mehr oder weniger. Das Gesetz sagt, daß eine Ehe gültig ist, wenn der Lehnsherr seine Einwilligung dazu gegeben hat. Und als geschäftsführender Baron bin ich der zuständige Lehnsherr, und *ich* sage, wir *sind* verheiratet. Wenn wir einen neuen Baron kriegen, bitte ich ihn vielleicht, die Ehe zu bestätigen.«

»Ich verstehe. Herzlichen Glückwunsch dann.«

Saram studierte die Miene des Übermannes. »Vermißt du deine eigenen Frauen? Vielleicht könntest du nach ihnen schicken.«

»Nein. Wir Übermenschen sind nicht so anfällig für Einsamkeit wie ihr Menschenwesen.«

»Aber du machst einen niedergeschlagenen Eindruck.«

»Ich fühle mich auch niedergeschlagen, aber nicht wegen der Abwesenheit meiner Frauen, sondern wegen der Anwesenheit dieses Schwertes und wegen der Dummheit des Stadtrates.«

»Oh! Was den Rat betrifft, so kann ich da nicht viel tun, außer meine Botschaft nach Kholis schicken; gibt es denn irgend etwas, was ich bezüglich des Schwerts für dich tun könnte?«

»Ich wüßte nicht, was.«

»Laß mich einmal versuchen, ob ich deine Finger von dem Schwert loskriegen kann.«

Garth hielt ihm seine Schwerthand hin, und einen Moment später lutschte er sich mit schmerzverzerrtem Gesicht die verbrannten Finger.

»Wie kannst du das Ding bloß halten?« fragte er.

»Mir bleibt gar nichts anderes übrig, als es zu halten; ich habe sogar schon versucht, mir die Hand abzuhakken – natürlich ohne Erfolg.«

»Soll ich es mal versuchen?«

»Wenn du unbedingt möchtest; aber ich warne dich, wahrscheinlich wird deine Klinge dabei zerbrechen.«

»Dann probiere ich es besser nicht; ich liebe nämlich mein Schwert.«

Garth schnaubte.

»Hör mal, vielleicht kannst du das Ding ausbrennen.«

»Ich verstehe nicht; wie meinst du das?«

»Vielleicht kannst du es dazu bringen, daß es seine ganze Kraft verausgabt. Dann wäre es zu schwach, um sich an dir festzuhalten.«

»Daran hatte ich auch schon gedacht, aber mir fiel keine geeignete Möglichkeit ein, ohne dabei Unschuldige zu töten und Eigentum zu zerstören.«

»Warum gehst du nicht irgendwo hinaus auf die Ebene, wo es niemanden zum Töten und nichts zum Zerstören gibt?«

»Und dann?«

»Kannst du die Kraft des Schwertes lenken, so wie du es getan hast, als du von ihm besessen warst?«

»Das weiß ich nicht.«

»Kannst du es dazu bringen, daß es von dir Besitz ergreift?«

»Das habe ich bereits probiert: ohne Erfolg.«

»Also, ich schlage vor, du gehst hinaus in die Ebene,

suchst dir ein schönes ödes Plätzchen und versuchst, das Schwert zum Brennen zu bringen, so wie es brannte, als du den Baron getötet hast. Versuch doch einmal, die Erde selbst zu verbrennen. Dann siehst du, was passiert.«

Garth dachte darüber nach. Sein Kopf war nicht ganz klar, er konnte nur langsam und verschwommen denken; vage war ihm bewußt, daß diese seltsame Denkhemmung das Werk des Schwertes war.

Ihm fiel kein Argument gegen Sarams Vorschlag ein. »Ich werde es probieren«, sagte er.

»Gut. Ich muß jetzt los, um diese Gesandtschaft nach Kholis zusammenzustellen«, sagte Saram im Aufstehen; »aber ich wünsche dir viel Glück.«

Garth sah ihm nach, bis er verschwunden war, und dann hielt er das Schwert hoch und betrachtete es. Der Edelstein loderte blutrot.

Nichts, was er bisher versucht hatte, hatte irgend etwas genutzt, und er konnte sich nicht darauf verlassen, daß das Schwert sich auch weiterhin zurückhielt. Er erhob sich, zog mit der freien Hand den Umhang, den er sich von Galt ausgeborgt hatte, etwas fester um den Körper und begab sich auf den Weg zum Westtor; in der Richtung lag die ödeste Gegend der ganzen Umgebung.

Er spürte den nahenden Winter; die Luft fühlte sich dünn und rauh an und ließ ihn trotz Umhang, Rock, Stepphemd und Fell frösteln. Skelleth kannte keinen Herbst im üblichen Sinne, da es keine Bäume gab, die ihre Blätter hätten verlieren können, noch Früchte, die es zu ernten gegeben hätte (das Heu wurde im Spätsommer eingebracht). Aber es gab eine kurze Periode zwischen der Wärme des Sommers und dem ersten Schnee, und diese Periode war während der vergangenen paar Tage angebrochen. Die einzige Wärme, die Garth irgendwo in der Welt um ihn herum zu entdekken vermochte, entströmte dem Schwertgriff in seiner Hand.

Es hatte etwas seltsam Tröstliches an sich. Er wußte, daß es ihn eigentlich hätte beunruhigen müssen, der Macht des Dings irgend etwas Positives abzugewinnen, aber er konnte nicht umhin, die Wärme, die es ausstrahlte, als angenehm zu empfinden.

Keiner der wenigen Passanten, denen er auf dem Weg aus der Stadt begegnete, schenkte ihm besondere Beachtung; man hatte sich daran gewöhnt, ihn im Dorf herumwandern zu sehen, von der Hoffnung getrieben, irgendein Mittel zu finden, mit dem er sich aus der Knechtschaft des Schwertes befreien konnte. Nicht einmal die Wachtposten am Westtor taten mehr, als ihm einen freundlichen Gruß zuzunicken.

Draußen auf dem freien Feld blies der Nordwind ungehindert und schnitt ihm in die Haut; nach kurzer Zeit war seine rechte Körperhälfte so kalt, daß ihm die linke im Gegensatz dazu fast warm vorkam. Der Schwertgriff in seiner Rechten brannte wie eine glühende Kohle, aber es war eine angenehme, lindernde Wärme, die ihm nicht weh tat.

Er schlenderte weiter über das Ödland. Skelleth wurde nicht mehr zur Nordwüste gerechnet, aber es war dennoch ein rauhes, unfruchtbares Land, kaum besser als seine Heimat. Die wenigen Bauernhöfe, an denen er vorüberkam oder die er durchquerte, lagen still und verlassen; das Heu war bereits einen Monat zuvor gemäht und eingebracht worden, und die Bauern hatten ihre Ernte und ihre Ziegen genommen und waren zum Schutz vor dem Winter ins Dorf gezogen, als der erste kalte Nordwind von den Hügeln gekommen war. Nur die Eishacker wagten sich hinaus in die Wildnis, wenn der Schnee kam, und dann auch nur in großen Gruppen.

Nach einer Stunde hatte er gut vier Meilen zurückgelegt, eine Entfernung, die er als ausreichend empfand. Er blieb stehen und sah sich um.

Die Ebene dehnte sich kahl und leer in alle Richtungen. Im Norden war sie von niedrigen Hügeln begrenzt; im Osten war Skelleth noch als schwache Linie am Horizont auszumachen; nach Süden und Westen erstreckte sie sich bis zum Horizont. Er hatte die alte Straße nach Ypri hundert Schritt hinter dem Tor verlassen, und sie verlor sich jetzt in der Ferne.

Er nahm das Schwert in beide Hände und verharrte für einen Moment still, um das Gefühl von Wärme auszukosten, das jetzt beide Hände durchströmte; die linke schien regelrecht aufzutauen, obwohl sie gar nicht eingefroren gewesen war. Er konzentrierte sich voll und ganz auf die Wärme und ließ sie in die Arme emporfließen.

Er war sich zunächst nicht sicher, wie er seine Idee in die Tat umsetzen sollte. Schließlich fiel ihm ein, daß er in den Phasen der Besessenheit das Schwert oft hoch über den Kopf hob, bevor er seine magischen Kunststücke vollführte; also hob er die Klinge, wobei er sich irgendwie ein wenig töricht vorkam.

Ohne bewußtes Dazutun seines Willens verwandelte sich seine anfangs zögernde Körperhaltung mit einem Schlag in eine schwungvoll-kraftvolle Bewegung; die Klinge fuhr wie von selbst hoch, bis ihre Spitze zum Himmel zeigte. Der rote Stein loderte direkt vor seinen roten Augen; der Glanz war so hell und warm wie frisches Blut. Über den stahlgrauen Himmel über ihm jagten Rudel schwarzer Wolken.

Das leuchtende Juwel hielt seinen Blick in Bann. Fasziniert starrte er es an, und über ihm ballten sich die Wolken zusammen. Donner grollte in den Hügeln am nördlichen Horizont.

Das dumpfe Donnergrollen riß ihn aus seiner Trance, und er richtete den Blick gen Himmel.

Der Himmel war zwar nicht klar gewesen, als er die Stadt verlassen hatte, aber er hatte keineswegs bedrohlich ausgesehen. Jetzt aber war er von dunklen, ständig größer werdenden Wolkenbergen verdeckt. Der Gewittersturm bräche los, bevor er die Chance hatte, die schützenden Mauern von Skelleth zu erreichen.

Immer noch hielt er das Schwert hoch, die Spitze zum Himmel gerichtet; plötzlich, mit einer unwillkürlichen Bewegung, stieß er es hoch in die Luft und schrie: »*Melith!*«

Der Name sagte ihm nicht das geringste; sein Schrei wurde beantwortet von einem Blitz, begleitet von leisem Donnerrollen.

Schlagartig erinnerte er sich, daß der Himmel ebenfalls von Donner erfüllt gewesen war und ein Blitz das halb zerstörte Dach des Tempels zerschmettert hatte, als er seinerzeit in Dûsarra den Tempel des Bheleu betreten und das Schwert an sich gebracht hatte. Ein Blitz war in den Altar eingeschlagen und hatte das Feuer, das ihn umloderte, zerstieben lassen.

Und ein Blitz war in das Schwert gefahren, während er es in der Hand hielt.

Plötzlich wurde ihm mit Schrecken und Entsetzen bewußt, daß er auf einer völlig freien und endlosen Ebene in einem Gewittersturm stand, mit einer sechs Fuß langen Klinge aus blankem Stahl in der Hand! Blitze hatten eine Vorliebe für Metall, wie allgemein bekannt war, und fuhren mit Vorliebe in den höchsten erreichbaren Punkt. So dazustehen, grenzte an Selbstmord!

Aber das Schwert des Bheleu war kein gewöhnliches Schwert, und er fragte sich, ob das Gewitter, das jeden Moment losbrechen würde, ein gewöhnliches Gewitter war. War es natürlichen Ursprungs, oder hatte das Schwert es herbeigerufen? War der Sturm, der den Tempel des Bheleu zerstört hatte, ein normaler Sturm gewesen?

Seine Neugier, der Natur des Schwertes auf den Grund zu gehen, ging freilich nicht so weit, daß er es darauf ankommen lassen wollte, womöglich von einem Blitz erschlagen zu werden; daß er es einmal überlebt hatte, bedeutete nicht zwangsläufig, daß er es auch ein zweites Mal heil überstehen würde. Er ließ das Schwert wieder sinken.

Es leistete leichten Widerstand, gehorchte aber.

Sofort beruhigte sich der Himmel; hatte es eben noch so ausgesehen, als würden sich innerhalb der nächsten Sekunden sämtliche Schleusen des Himmels öffnen und als würde ein gewaltiges Unwetter losbrechen, so klarte es jetzt zusehends auf. Weder zuckten Blitze, noch grollte Donner. Selbst der eben noch so schneidende Nordwind verflachte zu einer sanften Brise.

Er dachte an den Test, den Saram vorgeschlagen hatte: Würde das Schwert die Erde verbrennen? Er hob es ein wenig an und richtete die Spitze auf den Erdboden ein Stück vor ihm.

Der Stein loderte grell auf, und ein dumpfes Rumpeln erklang. Zuerst glaubte er, der Donner habe wieder eingesetzt, doch dann wölbte sich plötzlich die Erde unter ihm auf, wie von einer gewaltigen Faust hochgestemmt. Er taumelte nach hinten, um das Gleichgewicht zu behalten; dabei löste sich die linke Hand vom Schwertgriff, während die rechte, die das Schwert hielt, in einer unwillkürlichen Ruderbewegung zur Seite schwang.

Sofort hörte das Beben auf, und die Erde war wieder so ruhig und fest wie vorher.

Er spürte die Kälte nicht mehr; die Wärme des Schwertes hatte seinen ganzen Körper durchdrungen. Als er auf die Klinge schaute und sich vergegenwärtigte, was soeben passiert war, traten ihm Schweißperlen auf die Stirn.

Er konnte nicht glauben, daß das Schwert ein Erdbeben ausgelöst hatte. Er nahm es in beide Hände und berührte mit der Spitze den Erdboden direkt vor seinen Füßen.

Nichts geschah.

Er ließ es in dieser Position, wartete und dachte nach. Plötzlich wurde ihm klar, daß er ja gar nicht *wollte*, daß irgend etwas geschah. Vielleicht beeinträchtigte das sein Experiment. Er zwang sich zu wollen, daß die Erde sich bewegte; gleichzeitig sagte er laut: »Bewege dich, Erde! Ich befehle es dir!«

Der Boden unter seinen Füßen begann mit lautem Rumpeln zu erbeben; rings um sich herum sah er Staub hochwirbeln.

»Halt ein!« schrie er.

Das Beben hörte schlagartig auf.

Erdbeben machten ihm Angst. Dieses unheimliche Schwanken des Solidesten und Unerschütterlichsten, das es gab, lief seiner Anschauung vom Wesen der Welt zutiefst zuwider. Solche Kraftakte verbrauchten sicher ungeheure Mengen von der Energie des Schwertes, aber er konnte sich nicht dazu überwinden weiterzumachen.

Stürme hingegen waren etwas, das ihm vertraut und an das er gewöhnt war.

Er schaute auf den Edelstein. Er strahlte in einem hellen blutigen Rot.

Die Kraft des Schwertes konnte nicht unendlich sein, sagte er sich. Sie mußte sich irgendwann erschöpfen.

Er hob das Schwert hoch über den Kopf und rief den Sturm zu sich.

Das glühende Juwel tauchte ihn in karmesinrotes Licht, und die Klinge erglänzte in silbrigem Weiß, als das Unwetter mit übernatürlicher Gewalt um ihn herum losbrach. Ein grellweißer Blitzstrahl zuckte vom Himmel herab und fuhr in das Schwert, und eine Aura blauweißer Funken hüllte ihn ein, aber er fühlte nichts als eine angenehme Wärme und ein wachsendes Glücksgefühl ob der ungeheuren Kraft, die er zu entfesseln vermochte.

Ein zweiter Blitz fuhr herab, unmittelbar gefolgt von einem dritten. Weißes Feuer umtoste ihn, und die Erde zu seinen Füßen verbrannte zu schwarzer Asche.

Blitz auf Blitz zuckte auf ihn herab, während kalter

Regen auf die Ebene herniederprasselte. Er selbst blieb trocken, obgleich er im Zentrum des Unwetters stand, denn die Blitze und die Hitze des Schwertes ließen den Regen verdunsten, bevor er ihn berührte, so daß er umhüllt war von einer Glocke aus Dampf.

Er machte die Entdeckung, daß er die Blitze von sich ablenken und vermittels der Schwertspitze dorthin dirigieren konnte, wohin er wollte – genau so, wie er es in Skelleth mit den Flammen gemacht hatte. Er zog die Hitze des Schwertes in sich hinein und lenkte sie nach oben, und der Regen um ihn herum erwärmte sich; alsdann sog er sie wieder in sich hinein, und die Regentropfen wurden erst zu Graupeln, dann zu Hagelkörnern.

Er schrie ein weiteres ihm unbekanntes Wort: *»Kewerro!«* Der Nordwind schwoll zu einem Orkan an, und der Regen verwandelte sich in Schnee. Binnen weniger Sekunden stand Garth inmitten eines tosenden Blizzards.

Er war trunken von der Macht des Schwertes, und immer noch strahlte der Edelstein hell, und die Klinge glänzte silbern wie der Mond.

Er hieß den Schnee zurückweichen, befahl dem Nordwind zu verstummen und ließ den Südwind an seiner Statt Regen bringen. Der Himmel war schwarz, die Sonne war hinter mächtigen Wolkenbergen versunken; nur die wütend zuckenden Blitze und das rote und silberne Licht des Schwertes erhellten die Düsternis.

Er lenkte den Sturm im Kreise, verwandelte ihn in einen brüllenden Mahlstrom, peitschte ihn zu immer wilderer Raserei an, bis sein Umhang so laut knatterte, wie wenn Stein zerbräche; und immer noch loderte der Stein mit unverminderter Helligkeit. Ohne die Kraft des Hurrikans zu verringern, ließ er nun auch noch die Erde erbeben, ließ sie wogen und wallen wie einen sturmgepeitschten See. Er ließ den Regen in Sturzbächen vom Himmel prasseln, ließ ihn anschwellen zu einem wahren Katarakt, schleuderte Blitz auf Blitz auf die aufgewühlte, gemarterte Erde, hüllte sich in eine gleißende Aura aus knisterndem elektrischen Feuer.

Schließlich konnte er nicht mehr; erschöpft sank er auf die Knie. Die Erde beruhigte sich. Eine Hand glitt vom Griff des Schwertes; sofort hörte es auf zu blitzen, und der Wind erstarb. In der plötzlichen Stille nach dem letzten Donnerschlag schloß er die Augen und hörte, wie sich das wütende Prasseln des Regens in ein lindes Plätschern verwandelte.

Er schlug die Augen auf und betrachtete mit hoffnungslosem Blick das Schwert: Seine Finger klebten so fest am Griff wie eh und je.

Der Edelstein glühte feuerrot, und ihm war, als hörte er wie aus weiter Ferne ein höhnisches Lachen. Es klang wie sein eigenes Lachen.

Kapitel 20

Das einundzwanzigste Ratsmitglied und Derelinds Bericht aus Mormoreth trafen fast gleichzeitig ein.

Es war der Seher von Weideth, der das Quorum des Rates der Höchsten vervollständigte; nach einem langen beschwerlichen Ritt auf einem geborgten Pferd traf er spät am Abend bei kaltem Nieselregen ein, und seine Rufe vor dem Schloßtor blieben fast eine Viertelstunde ungehört: Nach Einbruch der Dunkelheit war das Tor nur mit einem einzigen Wachtposten besetzt, und dieser kauerte in einer Ecke der Wachkammer, gebührenden Abstand zum zugigen Fenster haltend, und wärmte sich, so gut er konnte, an seiner Laterne und – von innen – an einem Schlauch billigen Rotweins; schließlich jedoch glaubte er, über das Plätschern des Regens und das Murmeln des Windes etwas gehört zu haben, und als er hinunterspähte, entdeckte er den Seher, der fröstelnd vor dem Tor stand, in einen riesigen grauen Umhang gehüllt.

Der Torwächter war ein redlicher, durchaus rücksichtsvoller Mann; er eilte zu seiner Winde und rief eine Entschuldigung hinunter, während er das Fallgatter hochkurbelte. Als dies getan war, hastete er die Turmtreppe hinunter, wobei er in der Dunkelheit stolperte und sich nur mit knapper Not vor einem Sturz retten konnte, und öffnete das Tor. Bei Tage hätten sich zwei weitere Wachtposten diese Aufgabe geteilt.

»Mein Herr, es tut mir aufrichtig leid! Ich hätte nicht gedacht, daß bei solch scheußlichem Wetter jemand unterwegs sein könnte!«

Der Seher nickte, aber er brachte kein Wort heraus. Sein Heimatdorf wurde stets warm und trocken gehalten von der Hitze der benachbarten Vulkane, und er war die feuchte Kälte von Herbstregen einfach nicht gewohnt.

»Aber ich hätte es eigentlich besser wissen müssen, da doch in den letzten paar Tagen ständig Leute eingetroffen sind; ich glaube auch nicht, daß Ihr der letzte seid. Sicher seid Ihr unterwegs vom Regen überrascht worden und wolltet kein Geld mehr für eine Herberge verschwenden, so kurz vor dem Schloß; ich hätte es genauso gemacht. Es ist auch sehr ungewöhnliches Wetter für diese Jahreszeit, Herr – so weit ich zurückdenken kann, war es um diese Jahreszeit noch nie so kalt.«

Der Seher schaute den Torwächter an und sah, daß er ein sehr einsamer Mann war; kein Wunder, verbrachte er doch seine Nächte allein in der Turmkammer hokkend. Er war unverheiratet, hatte keine Kinder, und seine letzte Frau hatte ihn erst vor ein paar Tagen verlassen.

Aber was ging das ihn an? fragte sich der Seher. Durch seine Gabe erfuhr er manchmal mehr, als er wissen wollte – und dann gab es wieder Momente, da erfuhr er gar nichts. Er wünschte sich, sein Talent wäre beständiger und zuverlässiger. Er war nicht erpicht darauf, jemals ein großer Prophet zu werden, aber es wäre angenehm, dachte er, wenn er wenigstens ein passabler wäre, mit einem soliden, verläßlichen Sehertalent ausgestattet, das nicht nur hin und wieder aufblitzte und ihn in entscheidenden Momenten im Stich ließ.

Was den Torwächter so redselig machte, war seine Einsamkeit in Verbindung mit seinem aufrichtigen Reuegefühl. Er würde so lange weiterplappern, bis er eine Antwort erhielt.

»Ach, es geht schon«, sagte der Seher. »Du brauchst dir keine Vorwürfe zu machen.«

»Das ist sehr freundlich von Euch, Herr. Kann ich irgend etwas für Euch tun?«

»Wo kann ich mein Pferd unterstellen?«

Der Torwächter zeigte ihm den Weg zum Stall, sagte

ihm, wen er aufwecken müsse und wie, und warnte ihn davor, den nutzlosen Stallburschen zu vertrauen.

»Danke«, sagte der Seher und ritt los, bevor der Mann zu einer neuen Rede ansetzen konnte.

Am Stall ließ er sich den Weg zu einem Gebäude beschreiben, wo er vielleicht jemanden antreffen könne, der möglicherweise wüßte, an wen er sich zu wenden hätte; der Beschreibung folgend, verirrte er sich prompt in dem Labyrinth aus steinernen Gängen und Gassen. Schließlich wies ihm jemand, den er in seiner Not ansprach, den Weg zu der Säulenhalle, in der der Rat tagte.

Chalkara bemerkte ihn, als er die Treppe heraufkam, und erkannte ihn anhand der Projektion an ihrer Zimmerwand. »Willkommen, Seher«, begrüßte sie ihn. »Ich wußte nicht, daß du hier bist. Wann bist du angekommen?«

Der Seher hielt ihr den Saum seines Umhangs hin, damit sie sehen konnte, daß er noch naß war, und antwortete: »Gerade eben. Was ist los?«

Ein Fremder in einer violetten Robe schob sich an ihm vorbei und trat in die Säulenhalle, als Chalkara antwortete: »Es ist sehr schwer zu erklären, und die Versammlung fängt jeden Moment an. Warum kommst du nicht einfach herein, setzt dich hin und wärmst dich ein bißchen auf? Wenn du Fragen hast, stell sie, wie sie sich im Verlaufe der Beratung ergeben.«

Verwirrt ließ sich der Seher von Chalkara in die Halle führen. Drinnen, rings um eine lange Tischreihe, standen Stühle; müde und erschöpft, wie er war, ließ er sich dankbar auf einen davon sinken.

Erhellt wurde der Raum von mehreren Dutzend Kerzen, die teils in Wandleuchtern, teils in Stehkandelabern steckten, und gut ein Dutzend Männer und Frauen hatten bereits an der langen Tischreihe Platz genommen. Während er seinen Blick schweifen ließ, kamen laufend weitere herein. Shandiph saß am Kopf des Tisches, den er gewählt hatte; von den anderen erkannte er keinen. Zu Shandiphs Rechten saß eine winzige alte Frau.

Ein wohlbeleibter Mann von noch nicht ganz mittlerem Alter nahm zu des Sehers Rechten Platz und bemerkte ohne Vorrede: »Du bist ja naß.«

»Es regnet draußen«, erwiderte er artig.

»Dann bist du also gerade erst eingetroffen?«

»Ja.«

»Wer bist du denn?«

»Ich bin der Seher von Weideth.«

»Ah, du bist das also, der diesen ganzen Rummel in Gang gesetzt hat!«

»Schon möglich. Und wer bist du?«

»Du kennst mich nicht? Ich bin Deriam von Ur-Dormulk und wahrscheinlich der einzige Zauberer hier, der weiß, was er tut.« Er untermalte seine Aussage mit einer schweifenden Geste.

Der Seher beschloß, daß er nichts mit Deriam von Ur-Dormulk zu tun haben wollte. Während er noch überlegte, wie er das Gespräch auf höfliche Weise abblocken konnte, stand Shandiph auf und nahm ihm diese Überlegung ab, indem er die Versammlung eröffnete.

»Wie ich sehe, haben wir jetzt eine beschlußfähige Mehrheit beisammen«, sagte er, als alle Platz genommen hatten und das Getuschel verstummt war, »Derelind mitgerechnet. Mithin erfüllen wir die Voraussetzung für eine offizielle Versammlung des Rates der Höchsten und sind somit berechtigt, Maßnahmen im Namen der gesamten Mitgliederschaft zu beschließen. Ich bin sicher, daß ihr alle mit mir der Meinung seid, daß in dieser Angelegenheit rasch etwas unternommen werden muß.«

Er legte eine dramatische Kunstpause ein, und jemand in der Versammlung stieß ein verächtliches Schnauben aus. Shandiph ignorierte es.

»Wir haben soeben durch die Dienste der Zauberin

Zhinza eine Nachricht von Derelind dem Einsiedler erhalten, welcher im Auftrag der Versammlung in die Stadt Mormoreth gereist ist, um dortselbst Erkundigungen bezüglich des Verbleibs unseres Kameraden Shang sowie des Basilisken anzustellen, welcher letzterem in Obhut gegeben war. Ich erteile jetzt Zhinza das Wort, auf daß sie euch Derelinds Nachricht selbst übermitteln kann.« Er machte eine Geste in Richtung der alten Frau und ließ sich auf seinen Stuhl sinken.

Zhinza erhob sich und verkündete: »Shang ist tot. Ich hatte also recht.«

Deriam murmelte etwas in seinen Bart.

»Sag ihnen, was Derelind berichtet hat!« forderte Shandiph sie auf.

»Derelind sagte, er sei sicher und heil angekommen und habe festgestellt, daß Mormoreth jetzt von dem Banditenstamm bewohnt wird, der früher die Ebene von Derbarok unsicher gemacht hat. Da er ein Zauberer ist, fiel es ihm nicht schwer, die Banditen dazu zu bringen, mit ihm zu sprechen und ihm zu erzählen, wie es dazu gekommen ist. Sie behaupten, sie hätten die Stadt als Geschenk von jener Person erhalten, die Shang getötet habe, als Blutpreis für mehrere Stammesmitglieder, die er dabei ebenfalls getötet hätte.«

»Nun sag schon, Frau, wer ist es denn, der Shang getötet hat!« drängte Saram ungeduldig.

»Shang wurde von einem Übermann namens Garth getötet.«

Betroffenes Schweigen legte sich über die Versammlung.

»Und was ist mit dem Basilisken?« rief jemand.

Atemlose Stille herrschte, als Zhinza nach dem Frager Ausschau hielt, ihn aber nicht entdecken konnte. Schließlich sagte sie, an die gesamte Gruppe gewandt: »Garth hat ihn mitgenommen.«

Die darauf eintretende Stille war nur kurz und machte einem vielstimmigen, aufgeregten Getuschel

Platz. Shandiph wartete einen Moment ab, ehe er erneut um Ruhe bat.

»Heißt das«, fragte Karag von Sland, als wieder Ruhe eingekehrt war, »daß unsere beste Waffe in die Hand des Feindes gefallen ist, ehe wir überhaupt begonnen haben, ihn zu bekämpfen?«

»Es sieht ganz so aus«, sagte Shandiph. »Bevor wir jedoch zu debattieren beginnen, möchte ich, daß alle verfügbaren Informationen zur Kenntnis des Plenums gelangen. Glücklicherweise hat Kala von Mara daran gedacht, ein gutes Sehglas mitzubringen. Auf meine Bitte hin hat sie diesen Übermann studiert. Ich möchte, daß sie uns nun berichtet, was sie herausgefunden hat.«

Kala war eine junge Frau in einer schlichten braunen Robe. Sie erhob sich und sagte: »Viel habe ich leider nicht herausbringen können. Es ist sehr schwierig, Garth von Ordunin mit dem Glas zu erfassen; das Schwert wehrt jede andere Magie in seiner Nähe ab, und es ist stets da, wo auch er ist.«

»Hast du den Basilisken gesehen?« fragte Thetheru.

»Nein. Ich habe nirgendwo in Skelleth auch nur die geringste Spur von ihm gesehen. Ich weiß nicht, was mit ihm geschehen ist, aber ich glaube nicht, daß er dort ist.«

»Das ist gut«, sagte Deriam.

»Doch das wenige, was ich gesehen habe, reicht, um mich in Angst und Schrecken zu versetzen. Ich kann keinen direkten Blick von Garth erhaschen; das Schwert läßt es nicht zu. Sobald ich versuche, es zu erzwingen, durchkreuzt es meine Absicht, indem es meinen Kristall mit seinem eigenen schrecklichen Licht erfüllt, so daß ich nichts mehr sehen kann. Ich habe nicht die Willenskraft, mich dagegen durchzusetzen. Ich habe jedoch das Dorf Skelleth und die Umgebung des Übermannes beobachtet. Vor kurzem haben in der Region mächtige Stürme gewütet, und es hat sogar Erdbeben gegeben; es hat gehagelt und geschneit, und es hat Winde gegeben, die so heftig waren, daß Häuser abgedeckt wurden. Ich habe Gewitterstürme gesehen, die den Nachthimmel so erhellt haben, als wäre es hellichter Tag. Ich glaube, daß Garth diese Stürme mit seinem Schwert entfesselt.«

»Du sagst, es sei dir nicht gelungen, den Übermann selbst zu sehen?« fragte Karag.

»Nein, es ist mir nicht gelungen. Es ist mir auch nicht gelungen, ins Innere der Taverne zu schauen, in der er verkehrt, ganz gleich, ob er darin ist oder nicht; ich habe keine Ahnung, was das bedeuten könnte.«

»Diese Stürme«, fragte Karag weiter, »bist du sicher, daß er sie verursacht? Ich habe noch nie von einer solchen Magie gehört.«

»Sicher bin ich nicht, aber sie sind irgendwie anders als alle natürlichen Stürme, die ich je gesehen habe.«

Einen Moment lang herrschte Schweigen; schließlich fragte Thetheru von Amag leise: »Haben wir überhaupt eine Chance, einer solchen Macht Einhalt zu gebieten?«

»Unsere stärkste Waffe hat er uns schon genommen«, bemerkte Herina, die Sternguckerin.

»Nun, daß das unsere stärkste Waffe war, würde ich nicht unbedingt sagen«, warf Shandiph ein.

Wieder kehrte gespanntes Schweigen ein; dann fragte Miloshir, der Theurg: »Spielst du auf den Ring der P'hul an?«

»Unter anderem.«

Der Seher von Weideth starrte den Vorsitzenden verblüfft an. Er hatte noch nie etwas von diesem geheimnisvollen Ring der P'hul gehört. Er hielt nach Chalkara Ausschau, um sich aufklären zu lassen, aber die Hofhexe saß ein ganzes Stück entfernt von ihm auf der anderen Tischseite.

»Was meinst du mit ›anderem‹?« fragte Karag.

Shandiph seufzte. »Ich hatte befürchtet, daß dieser Moment irgendwann einmal kommen würde.«

»Was im Namen der sieben Herren von Eir redest du da?« fragte jemand. Der Seher sah zu seiner Überraschung, daß es Chalkara war; er hätte geglaubt, daß sie in alle Geheimnisse des Vorsitzenden eingeweiht war.

»Hat sich keiner von euch je darüber gewundert, wie wenig Kraft unsere Magie eigentlich hat? Habt ihr nicht alle die Geschichten und Legenden von den sagenhaften Zaubern gehört, die in den Kriegen des Zwölften Zeitalters angewendet wurden und euch gefragt, was wohl aus ihnen geworden sein mag?«

Alle Augen waren jetzt auf Shandiph gerichtet.

»Das sind doch bloß Geschichten!« rief jemand.

»Irrtum; es sind nicht bloß Geschichten.«

»Willst du damit sagen, daß Llarimuir der Große tatsächlich Berge versetzt hat? Daß er aus einer Laune heraus die Übermenschen erschaffen hat? Daß Quellimour über Nacht eine Stadt erbaut hat und sie dann durch die Wolken hat fliegen lassen?« Karags Stimme troff vor Hohn.

»Ja, wahrscheinlich haben sie genau das getan«, erwiderte Shandiph freundlich.

»Und was geschah dann?« fragte Miloshir.

»Es war zum Ende des Zwölften Zeitalters«, erklärte Shandiph. »Die Welt befand sich zu jenem Zeitpunkt seit mehr als tausend Jahren in einem permanenten Kriegszustand, wahrscheinlich sogar seit mehr als zweitausend Jahren – die Kriege zerstörten alle Aufzeichnungen, deshalb vermögen wir das nicht genau zu sagen. Die Zauberer jenes Zeitalters kämpften in diesen Kriegen mit; sie setzten alle Magie ein, die ihnen zur Verfügung stand. Wenn ich ihre Beschreibungen lese, dann wundere ich mich, daß überhaupt irgend jemand diese Kriege überlebt hat. Die Seher und Orakel mischten kräftig mit, indem sie den Generälen und Kriegsherren mit militärischen Weissagungen halfen.«

»Aber das ist verboten!« rief entsetzt der Seher dazwischen.

»Heutzutage ja, damals aber noch nicht. Wie ich bereits sagte, gab es damals Zauber, die mächtiger waren als alles, was wir uns heute auch nur vorstellen können, und sie wurden bedenkenlos angewendet – und dies nicht nur zu Kriegszwecken im eigentlichen Sinne, sondern auch zum Rauben und Plündern. Die Zauberer selbst gehörten zu den am meisten gefürchteten Kriegsherren. Nur das Gleichgewicht der Kräfte, die Tatsache, daß jede Seite gleichstarke Magie aufbieten konnte, hielt die Kriegsflamme am Lodern – und wahrscheinlich war es diesem Gleichgewicht zu verdanken, daß der größte Teil der Bevölkerung überlebte. Jeder Zauberer verteidigte seine Untertanen, und es gab Schutzzauber, die genauso machtvoll waren wie die Zerstörungszauber.

Nun, jedenfalls ging dies das ganze Zwölfte Zeitalter hindurch so weiter, bis schließlich vor drei Jahrhunderten die überlebenden Zauberer des ewigen Krieges müde wurden und sich zu Friedensverhandlungen zusammenfanden. Das war die Geburtsstunde des Rates der Höchsten. Wie ich bereits sagte, waren viele Zauberer Berater von Kriegsherren, noch mehr aber waren selbst Kriegsherren. Man kam überein, alle Kriegshandlungen unverzüglich einzustellen, ob die anderen Kriegsherren damit einverstanden waren oder nicht; mit Hilfe des Ringes der P'hul wurden der Orûnische Krieg und die Rassenkriege beendet; für die kleineren Konflikte reichten weniger mächtige Zauber. Als man sah, was der Ring und die anderen Zauber zu bewirken imstande waren, kam man zu dem Schluß, daß solche machtvollen Zauber zu gefährlich waren, um weiterhin benutzt zu werden, und man verbrachte sie an einen Ort, welcher nur dem ersten Vorsitzenden des Rates der Höchsten bekannt ist.«

»Das Geheimnis wurde also von Vorsitzendem zu Vorsitzendem weitergegeben?« fragte Karag.

»Nein, nicht direkt; nicht das Geheimnis selbst wurde weitergegeben, sondern nur der Schlüssel, mit dem man an es herankommt. Noch bis vor einer Stunde wußte ich selbst nicht, wo die großen Zauber sind, nur daß ein gewisser Zauberspruch es mir sagen würde. Ich benutzte diesen Zauberspruch, als ich Derelinds Botschaft vernahm, kurz bevor ich diese Versammlung einberief. Die alten Zauber, die überlebt haben, befinden sich in den Krypten unter Ur-Dormulk.«

»Tatsächlich?« rief Deriam.

»Ja, daran besteht kein Zweifel«, versicherte Shandiph.

»Na und?« rief Karag.

»Kameraden, wir könnten hierüber sicherlich noch Stunden, ja, Tage weiterdebattieren, aber Miloshir sagt, daß jede Minute kostbar ist, daß der Übermann mit jeder Minute größere Kraft aus dem Schwert des Bheleu zieht. Ich möchte deshalb folgenden Vorschlag sofort zur Abstimmung stellen: daß wir unverzüglich eine Gruppe nach Ur-Dormulk entsenden, die diese alten Zaubermittel – was immer es für welche sein mögen – an sich bringt, und daß wir alsdann diese Mittel benutzen, um der Bedrohung, die Garth von Ordunin und das Schwert des Bheleu darstellen, ein Ende zu setzen und damit das kommende Zeitalter der Zerstörung abwenden. Wenn die Abstimmung zu keiner klaren Mehrheit für diesen meinen Antrag führen sollte, werde ich die Debatte eröffnen, aber ich hoffe, daß das nicht notwendig sein wird.«

Es war nicht notwendig.

Kapitel 21

Drei Tage lang hatte Garth versucht, die Kraft des Schwertes mit Stürmen und Erdbeben zum Erlahmen zu bringen – mit dem einzigen Erfolg, daß er sich selbst völlig erschöpft und zudem den Wiederaufbau Skelleths zurückgeworfen hatte. Als am Ende des dritten Tages der Edelstein noch immer so hell wie eh und je erstrahlte, gab er sich geschlagen.

Zumindest fürs erste; er hatte seine Hoffnung noch nicht völlig fahrenlassen; er hatte sich lediglich davon überzeugen müssen, daß er das Schwert zumindest auf *diese* Weise nicht schwächen konnte. Die schreckliche Vermutung drängte sich ihm auf, daß er sich vielleicht von ihm befreien könnte, indem er es bis zum Überdruß metzeln und töten ließ, aber auf eine solche Methode wollte er nicht zurückgreifen; er wollte das Ding ja gerade loswerden, um unnötiges Blutvergießen zu vermeiden.

Den darauffolgenden Tag verbrachte er im *Gasthof des Königs* unter Trinken und Plaudern mit Saram. Der Wiederaufbau ging weiter, aber nur sehr langsam; die Kälte machte das Arbeiten schwierig, und die Materialien bis auf Stein – gingen zur Neige. Die Abordnung war wie geplant nach Kholis aufgebrochen. Der versteinerte Dieb hatte in der Mitte des Marktplatzes auf einem Podest aus Steinblöcken aus dem Kerker des Barons Platz gefunden. Galt, Garth und die anderen Übermänner hielten dies für einen Fehler, aber Saram und Frima fanden, daß die erbarmungswürdige Figur dort genau richtig stand.

In einer nahegelegenen Ruine hatte man einen weiteren versteinerten Dorfbewohner entdeckt; offenbar hatte dieser das Pech gehabt, ausgerechnet in dem Moment aus einem Fenster zu schauen, als der Basilisk gerade durch die Straßen geführt wurde. Diese Figur wurde indes nicht für würdig befunden, als Statue aufgestellt zu werden; abgesehen davon, daß sie beim Einsturz des Hauses, in dem sie sich befunden hatte, in zwei Hälften zerbrochen war, zeichnete sie sich auch sonst nicht gerade durch Ansehnlichkeit aus; sie war dick und fett gewesen und hatte sich außerdem in vornübergebeugter Stellung befunden, als der Blick des Basilisken sie traf.

Diese zweite Versteinerung war erst bekannt geworden, als man die Ruine des Hauses vom Schutt befreit hatte. Das Opfer war eine Einsiedlerin gewesen, die wenig beliebt gewesen war bei den wenigen, die sie überhaupt gekannt hatten. Trotzdem fand Garth es eigenartig, daß ihr Verschwinden in den seither vergangenen Monaten niemandem aufgefallen war.

»Ich hatte gehofft«, sagte er zu Saram, »daß durch den Tod des Basilisken der Zauberbann zerbrechen würde, in den er seine Opfer geschlagen hatte.«

»Offenbar scheint Magie doch nicht so vergänglich zu sein, wie manche Legenden es einen glauben machen möchten«, erwiderte Saram.

»Und wenn sie es wäre, dann wäre mit Shangs Tod vermutlich die Verwendungsfähigkeit seiner Zaubermittel erloschen und der Basilisk damit meiner Kontrolle entglitten.«

»Und wenn das passiert wäre, dann wärest du womöglich jetzt selbst eine Statue.«

»Und dafür diese beiden Unschuldigen nicht.«

»Oh, das ist nicht gesagt; was, wenn der Basilisk, einmal befreit, herumzustreifen begonnen und schließlich Skelleth erreicht hätte?«

»Das scheint mir äußerst unwahrscheinlich.«

»Mir auch; aber ist nicht die Existenz einer solchen Kreatur an sich schon unwahrscheinlich?«

»Da hast du auch wieder recht. Alles, was mir passiert

ist, seit ich zum ersten Mal in den Süden kam, kommt mir, so gesehen, unwahrscheinlich vor. Eine seltsame Begebenheit folgte der anderen, fast als ob ein Plan dahintersteckte.«

»Vielleicht steckt ja auch einer dahinter.«

»Vielleicht, aber von wem und wie? Hat sich das vielleicht alles der Vergessene König ausgedacht? Wenn ja, wie soll er mich dazu gebracht haben, den Weisen Frauen von Ordunin gerade die Fragen zu stellen, die mich zu ihm führen würden? Und wenn nicht er, dann wer? Bin ich eine Schachfigur des Gottes der Zerstörung geworden? Oder gibt es da vielleicht noch irgendeine andere Macht, die uns alle manipuliert?«

»Vielleicht das Schicksal, oder die Vorsehung.«

»Die Weisen Frauen erwähnten das Schicksal, als ich zum letzten Mal mit ihnen sprach, das Schicksal und den Zufall; an das Schicksal habe ich nie geglaubt, an den Zufall ja.«

»Trotzdem sagst du jetzt, daß diese Ereignisse nicht alle Zufall sein können. Dann scheint also nur noch Schicksal übrigzubleiben, wenn die Worte deines Orakels vollständig waren.«

»Wahrscheinlich waren sie das nicht.«

»Du traust also diesen Frauen nicht?«

»Es sind in Wirklichkeit Überfrauen, auch wenn der Name anders lautet, und ich bin nicht sicher, ob ich ihnen traue oder nicht.«

»Vielleicht solltest du zu ihnen gehen und die Sache ein für allemal abklären. Vielleicht wissen sie, wie du dich von dem Schwert befreien kannst.«

»Vielleicht; aber sie sind in Ordunin, wo ich jetzt ein Ausgestoßener bin.«

»Sind dir irgendwelche anderen Orakel bekannt?«

»Ich bin nicht ganz sicher; ich bin einmal einem Seher begegnet, und dann ist da natürlich noch der Vergessene König, der mehr weiß, als er wissen sollte. Und es gab auch einen Priester in Dûsarra, dem besondere Fähigkeiten nachgesagt wurden. Aber alle diese sind noch weniger vertrauenswürdig als die Weisen Frauen von Ordunin.«

»In dem Fall würde ich sagen, daß du gut beraten wärest, wenn du nach Ordunin gingest – Ausgestoßener hin, Ausgestoßener her – und das Orakel der Weisen Frauen um Rat fragen würdest. Wenn du bei Nacht reitest und einen Bogen um die Stadt machst, kannst du es dann nicht schaffen?«

»Wahrscheinlich. Ich werde es mir durch den Kopf gehen lassen.«

Er ließ es sich durch den Kopf gehen, und bis zum Morgen des darauffolgenden Tages hatte er sich zu dem Entschluß durchgerungen, es zu versuchen.

Leider fiel an jenem Morgen auch der erste Schnee, und ein scharfer Wind blies von den Hügeln im Norden. Dieser Sturm hatte zwar ganz natürliche Ursachen, aber er war stark genug, um ihn vorerst auf die geplante Reise verzichten zu lassen. Bei solch einem Wetter loszureiten, grenzte an Selbstmord. Er beschloß zu warten, bis der Sturm sich legen würde.

Nachdem er bereits zwei Tage untätig im *Gasthof des Königs* herumgehockt war und sich die Zeit damit vertrieben hatte, sich über Futternachschub für die Kriegstiere den Kopf zu zerbrechen (fünf von den ursprünglich elf, darunter Koros, waren in Skelleth geblieben, während die anderen mit nach Ordunin zurückgekehrt waren), fiel ihm plötzlich ein, daß das Schwert, wenn es Stürme erzeugen konnte, vielleicht auch natürliche Stürme niederzwingen konnte.

Es konnte. Er brauchte nicht einmal zehn Minuten, um den Schneesturm zu harmlosen Wolkenbändern und kraftlosen Windböen zu zerfetzen.

Die nasse, kaum mehr als fußhohe Schneedecke, die über dem Land lag, würde für Koros kein besonderes Problem darstellen. Also machte er sich daran, Proviant zusammenzustellen.

Wegen des Schnees würde er unterwegs nur selten auf Wild stoßen, was die Nahrungsbeschaffung zu einem Glücksspiel machte; und da ein Abstecher zu seinem Haus zu gefährlich war, würde er genügend Proviant für die Hin- und Rückreise mitnehmen müssen. Saram ließ sich nur widerwillig dazu breitschlagen, wenigstens das Nötigste von den ohnehin mageren Vorräten des Dorfes für seinen Übermann-Freund abzuzweigen.

Außerdem wollte Garth ein anderes Schwert, eine gewöhnliche Klinge, die er benutzen konnte, ohne sich jedesmal den Kopf zerbrechen zu müssen, ob er sie oder ob sie ihn kontrollierte; dazu ein Messer zum Häuten und Zerlegen des Wildes (so er welches finden würde), eine Axt zum Spleißen von Brennholz sowie verschiedene andere Werkzeuge, die in Skelleth knapp waren. Da seine Freundschaft mit Saram ihm keinen unbegrenzten Kredit verschaffte, sah er sich gezwungen, einen Teil der Dinge, die er brauchte, mit dem Gold der Aghaditen zu bezahlen.

Es dauerte zwei weitere Tage, bis er sich für die Reise ausreichend gerüstet fühlte; endlich, am Morgen des dritten Tages, stieg er auf sein Kriegstier und ritt durch das Nordtor zu den Hügeln, die die Grenze zur Nordwüste markierten.

Kapitel 22

Die Abordnung, die nach Ur-Dormulk gesandt wurde, bestand aus Deriam, da er sich in seiner eigenen Stadt besser auskannte als jeder andere; Shandiph, da er allein den Zauberspruch kannte, der ihnen den Weg zu der Krypta weisen würde, in der das verborgen war, was sie suchten; Karag, der auf seinem Mitkommen bestanden hatte; und schließlich Thetheru von Amag, der sich weigerte dazubleiben, wenn Karag mit durfte. Die vier ritten die feinsten Pferde aus dem Stall des Hohen Königs; Chalkara hatte hierfür vermittels eines raffinierten Zaubers rückwirkend die Zustimmung des Königs eingeholt – etwa eine Stunde, nachdem das Quartett klammheimlich vom Schloß fortgeritten war.

Diese Heimlichkeit war wegen der Anwesenheit des Barons von Sland für notwendig erachtet worden. Letzterer hatte bereits scharf gegen das Abhalten geheimer Versammlungen von Zauberern im Schloß des Hohen Königs protestiert und Karag dazu zu zwingen versucht, ihm das Thema ihrer Diskussion zu verraten. Nur die Anwesenheit der anderen Zauberer hatte ihn davon abgehalten, Gewalt gegen Karag anzuwenden.

Zwei seiner sechs Soldaten waren seit ihrer Ankunft spurlos verschwunden, und Karag hegte den Verdacht, daß der Baron selbst seine kleinen Geheimnisse hatte. Seine Männer desertierten nicht; das hätten sie nie gewagt.

Aus diesem Grund waren die vier Zauberer eine Stunde vor Sonnenaufgang aufgebrochen, als der Baron und seine Leute noch schliefen. Der Torwächter hatte kein Problem dargestellt; ein einfacher Zauberspruch hatte ihn so schläfrig gemacht, daß er sie gar nicht bemerkt hatte, als sie zum Tor hinaus geritten waren.

Sobald sie das Schloß hinter sich gelassen hatten, ritten sie bei Tag und Nacht. Mit Stärkungszaubern hielten sie ihre Pferde wach und bei Kräften. Der beschwerliche Ritt setzte den beiden Älteren, Shandiph und Deriam, hart zu, während er Karag überhaupt nichts auszumachen schien – und Thetheru wäre eher tot umgefallen, als daß er zugegeben hätte, daß Karag in besserer körperlicher Verfassung war. Normalerweise hätte jeder von ihnen einen solch geballten Einsatz magischer Mittel schon zu Beginn der Reise vermieden, aber in Anbetracht der Bedrohung, die über ihnen schwebte, und der Verheißung so ungeheurer Zauberkraft, die ihrer harrte, wäre es ihnen fürwahr töricht vorgekommen, mit ihren im Vergleich dazu nachgerade lächerlichen Zauberkraftreserven sparsam umzugehen.

Am Abend des zweiten Tages – die Überquerung des Großen Flusses hatte sie mehrere Stunden gekostet – erreichten sie die Tore von Ur-Dormulk.

Von diesem Moment an galt es, ihre Hast zu verbergen, und sie bemühten sich krampfhaft, sich so zu verhalten, als sei ihr Auftauchen in der Stadt nichts Besonderes – als wären sie rein zufällig auf die Idee gekommen, Deriams Haus einen Besuch abzustatten. Auf ihrem Ritt durch die Straßen ernteten sie neugierige Blicke von Passanten; Karag und Thetheru konnten ihrerseits ihre Neugier nicht verbergen; beide besuchten Ur-Dormulk zum ersten Mal. Shandiph und Deriam hingegen stammten beide aus Ur-Dormulk und waren daher mit den Besonderheiten und Eigenarten der Stadt vertraut, auch wenn Shandiph die Stadt bereits im Kindesalter verlassen hatte, um als Wanderer durch die Welt zu ziehen.

Die gesamte Stadt war aus Stein gebaut und so alt, daß selbst die jüngsten Gebäude verwittert und vom Zahn der Zeit angenagt waren. Die älteren Gebäude wiesen nicht eine Ecke oder Kante mehr auf; einige von ihnen ähnelten eher Hügeln oder natürlichen Felsformationen denn Werken von Menschenhand. Die Straßen, die mit großen Steinplatten gepflastert waren, wiesen in der Mitte tiefe Rillen auf, eingegraben von den Rädern unzähliger Karren, die im Laufe von Jahrtausenden über sie hinweggerollt waren, und dort, wo sich der Fußgängerverkehr bewegte, waren breite flache Rinnen entstanden.

Deriams Haus, ein hohes schmales Gebäude, das an einer belebten Allee stand, unterschied sich in seiner grauen Unauffälligkeit in nichts von den anliegenden Gebäuden; das einzige, was ins Auge fiel, waren die klaffenden Fugen und Spalten in den uralten Granitwänden; der Steinmörtel, mit dem die Fugen einst abgedichtet gewesen waren, war längst herausgebröckelt oder vom Regen fortgewaschen worden.

»Wir müssen die Pferde verstecken«, kündigte Deriam an, als er vor seiner Tür absaß.

»Wieso?« fragte Karag.

»Weil es in Ur-Dormulk keine Pferde gibt«, erklärte Shandiph. »Es war wahrscheinlich sogar ein Fehler, sie in die Stadt mitzubringen.«

»Was passiert, wenn wir sie einfach hier vor der Tür stehenlassen?« fragte Thetheru.

»Ich weiß nicht«, sagte Shandiph.

»Wahrscheinlich werden sie gestohlen«, sagte Deriam.

»Dann sichern wir sie eben mit einem Schutzbann ab«, schlug Karag vor. »Shandiph, du bist doch gut darin.«

»Ich bin müde, Karag.«

»Das ist eine gute Idee«, sagte Deriam.

»Dann mach du es doch!« schlug Shandiph vor.

»Ich finde, wir sollten sie besser verstecken«, wandte Thetheru ein.

»Wir vergeuden Zeit«, gab Deriam zu bedenken. »Shandiph, leg einen Schutzbann über sie, damit wir endlich hineingehen können. Du bist überstimmt, Thetheru.«

Erschöpft willigte Shandiph ein und belegte die Pferde mit einem simplen Schutzbann. Alsdann banden sie sie an der Türklinke fest und gingen ins Haus.

»Wenn wir es so eilig haben«, nörgelte Thetheru, »wieso sind wir dann hier, anstatt auf direktem Wege die Krypten aufzusuchen?«

»Wir *gehen* ja auf direktem Wege zu den Krypten«, belehrte ihn Deriam. »Man kann durch meinen Keller zu ihnen gelangen. Es existieren gut hundert andere Eingänge, aber diesen kenne ich am besten. Die Krypten von Ur-Dormulk sind ein wahres Wunder, mußt du wissen; sie erstrecken sich ...«

»Hör auf, Deriam, dafür haben wir jetzt wirklich keine Zeit!« unterbrach ihn Shandiph, der vor Müdigkeit äußerst gereizt war.

Beleidigt verzichtete Deriam auf eine Erwiderung und zog an einer Glockenstrippe, um seine Diener zu rufen.

»Dir scheint es ja nicht gerade schlecht zu gehen«, bemerkte Karag mit einem neidischen Unterton. »Ich kann mir keine Diener leisten.«

»Ur-Dormulk ist eine reiche Stadt«, erwiderte Deriam. »Außerdem war ich nicht so dumm, in jemand anderes Dienste zu treten. Ich arbeite nicht für den hiesigen Oberherrn, sondern auf eigene Rechnung.«

»Ich bezweifle, daß du unter deinem Mangel an Dienern leidest, Karag«, bemerkte Shandiph ironisch. »Immerhin gehst du im Schloß des Barons von Sland ein und aus und kannst über seine Bediensteten verfügen, oder etwa nicht?«

»Mehr oder weniger«, gab Karag zu. »Ich kann den Dienstboten im Schloß Anweisungen erteilen, bin aber keine Weisungsbefugnis gegenüber den Wachen.«

Die Unterhaltung wurde durch das Erscheinen von Deriams Dienern unterbrochen. Einen von ihnen schickte er Speisen und Getränke holen, den zweiten hieß er den Kellerschlüssel bringen, den dritten und letzten beauftragte er, dem Oberherrn einen höflichen

Gruß auszurichten und ihm zu sagen, daß sein treuer Diener Deriam zurückgekehrt sei, sich jedoch erst von der Reise erholen müsse und deshalb nicht gestört werden wolle.

Die drei machten sich kommentarlos auf ihren jeweiligen Weg, und die vier Zauberer ließen sich nieder, um auf die versprochene Mahlzeit zu warten. »Eigentlich haben wir keine Zeit zum Essen«, sagte Shandiph, »aber ich habe Hunger.«

»Ich auch«, fügte Thetheru hinzu; »außerdem habe ich Durst und friere.«

Während sie auf das Essen warteten, inspizierten die drei anderen Deriams Salon. Er war üppig und prunkvoll ausgestattet, fast schon überladen, mit dicken, einander großzügig überlappenden bunten Teppichen, die jeden Zollbreit des Fußbodens bedeckten, schweren Wandbehängen aus Brokatstoff und kunstvoll geschnitzten Tür- und Fensterrahmen. Das Mobiliar bestand aus unzähligen Kissen aus Samt und Seide und einer erlesenen Sammlung von Tischen, Stühlen, Sokkeln, Statuetten, Regalen, Nippsachen und anderem mehr oder weniger nützlichem Krimskrams, alles aus teuersten Materialien und mit höchster Künstlerschaft gefertigt. Einige der Kissen hatten ein paar alte Flecken, und bei der Statue eines jungen Liebespaars war der Arm der Frau abgebrochen.

Als der Diener mit den Schlüsseln wiederkam, schickte Deriam ihn erneut los, sämtliche Fackeln und Laternen zu holen, die er im Haus finden konnte. »Wir brauchen Licht in den Grabkammern«, erklärte er, »und es hat keinen Sinn, weitere Magie zu verschwenden.«

Das Essen, das kurz darauf gebracht wurde, bestand aus einem Tablett mit Obst, Nüssen und Kuchen; zu trinken gab es einen Krug Weißwein und eine Kanne mit einer dampfenden bräunlichen Flüssigkeit, die weder Karag noch Thetheru kannten.

»Eine Eigenschöpfung«, erklärte Deriam mit einer

Miene offenkundig falscher Bescheidenheit. »Eine Mischung aus Kräutern und Gewürzen, mit kochendem Wasser aufgebrüht. Es wirkt stärkend. Probiert es nur.«

Karag lehnte dankend ab und beschränkte sich auf Kuchen und Wein; Thetheru trank eine Tasse von dem dampfenden Gebräu, aß ein paar Früchte und lobte beides als ausgezeichnet.

Sowohl der Wein als auch der Kräutertrank versetzten mit ihrer wärmenden Wirkung die müden Reiter in eine so wohlige Stimmung, daß sie sich gar nicht erst bemühten, Deriam zum Schweigen zu bringen, als dieser zu einem langatmigen Vortrag über die Geschichte der Krypten anhub.

»Es handelt sich bei diesen Krypten nicht um Krypten im üblichen Sinne von Grabgewölben oder unterirdischen Lagerräumen oder Vorratskammern. In Wirklichkeit sind sie die Ruinen einer Stadt, die einmal genau an derselben Stelle wie Ur-Dormulk stand. Ur-Dormulk, müßt ihr wissen, ist die älteste Stadt auf der ganzen Welt, älter als alle Geschichtsschreibung. Sie trug einst den Namen Stur-dar-Malik, was in der Sprache unserer Zeit ›Stadt der Alten‹ bedeutet. Und selbst da war sie schon alt. Die größten Gelehrten in der Stadt (die natürlich die weisesten und gebildetsten auf der ganzen Welt sind) sagen, daß es einst eine ungeheure Katastrophe gegeben haben muß, die einen großen Teil der Stadt zerstörte, und daß die Überlebenden die neue Stadt auf den Trümmern der alten errichteten, ohne sich die Mühe zu geben, sie auszugraben. Die alten Keller und Gänge gerieten mit den Jahrhunderten in Vergessenheit, bis schließlich aus Zufall jemand beim Bauen eines Weinkellers darauf stieß. Das muß im Elften Zeitalter gewesen sein, also vor etwa viertausend Jahren. Seit der Zeit wurden sie erforscht und erweitert und ergänzt, und heute sind sie so komplex und verworren, daß kein Lebender sie in ihrer Gesamtheit zu überschauen vermag – und ich persönlich bezweifle, daß das überhaupt irgendeiner jemals vermochte. Sie dehnen sich in alle Richtungen bis weit über das Stadtgebiet hinaus und setzen sich auch noch weit in die Tiefe fort. Es heißt, daß sich dort unten viele seltsame und wunderliche Dinge befinden, und es gibt Legenden von Männern und Frauen, die sich dort verirrt haben und von den übernatürlichen Mächten, die dort im Dunkel lauern, am Leben gehalten werden, um auf immer ziellos dort umherzuwandern.«

»Das klingt nicht gerade aufmunternd«, sagte Thetheru.

»Ach, das sind doch bloß Legenden!« beschwichtigte ihn Shandiph.

»Die großen alten Magien hielten wir auch bloß für Legende«, beharrte Thetheru.

»Wenn die Krypten so weitläufig und komplex sind, wie sollen wir dann jemals diese Zaubermittel finden, nach denen wir suchen?« fragte Karag.

»Es gibt Hinweiszeichen«, sagte Shandiph.

»Hinweiszeichen? Soll das heißen, daß diese sorgfältig versteckten Zaubermittel, die zu gefährlich sind, als daß man sie frei herumliegen lassen könnte, mit Hilfe von Wegweisern zu finden sind?«

»Nicht ganz so. Die Zeichen können nur mit Hilfe eines Zauberglases gelesen werden.«

»Und wo finden wir dieses Glas?«

Shandiph deutete auf einen Beutel an seinem Gürtel. »Es ist hier drin.«

»Laß mich es einmal sehen!« bat Karag.

»Noch nicht.« Shandiph blieb hart.

Karag wollte schon zu einem Protest ansetzen, da gewahrte er Thetherus grinsende Miene und verkniff es sich.

Schweigend beendeten sie ihre Mahlzeit. Als Deriam den letzten Rest des Weines trank, kam sein Diener zurück, beladen mit einem Armvoll Fackeln und vier Laternen.

Die Fackeln wurden gleichmäßig an die vier Zauberer verteilt. Karag schlug vor, daß Deriams Diener sie begleiteten, aber Deriam widersprach dem sofort. »Das geht über ihre Pflichten hinaus«, erklärte er.

»Außerdem wollen wir die ganze Sache geheimhalten«, fügte Shandiph hinzu.

Also blieben die Diener, wo sie waren, während die vier Magier durch Deriams Küche und von dort aus die Treppe hinunter in seinen Weinkeller gingen. Von dort aus stiegen sie über eine weitere Treppe hinunter in einen Obstkeller; von dort aus ging es durch eine Falltür und über eine Leiter weiter nach unten in die Dunkelheit. Das Licht der Laternen erreichte nicht den Grund.

Die Fackeln auf dem Rücken gebündelt, stiegen die vier hinunter, vorneweg Karag, dann Deriam, dahinter Shandiph, Thetheru am Schluß. Die Leiter schwankte bedrohlich unter ihrem Gewicht, aber sie hielt. Nach langem Klettern, das ihnen wie eine Ewigkeit vorkam, erblickten sie schließlich den Grund.

Als sie von der Leiter traten, fanden sie sich auf einem steingefliesten Fußboden, der von einer dicken Staubschicht bedeckt war. Auf Shandips Vorschlag zündete jeder von ihnen eine Fackel an, um mehr Licht zu haben.

Sie befanden sich in einer riesigen steinernen Kammer; ihre Schritte hallten von den nackten Wänden wider, die selbst im vereinten Licht von Fackeln und Laternen nur als vage, ferne Flecken in der alles verschlukkenden Finsternis auszumachen waren. Unsicher und mit offensichtlichem Unbehagen starrten drei von den vieren herum, beeindruckt von der ungeheuren Größe der Kammer; Deriam bemerkte lässig: »Ich bin schon sehr, sehr lange nicht mehr hier unten gewesen; ich hatte darum ganz vergessen, wie groß die Kammer doch ist.«

»Wo ist die Tür zu den Krypten?« fragte Karag.

»Wir *sind* in den Krypten, Karag«, antwortete Deriam.

»Von dieser Kammer führt ein Dutzend Türen in verschiedene Räume und Gänge.«

»Und durch welche gehen wir?« wollte Thetheru wissen.

»Ich habe keine Ahnung«, gestand Deriam.

Shandiph legte vorsichtig seine Fackel und seine Laterne auf dem steinernen Fußboden ab und nestelte an dem Beutel an seinem Gürtel herum. Er holte eine kleine Kugel aus gelbem Glas hervor und hielt sie vor sein Auge.

Nach einer Weile sagte er: »Ich sehe nichts.«

»Und was tun wir jetzt?« fragte Thetheru.

»Wir gehen aufs Geratewohl durch irgendeine Tür«, schlug Karag vor.

Deriam zuckte die Achseln und ging, gefolgt von den anderen, geradeaus bis zur erstbesten Wand. Die Wand war aus nacktem Stein und leicht staubig.

»Ich schlage vor«, sagte Deriam, »wir gehen jetzt einfach an der Wand entlang, bis wir auf eines der Hinweiszeichen stoßen, von denen Shandiph gesprochen hat.«

Keiner hatte einen besseren Vorschlag, und so gingen sie langsam an der Wand entlang.

Schon nach ein paar Schritten kamen sie an eine offene Tür. Deriam warf einen fragenden Blick auf Shandiph, aber der schüttelte den Kopf. Sie gingen weiter. Sie passierten eine zweite Tür und eine Ecke der Kammer. An der dritten Tür fragte Shandiph: »Hat das Pentagramm über der Tür irgend etwas zu bedeuten?«

»Welches Pentagramm?« fragte Thetheru und hielt seine Laterne hoch. Der Oberbalken der Tür war leer.

»Ich glaube, wir haben es gefunden«, sagte Karag.

Shandiph ließ die Glaskugel sinken und starrte verblüfft auf den Oberbalken. »Ich kann das Pentagramm immer noch sehen«, sagte er. »Seht ihr es denn nicht?«

»Da ist nichts, Shandiph«, antwortete Karag. »Der Oberbalken ist leer.«

»Wir sehen nichts als nackten Stein«, bestätigte Deriam.

Shandiph schaute auf die Kugel, dann wieder auf den Stein. »Ich dachte, ich müßte hindurchschauen«, sagte er. »Offenbar habe ich mich geirrt.« Mit einem Achselzucken ging er voran durch die Tür.

Der Gang war aus demselben grauen Stein wie die Kammer; er war etwa zehn Fuß breit und zwölf Fuß hoch. Die mächtigen Blöcke, aus denen die Wände bestanden, waren ohne Mörtel aufeinandergeschichtet, so daß die Fugen deutlich sichtbar waren. Er führte etwa hundert Schritt sanft abwärts und endete in einer T-förmigen Kreuzung. Karag, der sich inzwischen wieder an die Spitze der Gruppe gesetzt hatte, blieb stehen, unschlüssig, in welche Richtung er weitergehen sollte.

»Das Pentagramm ist auf der linken Seite«, teilte ihm Shandiph mit. Karag wandte sich unverzüglich nach links, und die Gruppe setzte ihren Weg fort.

Den Anweisungen Shandips folgend, gelangte das Quartett immer tiefer in das unterirdische Labyrinth; sie marschierten durch endlose Gänge, durchquerten unzählige Räume, manche so winzig wie Besenkammern, andere so riesig wie Hallen; sie stiegen lange Treppen hinauf und hinunter, überquerten Brücken, die scheinbar bodenlose Abgründe überspannten, sie gingen durch Türen aus Holz, Eisen und Messing, die teilweise offenstanden, teilweise fest verschlossen waren. Die ersten Fackeln brannten herunter, die Laternen flackerten und erloschen schließlich, und immer noch war kein Ende ihrer Irrfahrt abzusehen. Das einzige Licht war das, welches sie bei sich trugen, und die einzigen Geräusche, die sie hörten, waren der Widerhall ihrer Schritte und ihre Atemzüge; hin und wieder vernahmen sie irgendwo in der Ferne das Geräusch tropfenden Wassers. In einem Raum fanden sie eine Stelle, an der Wasser heruntertropfte, und als sie zur Decke schauten, sahen sie, daß es von der Spitze eines fünf

Zoll langen Stalaktiten fiel; der Raum war jedoch keine natürliche Höhle, sondern von Menschenhand gemacht; das Wasser kam durch einen Ritz in der Dekke.

Der zweite Satz Fackeln brannte ab, und sie zündeten den dritten an; Deriam lamentierte darüber, daß es dumm von Shandiph gewesen sei, keinen Proviant mitgenommen zu haben. Karag verteidigte den Vorsitzenden mit dem Hinweis, er hätte ja nicht wissen können, daß die Suche so lang dauern würde. Thetheru indes hielt sich heraus. Als Deriam ihn aufforderte, er solle Stellung beziehen, ließ er ihn mit der Bemerkung abblitzen: »Laß mich in Frieden! Ich habe genug damit zu tun, mir den Weg zu merken.«

»Daran habe ich überhaupt nicht gedacht«, gestand Deriam nach einem Moment des Schweigens.

»Ich habe mich ganz auf das Finden des Weges konzentriert«, sagte Shandiph.

»Glaubst du, du kannst uns wieder hier herausführen?« fragte Karag, an die Adresse Thetherus gewandt.

»Ich bin nicht sicher«, sagte Thetheru.

»Vielleicht sollten wir umkehren«, schlug Deriam vor. »Wissen wir überhaupt, wonach wir suchen? Wie sollen wir diese Wunder überhaupt erkennen, wenn wir sie finden? Ob sie sich überhaupt dreihundert Jahre lang in dieser feuchten Dunkelheit gehalten haben können?«

»Ich wüßte nicht, in welcher Weise Zaubermittel von Dunkelheit in Mitleidenschaft gezogen werden sollten«, sagte Karag mit ironischem Unterton in der Stimme.

»Aber wir wissen doch nicht einmal, wonach wir überhaupt suchen!« zeterte Thetheru.

»Ich nehme an, daß wir irgendwo ein paar Kisten finden«, sagte Shandiph, »und vielleicht ein Regal mit Büchern.«

»Hoffentlich«, sagte Deriam.

Sie waren dabei, den vierten Satz Fackeln anzuzünden, als Shandiph, der weitergegangen war, während

Karag die neue Fackel am Stumpf der alten ansteckte, rief: »Ich habe was entdeckt!«

»Was denn?« rief Karag.

»An dieser Tür hier ist das Zeichen des Pentagramms, und in dem Pentagramm ist ein zweites, kleineres.«

»Ist sie offen?«

»Nein, sie ist abgeschlossen.«

Die anderen drei kamen zu ihm geeilt und fanden ihn vor einer großen eisenbeschlagenen Eichentür; er rüttelte an der großen eisernen Klinke. Die Tür ließ sich nicht öffnen.

»Wonach immer wir suchen, es muß hinter dieser Tür sein«, sagte Karag.

»Aber wie kommen wir hinein?« fragte Deriam.

»Wir brechen sie auf«, schlug Karag vor.

Shandiph und Deriam schauten sich an; Deriam zuckte die Achseln. »Versuchen kann er's ja; er ist der Stärkste von uns.«

Die drei anderen traten zurück, und Karag nahm einen kurzen Anlauf und warf sich mit der Schulter gegen die Tür.

Ein Schauer aus weißen Funken stob auf, und Karag wurde von einer unsichtbaren Kraft zurückgeschleudert, so heftig, daß er gegen die Korridorwand flog und benommen auf den staubbedeckten Steinfußboden sackte.

»Sie muß unter einem Schutzbann stehen«, sagte Thetheru überflüssigerweise.

»Einen solchen Schutzbann habe ich noch nie gesehen«, sagte Deriam; er blinzelte bei dem Versuch, seine Augen wieder an das trübe gelbe Licht der Fackeln zu gewöhnen, nach dem gleißenden Licht des Funkenschauers.

Shandiph betrachtete eine Weile die Tür und sagte dann: »Ich vermute, sie wollten damit verhindern, daß jemand, der zufällig hier vorbeikommt, in den Raum eindringt. Wir jedoch sind die rechtmäßigen Erben; es muß also einen Weg geben, wie wir den Schutzbann aufheben können.«

»Gab es denn in deinen Anleitungen keinen Hinweis darauf?«

»Nein. Ich weiß kaum mehr als ihr, müßt ihr wissen. Als ich Vorsitzender wurde, erhielt ich das Amtssiegel und eine Kiste mit magischen Gegenständen sowie eine Zauberformel, die mir verraten würde, welchen Zweck jeder einzelne dieser Gegenstände erfüllt; die Formel verriet mir jedoch lediglich, daß die gelbe Glaskugel mir den Weg durch die Krypten zeigen würde – von dieser Tür erwähnte sie nichts.«

»Hast du die anderen Zaubermittel auch mitgebracht?«

»Nein. Das dürfte jedoch nicht ausschlaggebend sein; ich weiß von fast allen, wozu sie gut sind. Und wenn eines von ihnen hier gebraucht würde, hätte die Zauberformel mich darauf hingewiesen, bevor ich Kholis verließ.«

»Vielleicht hat die Formel mit den Jahren an Schärfe und Präzision verloren.«

»Bei Aal und Amera, das will ich nicht hoffen!«

»Verbirgt sich in dem Pentagramm vielleicht irgendeine Anweisung?« fragte Thetheru.

Karag erhob sich jetzt schwerfällig vom Fußboden. Er sagte nichts, stand bloß schwankend da und starrte auf die Tür.

»Hast du außer dem gelben Glas noch irgendwelche anderen magischen Gegenstände mitgebracht?« fragte Deriam Shandiph.

Bevor der Vorsitzende antworten konnte, sagte Karag: »Ich kann das Pentagramm jetzt sehen.«

»Was?« Die anderen drehten sich überrascht um.

»Ich kann das Pentagramm sehen. Aber du hast gesagt, in ihm befände sich ein zweites Pentagramm, Shandiph; aber das ist kein Pentagramm, sondern das Siegel des Rates.«

»Tatsächlich?« Shandiph wandte seinen Blick ebenfalls zur Tür; für ihn sah es immer noch so aus wie ein Pentagramm in einem Pentagramm. Ein Gedanke kam ihm, und er griff in den Ausschnitt seines Mantels und zog das goldene Medaillon hervor, das er als Vorsitzender des Rates der Höchsten stets bei sich trug. Er preßte es gegen das Pentagramm und sprach: »Ich bin Shandiph, Erbe des Hemmaron, Vorsitzender des Rates der Höchsten, Oberster unter den Weisen und Erster unter Gleichen.«

Nichts tat sich.

In seiner Verzweiflung griff Shandiph erneut nach der Klinke und rüttelte daran. Die Tür sprang auf.

Der Raum dahinter lag in schwärzester Dunkelheit. Das Licht der Fackeln vermochte sie nicht zu durchdringen. Die vier Zauberer starrten gebannt hinein. Keiner wagte es, in diese unnatürliche Dunkelheit zu treten.

»Ich glaube, hier ist Magie gefragt.« Mit diesen Worten brach Deriam schließlich das Schweigen.

Shandiph nickte. *»Hoi, khiri!«* deklamierte er. *»I'a angarosye t'aryo ansuyen, o mi alekye i zhure Leuk! Höret mich an, ihr Geister! Ich bin ein Bevollmächtigter der Herren der Dämonen, und mit diesem Talisman rufe ich Leuk an!«*

Goldenes Licht durchflutete den Raum, und die vier starrten mit offenen Mündern.

Der Raum war vielleicht dreißig Fuß breit, aber so lang, daß sein Ende nicht auszumachen war. Die Wände waren voll mit Regalen, die sich unter der Last unzähliger Bücher bogen, langen Reihen übereinandergestapelter Kisten, Hunderten von Pflöcken, an denen Amulette und Talismane aller Art hingen, und Ständern und Gestellen, die vollgepackt waren mit Zeptern, Stäben, Kugeln, Reichsäpfeln, Juwelen, Schwertern, Dolchen, Pokalen, Tabletts, Bechern, Speeren, Steinen, Figuren, Säcken, Beuteln, Krügen, Phiolen, Ampullen und hundert anderen Gegenständen und Geräten. Weitere Kisten waren entlang der Mitte des Raumes aufgereiht. Viele der Gegenstände funkelten oder glitzerten, und leises Rascheln war zu hören.

Direkt vor ihnen stand ein riesiges Lesepult aus dunklem fein geschnitzten Holz, auf dem ein großes Buch mit schwarzem Einband lag.

Alles in einem Bereich von fünfzig Schritt war hell ausgeleuchtet; gleichwohl gab es weder Schatten noch eine erkennbare Lichtquelle.

»Wie hast du das geschafft?« fragte Thetheru Shandiph.

»Du meinst das Licht? Ich habe vor Jahren ein wenig Theurgie gelernt; es handelt sich um eine simple Beschwörung. Wenn du die Tür meinst, da habe ich nichts getan außer dem, was ihr gesehen habt. Sie muß darauf geeicht gewesen sein, das Amtssiegel zu erkennen.«

»Was *ist* all dieses Zeug?« fragte Karag, überwältigt von dem Anblick.

Shandiph zuckte die Achseln. »Wie soll ich das wissen?« Er trat vor und betrachtete das einsame Buch auf dem Pult. »Ich glaube, es hat einen Grund, weshalb es hier ist, wo wir es sehen.« Er schlug das Buch wahllos auf und ließ den Deckel zurückklappen.

Die Seiten wurden wie von Geisterhand umgeschlagen; als sie anhielten, las er laut vor: »Dieses Buch ist das wahre Kompendium allen magischen Wissens, das hier in diesem Raum angehäuft ist, gesammelt zum Nutzen und zur Anleitung derer, die nach uns kommen als Bewahrer unserer Kunst.«

»Nützlich«, bemerkte Deriam.

»Wie kann ein Buch all das hier erklären?« fragte Thetheru und deutete mit einer schweifenden Armbewegung auf die unzähligen Bücher und anderen Gegenstände.

Wieder klappten einige Seiten des Buches um, und Shandiph las: »Dieses Buch ist verzaubert und wird euch jede Frage beantworten. Sprecht, und euch wird geantwortet werden; fragt, und ihr sollt wissen, daß der Ruhm des Rates der Höchsten auf der Erde wiedererstehen kann.« Er lächelte. »Soweit zur Geheimhaltung«, sagte er. »Es scheint, daß unsere Vorgänger nicht erwarteten, daß sie ewig sein würde.«

»Shandiph«, sagte Deriam, »das ist alles zuviel für mich. Was sind das alles für Dinge? Das ist weit mehr als das, womit ich in meinen kühnsten Vorstellungen gerechnet hätte.«

Eine einzige Seite klappte um, und Shandiph las: »Vor euch aufgehäuft liegt das gesamte arkanische Wissen unserer Zeit, alle Zaubersprüche, magischen Formeln und Zaubermittel, die der Gesamtheit unserer Mitglieder zum Ende dieses Zwölften Zeitalters bekannt sind, mit Ausnahme jener, die als zu gering erachtet wurden, um Platz für sie zu verschwenden, und jener, die durch die Macht der Götter zurückgehalten werden oder dem Vorsitzenden des Rates vorbehalten sind.«

»Ich glaube, das ist zuviel für uns«, sagte Thetheru. »Wir sollten Kontakt zu den übrigen Ratsmitgliedern aufnehmen, bevor wir irgend etwas unternehmen.«

Ein dicker Packen Seiten klappte mit hörbarem Geräusch um, und Thetheru blickte überrascht auf das Buch. »Aber ich habe doch gar keine Frage gestellt!« murmelte er verblüfft.

»Der Große Zusammenrufungszauber ist verkörpert in Kugeln aus rotem Kristall, die sich in der ersten Kiste zu eurer Linken befinden«, las Shandiph. »Das Zerschmettern einer dieser Kugeln im Herzen eines Pentagramms schafft euch unverzüglich jeden herbei, dessen Namen ihr laut aussprecht, solange der Rauch dicht ist.«

»Das Ding erkühnt sich, uns Ratschläge zu erteilen!« rief Karag.

»Wir sollten uns daran halten«, sagte Thetheru. »Wo ist Kreide für ein Pentagramm?«

Eine Seite schlug raschelnd um, aber Shandiph gab

sich nicht erst die Mühe zu lesen, was darauf stand, denn im selben Moment rief Deriam: »Hier ist schon ein Pentagramm, dort, auf dem Fußboden, in Gold sogar!«

Die drei anderen folgten seinem Blick; unter einer dünnen Staubschicht war ein goldenes Pentagramm zu erkennen.

Shandiph war schon bei der Kiste, auf die das Buch hingewiesen hatte; er öffnete sie und fand, säuberlich aufgereiht auf einem Tablett am äußeren Rand der Kiste, ein Dutzend identische Kugeln aus rotem Kristall, jede so groß wie eine geballte Faust. Außer den Kugeln enthielt die Kiste noch eine ganze Sammlung anderer faszinierender Gegenstände, aber er beschloß, sich die Inspektion dieser Kostbarkeiten für später aufzuheben. Er nahm eine der roten Kugeln heraus, zielte sorgfältig und warf sie mit einem Schwung in das Zentrum des goldenen Pentagramms. Sie zerschellte mit einem spektakulären Splitterregen, und eine Wolke unglaublich dichten roten Rauches quoll auf.

»Chalkara von Kholis, Derelind der Einsiedler, Miloshir der Theurg, Herina die Sternenguckerin, Veyel von Nekutta, die Hexe Zhinza, der Magier Ranendin, der Baron Dor von Therin, Kala von Mara, Sharata von Ilnan«, zählte er hastig auf.

Der Rauch wälzte sich durch den Raum, breitete sich immer mehr aus, bedeckte den Fußboden wie ein dicker wogender Teppich; schnell fuhr Shandiph fort: »Kubal von Tadumuri, Haladar von Mara, Sherek der Thaumaturg!« Er stockte, hatte offensichtlich Schwierigkeiten, sich zu erinnern, wer sonst noch alles in Kholis gewesen war. »Amarda der Bluttrinker! Linder der Nachtwandler!«

Die vagen Umrisse menschlicher Gestalten wurden in der wabernden roten Wolke sichtbar, die die vier Zauberer einhüllte. »Der Seher von Weideth!« stieß Shandiph hastig hervor. Er überlegte fieberhaft. Ein paar fehlten noch. »Der Hexer Alagar ...« Waren das alle?

Der Rauch zeigte die ersten Spuren von Auflösung, und ihm fiel ein, daß er sich ja nicht auf die Namen derjenigen zu beschränken brauchte, die den Versammlungen beigewohnt hatten. Im selben Moment fiel ihm doch noch einer ein, der auch in Kholis gewesen war, und er sagte hastig: »Phamakh der Weise!«

Der Nebel verflüchtigte sich mit einem Schlag, und der Raum war plötzlich voll. Alle, die er genannt hatte, waren anwesend. Dichtgedrängt standen sie um das Pentagramm herum und schauten sich mit teils verblüfften, teils furchtsamen Blicken um.

In diesem Moment fiel Shandiph ein, daß er die Chance vertan hatte, Shangs Schicksal ein für allemal zu klären, indem er ihn ebenfalls aufrief; auch hatte er die Gelegenheit verpaßt, jemanden zu rufen, der aus erster Hand einen Bericht über die jüngsten Ereignisse in Dûsarra hätte geben können. Er erwog für einen Moment, eine weitere Kugel zu werfen, schob den Gedanken dann aber beiseite.

Mit einem Schlag erfüllte aufgeregtes Geplapper den Raum, als alle Neuankömmlinge gleichzeitig zu sprechen begannen; die einzige Frage, die aus dem Durcheinander von Geräuschen deutlich herauszuhören war, war eine, die von mehreren ständig wiederholt wurde, obwohl die Seiten des Buches wild hin und her klappten, als es versuchte, jede der verblüfften Fragen zu beantworten.

»Wo sind wir?« lautete die Frage.

»Verehrte Ratsmitglieder!« rief Shandiph. »Ich bitte um eure Aufmerksamkeit!«

Das Geplapper verstummte, die Seiten des Buches lagen still, und alle Augen richteten sich auf den Vorsitzenden.

»Ihr befindet euch in dem Gewölbe, in dem unsere Vorgänger einen großen Teil ihres magischen Wissens zur sicheren Aufbewahrung deponiert haben; wir holten euch vermittels eines alten Zaubers hierher, da wir der Ansicht waren, daß dieser unerwartete Schatz an verloren geglaubter Magie zu viel ist, als daß wir vier allein damit fertigwerden könnten. Wenn ihr euch einmal umschauen wollt, dann werdet ihr sehen, daß hier weit mehr an Schätzen liegt, als wir vermutet hatten. Jeder einzelne Gegenstand in diesem Raum ist magisch, und jedes Buch hier enthält eine Fülle arkanischen Wissens. Wie man aus der Leichtigkeit ersehen kann, mit der ihr hierhergebracht wurdet, nämlich vermittels einer einzigen, simplen Kugel – paßt auf, daß ihr nicht in die Scherben dieser Kugel tretet –, ist vieles von dieser Magie, gemessen an unseren Maßstäben, ungeheuer mächtig. Wir fanden, jeder von euch sollte eine gewisse Mitbestimmung darüber haben, wie wir mit diesem kostbaren Fund umgehen.«

»*Ihr* fandet das, Shandiph, du und Thetheru«, berichtigte ihn Karag. »Wir vier sind zu Bevollmächtigten ernannt worden, und ich sehe keinen Sinn darin, noch mehr Zeit mit Debattieren zu vergeuden. Wir sind ausgesandt worden, um mächtige Waffen für den Kampf gegen den Übermann Garth zu finden, und unter den Dingen hier in dieser Kammer befinden sich unbestreitbar solche mächtige Waffen. Ich meine, wir sollten sie jetzt mit Hilfe dieses Buches so schnell wie möglich finden, und dann sollten wir gehen und uns unverzüglich diesen Übermann und sein Schwert vornehmen, bevor er noch gefährlicher wird, als er es ohnehin schon ist.«

Aus der Menge kamen ein paar zustimmende Rufe und mehrere Fragen; und wieder flogen die Blätter des Buches hin und her, als es versuchte, sie alle gleichzeitig zu beantworten.

»Shandiph, wo sind wir? Wo ist dieses Gewölbe?« rief jemand über das Stimmengewirr. Shandiph hielt nach dem Frager Ausschau und versuchte, ihm eine Antwort zuzurufen.

Deriam und Thetheru waren von jeweils zwei oder drei Kameraden umlagert, die sie mit Fragen bestürmten; die meisten anderen drängten sich um Shandiph und forderten Erklärungen. Auch Karag sah sich von mehreren Zauberern umringt, unter ihnen der Hexer Algar und Kubal von Tadumuri, beides alte Freunde von ihm. Ein paar andere hatten sich von der Menge abgesondert und schlenderten staunend durch den Raum.

Karag sah eine günstige Gelegenheit in dem allgemeinen Durcheinander und bahnte sich einen Weg zu dem Lesepult. Leise fragte er: »Welches sind die mächtigsten Waffen in diesem Raum, und wo sind sie zu finden?«

Alagar und Kubal sahen schweigend zusammen mit ihm zu, wie die Seiten sich umblätterten, bis sie schließlich eine lange Liste zeigten – viel zu lang, um von Nutzen zu sein.

»Welches von diesen sind die drei mächtigsten und wirksamsten?« fragte Karag.

Zwei Seiten klappten zurück, und Karag las: »Der Ring der P'hul, der am Ringfinger des Vorsitzenden steckt, der Große Stab der Kraft – der erste im dritten Stabgestell an der rechten Wand, und das Blutschwert von Hishan von Darbul – das fünfte Schwert im zweiten Schwertständer an der rechten Wand.«

»An den Ring kommen wir nicht«, flüsterte Alagar.

»Ihr zwei habt also vor mitzumachen?«

»Natürlich«, antwortete Kubal. »Diese Trottel werden noch stundenlang weiterpalavern. Sie werden uns danken, wenn es geschafft ist.«

»Da sagst du was. Sag, Buch, welches ist die viertstärkste von allen Waffen hier?«

Das Buch schlug ein paar Seiten um. »Das Schwert des Koros«, las Kubal. »Das nehme ich.«

»Und ich nehme das andere Schwert«, sagte Alagar.

»Und ich nehme den Stab«, sagte Karag.

»Karag, was machst du da?« rief Shandiph. Er hatte endlich bemerkt, daß Karag das Buch benutzte.

»Ich dachte mir, das Buch könne uns vielleicht einen Rat geben, wie wir weiter vorgehen sollen.«

»Und? Hat es?«

»Nein, noch nicht; gib ihm noch ein paar Minuten.«

»Nun ...« Shandiph war sich unschlüssig. Er wußte, daß Karag ungestüm war, es aber in der Regel gut meinte. Einige der Neuankömmlinge hatten ihm Nachrichten überbracht, die Karag direkt betrafen, aber er wurde abgelenkt durch eine weitere Frage zur Arbeitsweise des Buches, ehe er es Karag mitteilen konnte. Er beschloß, Karag für den Moment zu vertrauen und noch zu warten, bevor er ihm berichtete, daß sein heimliches Verschwinden vom Schloß des Hohen Königs zu einem Disput zwischen dem König und dem Baron von Sland geführt hatte. Chalkara berichtete, der Baron habe den König bezichtigt, Karag entführt zu haben, um ihn, den Baron, der Dienste des Zauberers zu berauben. Das hätte zu schweren Spannungen und gegenseitigen Drohungen geführt, aber noch sei es nicht zum offenen Ausbruch von Feindseligkeiten gekommen.

Während Karag und Shandiph sprachen, hatte Alagar weiter das Buch befragt, und als Karag nun hineinschaute, sah er vor sich eine ausführliche Anleitung für den Gebrauch der drei Waffen, die sie gewählt hatten. Er las sie rasch durch, gemeinsam mit Alagar und Kubal.

Shandiph war immer noch abgelenkt; der Baron von Therin war in seiner wahren Gestalt erschienen und nicht in dem Abbild, das er an seiner Statt nach Kholis geschickt hatte, und war deshalb in der Lage, eine aktuelle Schilderung von der Lage in Kholis zu geben. Das Verschwinden auch der anderen Magier stiftete erheblichen Wirbel, und Dors Abbild versuchte im Verein mit Sindolmer von Therin, der erst nach dem Verschwinden des Quartetts eingetroffen war und deshalb nicht zu denen zählte, die Shandiph aufgerufen hatte, die Gemüter zu beruhigen. Der Zufall, daß beide aus Therin stammten, machte ihre Aufgabe nicht gerade leichter, gab diese Tatsache doch zu allerlei Spekulationen Anlaß.

Deriam war in eine Debatte über die Natur und den Ursprung der Krypten verwickelt, und Thetheru war gerade dabei, Sharata und Miloshir die Funktionsweise der roten Kristallkugeln zu erläutern. Niemand achtete auf Karag, Alagar und Kubal.

»Welches ist die schnellste Weise, auf die wir drei mit unseren Waffen an den Ort transportiert werden können, an dem wir Garth von Ordunin finden?«

Karag las die Antwort, und dann klappte er das Buch zu.

»Shandiph, du kannst es jetzt ganz nach Wunsch benutzen!« rief er.

»Danke, Karag. Ich möchte mich gleich mit dir unterhalten.«

»Du hast doch nichts dagegen, wenn wir uns ein wenig umsehen?«

»Nein; aber gebt acht!« Shandiph war zu beschäftigt, um argwöhnisch zu werden; er versuchte gerade, gleichzeitig Fragen zu dem Gewölbe zu beantworten und selber welche bezüglich des Barons von Sland und dem aktuellen Stand der Dinge im Schloß des Hohen Königs zu stellen, was höchste Anforderungen an seine Konzentration stellte.

Unauffällig und von den anderen unbemerkt, brachten Karag und seine beiden Gefährten die jeweiligen Waffen, die sie gewählt hatten, an sich. Alsdann öffnete Karag die erste Kiste auf der rechten Seite des Raumes und entnahm ihr eine blaue Kristallkugel, die der roten Kugel, mit der Shandiph die Mehrheit des Rats herbeigeschafft hatte, sehr ähnlich war.

Spätestens jetzt war es nicht mehr möglich, ihre Vorbereitungen und Absichten vor den anderen zu verheimlichen. Mit gezückten Schwertern befahlen Kubal und Alagar, das Pentagramm freizumachen.

Erschrocken wichen die anderen Ratsmitglieder zurück.

Die drei stellten sich in das Zentrum des goldenen Sterns, und Karag verkündete: »Wir tun jetzt, was getan werden muß, ohne weitere Zeit zu vergeuden. Wir stellen uns Gart von Ordunin entgegen!« Er ließ die blaue Kristallkugel fallen.

Sie zerplatzte in einer Wolke hellblauen Rauches; als sich der Rauch wenig später verzog, waren die drei Zauberer verschwunden.

Kapitel 23

Als Koros die Kuppe des ersten niedrigen Hügels erreichte, wandte Garth sich um und blickte zum letzten Mal hinunter auf Skelleth. Die Silhouette der Stadt hatte sich verändert, seit er sie das letzte Mal von dieser Stelle aus gesehen hatte, als er seinerzeit mit seiner kleinen Handelsdelegation von Ordunin diesen selben Hang hinuntergeritten war; ein paar der alten Dächer waren nicht mehr da; sie waren ein Opfer des Feuers geworden, das er mit seinem Schwert entfacht hatte, und nicht wieder aufgebaut worden. Von den neuen Häusern war keines so hoch, als daß er es aus dieser Entfernung noch hätte erkennen können.

Der Schnee tat das Seine; er ließ die Konturen weicher erscheinen und deckte alles mit einem gleichmäßigen Weiß zu, das die Schatten schärfer hervortreten ließ.

Als er das letzte Mal über die Wüstenstraße geritten war, hatten ihn Larth, Galt und Tand begleitet; Galt war jetzt ein Geächteter, und Tand war noch nicht von der Yprischen Küste zurückgekehrt. Er fragte sich, was aus seinem Vetter Larth geworden sein mochte; er war nicht unter den sechzig Freiwilligen gewesen. Wahrscheinlich lebte er sicher und zufrieden zu Hause in Ordunin, ging wie gewohnt seinen Geschäften nach und stellte niemals die Weisheit des Stadtrats in Frage.

Garth richtete seinen Blick wieder nach vorn, dann warf er einen raschen Blick über die linke Schulter. Es kam ihm so vor, als leuchtete der Edelstein heller als sonst. Er fragte sich, warum. War das Schwert froh, daß sie Skelleth verließen?

Er hatte wenig Einfluß auf die Helligkeit, mit der der Stein glühte; es gab keine Garantie, daß sich irgend etwas änderte, wenn er wieder nach Skelleth zurückritt; außerdem war er fest entschlossen, mit den Weisen Frauen von Ordunin zu sprechen.

Er schaute auf den vor ihm liegenden Weg – oder besser, auf den vor ihm liegenden Untergrund. Er konnte nicht sicher sein, daß Koros tatsächlich der Wüstenstraße folgte; die Schneedecke machte es unmöglich, den Verlauf des Weges zu erkennen. Aber er hatte keine Angst, sich zu verirren; er bewegte sich in die richtige Richtung und kannte die markanten Orientierungspunkte.

Jetzt führte sein Weg durch eine Bodensenke, und kurz dahinter begann der Anstieg zu einem zweiten niedrigen Kamm; danach schwenkte der Pfad ein wenig nach rechts ab; der Schnee war weich und unberührt; niemand war in jüngster Zeit hier entlanggekommen.

Ein seltsam bläulicher Dunst hing über dem zweiten Kamm; während Garth hinschaute, schien er sich zu verdichten.

Der Dunst war eindeutig unnatürlichen Ursprungs, entschied er, als Koros den Grund der Bodensenke erreichte. Er hatte sich inzwischen zu einer kleinen Wolke verdichtet, und das Blau wurde immer intensiver.

Plötzlich, mit einem Schlag, löste sich der blaue Nebelschleier auf, und drei Männer standen auf dem Hügelkamm und blickten zu ihm herunter.

Er beugte sich vor und flüsterte leise etwas ins Ohr seines Kriegstieres; sofort blieb es stehen.

Er studierte die drei Männer. Einer war lang und dünn, mit hellbraunem Haar, und er trug ein seltsam gekrümmtes Schwert; er trug einen dünnen grauen Umhang, der offen im Wind flatterte und den Blick freigab auf reich bestickte Kleider. Der zweite war von mittlerer Größe, hatte dichtes schwarzes Haar und einen ebensolchen Bart und trug einen schweren schwarzen Umhang; in der Hand hielt er einen hölzernen metallbeschlagenen Stab. Der letzte war groß, hatte eine dunkle

Gesichtsfarbe und trug sein pechschwarzes Haar kurzgeschnitten – und, was Garth am meisten auffiel: Er trug keinen Bart. Er hatte noch nie ein erwachsenes männliches Menschenwesen gesehen, das keinen Bart trug. Dieser letzte Mann trug keinen Umhang, sondern einen schwarzen silberbesetzten Lederrock und Hosen aus demselben Material; er war mit einem Breitschwert bewaffnet.

Der dritte Mann faszinierte Garth; abgesehen davon, daß er keinen Bart trug, war dies erst der zweite Menschenmann, den er sah, dessen Haut fast so dunkel war wie die eines Übermannes. Der erste war der Hexer Shang gewesen, in der Stadt Mormoreth; seine Haut war sogar noch dunkler gewesen als seine eigene.

Ihrer Erscheinung nach zu urteilen, war mindestens einer von diesen dreien ein Zauberer; Garth fragte sich, ob Zauberer wohl irgendeine besondere Vorliebe für dunkle Haut hatten. Vielleicht gab es auch irgendwo ein Land, das von dunkelhäutigen Menschenwesen bewohnt war, und aus dem viele Zauberer kamen.

Die drei Männer schauten sich um, wie als wären sie nicht sicher, wo sie waren und warum sie dort waren; Garth beobachtete sie regungslos.

Plötzlich streckte der größte von den dreien, der mit dem Krummschwert, den Arm aus und zeigte auf ihn hinunter. Garth konnte über die Entfernung nicht hören, was er sagte, aber es bestand kein Zweifel, daß er seine Kameraden auf den Übermann und das Kriegstier aufmerksam machte.

Garth hatte keinen Grund zu der Annahme, daß die Fremden ihm feindlich gesinnt waren; trotzdem ertappte er sich dabei, wie seine Hand sich langsam zum Griff des Schwertes des Bheleu bewegte. Er hielt inne und überlegte.

Das Schwert wollte offensichtlich gezogen werden, denn er hatte sich nicht bewußt dazu entschieden, die Hand zum Griff zu führen, und er hätte es vorgezogen, wenn überhaupt, dann seine normale Klinge zu benutzen. Das Ding hatte in der Vergangenheit mehrfach gezeigt, daß es ihn schützen und am Leben halten wollte – aber es hatte ebenfalls eine unglaubliche Blutgier und Mordlust an den Tag gelegt.

Diese Fremden waren ganz offensichtlich auf magischem Wege hierhergekommen; die einzige Erklärung für diesen seltsamen blauen Nebel war Magie, auch wenn er lediglich den Zweck gehabt hatte, ihr plötzliches Auftauchen auf dem Hügelkamm zu verbergen, aber Garth hielt es für wahrscheinlicher, daß der Rauch selbst sie irgendwie aus der Luft materialisiert hatte. Die drei Männer konnten selbst Urheber dieser Magie sein, sie konnten aber auch unschuldige Opfer der Magie eines anderen sein – aber würden unschuldige Opfer mit gezücktem Schwert herumlaufen? Und der Stab, den der Mann in der Mitte trug, sah ganz nach einem magischen Gerät irgendeiner Art aus.

Der einzige Schutz, den Garth gegen Magie hatte, war der schwache natürliche Widerstand, den auf magische Weise erschaffene Arten wie Übermenschen und Kriegstiere gegen andere magische Kräfte besaßen, und die weitaus stärkere Magie des Schwertes des Bheleu.

Er entschied, daß sein eigenes Leben wichtiger war als jeder etwaige Schaden, den diese drei Fremdlinge durch das Schwert erleiden konnten. Schließlich befanden sie sich in der Nordwüste, die Übermann-Territorium war; die allseits anerkannte Grenze verlief entlang des ersten Hügelkammes. Mithin waren sie Eindringlinge, und ihr Tod war zu verantworten. Er zog das Schwert des Bheleu.

Er hoffte, daß es keine Toten geben würde.

Der Mann mit dem Stab bewegte sich; er zog um sich und seine Kameraden herum einen Kreis in den Schnee, nahm dann den Stab in beide Hände und hielt ihn waagrecht vor sich.

All dies bestärkte Garth immer mehr in der Gewißheit, daß hier Magie am Werk war; er packte sein magisches Schwert mit beiden Händen und hob es hoch.

Der Mann mit dem schwarzen Bart rief etwas; Garth konnte die Worte trotz der fünfzig Schritte, die zwischen ihm und den Männern lagen, deutlich hören.

»Yahai Eknissa eknissaye!«

Garth wußte, daß Eknissa die Göttin des Feuers war; er nahm daher an, daß das, was er gehört hatte, eine Art Beschwörung war. Die anderen beiden Worte sagten ihm indes nichts. Ihm blieb freilich nicht mehr viel Zeit, sich darüber den Kopf zu zerbrechen, denn gleich darauf sah er ihre Wirkung.

Eine Flammenwand war aus dem Kreis gesprungen, den der Stab in den Schnee gezogen hatte, und breitete sich mit unglaublicher Geschwindigkeit ringförmig aus. Prasselnd und tosend raste sie über den Schnee hinweg, der sofort unter ihr schmolz, und wuchs dabei zu einer Höhe von mehr als zehn Fuß. Schon auf eine Entfernung von zwanzig Schritt spürte Garth die ungeheure Hitze, die von ihr ausging.

Er hob das Schwert und rief einen Sturm, um die Flammen auszublasen oder sie zu ihrem Schöpfer zurückzutreiben. Er hatte beträchtliche Erfahrung im Herbeirufen von Stürmen gesammelt bei seinen vergeblichen Versuchen, die Kraft des Schwertes zu erschöpfen.

Der Wind schwoll sofort zu einem heulenden Sturm an, und am Himmel braute sich Gewölk zusammen; die Flammen wurden höher, und ihre Vorwärtsbewegung verlangsamte sich – aber nur unwesentlich. Mit Bestürzung sah Garth, wie sich die Flammenwand weiter vorwärts schob, direkt auf ihn zu.

Die Wolken waren noch nicht dicht genug, um einen Blitz zu rufen, mit dem er den Stab des Hexers hätte zerschmettern können – außerdem gab es keine Garantie, daß das die Feuerwand aufhalten würde; schließlich hatte der Tod des Basilisken die Versteinerung seiner Opfer auch nicht rückgängig gemacht.

Als die Flammenwand nur noch zwölf Schritte von ihm entfernt war, sah er keinen anderen Ausweg mehr, als das Schwert nach eigenem Gutdünken gewähren zu lassen. Schon die ganze Zeit hatte es gezogen und gezerrt, aber er hatte es im Zaum gehalten; er traute dem Ding nicht. Doch nun, da die Hitze ihm bereits mit solcher Intensität entgegenschlug, als stünde er direkt vor der Esse eines Schmieds, ließ er dem Schwert des Bheleu seinen Willen.

Es wand sich in seinem Griff und richtete sich direkt auf die vorrückende Flammenwand. Eine zweite Flammenwand sprang aus dem Schnee.

Ein paar Sekunden lang begriff Garth nicht, was das Schwert damit beabsichtigte, was es sich davon versprach, ein eigenes Feuer zu entfachen; doch dann sah er, daß der Flammenring aufgehört hatte, sich weiter auszudehnen. Er vermochte das Feuer, das sein Schwert entfacht hatte, nicht zu überwinden.

Das Feuer des Schwertes breitete sich aus; als es sich mit der Flammenwand vereinigte, verschwand es mit einem gewaltigen Knall – und mit ihm verschwand ein gut zehn Schritt breites Segment der Flammenwand.

Nun, da der mystische Kreis durchbrochen war, sanken die übrigen Flammen in sich zusammen und wurden zu kleinen natürlichen Feuern; als das spärliche feuchte Gras, das unter dem Schnee gewesen war, verbrannt war, erstarben sie zu flackernden Aschehäufchen und erloschen schließlich.

Der Schnee rings um die drei Zauberer war fort; um sie herum zog sich ein breiter Kreis aus verkohlter schwarzer Erde. Der Kreis, in dem die Zauberer standen, war jedoch unberührt von dem Feuer geblieben; sie standen bis zu den Knöcheln in Schnee. Garth vermochte ihre Gesichter über die Distanz von fünfzig Schritten nicht deutlich zu erkennen, aber er war sicher, daß sie überrascht waren über das Scheitern ihrer Attacke.

Koros stieß ein leises Knurren aus, und Garth gestattete dem Kriegstier, sich in Bewegung zu setzen. Als es den Rand des versengten Kreises erreichte, blieb es von selbst wieder stehen; der Boden war immer noch heiß, und seine Tatzen waren hochempfindlich.

Es bestand kein Grund, das Kriegstier in Gefahr zu bringen, entschied Garth; solange es in Hörweite war, konnte er es jederzeit rufen, wenn er es brauchen sollte. Er schickte sich an abzusitzen und hielt mitten in der Bewegung inne, einen Fuß schon aus dem Steigbügel.

Der Zauberer in der Mitte schwenkte wieder seinen Stab. Dann nahm er ihn, wie schon beim ersten Mal, in beide Hände, hielt ihn waagrecht vor sich und rief: *»Yahai Sneg ghyemye, yahai Srig srigye!«*

Das letzte Wort kannte Garth; es bedeutete ›kalt‹.

Er hatte keine Lust, seine Zeit damit zu verschwenden, einen Angriff nach dem anderen zurückzuschlagen; er hob das Schwert und rief laut seine eigene Beschwörung: *»Melith!«*

Blitze zuckten, und ohrenbetäubende Donnerschläge zerrissen die Luft. Ihm fiel ein, daß er vergessen hatte, die Blitze zu lenken; sie hatten nichts getroffen. Er war noch ein blutiger Anfänger im Umgang mit magischen Kräften.

Diesmal sah er keinen Flammenring auflodern, aber er fühlte, wie die Luft um ihn herum plötzlich kalt wurde, viel kälter, als sie vor dem plötzlichen Auftauchen der Zauberer gewesen war, viel kälter auch, als sie um diese Jahreszeit überhaupt hätte sein dürfen. Er ignorierte die Kälte und rief einen weiteren Blitz aus den Wolken; er zuckte mit gleißender Helligkeit herab und fuhr mit einem fürchterlichen Knall in den Erdboden direkt vor den Füßen der drei Zauberer.

»Laßt euch das eine Warnung sein!« brüllte er und ließ den Sturm abebben, den er gerufen hatte, damit sie ihn hören konnten. »Belästigt mich nicht weiter!«

»Ergib dich und händige uns dein Schwert aus, und

wir lassen dich leben!« schrie der Mann mit dem Stab zurück.

Garth überlegte schon ernsthaft, ob es nicht in der Tat klüger sei, wenn er sich ergäbe oder zumindest fragte, welche Bedingungen sie ihm stellten, als eine Woge von Zorn in ihm hochbrandete, die diesen Gedanken buchstäblich hinwegfegte. Ihm wurde vage bewußt, daß dies das Werk des Schwertes war, aber dieses Bewußtsein gab ihm nicht die Kraft, sich ihm zu widersetzen.

»Ich bin Bheleu!« schrie er. »Ich ergebe mich niemandem!«

Der Sturm tobte mit doppelter Heftigkeit los, und gleißende Blitze zuckten vom Himmel und schlugen links und rechts von den drei Zauberern ein. Garth schwang das Schwert hoch über dem Kopf, einen Schweif aus Feuer hinter sich herziehend. Dann stürmte er auf sie los, obwohl er den linken Fuß noch immer aus dem Steigbügel hatte.

Er war schon bis auf wenige Schritte vor ihnen, ehe sie überhaupt zu irgendeiner Reaktion imstande waren; doch bevor er zuschlagen konnte, hob der mittlere Zauberer erneut den Stab. Dieses Mal rief er seine Beschwörung jedoch in Alltagssprache, nicht wie zuvor in archaischer Redeweise. »Bei allen Göttern, Hilfe!« schrie er in höchster Not.

Der Stab loderte grell auf, und Garth war wieder er selbst, mit einem Schlag frei von Bheleus Kontrolle, obwohl das Schwert noch immer in seinen Händen loderte. Blitzschnell löste er eine Hand vom Schwertgriff und lenkte Koros mit einem leichten Klaps auf den Hals zur Seite, bevor er den Zauberer niederrennen konnte. Dann brachte er das Kriegstier mit einem kurzen Kommando zum Stehen.

Die beiden anderen Zauberer hatten Fersengeld gegeben, als das Kriegstier auf sie losstürmte, aber der Mann mit dem Stab war nicht einen Zoll von der Stelle gewichen.

»Ergib dich, Garth von Ordunin!« schrie er.

»Sei kein Tor!« erwiderte Garth. »Du bist keine Gefahr für mich; wieso sollte ich mich da ergeben? Wer bist du überhaupt?«

»Ich bin Karag von Sland, und ich halte den Großen Stab der Kraft, der drei Jahrhunderte lang verschollen war.«

Garth musterte den Mann sorgfältig und entschied, daß selbst Karag nicht ganz sicher war, ob er bluffte. Was immer dieser Stab war, Garth vermutete, daß er ihn noch nicht lange hatte.

»Warum habt ihr mich angegriffen?«

»Du hast das Schwert des Bheleu in deinen Besitz gebracht und Dûsarra und Skelleth damit zerstört; du mußt aufgehalten werden, bevor du das wirkliche Zeitalter der Zerstörung einläutest!«

Garth war froh, daß die verzweifelte Beschwörung des Mannes offenbar die unbeabsichtigte Wirkung gehabt hatte, ihn wenigstens vorübergehend aus der Kontrolle des Schwertes zu befreien. Vielleicht konnte er die Sache friedlich beilegen.

»Ich bin ebensowenig erpicht darauf, ein Zeitalter der Zerstörung herbeizuführen, wie du«, erwiderte er freundlich. »Wenn dein Stab so mächtig ist wie dieses Schwert, was mußt du dich dann sorgen?« Während er sprach, probierte er, ob seine Hände sich vom Schwertgriff lösen ließen, und mußte feststellen, daß seine Finger, wenn auch sein Geist wieder frei sein mochte, dies (leider) nicht waren. Er war darob enttäuscht; er hatte nämlich die leise Hoffnung gehegt, daß dieser übereifrige Zauberer vielleicht alle seine Probleme für ihn gelöst hatte – wenn auch ungewollt.

Die Unterhaltung wurde jäh unterbrochen durch die Rückkehr des braunhaarigen großen Zauberers. Mit einem hysterischen »Stirb, Monstrum!« stürzte er sich auf Garth, sein seltsames Krummschwert wild über dem Kopf schwingend.

Instinktiv, ohne nachzudenken, riß Garth das Schwert des Bheleu herum, um den Hieb zu parieren. Die beiden Klingen krachten in einem Schauer aus roten und weißen Funken aufeinander. Das Schwert des Zauberers zerbarst mit einem peitschenden Knall in glitzernde Scherben, die wie Geschosse durch die Luft flogen und rote Schrammen in das Gesicht und die Brust des Mannes rissen. Garth selbst bekam nicht den geringsten Kratzer ab. Er spürte einen leisen Anflug von Ärger, und dann brandete erneut unbändige Wut in ihm hoch; das Schwert gewann wieder die Oberhand über die Macht, die es für kurze Zeit im Zaum gehalten hatte.

Er hob die Klinge gen Himmel, und erneut zuckten Blitze herab, hüllten ihn für einen kurzen Moment in blauweißes Feuer und sprangen dann über auf den abgebrochenen Stumpf des Blutschwertes des Hishan von Darbul. Der große Zauberer taumelte, den Mund weit aufgerissen, als wollte er schreien; das Blut, das aus seinen Wunden quoll, begann zu dampfen und zu brodeln, und Sekunden danach sank er, zu einem verkohlten Haufen verschmort, vor den Füßen des Kriegstiers zu Boden.

Der Wutanfall verebbte, und in der leisen Hoffnung, daß der Tod des Zauberers ihn vielleicht von dem Bann erlöst hatte, versuchte Garth erneut, das Schwert loszulassen. Aber das Schwert hielt ihn mit unvermindert festem Griff.

Er merkte nicht einmal, daß er inmitten eines lodernden Feuers stand; während der letzten Minuten hatten so viele Feuerwerke stattgefunden, daß er es fast schon als eine Art Normalzustand empfand, wenn es um ihn herum knisterte, prasselte, blitzte, loderte oder waberte. Erst Koros' warnendes Knurren ließ ihn von dem glühenden roten Edelstein aufblicken.

Er war von Flammen umringt, aber er spürte keine Hitze, und das Feuer vermochte ihm nichts anzuhaben;

irgend etwas hielt es zurück, schirmte ihn und sein Kriegstier gegen die Flammen ab.

Er schwenkte das Schwert, und die Flammenwand teilte sich vor ihm. Er schaute auf den Mann, der sich Karag von Sland nannte; er stand, den Stab mit beiden Händen haltend, direkt vor dem Kriegstier und seinem Reiter.

Dann, plötzlich, wirbelte roter Nebel auf und hüllte den Zauberer ein. Das einzige, was Garth jetzt noch hätte unternehmen können, um den Mann aufzuhalten: ihn zu töten. Aber davor scheute er zurück. Er schaute sich um und sah, daß ein ähnlicher Nebel die beiden anderen Zauberer zu umhüllen begann, sowohl den lebenden, der noch immer floh und schon einige hundert Schritte entfernt war, als auch den schwelenden Leichnam seines Kameraden.

Und während er zusah, verflüchtigte sich der rote Nebel wieder und nahm die drei Zauberer mit. Er hatte fast damit gerechnet, daß dies passieren würde.

Er ließ den Blick über das Gelände schweifen, auf dem der Kampf stattgefunden hatte. Wo noch vor kurzer Zeit eine unberührte Schneedecke gelegen hatte, befand sich jetzt ein großer Kreis aus verbrannter, mittlerweile wieder hart gefrorener Erde, der übersät war mit kleinen Kratern, wo die Blitze eingeschlagen hatten. Der kleine Mittelkreis aus Schnee war zu einem grauen Matschfleck zertreten. Ein paar glitzernde Metallsplitter lagen verstreut herum, die traurigen Reste des stolzen Krummschwerts. Hier und da waren Blutstropfen zu sehen.

Schon bald würde neuer Schnee die Spuren zudecken, aber wenn der Frühling kam, würde es noch Monate dauern, bis an dieser Stelle wieder etwas wuchs. Die Zerstörung, die er angerichtet hatte, war nur gering, und der Kampf hatte lediglich ein Todesopfer gefordert. Dennoch stieß Garth einen tiefen Seufzer aus. Selbst wenn das Schwert ihn nicht zwang zu zerstören, zwangen ihn wohl andere Mächte, in Notwehr zu zerstören.

Nein, berichtigte er sich, der größte Teil dieser Zerstörung war nicht sein Werk, sondern das der drei Zauberer. Er war lediglich der Brennpunkt. Der Tod des einen war jedoch sein Werk, egal wie er es auch drehen und wenden mochte.

Dies war eine neue Komplikation in seinem Leben. Er fragte sich, ob sie eine Änderung seines Plans rechtfertigte, die Weisen Frauen aufzusuchen. Wenn fortan überall, wo er war, Zauberer aus dem Nichts auftauchten, dann konnte er einen Besuch in Ordunin wohl kaum geheimhalten.

Er beschloß, seine Reise erst einmal fortzusetzen; wenn es zu weiteren Angriffen kam, würde er umkehren.

Er steckte seinen Fuß zurück in den Steigbügel und ritt weiter.

Kapitel 24

Die Ratsmitglieder starrten entsetzt auf die verkohlte Leiche, die da am Rande des Pentagramms aufgetaucht war; ihre Erschütterung war so groß, daß sie Karag und Kubal fast übersehen hätten.

»Was ist geschehen?« stieß Shandiph atemlos hervor.

»Er kann Blitze lenken«, antwortete Karag. Er bebte am ganzen Leib, der Stab, den er noch immer umklammert hielt, zitterte wie Espenlaub in seinen Händen.

»Wie hast du es geschafft zu überleben?«

»Das weiß ich selbst nicht. Kubal lief weg, und ich versuchte, ihn mit dem Stab abzuwehren. Ich glaube, es funktionierte, zumindest vorübergehend.«

»Dann ist das Schwert also nicht unbesiegbar!« rief jemand.

Karag schüttelte den Kopf. »Ich habe noch nie solche Macht gesehen. Ich meine damit nicht nur das Schwert, sondern ebenso den Stab. Er fühlte sich wie ein lebendiges Wesen in meinen Händen an. Ohne die magischen Geräte in diesem Raum hätten wir nicht die geringste Chance. Er zauberte mit einer einzigen Geste aus dem Nichts einen Sturm herbei und lenkte die Blitze, wohin er wollte; das Schwert brannte und spie Feuer. Der Stab erzeugte eine Flammenwand, die alles verschlang, was in ihrem Weg lag, bis er sie mit der Flamme des Schwertes zurückdrängte. Er reitet ein großes schwarzes Ungeheuer mit Fängen, so lang wie meine Finger.«

Kubal nickte heftig, die Worte seines Kameraden bestätigend. »Wenn ich geahnt hätte, auf was wir uns da einlassen würden! Ich hätte nie gedacht, daß er so mächtig ist. Ich habe Kala nicht geglaubt, als sie sagte, er könne Stürme herbeizitieren.«

»Ihr habt euch alle drei sehr töricht verhalten«, sagte Shandiph. »Das innerste Wesen der Magie ist nicht Macht, sondern Scharfsinnigkeit und Täuschung, und der arme Alagar hat für eure Unbesonnenheit bezahlt, weil er dies nicht bedacht hat. Und um eure Torheit komplett zu machen, habt ihr den Übermann jetzt auch noch gewarnt.«

»Aber er ist kein Zauberer«, sagte der Baron von Therin. »Er wird nicht wissen, wie er sich gegen uns verteidigen soll. Karags Fehler bestand darin, daß er glaubte, drei Zauberer würden schon mit ihm fertigwerden, Schwert oder nicht.«

»Ich sage nicht, daß sie den Übermann unterschätzt haben, sondern daß sie das Schwert unterschätzt haben«, erwiderte Shandiph. »Wir müssen raffiniertere Methoden anwenden, Methoden, denen das Schwert nicht direkt etwas entgegensetzen kann.«

»Und an was hattest du dabei gedacht?« fragte Chalkara.

Shandiphs Antwort bestand darin, daß er zu dem Buch ging, es aufschlug und fragte: »Gibt es Zaubergegenstände in diesem Raum, die einen Feind aus der Ferne töten können?«

Das Buch blätterte sich zurück bis zu einer Seite ziemlich am Anfang, auf welcher in großen Blockbuchstaben schlicht stand: JA.

»Welches sind die zwölf wirkungsvollsten, die ohne große Vorbereitung benutzt werden können, wie funktionieren sie, und wo sind sie zu finden?«

Mehrere Seiten schugen um, und es erschien eine Liste.

»Kala, halt dein Sehglas bereit, damit wir sehen können, was passiert.«

»Ich habe mein Glas nicht dabei; ich habe es doch in Kholis gelassen.«

Verwirrt gestand Shandiph: »Daran hatte ich nicht gedacht.«

»Es gibt doch bestimmt ein Sehglas hier«, sagte Chalkara. »Befrag doch das Buch.«

Natürlich fand sich ein Sehglas. Kala nahm es und wanderte damit ein paar Schritte umher, bis sie eine geeignete Stelle gefunden hatte, an der sie arbeiten konnte.

Das magische Licht, das Shandiph beim Betreten des Raumes herbeigerufen hatte, verblaßte allmählich, was Kala entgegenkam: bei Dämmerlicht ließ sich leichter mit dem Glas arbeiten. Sie versuchte, Garths Bild einzufangen, aber es klappte nicht. Die Macht des Schwertes schirmte ihn ab.

Sie teilte dies den anderen mit, die inzwischen den größten Teil der Geräte und Bücher zusammengesucht hatten, die das Buch als notwendig für die zwölf Todeszauber aufgezählt hatte.

»Das hatte ich ganz vergessen«, bekannte Shandiph. »Wir werden wohl nicht umhinkönnen, die Waffen auszuprobieren und dann hinzugehen und nachzusehen, ob sie gewirkt haben.«

»Wenn er gegen andere Zauber ebensogut gefeit ist wie gegen ein Sehglas, dann täten wir sicher gut daran, gewappnet dort hinzugehen.«

»Ich fürchte, du hast recht«, pflichtete Shandiph ihr bei. »Ich frage mal das Buch, was für andere Waffen wir noch mitnehmen könnten.«

»Das habe ich bereits gemacht«, sagte Karag. Er gewann allmählich seine Fassung wieder. »Wir hatten drei der vier mächtigsten mit – den Großen Stab der Kraft, das Schwert des Koros, und etwas, das das Buch das Blutschwert des Hishan von Darbul nannte. Das Buch behauptete, es wäre die drittstärkste Waffe hier, nach dem Stab und dem Ring der P'hul, aber das Schwert des Bheleu zerschmetterte es mit einem Schlag.«

Diese Hiobsbotschaft löste mißmutiges Schweigen aus.

Nach einer Weile fragte Shandiph: »Buch, was würdest du empfehlen, was wir gegen das Schwert des Bheleu aufbieten sollten?«

Die Antwort bestand aus einem einzigen Satz, den Chalkara laut über Shandiphs Schulter hinweg vorlas: »Es gibt keine Macht im Besitz des Rates, die dem Schwert des Bheleu trotzen kann.«

»Heißt das, daß es nichts gibt, was wir tun könnten?«

Wieder klappten mehrere Seiten zurück, und wieder bestand die Antwort aus einem einzigen Wort in großen Blockbuchstaben: »DOCH.«

»Gibt es eine Macht, die den Besitzer des Schwertes besiegen kann?« fragte Chalkara.

»Es gibt deren zwei: das Buch der Stille und den König in Gelb«, las Shandiph vor.

»Wer ist der König in Gelb?« fragte Thetheru.

Eine einzige Seite klappte um, und Shandiph sagte: »Das wußte ich schon. Hier steht: ›Der unsterbliche Hohepriester des Todes‹.«

»Wo können wir diesen König finden?« fragte Chalkara.

Diesmal rührten sich die Seiten nicht, aber Shandiph erwiderte: »Wir wollen ihn gar nicht finden; er wäre noch schlimmer als der Übermann. Er ist das Werkzeug des Todes, so wie Garth das Werkzeug Bheleus ist.«

»Und was ist mit dem Buch der Stille?« rief jemand aus dem Hintergrund der kleinen Versammlung.

»Weißt du, warum es ›Buch der Stille‹ heißt?« rief Miloshir zurück. »Ein einziges Wort, das darin geschrieben steht, laut auszusprechen, bedeutet den sicheren Tod für jeden außer seinem rechtmäßigen Besitzer.«

Düsteres Schweigen trat ein. Schließlich war es Herina, die dieses unbehagliche Schweigen beendete. »Wir können doch losen, und der Verlierer muß das Buch benutzen ...«

»Nein, das hätte keinen Sinn. Der Verlierer würde sterben, bevor er den Zauberspruch vollenden könnte. Wir bräuchten für jedes Wort des Spruches einen von uns, und ich habe keine Ahnung, wie lang die Beschwörungsformel, die wir brauchen, überhaupt ist.«

»Könnten wir nicht den rechtmäßigen Besitzer aufsuchen und ihn um Hilfe bitten?«

»Das Buch gehört dem König in Gelb.«

»Es sieht ganz so aus, als wären wir schon besiegt, bevor wir überhaupt angefangen haben«, sagte Derelind niedergeschlagen.

»Wir müssen es wenigstens versuchen«, erwiderte Veyel trotzig.

»Wir müssen und wir werden auch. Wir werden jede dieser zwölf Waffen ausprobieren, die das Buch aufgeführt hat. Es könnte doch sein, daß das Buch nicht unfehlbar ist und die Macht des Schwertes überschätzt hat; es könnte doch sein, daß Garth sich noch nicht voll auf die Macht des Schwertes eingestellt hat. Wir haben immer noch eine kleine Chance.«

»Noch nicht voll eingestellt nennst du das?« schnaubte Karag. »Dieser Übermann kann Stürme aus heiterem Himmel hervorzaubern und Blitze nach Gutdünken lenken! Was soll er dann deiner Meinung nach erst können, wenn er sich ›voll eingestellt‹ hat? Reicht nicht das, was er kann, schon genug – ›voll eingestellt‹ oder nicht?«

»Noch viel, viel mehr, Karag. Die Macht des Schwertes ist so gut wie grenzenlos.«

Der Gedanke machte Kubal schaudern.

Die Runde löste sich hiernach in mehrere Zweier- und Dreiergruppen auf, die jeweils an einem oder zwei der Distanz-Tötungszauber arbeiteten. Einer nach dem anderen wurden diese Zauber alsdann unter düsteren Gesängen, übelriechendem Qualm, unheimlichen Lichterscheinungen und anderen Nebenprodukten magischen Treibens zum Einsatz gebracht. Das goldene Licht erlosch völlig und wurde durch den trüben Schein von Fackeln ersetzt. Mehrere Ratsmitglieder hatten Hunger bekommen, und Deriam fand mit Hilfe des Buches eine unerschöpfliche Lade, die mit Hilfe einer simplen Formel dazu gebracht werden konnte, Kekse in unbegrenzter Zahl zu produzieren, sowie eine Weinflasche, die niemals leer wurde.

»Ein sehr nützliches Ding«, bemerkte er zwischen zwei Schlucken, »auch wenn es nicht gerade ein großer Jahrgang ist. Ich frage mich bloß, wieso sie hier versteckt worden ist?«

Shandiph, der gerade die Einsatzvorbereitungen des letzten Todeszaubers verfolgte – welche unter anderem aus einem komplizierten Tanz mit einem sehr scharfen Messer bestanden (mit Chalkara als Tänzerin) –, antwortete geistesabwesend: »Jemand muß sie für gefährlich befunden haben.«

»Was kann an einer Weinflasche Gefährliches sein?«

»Oh, da gibt es einiges.«

»Zum Beispiel was?«

»Du könntest zum Beispiel jemanden damit ertränken«, schlug Amarda die Bluttrinkerin vor, »oder einen Platz überschwemmen.« Sie pflegte die Schnittwunden an ihren Händen, die sie sich an dem Zauber zugezogen hatte, bei dem sie mitgeholfen hatte, und leckte sich das Blut mit Genuß von den Wunden. Deriam warf ihr einen Blick zu und guckte schnell wieder weg.

»Daran hatte ich nicht gedacht«, gestand er.

In diesem Moment riß der Baron von Therin Shandiph aus seiner beschaulichen Betrachtung des Tanzes. »Ich habe Neuigkeiten aus Kholis«, verkündete er.

Der Vorsitzende wandte sich zu ihm und fragte: »Was gibt es denn?«

»Soeben ist eine Gesandtschaft aus Skelleth eingetroffen und spricht just in diesem Moment mit dem Hohen König; mein anderes Selbst ist soeben in das Audienzzimmer getreten, um zu lauschen, was sie zu sagen haben.«

»Und was sagen sie?«

Dor hielt einen Moment inne, wie als höre er zu, und

antwortete: »Sie sagen, Skelleth sei niedergebrannt, und viele seiner Einwohner seien ums Leben gekommen, als Folge der Verrücktheit des toten Barons. Sie behaupten, eine friedliche Handelsdelegation aus Ordunin sei ohne Grund von der Garde des Barons angegriffen worden, und die daraufhin entbrannte Schlacht habe mit dem Tode der Gardisten und des Barons und zahlreicher anderer Bürger geendet.«

»Aber das entspricht nicht dem, was uns der Seher von Weideth berichtet hat.«

Dor zuckte die Achseln. »Der Abgesandte lügt zweifellos. Jetzt erklärt er, die Übermänner seien dageblieben, um beim Wiederaufbau mitzuhelfen, und ein Mann namens Saram, ein ehemaliger Leutnant in der Garde des Barons, übe das Amt des Barons aus.«Shandiph warf einen kurzen Blick auf Chalkara, die noch immer mit ihrem Messer herumwirbelte, und sah sich dann mit suchendem Blick um. »Wo ist der Seher?«

Der Mann aus Weideth machte sich von hinten durch ein »Hier!« bemerkbar.

»Ah, da bist du ja. Kannst du uns sagen, ob das, was Baron uns gerade berichtet, wahr oder falsch ist?«

»Baron Dor spricht die Wahrheit, so wie er sie kennt, Herr; aber das ist natürlich selbstverständlich und sagt nichts über die Aufrichtigkeit des Abgesandten aus Skelleth aus. Ich kann nicht wissen, was aus zweiter Hand wahr ist, wie dies hier.«

»Du sagtest, der Baron von Skelleth sei ermordet worden.«

»O ja, das ist er! Ich habe das mit drei separaten Weissagungen nachgeprüft; er wurde ohne Warnung von hinten mit dem Schwert des Bheleu niedergestochen – er selbst war unbewaffnet.«

»Dann lügt dieser Abgesandte also.«

»Ja, das nehme ich an.«

»Was sagt er jetzt, Dor?«

»Er erklärt, Skelleth habe nicht genügend Brennholz

und Nahrungsmittel, um den Winter zu überstehen, und er bittet den Hohen König, Hilfsgüter zu schicken und einen neuen Baron zu ernennen, auf daß die Stadt wieder blühe wie zuvor, trotz dieses unglücklichen Ereignisses.«

»Aber Skelleth blüht schon seit zweihundert Jahren nicht mehr!« ereiferte sich Deriam.

»Das kann man wohl sagen«, pflichtete ihm Dor bei. »Aber ich gebe lediglich wieder, was ich höre.«

»Und was geschieht jetzt?«

»Barach von Sland ist dem Abgesandten ins Wort gefallen; er sagt, der Mann sei ganz offensichtlich ein verlogener Lump, und jetzt bittet er den König, er solle ihn, Barach, nach Skelleth schicken, damit er der Sache auf den Grund gehen könne.«

»Der Baron von Sland will nach Skelleth reisen?« Thetheru war echt erstaunt. Er konnte sich beim besten Willen nicht vorstellen, daß jemand freiwillig einen solchen Ort besuchen wollte.

»Das überrascht mich keineswegs«, meinte Karag. »Er hat schon immer mit der Idee geliebäugelt, eine zweite Baronie zu erwerben, und war ziemlich verärgert, als Skelleth seinerzeit – wann war das gleich noch? – vor dreiundzwanzig oder vierundzwanzig Jahren an jemand anderen fiel.«

»Selbst wenn wir den Übermann tatsächlich erledigen sollten, scheint mir, daß wir bezüglich Skelleth noch einige andere Dinge zu klären haben«, bemerkte Shandiph.

»Das sehe ich auch so«, pflichtete ihm Dor bei. »Der Hohe König hat gerade gesagt, er habe keinen Grund, die Aussagen des Abgesandten in Zweifel zu ziehen, und er werde helfen, so gut er könne. Er ernennt diesen Saram zum neuen Baron von Skelleth und erbittet seine baldige förmliche Aufwartung bei Hofe zwecks Überreichung der Urkunde. Barach schäumt vor Wut. Jetzt stürmt er nach draußen und ruft nach seinen Leuten.«

»Wir müssen diesen Streit schlichten, sobald unsere Zeit es erlaubt«, sagte Shandiph.

»Sollten wir uns nicht besser sofort darum kümmern, bevor irgend jemand eine Dummheit begeht?« fragte Deriam.

»Nein«, erwiderte Shandiph«, ich meine, wir sollten erst das zu Ende bringen, womit wir als erstes begonnen haben, nämlich den Übermann erledigen. Er stellt das gefährlichere Problem dar.« Er deutete auf Chalkara, die sich dem Ende ihres Rituals näherte. »Wenn diese Zauber gewirkt haben, oder wenigstens einer von ihnen, dann haben wir Zeit in Hülle und Fülle. Sollten sie jedoch versagt haben, dann ist es um so wichtiger, daß wir unverzüglich all unsere Kraft auf das Problem Garth konzentrieren.«

Chalkara beendete ihren Tanz mit einer letzten Pirouette und schleuderte den Dolch auf den Boden zwischen den Füßen. Laut dem Buch, dem sie die Formel entnommen hatten, mußte die Klinge jeden Boden, selbst steinernen, durchdringen, und aus dem Loch mußte dann Blut hervorquellen. Das Blut würde das des auserkorenen Opfers sein.

Das Messer fuhr mit lautem Klirren in den steinernen Fußboden und blieb auch wie beabsichtigt stecken, aber nur die äußerste Spitze war eingedrungen; kein Blut floß.

»Ich glaube nicht, daß es geklappt hat«, sagte Kubal skeptisch.

»Es könnte sein, daß der Übermann bereits tot war«, sagte Derelind. »Immerhin haben wir zwölf Versuche unternommen, ihn zu töten. Wir haben ihn verbrannt, erstickt, erstochen, geschunden, erdrosselt und vergiftet, und wir haben Vögel auf ihn gehetzt, die ihn zerstückeln sollen.«

»Ich hoffe, das ist der Grund«, sagte Shandiph. Er beugte sich über das Lesepult und fragte das Buch: »Ist Garth von Ordunin tot?«

Seiten klappten raschelnd um, und er las laut vor: »Dieses Buch ist kein Orakel; es beantwortet nur Fragen über Magie und arkanische Künste, die dem Kenntnisstand des Rates der Höchsten zum Ende des Zwölften Zeitalters entsprechen.«

»Versuch es noch einmal mit deinem Sehglas, Kala!« schlug jemand vor.

Der Vorschlag stieß auf allseitige Zustimmung, und Kala zog sich mit einer Kerze in die Dunkelheit zurück. Die Kerze stammte aus einer Kiste, die voll war mit ähnlichen Kerzen; jede von ihnen enthielt laut dem Buch ein Urfeuer-Element, welches ihr eine Brenndauer von mehreren Tagen verlieh.

Die anderen unterhielten sich gedämpft miteinander, während Kala versuchte, das Bild des Übermannes mit ihrem Glas einzufangen. Die meisten schauten bewußt anderswohin, nur Karag konnte sich einen neugierigen Blick nicht verkneifen; als er zu ihr hinüberspähte, sah er, daß die Kristallkugel rot glühte.

Gleich darauf bemerkte Zhinza, die Kala am nächsten stand: »Ich rieche verbranntes Fleisch.« Einen Wimpernschlag später schrie Kala laut auf und ließ die Kugel fallen. Sie explodierte, und Stücke halb geschmolzenen Glases flogen wie Geschosse in alle Richtungen.

Die meisten Ratsmitglieder kamen mit dem Schrekken davon, da Kala sich ziemlich tief in den Raum zurückgezogen hatte, aber sie selbst und Zhinza zogen sich mehrere Schnitt- und Brandwunden zu, und eine glühende Scherbe hatte Sherek den Arm aufgeschrammt. Mit Hilfe des Buches suchte Derelind eine Heilzauberformel heraus, die Chalkara anwendete.

Der Zauber stillte die Blutungen und linderte den Schmerz der Brandwunden, aber gegen Kalas verbrannte Handflächen war er machtlos.

Nach diesem niederschmetternden Zwischenfall schauten sich die zwanzig Ratsmitglieder ratlos gegenseitig im Licht der Laternen an, und jeder wartete darauf, daß irgend jemand etwas sagte, bis schließlich Chalkara das lähmende Schweigen beendete: »Was nun? Der Übermann lebt noch immer, sonst wäre Kalas Glas nicht zerborsten. Offensichtlich hat ihm keiner unserer Zauber etwas anhaben können. Was fangen wir jetzt an?«

Zum ersten Mal war sogar Shandiph um eine Antwort verlegen; schließlich war es Karag, der langsam sagte: »Ich glaube, ich habe eine Idee.«

Kapitel 25

Während er nordostwärts durch das enge Tal ritt, dachte Garth über seine Situation nach.

Allmählich bezweifelte er, daß er irgendeinen Ausweg aus seinem Dilemma finden konnte. Es sah ganz so aus, als bestände seine einzige Chance, sich von dem Schwert Bheleus zu befreien, darin, sich wieder in die Dienste des Vergessenen Königs zu begeben. Fest stand jedenfalls, daß der König eine einzigartige Person war und über einzigartige Macht verfügte; es konnte gut sein, daß es außer ihm niemanden gab, der das Schwert beherrschen konnte. Die drei Zauberer hatten ihm jedenfalls nichts Nennenswertes entgegensetzen können.

Wenn es schließlich und endlich doch auf die Wahl zwischen dem König und dem Schwert hinauslief, dann war er unschlüssig, wie er sich entscheiden sollte. Das eine wie das andere würde zu Blutvergießen führen, was ihm zutiefst zuwider war; er wußte, daß er sich nicht der Hoffnung hingeben durfte, daß er das Schwert für immer im Zaum halten konnte, und der alte Mann hatte unverhohlen zugegeben, daß seine große Magie außer ihn selbst noch viele andere töten würde.

Andererseits würde der Zauber des Königs ein einziges, nie wiederkehrendes Ereignis sein, während das Schwert ein fortwährendes Problem darstellte. Zudem bestand die Möglichkeit, daß Garth gar nicht mehr lange genug leben würde, um jenes mysteriöse Buch zu besorgen, das der König haben wollte. Auch bestand die Möglichkeit, daß dieses Buch längst vernichtet oder unwiderbringlich verloren war.

Wenn denn nun alles auf diese simple letzte Entscheidung hinauslief, dann würde er sich dafür entscheiden, wieder in die Dienste des Königs zu treten, auch wenn er nicht glücklich war mit dieser Entscheidung, da er den alten Mann weder mochte, noch ihm traute. Er hatte das Gefühl, daß der alte Mann ihn manipulierte, ihn lenkte und leitete, als wäre er ein hirnloses Lasttier, das man herumkommandierte und zum Gehorsam zwang, wenn es störrisch war.

Aber selbst das war noch immer besser, als von der bösartigen Macht des Schwertes besessen zu sein, was immer diese Macht auch sein mochte.

Es konnte sein, daß er das Buch der Stille niemals finden würde. Es konnte sein, daß sein Dienst für den König zu nichts führte. Er konnte jedoch nicht glauben, daß seine Besessenheit von dem Schwert zu nichts führen würde.

Vielleicht konnte er es irgendwie bewerkstelligen, daß er darum herum kam, das Buch abzuliefern, so er es tatsächlich finden sollte. Wenn er beim Leisten seines Eides seine Worte geschickt wählte, konnte er es vielleicht hinkriegen – oder wenn er seinen Eid brach ... Er unterbrach an diesem Punkt seine Gedankenkette jäh und setzte sich mit dieser letzten Idee genauer auseinander.

Kein Übermann, hieß es, hatte jemals in all den tausend Jahren, seit die Gattung existierte, einen Eid gebrochen. Garth machte da keine Ausnahme, auch wenn er sich gelegentlich unklare Formulierungen zu seinem Vorteil ausgelegt hatte oder Ereignisse, die nicht seinem Einfluß unterlagen, ihm zuweilen einen Strich durch die Rechnung gemacht hatten.

Einen Eid zu brechen, so hieß es, war ein Vergehen wider die Götter – und nicht nur gegen die, in deren Namen man seinen Eid geschworen hatte, sondern gegen alle, die dabei zugehört hatten. Früher hätte Garth dies als abergläubischen, typisch menschlichen Unsinn abgetan; nun aber, da seine atheistische Weltanschauung ins Wanken geraten war, sah er diese Sache mit anderen Augen, aber so sehr er auch hin und her überlegte, er konnte sich beim besten Willen nicht vorstellen, daß die Götter – immer vorausgesetzt, es gab sie wirklich – ihre kostbare Zeit damit vergeudeten, sich in die Geschäfte der Sterblichen einzumischen und sich den Kopf über irgendwelche Wortklaubereien zu zerbrechen.

Außerdem hatte er schon mehrere Götter herausgefordert und beleidigt: Tema, Aghad, Andhur Regvos, Sai und sogar den Gott-Dessen-Namen-Man-Nicht-Ausspricht. Er hatte ihre Tempel geschändet und ihre Priester getötet, und doch war ihm kein Haar gekrümmt worden. Nein, über das, was passierte, wenn er einen Gott beleidigte, brauchte er sich wahrlich keine Gedanken zu machen, da war er sich ganz sicher.

Aber einen Eid zu brechen bedeutete, seine eigene Ehre zu zerstören, die Ehre seiner Familie, ja die Ehre seines Geschlechtes und seiner ganzen Art. Nie wieder würde ihm irgend jemand vertrauen – und dies zu Recht! Er würde für immer ein Ausgestoßener sein, ein unerwünschter Fremdling. Das heißt, wenn herauskam, daß er sein Wort gebrochen hatte.

Und selbst, wenn es nicht herauskam, würde *er* es wissen. Seine Ehre würde dahin sein. Er würde ein Nichts sein; er würde kein echter Übermann mehr sein. Er würde um keinen Deut besser sein als der niedrigste, ehrloseste Schuft in den stinkenden Gassen von Skelleth.

Unter normalen Umständen hätte er eine solche Tat niemals auch nur in Betracht gezogen. Aber wenn die einzigen beiden Möglichkeiten, die ihm blieben, nichts als massenhaften Tod bedeuteten, dann mußte er ein solches Handeln zumindest in Erwägung ziehen. Er war es den vielen Unschuldigen schuldig, daß er sich vielleicht zum Werkzeug des Todes machte. Welche Tragik! Doch war seine persönliche Ehre mehr wert als ihr Leben?

Die Tradition sagte ja zu dieser Frage; die Sagen und Märchen, die er in seiner Jugend gehört hatte, sagten, daß es nichts Wichtigeres gäbe als die Ehre. Es gab Geschichten von Übermenschen und sogar von Menschen, die lieber gestorben waren, als ihre Ehre zu verlieren, die den Tod ihrer Freunde und ihrer Familie in Kauf genommen hatten, die Freunde und Kameraden getötet hatten, und alles im Namen der Ehre.

Aber noch war es zu früh, sich über dieses Problem das Hirn zu zermartern, sagte er sich. Erst einmal würde er die Weisen Frauen fragen, ob es nicht vielleicht doch noch eine andere Möglichkeit gab, wie er sich von dem Schwert befreien konnte. Wenn sie ihm sagten, daß nur der Vergessene König ihn von dem verfluchten Ding erlösen konnte, dann konnte er den Eid noch immer schwören – und höchstwahrscheinlich würde er sein Wort auch halten. Er konnte nicht all dem zuwiderhandeln, was er sein Leben lang für gut und richtig befunden hatte.

Er hoffte jedoch mehr denn je, daß Ao ihm einen Ausweg weisen konnte.

Er studierte die Hügel zu seiner Linken; er näherte sich der Stelle, an der der Pfad wieder nach Norden einschwenkte und über die nächsten drei, vier Kämme in ein viel breiteres Tal führte, hinter welchem eine weitere, schroffere Hügelkette lag – eine Hügelkette, die eher schon den Namen Gebirgskette verdiente.

Der Schnee verbarg die Einzelheiten des Geländes, aber er war sich ziemlich sicher, daß der unregelmäßig geformte Gipfel, den er ein Stück weiter voraus sah, nicht hierher gehörte. Er lag ganz genau an seiner Route.

Die Sonne stand bereits tief im Westen. Er würde sich bald Gedanken darüber machen müssen, wo er sein Nachtlager aufschlagen sollte; es war bereits so dunkel geworden, daß er das rote Glühen des Edelsteins sehen konnte, ohne den Kopf zu drehen. Es schien seltsam zu flackern.

Es war ein merkwürdiger Tag gewesen. Erst waren

die drei Zauberer aufgetaucht und nach einer kurzen Schlacht wieder verschwunden; dann, wenig später, war ein Schwarm Raben – was an und für sich schon ungewöhnlich war, da seines Wissens nach Raben selten Schwärme zu bilden pflegten – herabgestoßen und nur wenige Zollbreit vor seinem Gesicht vorbeigeflogen, um gleich darauf wieder abzudrehen und davonzustieben. Er hatte darin eine Art Omen gesehen. Danach hatte er eine Reihe von körperlichen Beschwerden gespürt, die er für unangenehme Nebenwirkungen des Schwertes gehalten hatte: Erst hatte ihn ein leichter Hustenanfall geschüttelt, dann hatte er Fieber bekommen, dann hatte er diverse Stiche und ein seltsames Prickeln gespürt. Und jedesmal hatte der Edelstein am Griff seines Schwertes für einen Moment heller als normal aufgeleuchtet. Jedoch war jede dieser Unpäßlichkeiten rasch wieder vergangen, ohne daß irgendwelche Folgen zurückgeblieben wären.

Koros stieß ein leises Knurren aus, und Garth sondierte sorgfältig das umliegende Terrain. Ein dünner blauer Nebel bildete sich direkt vor ihm.

Er rief ein Kommando, und Koros blieb stehen.

Der blaue Nebel verdichtete sich zu einer Kugel aus festem Rauch und breitete sich dann seitlich aus. Garth sah, daß sich im Innern der Kugel etwas bewegte.

Der Rauch breitete sich immer weiter aus, und Garth wurde klar, daß er es diesmal nicht mit drei Zauberern zu tun haben würde, sondern mit einer kleinen Armee. Schon jetzt konnte er mindestens ein Dutzend menschliche Gestalten ausmachen.

Plötzlich verzog sich der Rauch, und ihm blieb keine Zeit mehr, seine Angreifer zu zählen. Ohne zu wissen, wie es dort hingelangt war, sah er, daß das große Breitschwert in seinen Händen lag, und im selben Moment sah er einen großen orangefarbenen Feuerball auf sich zukommen.

Das Schwert bewegte sich in seinen Händen, und der

Ball wurde von einer gewaltigen Flamme, die ihm entgegenschlug, buchstäblich aufgesogen.

Gleich darauf sah er sich von mehreren Seiten gleichzeitig attackiert; schwarzer Rauch quoll ihm entgegen, ein zweiter Feuerball kam herangeflogen, und ein schimmerndes, durchsichtiges Etwas kam aus der Luft auf ihn herabgeschwebt. Das Schwert verwandelte sich in eine weiß lodernde Flamme in seinen Händen, die mit irrwitziger Geschwindigkeit hin und her schoß und alle drei nacheinander zerfetzte und zerschmetterte.

Über ihm ballten sich schwarze Wolken zusammen. Fernes Donnergrollen brach sich an den Hügeln.

Düstere Heiterkeit erfüllte ihn und wuchs mit jeder Bedrohung, die er stellte und vernichtete; als er einen vierten Feuerball auf seinen Schöpfer zurückschleuderte und ein kreischendes fledermausähnliches Wesen mit seinem Schwert aufspießte, konnte er sein Triumphgefühl nicht länger bezähmen und brach in schallendes Lachen aus. Blitze woben ein gleißendes Spinnennetz am Himmel, und wütender Donner vermengte sich mit seinem Triumphgeheul.

Immer noch brandete Attacke auf Attacke gegen ihn an; der Stab, gegen den er schon vorher gekämpft hatte, sendete Flammenwoge um Flammenwoge gegen ihn, während andere Magie die Luft um ihn herum erknistern und den Boden unter seinen Füßen erbeben ließ.

Wieder lachte er brüllend auf. Wußten diese Toren nicht, wer und was er war? Als Raben aus dem Himmel auf ihn herabstießen, um sofort von den Flammen seines Schwertes vertilgt zu werden, donnerte er: »Ich bin Bheleu, der Gott der Zerstörung! Tod und Verderben folgen mir wie Bluthunde; Städte zerfallen unter meiner Faust zu Schutt und Staub, und die Erde selbst tut sich auf! Wer seid ihr, daß ihr es wagt, mir die Stirn zu bieten?«

Sein Kriegstier bewegte sich unruhig unter ihm; der Ansturm all der magischen Kräfte hatte es nervös gemacht. Mit einem sanften Schwenk seines Schwertes sog er sein Bewußtsein in sich auf, machte seinen Körper zu einem Teil seines eigenen.

»Ich bin Shandiph, der Herr der Dämonen, der Vorsitzende des Rates der Höchsten!« antwortete ihm jemand; die Worte gingen im Prasseln der Flammen und im Tosen des Donners fast unter. »Wir sind gekommen, um dir das Schwert des Bheleu abzunehmen, Garth, und damit das Zeitalter der Zerstörung abzuwenden!«

»Garth?« Die Übermann-Kreatur lachte, und das Kriegstier knurrte. »Ich bin Bheleu, Dummkopf! Garth ist nichts. Garth ist mein Werkzeug und sonst nichts! Er wurde geboren, damit ich durch ihn leben kann. Meine Zeit ist endlich gekommen, und nichts kann sie abwenden!«

»Du bist Garth von Ordunin, ein Übermann, der das Unglück hatte, an ein Schwert zu geraten, das er nicht beherrschen kann, und wir sind hier, um es dir wegzunehmen!«

Garth hörte die Worte des Zauberers wie aus unendlicher Ferne, und sie erreichten ihn irgendwo tief unter dem bewußten Selbst, das sich Bheleu nannte. Er rang mit aller Kraft, um die Kontrolle über seinen Körper wiederzugewinnen; der Gott nahm seine verzweifelten Anstrengungen nicht einmal wahr.

»Ich bin Bheleu, der Zerstörer, und ich werde euch alle vernichten!«

Der Wind heulte, und die ganze Welt schien in einem gleißenden Blitz aus blauweißem Licht zu verschwinden. Als Garth wieder sehen konnte, schien Bheleus Griff um eine Spur lockerer zu werden. Er schaute sich um und sah, daß eine ungeheure Energieentladung stattgefunden haben mußte; mehrere Zauberer lagen betäubt, tot oder verletzt am Boden.

Erneut mühte er sich, die Kontrolle über sich wiederzuerringen; verschwommen nahm er wahr, daß die

Zauberer, die noch am Leben waren, wild durcheinanderschrien und kreischten; einige weinten hemmungslos.

Die Außenwelt verschwand erneut, diesmal jedoch in undurchdringlicher Schwärze. Er selbst schwebte irgendwo in unendlich leerer Finsternis, und vor ihm zeichneten sich vage die Umrisse einer Gestalt ab.

Die Gestalt öffnete die schrecklichen roten Augen und sprach zu ihm mit seiner eigenen Stimme, so laut, daß er das Gefühl hatte, seine Schädelknochen würden vibrieren:

»Garth, warum widersetzt du dich mir?«

Verwirrt, wie er war, antwortete Garth nicht.

»Es ist nicht gut für dich, wenn du mir trotzest, Garth. Du bist das Gefäß, welches ich für mich erkoren habe. Ich erschuf dich nach meinem Bilde, formte dich von der Empfängnis bis zur Geburt, formte deinen Leib, auf daß er mir zum Hause diene. Du bist dazu bestimmt, mein Schwert zu schwingen und meinen Willen zu erfüllen. Seit Anbeginn der Zeit warte ich auf meine Herrschaftsära, und du kannst sie mir nicht verwehren. Du wirst mir dienen, entweder aus freien Stücken und erfüllt von der Freude an der Macht und an der Zerstörung, oder unfreiwillig und unter Zwang, für die dreißig Jahre, die meine Herrschaft währen wird. Du hast die Wahl. Willst du mir immer noch trotzen?«

Garth starrte entsetzt, unfähig zu einer Antwort. Er hatte einen winzigen Moment lang das Gesicht der Kreatur gesehen.

»Ich war bis jetzt gütig und wohlwollend zu dir. Ich habe mich um deinetwillen mit dem Zerstören zurückgehalten und dir sogar gestattet, kostbare Zeit mit sinnlosen Versuchen zu vertun, dich aus meiner Macht zu befreien. Doch du widersetzt dich immer noch, und so habe ich mich denn herabgelassen, zu dir zu sprechen. Ich könnte, wenn ich wollte, deinen Willen brechen und dich zwingen, dich zu unterwerfen, und ich werde das auch tun, wenn du dich weiter weigerst, mit mir zu kooperieren, aber ich hätte es lieber, wenn du meinen

Triumph mit mir genössest. Du bist mein auserwähltes Gefäß; bring mich nicht dazu, dich zu vernichten.«

»Ich ... ich muß nachdenken«, preßte Garth stotternd hervor.

»Ich gewähre dir Bedenkzeit bis zum Morgengrauen.«

Die Schwärze verschwand und die Welt kehrte zurück, doch tief in seinem Innern sah Garth noch immer die schrecklichen roten Augen des Gottes vor sich.

Es waren seine eigenen Augen. Wie Bheleu gesagt hatte, er, Garth, war nach seinem Bilde geschaffen worden. Der Gott hatte Garths Gesicht, nur daß es verzerrt war zu einer kranken Grimasse des Terrors.

Die Zauberer griffen ihn immer noch unverdrossen an, trotz des Blutbades, das er unter ihnen angerichtet hatte. Pulsierende Blitze aus Licht und Farbe hüllten die Szenerie ein, und ein schimmerndes goldenes Pentagramm hatte sich in der Luft um ihn herum geformt. Das Ding konnte ihm nichts anhaben; Pentagramme konnten Dämonen binden, aber keine Götter.

Einer der Zauberer hatte sich von hinten an ihn herangeschlichen; aus dem Augenwinkel erkannte Garth, daß es der dunkelhäutige Zauberer war, der ihn schon früher angegriffen hatte. Er schnellte hoch und warf Garth eine blaue Kristallkugel zu; Garth wirbelte herum und zerschlug sie im Flug mit seinem Schwert. Sie zerplatzte, und blauer Rauch quoll heraus.

»Zwanzig Meilen genau nördlich von Lagur!« rief jemand mit vor Aufregung überkippender Stimme.

Der blaue Rauch breitete sich aus und begann Garth einzuhüllen. Er lachte nur und blies ihn mit einer winzigen Bewegung seines Schwertes fort.

»Wolltet ihr mich im Ozean versenken?« Er lachte wieder; er war jetzt eine Mischung aus beiden Wesen: Garths Bewußtsein mit Bheleus Macht und Wissen – welches er brauchte, wenn er den Kampf gewinnen wollte. »Ist das das Beste, was ihr auf Lager habt?« fragte er spöttisch.

Kubal, der noch immer an der Stelle stand, von der aus er die blaue Kristallkugel geworfen hatte, starrte entgeistert zu dem Übermann hinauf. Karags Plan hatte nicht funktioniert. Der Übermann hatte dem Zauber widerstanden. Die Hälfte der Ratsmitglieder lag tot im Staub, und der Übermann lachte.

Kubal brach ohnmächtig zusammen.

Bheleu lachte und hob das Schwert, um dem bewußtlosen Zauberer den Garaus zu machen.

Garth stemmte sich ihm entgegen. Der Mann hatte sein Leben eingesetzt, um Zerstörung zu verhindern. Das ehrte ihn; es war nicht nötig, ihn zu töten.

Das Schwert hielt in seiner Ausholbewegung inne, senkte sich zögernd wieder.

»Vielleicht war ich zu großzügig. Vielleicht warte ich gar nicht erst bis zum Morgengrauen«, sagte eine Stimme in Garths Innerem. Er allein hörte und verstand die Worte.

Bheleu drohte ihm. Der Gott wollte keinen Widerspruch hinnehmen. Er wollte den hilflosen Zauberer hier und jetzt töten, rücksichtslos sich hinwegsetzend über Garths Skrupel und über seine ausdrücklich erklärte Absicht, ihm die Freiheit einzuräumen, sein Schicksal selbst zu wählen.

Garth wurde klar, daß er dem Gott nicht nachgeben konnte; seine Wahl war gar keine Wahl. Er konnte kämpfen und damit die unweigerliche Zerstörung seiner Persönlichkeit herbeiführen, oder er konnte sich fügen – was ihn dazu zwingen würde, in einer Weise zu handeln, die ihm zutiefst wesensfremd war. Er hätte sich selbst vergewaltigen müssen, wenn er sich dazu hätte bringen wollen, Spaß am Töten zu empfinden und sich an Not, Blut und Chaos zu weiden. Wenn er diesen Weg einschlug, dann war er nicht länger er selbst – genausowenig wie er noch er selbst sein würde, wenn er Bheleu dazu zwang, seine Persönlichkeit und sein Wesen auszulöschen. Er hatte die Wahl zwischen rascher

Vernichtung und langsamer, qualvoller, subtiler, aber im Endeffekt ebenso sicherer Vernichtung.

Er mußte sich von der Herrschaft des Gottes befreien, und er mußte sofort handeln. Bheleu hatte ihm Bedenkzeit bis zum Morgengrauen eingeräumt, das war also das äußerste an Zeitgewinn, was er erhoffen konnte, aber vieles deutete darauf hin, daß ihm nicht einmal mehr soviel Zeit blieb: Der Gott schien sich nicht an sein Versprechen gebunden zu fühlen, sollte Garth seinen Widerstand weiter aufrechterhalten.

Er wünschte, er hätte Skelleth nie verlassen; wenn er jetzt dort wäre, hätte er den Vergessenen König aufsuchen und sich ihm ausliefern können, bevor Bheleu dies vereiteln könnte. Hier in der Wildnis war er verloren.

In seiner Verzweiflung entschloß er sich, seinen Trotz und seine Verachtung lieber laut hinauszuschreien, als sich wie ein Lamm in sein Schicksal zu fügen. Es bestand ja vielleicht immer noch die Chance, daß irgendein Wunder geschah. Mit derselben Stimme, die Bheleu benutzt hatte, schrie er: »Ich würde eher dem Vergessenen König und dem Tod selbst dienen denn dir, Ungeheuer!«

Das Schwert senkte sich und zeigte auf Kubals hingestreckt daliegende Gestalt, aber bevor es seine tödliche Flamme ausspeien konnte, schloß sich eine knochige Hand um Garths Gelenk und hielt es mit eisernem Griff umklammert.

»Schwöre, Garth!« sprach die vertraute pergamentene Stimme, deutlich hörbar in der plötzlichen Totenstille, die sich über die Walstatt gesenkt hatte.

Garth starrte auf die Hand und die zerlumpte gelbe Kutte, die im Wind flatterte. Er schluckte und merkte plötzlich, daß er nicht mehr die geringsten Anzeichen von Bheleus Einfluß auf sein Ich spürte. Das Feuer im Schwert erlosch, die Glut des Edelsteins wurde schwächer.

Dann erlosch sie.

Garth dachte daran, daß er schon immer das Gefühl gehabt hatte, der alte Mann wisse mehr, als er sollte. Diese Vermutung hatte sich wieder einmal bestätigt: er mußte gewußt haben, was hier vorging. Gleichwohl war es ein Geheimnis, wie er hier hatte auftauchen können, mitten in der Schlacht, und genau im richtigen Moment. Garth rief sich die Tatsache ins Bewußtsein, daß er noch immer von Angreifern umringt war, und begann: »Die Zauberer ...«

»Sie können uns nichts anhaben«, fiel ihm der Vergessene König ins Wort. »Schwöre, daß du mir das Buch der Stille holen wirst.«

Garth schaute auf Kubal hinab. Er wußte nichts über den Mann, außer daß er ein Zauberer war, der gekommen war, das Zeitalter des Bheleu abzuwenden. Er würde sterben, wenn Garth nicht den verlangten Schwur leistete.

Und nicht nur er würde sterben: alle seine Kameraden würden den Tod finden, und unzählige andere mit ihnen. Bheleu hatte gesagt, seine Herrschaft würde dreißig Jahre währen. Garth hatte sich niemals irgendwelche exakte Zeitvorstellungen gemacht, wenn er darüber nachgedacht hatte, wie lange die Herrschaft des Schwertes über seine Person dauern würde; er hatte sich irgendwelche vagen Gedanken von Ewigkeit gemacht, sich aber nie konkret die Tragweite einer solch ungeheuerlichen Idee vor Augen geführt. Dreißig Jahre waren jedoch etwas Konkretes, Greifbares – und die Vorstellung traf ihn wie ein Keulenschlag.

Dreißig Jahre ohne jegliche Kontrolle über seine eigenen Handlungen – dreißig Jahre, in denen er jeden töten würde, der sich ihm entgegenstellte, zu Recht oder nicht – dreißig Jahre mutwilliger, willkürlicher Zerstörung! Das war zuviel für Garth. Allein der Gedanke machte ihn schwindeln. Es konnte gar nichts geben, was noch schrecklicher, noch schlimmer war als das. Er hatte schon zu oft getötet.

Er würde sein Leben nicht der Zerstörung und dem Töten widmen; er würde nicht sich selbst und andere auf solche Weise verraten.

»Ich schwöre«, sagte er, »daß ich dir das Buch der Stille bringen werde, wenn du mir sagst, wo ich es finden kann.«

»Und wenn du es mir gebracht hast, wirst du mir bei dem Zauber helfen, für den ich es brauche, Schwöre!«

»Ich werde dir bei dem Zauber helfen.«

Die andere Hand des alten Mannes hob sich und zog das große Schwert ohne erkennbare Kraftanstrengung aus Garths tauben Fingern. »Ich werde dies Schwert behalten«, sagte er, »als Zeichen deiner guten Absicht und Redlichkeit.«

Die Worte versetzten ihm einen Stich, aber er nickte. Er wandte den Blick zu den Zauberern.

Sie standen reglos um ihn herum.

Der Vergessene König hob das Schwert des Bheleu mit beiden Händen empor und sprach: »Ich sende euch nach dort zurück, wo ihr zu Hause seid.«

Blauer Dunst hüllte die Zauberer ein, verdichtete sich zu einer undurchdringlichen Rauchwolke und löste sich auf. Die Zauberer waren verschwunden; zurück blieben ihre toten Kameraden, die mit starrem, leerem Blick auf der verbrannten Erde lagen. Der Schnee war auf einer Fläche von mehr als hundert Schritten in allen Richtungen geschmolzen.

»Werden sie nicht zurückkehren?« fragte Garth.

»Nein. Sie werden vollauf beschäftigt sein, um den Krieg zwischen Sland und Kholis zu verhindern, und außerdem sind sie von den alten Zaubermitteln abgeschnitten.«

Garth hatte keine Ahnung, was der alte Mann damit meinte. Sein Blick schweifte über die Toten, und er empfand ein Gefühl tiefen Bedauerns. Sie hatten die Sache früher, als er es gewünscht hatte, zu einer Entscheidung gebracht; er hatte nicht mehr die Chance gehabt, die Weisen Frauen zu fragen, ob es noch einen anderen Weg für ihn gab, das Schwert loszuwerden. Nun war er es los, aber der Preis, den er dafür bezahlt hatte, war hoch, schrecklich hoch.

Er hatte einen Schwur geleistet, von dem er schon jetzt sicher war, daß er ihn brechen würde; er hatte seine Ehre verloren.

Kapitel 26

Haggat legte sein neues Sehglas nieder und starrte es nachdenklich an. Er war nicht gerade glücklich über die Entwicklung, die die Dinge genommen hatten, aber es bestand auch kein Anlaß, pessimistisch in die Zukunft zu blicken. Der Rat der Höchsten hatte eine schwere Schlappe hinnehmen müssen, aber er war nicht vernichtet. Der Übermann Garth lebte noch, aber er besaß nicht mehr das Schwert des Bheleu und konnte somit wieder mit den üblichen Methoden des Kults bekämpft und zur Strecke gebracht werden. Er konnte durchaus zufrieden sein.

Die gelbgekleidete Gestalt konnte jedoch ein gewisses Problem darstellen. Haggat wußte zwar nicht, wer oder was diese Gestalt war, aber sie verfügte offensichtlich über beträchtliche Macht, nach der verblüffenden Leichtigkeit zu urteilen, mit der der Mann Garth das Schwert abgenommen hatte, was es sich widerstandslos hatte gefallen lassen. Das Sehglas zeigte ihn nicht direkt, genausowenig wie es Garth hatte einfangen können, solange die Macht des Schwertes ihn abgeschirmt hatte; aber Haggat hatte hin und wieder eine kurzen unscharfen Blick von dem Mann erhaschen können, während er Garths langsame Rückkehr nach Skelleth durch das Glas verfolgt hatte. Der Mann in den gelben Lumpen war die ganze Strecke zu Fuß neben ihm hergegangen, und einige Male hatte er ihn, wenn auch nur ganz kurz und nur teilweise, mit dem Sehglas einfangen können. Was er jedoch nie hatte sehen können, auch nicht für den kürzesten Moment, war sein Gesicht. Er hatte das Schwert mit einer Leichtigkeit getragen, als wöge es nichts, und weder die Kälte noch der lange beschwerliche Fußmarsch hatten ihm, wie es schien, auch nur das geringste ausgemacht – wenngleich dies anhand der wenigen flüchtigen Bilder nur schwer einzuschätzen war.

Wahrscheinlich aber war diese Person von keiner besonderen Bedeutung, entschied Haggat schließlich. Er war irgendein obskurer Zauberer, der zufällig mit der Nase auf eine Zauberformel gestoßen war, mit deren Hilfe er das Schwert kontrollieren konnte. Er war eine unwichtige Randfigur, die nicht weiter mit ins Kalkül gezogen zu werden brauchte.

Die Hauptfigur war allemal Garth. Mit ihm hatte der Kult noch eine Rechnung zu begleichen. Der Tod des früheren Hohenpriesters schrie nach Rache. Es war Zeit, daß dieser Übermann seinen gerechten Lohn erhielt.

Shandiph war ein Wanderer, der kein richtiges Zuhause hatte; er materialisierte in Chalkaras Gemach in Kholis, Seite an Seite mit der Hofhexe, und brach entkräftet auf dem Teppich zusammen. Er hatte den großen Knall überlebt, aber schwere Verletzungen erlitten. Durch schiere Willenskraft hatte er sich auf den Beinen gehalten und weitergezaubert, so gut er konnte.

Chalkara war unversehrt davongekommen; sie beugte sich über ihn und versorgte seine Wunden, so gut sie konnte, während sie nach den Dienern rief.

»Wo sind die anderen?« preßte Shandiph mühsam hervor.

»Ich weiß es nicht«, antwortete sie. »Dieses ... dieses ... was immer es war, sagte, es würde uns nach Hause schicken; vielleicht sind die anderen jetzt bei sich zu Hause.«

»Sie sind also nicht alle tot?«

»Nein, nicht alle. Ich habe gesehen, daß viele noch am Leben waren.«

»Das ist gut zu hören.« Sein Kopf sank zurück auf das Kissen, das sie ihm untergeschoben hatte.

»Shandi ... wer *war* das? Wie konnte er all das tun?«

»Ich glaube, es war der König in Gelb«, antwortete Shandiph.

»Er hat jetzt das Schwert.«

Shandiph schüttelte ganz sachte den Kopf. »Er kann es nicht benützen. Nur der von Bheleu dazu Auserwählte kann es benützen.«

»Dann ist also alles vorbei?«

Er nickte mit schmerzverzerrtem Gesicht.

Eine Dienerin erschien im Türrahmen und starrte verdattert auf die beiden Zauberer.

»Steh nicht so dämlich da herum!« fuhr Chalkara sie an. »Hol rasch einen Arzt!«

Das Mädchen nickte und verschwand; seine hastenden Trippelschritte hallten durch den Flur.

Chalkara kniete am Boden, den Kopf über Shandiph gebeugt, und sandte ein Stoßgebet zu den Herren von Eir, daß er nicht sterbe.

Vor seiner Tür schrien Stimmen aufgeregt durcheinander; Karag ließ den verkohlten Stumpf des Großen Stabes der Kraft fallen und öffnete die Tür.

Diener und Soldaten rannten vorüber; er streckte seine rußgeschwärzte Hand aus und hielt eine vorbeistürzende Magd fest.

»Was geht hier vor?« krächzte er.

»Oh, Herr Zauberer, Ihr seid wieder zurück!«

»Ja, ich bin wieder zurück. Was geht hier vor?«

»Der Baron ist gerade von Kholis zurückgekehrt, Herr, und sie sagen, er sei wütender, als ihn jemals jemand zuvor gesehen habe! Der Hohe König habe ihm erneut die Baronie von Skelleth abgeschlagen, sagte er, und seinen Zauberer – Euch, Herr – entführt. Oh, Herr, Ihr solltet besser sofort zu ihm gehen!«

Karag nickte. »Das werde ich.« Er ließ den Arm der Frau los, und sie rannte davon.

Er schaute an sich herunter. Er war schmutzig, sein

Umhang war zerfetzt, aber er war unverletzt; der Stab hatte ihn geschützt. Dann hatte jene ungeheure Energieentladung den Stab zerschmettert, und er war sicher gewesen, daß sein letztes Stündchen geschlagen habe. Daran konnte er sich noch erinnern.

Kubal hatte sich, wie abgesprochen, von hinten an den Übermann herangeschlichen, während Chalkara das Pentagramm gezeichnet hatte, und dann hatte er den Fortschaffungszauber gesprochen, aber er hatte nicht funktioniert; das Schwert hatte ihn irgendwie aufgesogen. Dann hatte der Übermann ein schallendes Lachen ertönen lassen; er erinnerte sich daran mit schmerzhafter Klarheit. Der Übermann hatte über seinen – Karags – Plan gelacht.

Und dann war ein Fremder in gelben Lumpen an der Seite des Übermannes aufgetaucht und hatte ihm das Schwert abgenommen – und dann hatte er sich plötzlich hier, in seinem eigenen Raum, wiedergefunden.

Irgendwie schien dies alles keinen rechten Sinn zu ergeben.

Erneut drang von irgendwoher lautes Geschrei, und er beschloß, auf sein geplantes Bad zu verzichten. Sauber oder nicht, der Baron würde schon so wütend genug auf ihn sein. Er schloß sich der vorüberstürmenden Menge im Flur an und begab sich hinunter in die große Halle.

Als er durch die Tür kam, wurde er vom Baron, der ihn sofort erblickte, mit den barschen Worten empfangen: »Da bist du, Verräter! Bist du gekommen, um mich um Vergebung zu bitten?«

»Was habe ich getan, Herr? Wie bin ich hierhergekommen?« Er hatte sich blitzschnell für eine Taktik entschieden; er würde behaupten, daß er sich an nichts erinnern könne, was während der vergangenen Tage mit ihm geschehen sei. Sollte der Baron doch bei seinem Glauben bleiben, er wäre entführt worden.

Der Baron starrte ihn einen Moment lang zornig an

und sagte dann: »In Ordnung, ich nehme dich wieder auf, und du wirst mir später erzählen, was passiert ist. Im Moment jedoch habe ich mich um wichtigere Dinge zu kümmern. Ich habe den Bündnisvertrag außer Kraft gesetzt und dem Baron von Kholis, der sich mit dem Titel ›König‹ schmückt, den Krieg erklärt. Meine Männer sind bereit zum Losmarschieren, und die Boten, die ich vom Schloß des falschen Königs hierher zurückgesandt habe, haben Belagerungsmaschinen bauen lassen. Du, Zauberer, wirst mich bei diesem Feldzug mit deiner Magie unterstützen.«

Karag starrte bestürzt seinen Herrn an.

Garth saß ruhig am Tisch des Vergessenen Königs im *Gasthof des Königs* und starrte auf seinen Bierkrug. Er und der alte Mann waren die ganze Nacht und den halben darauffolgenden Tag marschiert – er auf seinem Kriegstier, der König zu Fuß – und gegen Mittag in Skelleth angekommen, und Garth hatte sich für den Rest des Tages schlafen gelegt. Als er aufgewacht war, hatte der König wieder an seinem Tisch in der Ecke gesessen, als wäre nichts geschehen.

Garth hatte einen Krug Bier bestellt und sich zu ihm gesetzt, und jetzt saßen sie sich schon eine Stunde gegenüber, und noch immer hatte keiner von ihnen ein Wort gesprochen.

Schließlich wurde es dem Übermann zu bunt, und er sagte: »Es scheint, daß das Zeitalter der Zerstörung abgewendet ist; welche Auswirkungen hat das auf die Zeitrechnung?«

»Abgemildert, nicht abgewendet«, korrigierte ihn der Alte.

»Nur abgemildert?«

»Ja. Das Königreich Eramma ist schon durch einen Bürgerkrieg zerstört.«

»Tatsächlich?«

Der alte Mann nickte.

Garth schüttelte verwundert den Kopf. Er sah keinerlei Anzeichen von einem Krieg und hatte auch seit seiner Rückkehr nach Skelleth noch keine Nachrichten vom Ausbruch eines solchen zu hören bekommen. Aber er wußte, daß der König seine eigenen mysteriösen Informationsquellen hatte.

»Das ist bedauerlich. Kriege sind sinnlos und unnötig.«

Der König gab keine Antwort.

Wieder schwiegen die beiden sich eine Weile an. Dann fragte Garth: »Wer waren diese Zauberer? Warum haben sie mich angegriffen?«

»Der Rat der Höchsten, wie sie sich selbst nennen, hat es sich zur heiligen Pflicht gemacht, den Frieden zu bewahren«, antwortete der alte Mann.

»Werden sie den Krieg dann verhindern?«

»Sie werden es versuchen und scheitern.«

»Besteht die Möglichkeit, daß sie mich erneut angreifen – oder dich?«

»Nein. Sie verfügen über keine ausreichend mächtige Magie und sind zudem geschwächt und in alle Winde zerstreut.«

»Mir schienen sie sehr mächtig.«

»Sie bezogen ihre Macht aus dem Gewölbe, in dem ihre Vorfahren einen großen Teil ihrer Zaubermittel versteckt hielten. Ich habe sie von dieser Quelle abgeschnitten.«

»Könnten sie denn den Krieg vielleicht beenden, wenn sie auf diese alten Zaubermittel zurückgreifen könnten?«

Der Vergessene König zuckte mit den Achseln.

Garth nahm einen Schluck von seinem Bier und fragte: »Wann wirst du mich losschicken, das Buch der Stille zu holen?«

»Wenn mir wieder einfällt, wo es ist.«

»Wenn es dir wieder einfällt? Dann hast du es einmal gewußt?«

Der König nickte.

Garth nippte wieder an seinem Krug und fragte dann: »Hast du irgendeine Vorstellung, wie lange es dauern wird, bis es dir wieder einfällt?«

Der König erwiderte: »Ich weiß, daß ich es war, der es von seinem Platz in Dûsarra fortschaffte, weil niemand außer dir und mir es tragen kann, ohne zu sterben. Das ist alles, was ich weiß. Es kann mir morgen wieder einfallen, wo ich es hingebracht habe, es kann mir aber auch erst in dreißig Jahren einfallen. Bis es soweit ist, laß mich in Ruhe. Es steht dir frei zu tun, was du willst, solange du Skelleth nicht über Gebühr lange verläßt – bis ich mich wieder erinnere. Und nun geh und laß mich allein.«

Garth ließ keine Regung auf dem Gesicht erkennen, als er seinen Krug nahm und sich einen anderen Tisch suchte. Als er sicher war, daß der alte Mann ihn nicht mehr sehen konnte, gestattete er sich ein bitteres Lächeln.

Der König hatte eine ungewöhnlich lange Rede gehalten – und eine ungewöhnlich unbedachte. Er hatte vergessen zu präzisieren, was er unter ›über Gebühr lange‹ verstand, und Garth fand, daß der Begriff dehnbar genug war, um auch eine Zeitspanne von einem oder zwei Jahren noch durchaus als mit sich vereinbar erscheinen zu lassen. Der alte Mann selbst hatte ihn von einem beträchtlichen Teil des Druckes befreit, den er sich mit seinem Schwur aufgehalst hatte; vorerst brauchte niemand zu erfahren, daß er auf den König vereidigt war.

Es konnte noch viel passieren, bevor der König sich an das Versteck erinnerte; er selbst konnte sterben, Garth konnte sterben, er konnte von dem Eid entbunden werden oder sich der Situation sonstwie entziehen. Er konnte seinen falschen Schein von Ehre womöglich noch über Jahre aufrechterhalten, vielleicht sogar bis zu seinem Lebensende.

Ihm war bewußt, daß es ein falscher Schein war, denn

ren, der Stadtrat sich von seinen Handlungen distanziert hatte und er in die unseligen Schlachten mit den Zauberern verwickelt worden war. All dies hatte ihn so niedergeschmettert, daß er schon ernsthaft geglaubt hatte, daß überhaupt nie mehr irgend etwas positiv verlaufen würde.

Saram hatte ihn jetzt auch entdeckt und rief und winkte; Garth konnte in dem Lärm nicht verstehen, was er rief, aber es war klar, daß er mit ihm sprechen wollte. Er tauchte in die Menge und bahnte sich mit Ellenbogen, Schultern und lautem ›Macht Platz! Macht Platz!‹-Brüllen einen Weg zum Zentrum des Geschehens. Schließlich hatte er sich bis auf Hörweite zum geschäftsführenden Baron durchgekämpft.

»Garth!« rief Saram aufgeregt. »Hast du zufällig Geld?«

»Was?«

Es war Tand, der für Saram antwortete: »Diese Leute hier haben Lebensmittel, Pelze und andere Waren mitgebracht, aber sie verlangen, erst Geld zu sehen, bevor wir abladen dürfen. Es gibt in Skelleth nichts, was sie als Tauschware akzeptieren würden; ich versprach ihnen Gold, sagte ihnen, Ordunin sei sehr reich an Gold.«

»Ja!« sagte eine neue Stimme mit einem harten fremdländischen Akzent. »Der Bursche hier hat gesagt, ihr hättet Gold!«

»Haben wir auch!« rief Garth zurück. Er wandte sich zum *Gasthof des Königs* um und brüllte aus Leibeskräften: »Ho! Koros!«

Er hatte das Kriegstier in einer Gasse neben dem Gasthof zurückgelassen; es gab noch immer zu wenig überdachte Gebäude in Skelleth, und obdachlose Menschen hatten, was die Belegung diese Häuser betraf, natürlich Vorrang vor Tieren. Koros antwortete mit einem hörbaren Knurren und tauchte Sekunden später im Fackellicht des Marktplatzes auf.

Garth rief erneut, und das riesige Tier trabte los. Mit zwei mächtigen Sätzen überwand es den Keller des Barons und trabte quer über den Marktplatz zu seinem Herrn.

Die Menge teilte sich vor ihm, und es schritt in lautloser Grazie und Erhabenheit durch die breite Gasse an Garths Seite.

Er löste einen Sack von einem Gurt hinter dem Sattel, griff hinein und holte eine Handvoll Goldmünzen aus seiner Tempelbeute hervor; sie glänzten sattgelb im Schein der Fackeln.

Irgend jemand in der Menge fing laut an zu klatschen, und die Gesichter der Yprier, halb verdeckt unter ihren seltsamen Helmen, hellten sich schlagartig auf.

»Seht ihr?« sagte Tand mit sichtbarer Erleichterung. »Ich habe nicht gelogen.«

»Stimmt, Kleiner, du hast nicht gelogen«, sagte der Sprecher der Yprier. »Dann laßt uns mit dem Handeln beginnen!«

Garth verlor für mehrere Minuten den Überblick über den Fortgang der Dinge, als die Menge sich unter aufgeregtem Geplapper um die Ochsenkarren zu scharren begann. Er ging näher heran; die Tatsache, daß Koros ihm auf dem Fuß folgte, ersparte ihm, sich mühsam einen Weg bahnen zu müssen, da die Menge vor den furchterregenden Fangzähnen des Kriegstiers zurückwich wie Schnee vor einer Flamme.

Als er die Karawane erreichte, sah er, daß die Dorfbewohner Korn, Pelze und andere Waren von den Wagen und Karren abluden, unter den gestrengen Augen der yprischen Männer und Übermänner, wobei erstere Strichlisten über jeden einzelnen Posten führten, der abgeladen wurde und letztere aufpaßten, daß kein Gedränge entstand und nichts heimlich geklaut wurde. Als alle Karren entladen waren, brachte der Oberbuchführer die Listen zu der Gruppe bei den Kriegstieren, und Tand, Saram und mehrere Yprier verglichen sie mit ihren eigenen Listen. Galt hatte sich inzwischen zu ihnen durchgewühlt und schaute mit offensichtlichem Interesse zu.

Frima, die vergeblich versucht hatte, auf den Zehenspitzen stehend einen Blick über die Schultern der Händler zu werfen, kam jetzt mit leuchtenden Augen zu Garth herüber.

»Ist das nicht wunderbar?« rief sie.

»Ja, das ist es«, pflichtete Garth ihr bei.

»Mit dem, was wir jetzt an Vorräten hier haben, kommen wir über den halben Winter!«

Garth konnte es sich nicht verkneifen, laut zu fragen: »Aber was machen wir mit der anderen Hälfte?«

»Oh, keine Sorge! Wir werden uns schon irgend etwas einfallen lassen! Saram wird Skelleth schon nicht verkommen lassen.«

»Du scheinst von Saram sehr angetan«, bemerkte er lächelnd.

»Oh, ich liebe ihn! Er ist so freundlich und zärtlich! Danke, Garth, tausend Dank, daß du mich in Dûsarra gerettet und hierher gebracht hast!«

Bevor Garth etwas darauf erwidern konnte, übertönten plötzlich Saram, Tand und ein Yprier mit lautstarkem, hitzigem Gefeilsche über den Wert yprischen Weins jede andere Unterhaltung. Saram, der mit der Lautstärke der beiden Übermänner nicht mithalten konnte, entfernte sich kopfschüttelnd und ließ die beiden allein weiterzanken.

Jetzt hatte auch Galt Garth entdeckt und kam zu ihm herüber. Als die Debatte plötzlich erstarb mit Tands Zugeständnis, daß selbst solch ein schwacher Jahrgang eine Unze Gold pro zwanzig Schläuche für ein verhungerndes Dorf wert sei, bemerkte Galt: »Wir machen ein hervorragendes Geschäft. Wir bekommen hier für unser Gold siebenmal so viel wie in Lagur.«

»Zum Glück, denn mein Vorrat ist nicht unerschöpflich; Tand hat gerade ein halbes Pfund Gold allein für

Wein und Gewürze ausgegeben, wenn ich richtig gehört habe.«

»Dein Gold ist nicht das einzige in Skelleth; wir führen eine Sammlung durch, sobald es die Zeit erlaubt. Und glaub ja nicht, daß Tand das Gold verschleudert; wenn wir ein paar von Sarams Leuten mit dem Wein und den Gewürzen nach Ordunin schicken, holst du dein Gold dreifach wieder herein. Jetzt hast du deinen Handel endlich, Garth.«

Garth nickte und schaute weiter zu.

Eine halbe Stunde später waren alle Geschäfte abgewickelt; die Ochsenkarren der Yprier waren fast leer, und Garths Sack war um etwas weniger als die Hälfte leichter geworden. Skelleths Bürger zerstreuten sich und begaben sich zu ihren derzeitigen Wohnstätten, oder was ihnen als solche diente; die Lebensmittel und anderen Waren wurden unter der Aufsicht von mehreren von Sarams Ministern in einem der neuen Häuser gestapelt, mit Ausnahme der Felle und warmen Kleider, die sofort an die Alten, Kranken und Kinder des Dorfes verteilt worden waren. Die Yprier schlugen ihr Lager auf dem Marktplatz auf, wo sie ein Auge auf ihr Gold und ihre restlichen Waren werfen konnten. Garth, Tand, Galt, Saram und Frima versammelten sich im *Gasthof des Königs,* um vor dem Schlafengehen auf den so erfolgreich zu Ende gegangenen Tag anzustoßen.

Tand und seine Gefährten mußten sich immer wieder gratulieren lassen, und der Händlerlehrling wehrte bescheiden ab: »Es war größtenteils Glück; sie waren ganz versessen darauf, mit uns ins Geschäft zu kommen. Ihr Anführer Fargan hat mir gesagt, er plane sogar eine zweite Expedition, diesmal jedoch wegen des Schnees mit Schlitten statt mit Karren.«

»Die können wir gebrauchen«, sagte Saram. »Vielleicht kaufen wir sogar selbst ein paar von diesen Schlitten und schicken sie hinauf nach Ordunin, hat mir Galt gerade vorgeschlagen.«

»Damit ließe sich ein feiner Gewinn machen«, bekräftigte Galt.

»Vielleicht schicken wir sogar eine Expedition nach Ur-Dormulk«, spann Saram den Faden weiter.

Keiner antwortete ihm; sie waren alle müde und durstig und wollten jetzt lieber trinken als Zukunftspläne schmieden.

Garth lehnte sich in seinem Stuhl zurück, der bedenklich unter seinem Gewicht knarrte, und nippte an seinem Wein; dabei lächelte er versonnen in sich hinein.

Falscher Eid oder nicht, es ließ sich nicht bestreiten, daß er nun doch noch wenigstens ein Gutes getan hatte. Das Gold, das er aus dem Tempel des Aghad mitgebracht hatte, und das Wissen von der Existenz von Übermännern, das er in Dûsarra erlangt hatte, hatte Skelleth vor dem Verhungern bewahrt. Der Handel, für den er sich stark gemacht hatte, war endlich Realität geworden, und Ordunin war nicht mehr auf die Wucherer von Lagur angewiesen. Und er selbst war von dem Schwert des Bheleu befreit. Seine Feinde waren besiegt, und der Baron von Skelleth war mausetot.

Die Dinge hätten gewiß besser für ihn laufen können, aber für den Moment konnte er recht zufrieden sein.